Für Chiara,
weil ich fest daran glaube,
dass du deinen Platz in der Welt finden wirst – genau wie Cora.
Weil ich mit dir lachen und weinen kann.
Weil du so viel wert bist, auch wenn du es nicht immer siehst,
sehe ich es für dich.
Weil ich nicht wüsste, wie ich heute ohne dich wäre
und ich froh bin, es nicht herausfinden zu müssen.
Weil du mich motivierst und antreibst, wenn ich das Gefühl habe,
es geht nicht mehr.
Weil du mir die Ruhe gibst und mir sagst, dass es okay ist,
wenn es wirklich nicht mehr geht.
Weil ich weiß, dass du irgendwann selbst an dich glauben kannst.
In der Zwischenzeit tue ich es für dich.
Weil du genug bist. Immer.
Ich bin stolz auf dich. Sehr. <3

Und natürlich für alle meine Witches-Fans da draußen –
ohne euch wäre das nicht möglich.
Ich verdanke euch jedes der Witches Bücher! <3
Ihr seid die Hextastischten!

Playlist

Tonight I Run – Astræa
Fugitive – Halflives
Chills – Why Don't We
Bombs Away – Neoni
Hurts Like Hell – Fleurie & Tommee Profitt
I Think I'm In Love – Kat Dahlia
Ghost Town – Adam Lambert
Devils I Know – CLAVVS
I Don't Pray – AVEC
Everglow – Coldplay
Which Witch – Florence + the Machine
You're Somebody Else – flora cash
Maybe My Soulmate Died – iamnotshane
Dancing With The Devil – Demi Lovato
Devil Side – Foxes
Venom – Little Smiz
Unsteady (Erich Lee Gravity Remix) – X Ambassadors
MUNITY – Neoni
Chemicals – Besomorph & Neoni
New Love – Dua Lipa
Keep Fighting – Kujah, EQRIC & FJØRA
My Love Won't Let You Down – Little Mix
Tell It To My Heart (feat. Hozier) – Meduza
Prisoner (feat. Dua Lipa) – Miley Cyrus
Good Without – Mimi Webb
Hayloft II – Mother Mother

Where Is My Love – My Indigo
Poison – Rita Ora
Spells – Cannons
Pink Venom – BLACKPINK
Cherry Blossom – Lana Del Rey
Cherry blossom – slenderbodies
High Enough – K.Flay
Never Be the Same – Camila Cabello
I'm Good (Blue) – David Guetta & Bebe Rexha
When the party's over – Billie Eilish
Wicked Witch of the Westside – Ellise
Magic Potion – The Open Mind
Hole In My Heart (feat. Thousand Foot Krutch & Trevor McNevan)
– Onlap & Autumn Kings
Declined – Britton
Dream – Bishop Briggs
Remedy – Leony
alive. – Felicia Lu
Serpents – Sharon Van Etten
Love in the Dark – Adele
Pills N Potions – Nicki Minaj

Vorwort

Liebe Leser*innen,

ich freue mich, dass ihr zu Witches & Potions gegriffen habt! Bevor ihr jedoch beginnt, in die Geschichte von Cora einzutauchen, möchte ich euch darauf hinweisen, dass in diesem Buch magische Hexendrogen vorkommen. Diese verhalten sich ähnlich wie normale Drogen. Ich möchte klarstellen, dass sie niemals eine Lösung sein sollen, und möchte in diesem Buch nichts verherrlichen. Bitte haltet euch von jeglichen Substanzen fern und fühlt euch nicht animiert, Drogen zu konsumieren. Falls euch dieses Thema triggern sollte, ist diese Geschichte nichts für euch.

Ich möchte euch das bestmögliche Leseerlebnis bieten und hoffe, dass ihr Coras Reise genießen könnt.

Wer ein Problem mit Drogen oder Ähnlichem hat, kann sich an die Sucht- und Drogenhotline wenden: 01806 313031 0

Ich wünsche euch das Beste.

Liebste Grüße,
Janina

Prolog

Portland 1802

»So wertvoll, wunderschön – und gefährlich.« Cirian hielt das magische Ei in den Händen und betrachtete es eingehend. »Glaubst du, es ist hier sicher, Jaro?« Er deutete mit dem Kinn auf den See hinaus.

Ich öffnete die Stahltruhe, in der es von nun an, für alle Zeit, verschlossen bleiben sollte. »Das hoffe ich. Aber diejenigen, die es für sich nutzen wollen, werden nicht aufhören, danach zu suchen.«

Cirian seufzte, wog das faustgroße Ei in seiner Hand und strich über die Oberfläche. »Willst du es auch noch ein letztes Mal halten?«

Ich nickte und nahm es entgegen. Die Magie, die sich darin befand, kitzelte an meinen Fingerspitzen, und die spürbare Macht bereitete mir eine Gänsehaut. Ich war versucht, es zu benutzen. In der Botschaft stand, dass man die Überreste unseres Vaters nur mit dem magischen Ei finden konnte. Doch es war nun unsere Bestimmung, genau das zu verhindern.

»Lass es uns jetzt verstecken, bevor uns noch jemand hier sieht«, sagte mein Bruder, nahm es mir wieder aus den Händen, legte es in die Stahltruhe und schob die Riegel vor, wobei sich die Zahnräder hörbar verkeilten.

Wir nahmen die Truhe hoch und sahen uns an. »Es wäre in Vaters Sinn gewesen«, versicherte mir Cirian, da er mein Zögern offenbar bemerkte.

Ich spürte einen Kloß im Hals und schluckte. Ja, das wäre es. Wenn wir dafür sorgten, dass das magische Ei und somit auch der Schädel unseres Vaters nie gefunden werden konnten, war sein Tod nicht völlig umsonst gewesen; dann waren alle Hexen und Hexer außer Gefahr.

Wir nickten uns bestärkend zu, fassten die Truhe an den seitlichen Griffen und liefen in den eiskalten See. Unsere Kleidung sog sich augenblicklich voll Wasser, und die schwere Kiste trug ebenso dazu bei, dass wir uns auf dem glitschigen Untergrund kaum auf den Beinen halten konnten. Nach wenigen Schritten mussten wir schwimmen, und die Distanz bis zur Mitte des Sees erschien mir endlos.

»Bereit?«, fragte Cirian. Seine Lippen waren blau angelaufen.

»Ja«, erwiderte ich.

Es war nicht leicht, sich nur mit Beinbewegungen über Wasser zu halten. Zwischen unseren Händen hielten wir die Truhe, sahen uns an und beschworen den Zauber herauf, der sich um die Kiste schlang und sie vollkommen mit leuchtender Magie einhüllte. Die Macht des Zaubers war groß und zerrte an unseren Kräften. Unsere Adern krampften, bis Blut aus unseren Nasen floss. Immer lauter hallten unsere Stimmen über den See, die Magie brachte das Wasser um uns herum zum Brodeln. Als wir die Truhe schließlich in die dunkle Tiefe des Sees sinken ließen, umgab uns eine unsichtbare Schutzbarriere. Die Wellen verebbten und eine unnatürliche Stille legte sich auf die Umgebung.

Cirian und ich hatten die Bestimmung unserer Familie erfüllt, das letzte magische Ei zu schützen. Es durfte nie wieder zum Vorschein kommen – nie wieder durften so viele Hexen und Hexer sterben.

Kapitel 1

CORA

Als meine Lippen das Papier des Joints berührten, schmeckte ich die Kräuter und Magie, die sich darin befanden. Ich rauchte kein Marihuana, sondern nur meine eigene Kreation. Die Prise Zauberei in der Mischung gab dem Ganzen einen extra Kick. Der Rauch drang in meine Lunge und im nächsten Moment entfaltete sich seine erlösende Wirkung. Mein Herz wurde betäubt und die dunklen Gedankenwolken in meinem Kopf verzogen sich. Hexenkraut zu rauchen war seit Monaten das Einzige, was mir half, den Tag zu überstehen.

Ich öffnete das schräge Dachfenster und roch den Regen, bevor mich vereinzelte Tropfen im Gesicht trafen. Zwischen den Hochhäusern der Stadt wehte ein leichter Wind. Wenn ich mich auf die Zehenspitzen stellte und etwas aus dem Fenster lehnte, konnte ich ein Stück der Straße erkennen, auf deren Grünstreifen ich vergangenes Jahr an Levis Todestag Blumensamen verstreut hatte. Es gab Tage, an denen mich die Trostlosigkeit der Stadt regelrecht erdrückte. Ich hatte den Frühling herbeigesehnt und konnte mich an den zarten gelben Blümchen kaum sattsehen. Am liebsten würde ich alle Grünflächen der Stadt mit Blumen bepflanzen. Als könnte alles Farbenfrohe nicht nur Portland, sondern auch meine graue Seele zu neuem Leben erwecken.

Das Rauschen der vorbeifahrenden Autos ließ mich einen Moment lang verharren. Im Gegensatz zu Ashland war es hier niemals still. Mom hatte in Portland einen gut bezahlten Job angeboten bekommen, und mir war es leicht gefallen, ihr hierher zu folgen. Nach allem, was geschehen war, brauchte ich zu meinem alten Zirkel Abstand. Das Band, das uns zusammengehalten hatte, war in dem Moment gekappt worden, als Levi starb. Seitdem war die magische Verbindung, die beinahe wie eine Seelenverwandtschaft gewesen war, nicht mehr spürbar. Die Trennung hatte eine tiefe Narbe in meinem Herzen hinterlassen, und hier fand ich das, was ich gerade brauchte. Trubel um mich herum, aber keiner, mit dem ich etwas zu tun hatte. In der Großstadt konnte ich eine von vielen sein, in der Masse untertauchen und mich verstecken.

Mom mochte es lieber ruhiger und wohnte ein wenig außerhalb der Stadt. Sie sprach es nie aus, aber ich wusste, dass sie sich seit Levis Tod sorgte, ich könnte ohne ihn nicht mehr leben wollen. Ich tat mein Bestes, um sie glauben zu lassen, dass ich klarkam. Dabei fühlte ich mich innerlich tot. Der Muskel in meiner Brust hielt mich am Leben, doch ich fühlte keine Freude mehr. Keine Ahnung, wie ich jemals wieder richtig existieren sollte.

Ich nahm einen weiteren Zug am Joint und spürte die Magie des Rauches in meinem Hals kitzeln. Neben dem Fenster lehnte ich mich mit dem Rücken gegen die Wand und starrte vor mich hin. Ich hatte die Einrichtung des Vormieters übernommen, dessen Geschmack ich nicht teilte. In meinen Augen passte kein Möbelstück zum anderen und ich hatte mir bisher noch nicht die Mühe gemacht, die Einzimmerwohnung mit Bildern oder sonstigen Dekorationen zu meinem Zuhause zu machen. Einzig die kreuz und quer herumstehenden magischen Pflanzen und die Töpfe mit den leuchtenden Pilzen verliehen dem Raum ein wenig Lebendigkeit. Ich nutzte sie zum Brauen meiner Tränke.

In meiner Erinnerung sah ich Levi vor mir, wie er von hinten die Arme um mich schlang und mir beim Brauen über die Schulter schaute. Sofort schüttelte ich den Kopf und versuchte, an etwas anderes zu denken. Doch das war gar nicht so leicht, da beinahe jeder

Gedanke mit einer Erinnerung an Levi behaftet war. Wie bei einer Tür, die man mit einer anderen Farbe strich und unter der die vorherige bestehen blieb. Zwar konnte man sie nicht sehen, aber man wusste, dass sie existierte. Ich versuchte immer wieder, die Erinnerungen zu verdrängen, zu betäuben und zu verbannen. Aber die Wahrheit war, ich würde sie nie loswerden.

Abermals zog ich an dem Joint, mein Kopf wurde in Watte gepackt und meine Finger kribbelten. Das Hexenkraut konnte verschiedene Wirkungen herbeiführen, entweder es machte einen wach und aktiv oder schläfrig. Bei mir traf Letzteres zu. Die Müdigkeit legte sich schwer auf meine Lider.

Ich ließ mich mit dem Rücken an der Wand hinabgleiten und schloss die Augen. Es war mitten am Tag, und außerdem erschien mir der Weg bis zum Schlafzimmer viel zu weit. Ich nahm noch einen Zug und sank in verworrene Träume.

Ein aggressives Klingeln ließ mich aufschrecken. Ich richtete mich blinzelnd auf und fuhr mit der Zunge über meine trockenen Lippen. Mein Handywecker sagte mir, dass ich mich beeilen musste, um nicht zu spät in den Club zu kommen. Mein Chef hasste Unpünktlichkeit, vor allem, wenn krankheitsbedingt schon zwei Bedienungen fehlten, die den Leuten das Geld durch reichlich Alkoholzufuhr aus der Tasche zogen.

Draußen war es bereits dunkel geworden. Das Stadtlicht drang zum Fenster herein und warf Schatten auf die Zimmerwände. Ich richtete mich auf und streckte mich. Der Fußboden war kein guter Ort zum Schlafen. Mein Rücken sandte stechende Schmerzen durch meinen Körper, die mich bei jeder Bewegung zusammenzucken ließen.

Ich wusste, dass ich verdammt müde wurde, wenn ich einen meiner Joints rauchte, aber meistens gelang es mir, mich nicht in den Schlaf reißen zu lassen. Dieses Mal hatte es nicht geklappt.

Meine Finger rochen noch nach den Kräutern. Den Stummel des Joints hatte ich wohl einige Stunden in der Hand gehalten. Ich las ihn neben mir vom Boden auf und warf ihn in den Mülleimer. Dann zog ich die Jogginghose und das T-Shirt aus und kramte einen Leder-BH, ein Netzoberteil und schwarze Ledershorts heraus. Im Club war es immer richtig heiß.

Mein Make-up war so auffallend wie immer. Früher hatte es mir Spaß gemacht, mir viel Zeit dafür zu nehmen, jetzt waren die Handgriffe auf Schnelligkeit geübt. Es fiel mir schwer, im Hier und Jetzt zu bleiben, da meine Gedanken stetig zu Levi glitten und mich dabei auffraßen wie ein hungriges Raubtier.

Hastig schlüpfte ich in meinen grauen Regenmantel und knöpfte ihn zu. Meine Boots waren mittlerweile eingelaufen und ich war heilfroh, dass ich keine Blasen mehr bekam und sie nun einigermaßen bequem waren. Mit meinem Rucksack verließ ich die Wohnung und sperrte ab.

Hier in Portland benötigte man keine Straßenlaternen wie in Ashland, die Stadt strahlte von selbst. Die Lichter der Autos und Hochhäuser ließen die nassen Straßen glänzen. Einen Moment lang hielt ich inne, um die vielen Lichter zu bestaunen, die sich farbig in den Regentropfen brachen. Da der Regen immer mehr nachließ, ersparte ich es mir, den Schirm aufzuspannen. Ich sog die feuchte Luft ein und lauschte den Geräuschen der Großstadt. Motoren; Autos, die durch Pfützen fuhren; Stimmen, wenn ich an Restaurants vorüberging. Trotz des belebten Treibens fühlte ich mich so allein, als gäbe es keine andere Seele um mich herum.

Ich kniff kurz die Augen zusammen und drängte die aufkommenden Gedanken zurück, die mich erneut in eine Schlucht reißen wollten. Die Erinnerung an Levi und daran, wie wir gemeinsam im Regen getanzt hatten, stürzte sich auf mich wie ein hungriger Löwe. Doch an manchen Tagen ließ ich diesen Löwen mit Absicht heraus, damit ich den Schmerz spüren und bis in meine kleinste Pore aufnehmen konnte, um wenigstens *irgendetwas* zu fühlen.

Meine Fingerspitzen kribbelten noch immer, als ich nach meinem Handy griff und die Uhrzeit checkte. Zehn nach neun. In zwanzig Minuten begann meine Schicht. Doch bevor ich in den Club ging, wartete ich heute eine Querstraße weiter auf einen meiner Käufer. Ich blieb stehen, strich mir eine Haarsträhne aus dem Gesicht, lehnte mich gegen eine der kühlen Hauswände und suchte die Straße nach dem Mann ab, den ich einmal wöchentlich hier traf. Prüfend griff ich in den Rucksack und tastete die Fläschchen ab. In meinen Mixturen war eine Pflanze enthalten, die selten und obendrein arschteuer war. Ich versuchte, sie selbst anzuzüchten, was mir einmal mehr und einmal weniger gut gelang. Dann musste ich mir die Pflanze bei anderen Dealern besorgen, die mit ihren Preisen nicht geizten.

Meine Droge wurde liebevoll *Magyk* genannt. Dass es Magie war, die in der Mischung ihre Wirkung entfaltete, ahnten die Leute nicht. Von *Magyk* stellte ich Tränke, Kräutermischungen zum Rauchen und Kaukraut her. Alle hatten dieselbe Wirkung, waren jedoch unterschiedlich zu konsumieren. Wenn es schnell gehen musste, nahm man entweder den Trank, der die Größe eines Shots hatte, oder das Kaukraut. Dafür gelangte der Rauch der Kräutermischung schneller ins Blut und machte einen schon beim ersten Zug high.

»Hey.«

Ich blickte auf und sah Ben auf mich zukommen. Mit seinen verstrubbelten braunen Locken und den dunklen Ringen unter den Augen erweckte er den Anschein, dass er letzte Nacht wohl nicht viel geschlafen hatte.

Um sicherzugehen, dass uns niemand beobachtete, sah ich mich um und reichte ihm schließlich ein Fläschchen. »Darin sind sechs Portionen. Sechs Shots, nicht vier, nicht zwei, nicht einer, sondern …«

»Sechs, ja, schon klar. Schau mich nicht so besorgt an, du solltest dir keine Gedanken über deine Konsumenten machen, ansonsten brauchst du das Zeug gar nicht erst zu verkaufen.«

Ich straffte die Schultern. »Gut, du weißt also, dass du nicht zu viel davon nehmen solltest«, erwiderte ich mit kühler Stimme.

»Du erwähnst es jedes Mal, wenn wir uns sehen. Wie soll ich das da vergessen? Hier, dein Geld.«

Ich betrachtete das Bündel, das Ben mir entgegenhielt, und sah in seine grünen Augen. Er musterte mich, während er sich immer wieder umsah, ob irgendjemand kam. Etwas an ihm war mir sympathisch, beinahe vertraut. Doch obwohl ich ihm inzwischen an die zwanzig *Magyk* verkauft hatte, konnte ich nicht greifen, was genau diese Vertrautheit hervorrief. Vielleicht der warme Ausdruck in seinen Augen, trotz der Ungeduld, die darin mitschwang. Oder lag es an seinen Muskeln, die mich ebenso schmerzlich an Levi erinnerten? Bei seiner beachtlichen Größe würde er wohl auch einen guten Schwimmer abgeben.

»Willst du das Geld nun nehmen oder soll ich mir einen anderen Dealer suchen?« Er wedelte mit dem Bündel Zwanziger vor meiner Nase herum.

»Du darfst es nur …«

»Einmal am Tag nehmen, schon klar. Ich mach das nicht zum ersten Mal.« Ben zog die Augenbrauen zusammen. »Außerdem geht dich mein Wohlbefinden überhaupt nichts an.« Seine Stimme wurde unfreundlich und er blickte sich abermals um, ob uns irgendeine Person beobachtete.

»Na schön«, murmelte ich und hasste mich in diesem Moment. Es war nicht gut, Leuten Drogen zu verkaufen. Hexendrogen zu alledem. Doch ich hatte keine andere Wahl.

Ben ließ das Fläschchen mit der giftgrünen Flüssigkeit in seiner Jackentasche verschwinden und drückte mir das Geldbündel in die Hand. Sechshundert Dollar, die sich wie Blutgeld anfühlten.

Nein, mach dir keine Gedanken darüber, du versuchst immer, die Droge so schonend wie möglich beizumischen.

Einzig und allein eine Überdosis würde gefährlich werden. Es waren nicht die Kräuter, die einen abhängig machten, sondern die Magie darin. Die Konsumenten hatten nie zuvor so etwas Intensives gespürt und konnten es nicht in Worte fassen. Die Magie aus den genutzten Pflanzen und Pilzen verursachte die Sucht. Es gab nichts Vergleichbares, was diese Wirkung entfaltete.

»Danke dir. Bis zum nächsten Mal.« Er wandte sich von mir ab, seine Boots knallten schwer auf dem geteerten Gehweg, während er den Regenpfützen auswich.

»Ja, bis dann«, rief ich ihm nach.

Als er um die nächste Hausecke bog, atmete ich tief durch. Ich ging in die entgegengesetzte Richtung, wechselte die Straßenseite und steuerte den Nachtschalter der Bank an. Der Automat konnte jederzeit zum Geldeinzahlen genutzt werden. Ich schob meine Karte in das Lesegerät und legte anschließend das Geldbündel in das Fach. Die Scheine waren zerknittert, so als hätte Ben sie länger in der Hand gehalten und überlegt, ob er das Geld wirklich für *Magyk* ausgeben sollte oder doch lieber für etwas Sinnvolles.

Der Bildschirm zeigte mir an, dass das Geld auf mein Konto eingezahlt worden war. Von meinem Gehalt konnte ich gerade einmal meine Miete und die Lebensmittel zahlen. Doch ich musste auch die teuren Stoffe kaufen, die ich nicht selbst anzüchten konnte. Ich brauchte sie für die Magyk-Mischung – und somit momentan für mein eigenes Überleben. Und dann war da auch noch Lucy, die ich finanziell unterstützen wollte.

Ich holte mein Handy hervor und öffnete die Bank App. Nachdem ich mit steifen Fingern getippt hatte, schickte ich eine Überweisung in Höhe von dreihundert Dollar raus. An *Lucy Sanders* – die Mutter meines toten Freundes. Von Levi.

Kapitel 2

CORA

Der Club war einer der angesagtesten in Portland. Die Menschenschlange vor dem Gebäude reichte einige Häuser weiter. Das *Pink Venom* war einer meiner Lieblingsorte und ich sammelte dementsprechend viele Arbeitsstunden, die ich auch dazu nutzte, um den Inhalt meines Rucksacks loszuwerden. Leicht rüttelte ich ihn und hörte das Klappern der Glasfläschchen.

»Hab eine gute Schicht, Cora«, wünschte mir Cindy und hielt die Tür zum Club auf. Die Türsteherin war berühmt und berüchtigt. Sie hatte Adleraugen und eine Ausstrahlung, die härter saß als jeder rechte Haken dieser Welt.

»Danke, dir auch, Cindy.«

Sie nickte mir zu und blickte wieder zu dem gestylten Mädchen, das vor ihr stand und sie so unschuldig wie möglich anlächelte. Ich war mir sicher, dass sie den Schuppen noch nicht betreten durfte.

Das *Pink Venom* war rappelvoll und mich erschlug die drückende Hitze. Ich kämpfte mich bis zum Hinterzimmer durch, verstaute meinen Regenmantel im Spind und stand wenig später einsatzbereit hinter der Theke. Der Bass wummerte so hart, dass die Flüssigkeit in den auf dem Tresen stehenden Gläsern hin und her schwappte. Meine schulterlangen glatten Haare fielen mir ins Gesicht, als ich mich zum

Eisfach bückte und feststellte, dass dort nicht mehr genug war, um die durstige, erhitzte Meute zufriedenzustellen.

»Cora«, rief Beth, eine meiner Kolleginnen.

»Hey.« Ich drehte mich zu der blonden Schönheit um, die mich freundlich anlächelte.

»Sag mal …« Sie lehnte sich mit ihrer Hüfte gegen die Bar und kräuselte ihre knallroten Lippen. »… hast du es dabei?« Ein hoffnungsvolles Glitzern machte sich in ihren hellblauen Augen bemerkbar, und ich wusste genau, was sie meinte.

»Ja, hab ich, aber ich kann es dir leider nicht mehr für einen vergünstigten Preis geben. Ich muss schließlich auch für die ganzen Zutaten aufkommen.«

Beth presste die Lippen zusammen und ließ ihren Blick umherschweifen. »Okay, gib mir ’ne Stunde, dann hast du dein Geld.« Sie verschwand in der Menge.

Die Menschenmasse bewegte sich zu den Beats. Es gab drei verschiedene Bars, damit wir die Leute auch regelmäßig mit Alkohol versorgen konnten. Die Pop-Charts hallten durch den Saal, sodass ich nichts anderes außer den Gesang und den Bass hörte. Noch nicht einmal meine eigenen Gedanken kamen zu Wort, so betäubend wirkte die Musik auf mich. Wenn man dazu noch bedachte, dass ich zuvor Hexenkraut geraucht hatte, war ich zur Hälfte weggebeamt. Glücklicherweise konnte ich es auf die laute Musik schieben, wenn ich die Handzeichen eines Gastes erst spät bemerkte. Ich versuchte immer halb ausgenüchtert zur Arbeit zu kommen. Dann wirkten die Drogen noch, schickten mich aber nicht mehr in andere Galaxien.

»Ein Wodka-O, bitte«, grölte mir eine Frau zu, deren Outfit mich ein wenig neidisch machte. Überall waren schwarze Lederschnallen zu sehen, die sich an sie schmiegten wie lebendige Schlangen. Durchgängiger Stoff war nicht vorhanden, das würde allerdings auch das Gesamtbild zerstören.

Ich nickte ihr zu, gab Eiswürfel, Wodka und Orangensaft in ein Glas und stellte das Getränk schließlich auf dem Tresen vor ihr ab.

Sie streckte mir einen Zehner hin, und als ich ihr das Rückgeld geben wollte, winkte sie bloß ab und verschwand wieder im Pulk der Leute.

Ich wechselte und steckte das Trinkgeld in die kleine Tasche meiner Ledershorts. So grazil wie möglich quetschte ich mich an Taylor und Brandon, den anderen beiden Barkeepern, vorbei, um hinter der Theke hervorzukommen. Ich drängte mich durch die Menge, roch eine Mischung aus Schweiß, Alkohol und unzähligen Parfüms. Angewidert verzog ich das Gesicht und hielt die Luft an, bis ich zum Hinterausgang gelangt war. Dort stieß ich die Tür auf und spürte, wie sich die kühle Nachtluft um meine Beine legte und den schnellen Puls in meiner Brust wieder herunterbrachte. Ich lief zur Treppe, die in den Keller führte, und gab den Code auf dem kleinen Bildschirm neben der Tür ein. Sie entriegelte mit einem Piepsen und ich trat ein. Die Tür fiel zu und automatisch schaltete sich das Licht an. In den Kühlraum gelangte ich durch eine weitere Tür, bei der ich all meine Kraft aufwenden musste, um sie aufzubekommen. Hier lagerten wir unter anderem unser Eis, das in großen Säcken geliefert wurde. Einen davon wuchtete ich vom Boden hoch und schleppte ihn auf meiner Schulter nach draußen. Die Kälte drang in meinen Körper und vertrieb den benebelten Zustand. Ich beeilte mich, so schnell wie möglich voranzukommen.

Als ich ins *Pink Venom* zurückkehrte, schreckten die Leute vor mir zurück, sobald ich sie mit dem Eissack berührte. Ich warf den Sack von der Außenseite aus auf den Tresen und winkte Thea zu, die ihn mir abnahm und ins Eisfach füllte.

Der Club war inzwischen wirklich zum Bersten voll. Ich warf einen beunruhigten Blick zum Eingang und hoffte, dass Cindy vorerst keine weiteren Leute hereinließ. Da erweckte ein hochgewachsener Typ mit schwarzer Lederjacke und einem grauen Schal meine Aufmerksamkeit, als er über eine Treppenbrüstung sprang, am Rand der Tanzfläche landete, und dort mit einem Kerl zusammenkrachte, der prompt nach hinten taumelte und gegen die Wand prallte. Kurz klopfte er ihm auf die Schulter und schien sich zu entschuldigen.

Ich konnte nicht leugnen, dass ich ihn attraktiv fand. Das braune dichte Haar, die breiten muskulösen Schultern, die sich sogar unter der Lederjacke abzeichneten ... Er stach aus der Menge heraus. Wie ein Fels in der Brandung stand er nun regungslos da und sah sich um, bis sein Blick auf meinen traf und er sich unverwandt auf den Weg in meine Richtung machte. Es wirkte beinahe, als wäre er der einzige Tropfen Öl in einem Glas voller Wasser, denn er glitt durch die Menge, als wäre es das Einfachste der Welt. Was ich schon für Ellenbogenkämpfe mit den Gästen ausgefochten hatte, war wirklich wettkampfreif.

Irrte ich mich oder kam er tatsächlich direkt auf mich zu? Seit er sich wieder in Bewegung gesetzt hatte, ließ er mich nicht aus den Augen. Er verschenkte keine Blicke nach links oder rechts, auch nicht an die Frauen, die ihm schmachtend hinterherstarrten. Ganz offenbar wollte er etwas von mir. Er schob die letzten beiden Menschen zwischen uns zur Seite, dann stand er nur noch zwei Schritte entfernt. Groß ragte er vor mir auf und blickte auf mich herab.

»Bist du Cora?«, fragte er so laut, dass ich ihn verstehen konnte.

Ich erkannte honigfarbene Strähnen in seinen braunen Haaren; seine Augen schimmerten in einem wundervollen Grünton.

Was wollte er von mir? Wusste er von meinen Drogen? Wollte er welche kaufen? Oder war er ein Undercover Cop, der mich gleich verhaften würde?

Mein Herz klopfte wild in meiner Brust. Ich schluckte angestrengt, war nicht in der Lage, ihm zu antworten.

Er strich sich über den Dreitagebart, zog die Augenbrauen nach oben und trat einen weiteren Schritt auf mich zu.

»Bist du Cora McCay?«, stellte er seine Frage erneut. Dass er meinen Nachnamen kannte, machte mich noch nervöser.

Ich reckte das Kinn. »Wer will das wissen?«

Er grinste, wodurch seine Augen nur noch mehr strahlten. »Ich.«

Sein Blick hielt mich an Ort und Stelle gefangen. Wenn er mich verhaften wollte, hätte er es dann nicht schon längst getan?

Ich seufzte. »Ja, ich bin Cora. Kann ich dir irgendwie helfen?«

Er legte den Kopf schräg und verengte die Augen. »Das kannst du tatsächlich.« Beinahe vorsichtig überwand er die letzte Distanz zwischen uns und neigte den Kopf, um mir etwas ins Ohr zu flüstern. »Pass bitte gut darauf auf.«

Er legte mir etwas in die Hand, doch ich konnte meinen Blick nicht von ihm lösen. Der minzige Duft seines Duschgels stieg mir in die Nase. Ich wünschte, er wäre Levi. Seit seinem Tod war ich keinem Mann so nah gewesen, wie in diesem Moment diesem Fremden. Ich konnte ihm nur in die Augen starren und spüren, wie seine Hand kurz auf meiner verweilte und die Berührung sich regelrecht in meine Haut brannte.

Er wich langsam vor mir zurück und drängte sich dann an mir vorbei. »Bis später, Trankbrauerin.«

Ich runzelte die Stirn und blickte ihm verwirrt hinterher. Was um alles in der Welt? Statt ihm zu folgen, stand ich wie angewurzelt da, und schaffte es nicht, mich auch nur einen Zentimeter zu bewegen. Er hatte mich Trankbrauerin genannt. Wusste er, dass ich eine Hexe war? Ich atmete tief durch und presste die Lippen zusammen. Wenn dem so war, musste er ein Hexer sein, oder?

Der Fremde schob sich mit Leichtigkeit durch die Menschenmenge und steuerte auf den Hinterausgang zu. In dem Moment, in dem er aus meinem Sichtfeld verschwand, löste sich wie von Geisterhand meine Starre. Er musste tatsächlich ein Hexer sein. Auf jeden Fall war es Magie gewesen, die mich gerade daran gehindert hatte, ihm folgen zu können.

Mit zittrigen Fingern öffnete ich meine Hand und betrachtete einen eiförmigen Edelstein, der rosa schimmerte. Was hatte das alles bloß zu bedeuten?

Die restlichen Arbeitsstunden stand ich völlig neben mir. Mechanisch verteilte ich Getränke und sammelte im Gegenzug leere Trinkgläser ein. Der eiförmige Edelstein steckte in meiner Shorttasche und ging mir nicht aus dem Kopf. Meine Gedanken drifteten immer wieder zu dem Fremden. Was genau erwartete er von mir?

»Hier hast du dein Geld.« Beth knallte eine Rolle mit Scheinen auf den Tresen und grinste frech. Es war drei Uhr in der Früh, die betrunkenen Menschen wurden immer mehr und meine Nerven immer weniger. Ich merkte, wie die Wirkung der Hexendroge nachließ. Das Gefühl, eingebettet in weiche Wolken durch das Nichts zu schweben, verschwamm, und ich begann wieder mehr im realen Leben zu existieren.

»Woher hast du jetzt so schnell das Geld besorgen können?«, fragte ich Beth.

Sie winkte ab und schüttelte den Kopf. »Ist nicht so wichtig.«

Ich starrte in ihr strahlendes Gesicht. Es war noch mal einiges mehr an Geld, das ich benötigte, um *Engelsblau* zu kaufen. Ein Kraut, das schwer in der Herstellung war. Noch nicht einmal Magie konnte es dazu bringen, schneller zu wachsen oder es gar davon abhalten, nicht zu verwelken. Es war empfindlich. Dafür züchtete ich einen anderen wichtigen Bestandteil umso erfolgreicher – den *Lightning*. Ein fluoreszierender Pilz, der einzig durch Magie seine Wirkung erhielt und nur so gedeihen konnte. Ein normaler Mensch würde es niemals zustande bringen, auch nur einen Sprössling zu erhalten.

»Das Geld gegen die Ware.« Beth nahm das Bündel wieder vom Tresen, hielt es mir hin und zog fragend die Augenbrauen nach oben. Ihre Stimme klang ungeduldig.

Ich nickte und wir verzogen uns in den Umkleideraum. Während ich meinen Spind öffnete, trat sie ungeduldig von einem Bein aufs andere.

»Du kennst die Dosierung?«, fragte ich und zog aus meinem Rucksack eines der Fläschchen hervor.

»Ja, natürlich kenne ich die. Immerhin bin ich Kundin der ersten Stunde.« Sie nahm es mir mit einem breiten Grinsen aus der Hand und ließ es in ihren tiefen Ausschnitt wandern. »Danke.«

»Bitte.«

Beth klatschte in die Hände und verließ vor mir den Umkleideraum. Wir machten uns wieder an die Arbeit, um den Kunden noch mehr Alkohol zu verkaufen.

Stunden später, als die letzten Gäste von Cindy rausgeworfen worden waren und wir noch aufgeräumt hatten, konnte ich endlich gehen. Die Sonne war bereits aufgegangen. Ich sog gierig die frische Luft ein; endlich konnte ich wieder freier atmen.

Den eiförmigen Edelstein hatte ich nun in meinem Rucksack verstaut und ließ das *Pink Venom* hinter mir. Irgendetwas hielt mich davon ab, ihn einfach wegzuschmeißen. Ich sah mich immerzu um, konnte das Gefühl nicht abschütteln, dass ich beobachtet wurde. Doch als ich drei Straßenblöcke weiter immer noch niemand Auffälligen in meiner Nähe ausmachen konnte, kramte ich den Edelstein hervor und betrachtete ihn im Tageslicht.

Als ich die Risse und Unebenheiten auf seiner Oberfläche mit dem Zeigefinger nachzog, prickelte unter der Berührung meine Haut. Was hatte es damit auf sich? Wie viel er wohl wert war?

Obwohl ich müde war, lenkten mich meine Überlegungen zumindest von all den anderen Gedanken ab, die mich sonst quälten. Die, bei denen ich an Levi denken musste und mir vorstellte, wie er ermordet worden war.

Nein Cora, stopp! Schnell atmete ich tief ein und aus, ehe ich wieder den Edelstein betrachtete und ihn schließlich kopfschüttelnd in meine Manteltasche steckte. Kurz dachte ich darüber nach, die Straßenbahn zu nehmen. Doch zu Hause würde ich sowieso kein Auge zubekommen. Der Einsamkeit in meiner Wohnung wollte ich mich gerade nicht stellen und die Heimkehr durch einen kleinen Spaziergang hinauszögern. Ich wich den Pfützen aus und lauschte dem Rauschen der vorbeifahrenden Autos. Meine Finger steckte ich in die Taschen meines Regenmantels und zuckte wie unter einem Stromschlag mit der rechten Hand zurück.

Irgendetwas stimmte nicht. Kleine Flammen schienen in der Manteltasche gezündet worden zu sein, so, als hätte jemand ein Stromkabel dort vergessen, das funkenschlagend auf sich aufmerksam machte. Verwirrt zog ich den Stein hervor und betrachtete ihn. Tatsächlich. In den kleinen Schlitzen konnte ich ein warmes Glühen erkennen, aus dem vereinzelte Funken stoben, die kleinen Sternen glichen.

Um keine unnötige Aufmerksamkeit zu erregen, bedeckte ich den Edelstein mit meinen Handflächen und zog mich hastig in eine Seitengasse zurück. Immer mehr Funken drangen hervor. Risse, die zuvor nicht sichtbar waren, kamen zum Vorschein und zogen sich um die gesamte Oberfläche des rosa Gesteins. Das Kitzeln in meinen Adern sagte mir, dass dieses Ding in meinen Händen etwas Magisches war. Das hier war reine, pure, unberührte Magie – die ich nicht steuern konnte.

Ich sah mich um und zog mich noch weiter in einen Durchgang zu einem Hinterhof zurück. Vorsichtshalber legte ich den Edelstein vor mir auf dem gepflasterten Boden ab und wich ein paar Schritte zurück. Ich starrte mit offenem Mund auf den erglühenden Stein und spürte, wie der Zauber sich weiter verstärkte. Immer mehr Licht stob hervor. Ein Knacken war zu vernehmen und die Risse im Stein vergrößerten sich, wurden immer breiter. Inzwischen blendete mich das herausflutende Licht und entlud sich schließlich in einer Funkenexplosion.

Ich sprang zurück und hob schützend die Arme über meinen Kopf. Es war plötzlich unnatürlich still. Ein süßlicher Geruch drang in meine Nase und ich lugte zwischen meinen Armen hervor. Da sah ich, dass der Stein in mehrere Teile gesprengt worden war, zwischen denen sich … eine winzige Schlange herausschlängelte?

Eine Schlange!

Einen quietschenden Laut ausstoßend, sprang ich noch weiter zurück. Wurde ich jetzt völlig irre oder starrte mich die kleine rosafarbene Schlange unverhohlen an? Sie ließ ihre gespaltene Zunge vor-

und zurückschnellen, schüttelte ihren Schwanz, als wäre er dreckig geworden, und wand sich, bis sie ihre Haut von allen Krümeln des Gesteins befreit hatte.

»Das wurde echt Zeit«, zischte sie. »Ich dachte schon, ich komme da nie raus.«

Ich grub die Nägel in meine Handballen und schüttelte ungläubig den Kopf. »Warum kannst du sprechen?«, brachte ich stockend hervor.

»Warum wohl? Ich bin eine magische Schlange.« Bei s-Lauten zischte sie und hielt sich für einige Sekunden nur bei diesen Lauten auf, bevor sie weitersprach. »Und du trägst ebenso Magie in dir, habe ich recht?«

»Ja …«, gab ich zögernd zu.

Sie bewegte ihren Kopf auf und ab. »Deine Magie ähnelt meiner, das habe ich in deiner Anwesenheit sofort gespürt. Die anderen Hexen und Hexer, die mein Ei zuvor gehütet haben, passten nicht zu mir, was es mir unmöglich machte, zu schlüpfen. Du kannst dir gar nicht vorstellen, wie lange ich schon auf jemanden wie dich gewartet habe.«

»Der Stein war dein Ei?«

Sie erzitterte und wirkte ein wenig empört darüber, dass ich es als Stein betitelte. Daher ging ich einen Schritt auf sie zu und lächelte versöhnlich. »Na dann, alles Gute zum Geburtstag.«

Die kleine Schlange konnte nichts dafür, dass der fremde Typ sie mir untergejubelt hatte. Ob er gewusst hatte, was sich in dem Stein verbarg? Wie war er überhaupt zu dem Ei einer magischen Schlange gekommen, und warum hatte er es ausgerechnet mir überlassen?

»Du weißt nicht zufällig, wer der Mann war, der dich mir gebracht hat?«

»Wie soll ich den kennen, wenn ich doch noch in meinem Ei gefangen war und ihn nicht einmal sehen konnte? Ein Hexer war er, das habe ich gespürt.« Sie schlängelte langsam auf mich zu. Ich musste an mich halten, nicht sofort wieder zurückzuweichen, und war erleichtert, als sie von sich aus innehielt. »Du warst es, die mir das Schlüpfen ermöglicht hat. Jetzt gehöre ich zu dir!«

Ihre Magie erreichte mich, bevor ich sie abschmettern konnte. Das rosafarbene Reptil bewegte sich nicht, doch es kam mir so vor, als wand sich die Schlange um mich und schnürte uns durch ein unsichtbares Band zusammen. Es war ein Gefühl, das mir irgendwie vertraut war. Schon lange hatte ich es nicht mehr gespürt, jedoch war es mit der Bindung zu einem Zirkel vergleichbar.

»Was hast du getan?«, flüsterte ich und schnappte nach Luft.

»Etwas, das unausweichlich war«, erwiderte sie zischend.

Ich schluckte, fühlte mich hilflos. Selbst wenn ich es gewollt hätte – die gerade heraufbeschworene Magie konnte ich nicht einfach rückgängig machen.

»Du kannst dich nicht einfach an mich binden, ohne mich vorher zu fragen«, brach es aus mir heraus.

Die kleine Schlange verzog das Maul, schlängelte sich zusammen und betrachtete mich. »Die Einwilligung hast du mir allein dadurch gegeben, dass ich durch dich schlüpfen konnte. Magische Schlangen binden sich immer an die Hexe oder den Hexer, die sie ins Leben rufen.«

Ich starrte sie mit offenem Mund an.

»Mein Name ist Zelda«, zischte sie, als ich stumm blieb. »Und wie heißt du?«

»Ich bin Cora«, stellte ich mich ebenfalls nach langem Zögern vor.

Ohne Vorwarnung glitt sie an meinem Bein und Arm herauf. Doch zu meiner eigenen Überraschung empfand ich keinen Ekel. Ich neigte den Kopf zur Seite, als Zelda es sich auf meiner Schulter bequem machte. Durch das unsichtbare Band gehörte sie nun zu mir und ich zu ihr.

Eine Weile stand ich einfach nur da und starrte vor mich hin. Was sollte ich jetzt mit der kleinen Schlange anfangen? Wie es schien, blieb mir erst einmal nichts weiter übrig, als sie mit zu mir nach Hause zu nehmen. Ich musste in Ruhe darüber nachdenken, wie ich die zirkelähnliche Verbindung zwischen uns wieder lösen konnte.

Zur Beruhigung zündete ich mir einen Joint an und nahm zwei tiefe Züge.

»Was ist das für ein Zeug?«, fragte Zelda und betrachtete den Stummel in meiner Hand. »Das riecht interessant.«

Ich drückte ihn zwischen Daumen und Zeigefinger aus, schmiss ihn im Hinterhof in einen Müllcontainer und machte mich auf den Heimweg. Ein Joint half mir gerade nicht weiter, ich konnte die Realität nicht ausblenden. Auf meiner Schulter saß eine kleine Schlange. Oder sagte man »lag«? Ich musste mir darüber Gedanken machen, wie es jetzt weitergehen sollte. Wenn ich doch wenigsten wüsste, wo ich den Fremden finden könnte. Ich kannte nicht einmal seinen Namen.

»Tut dein Kopf weh?«, fragte Zelda, als ich mir seufzend die Schläfe rieb.

»Denken tut weh«, erwiderte ich.

»Warum?«

»Weil … aus Gründen.« Wegen Levi, seinem Tod und dem damit verbundenen Schmerz, der schneller als jeder Hurrikan durch mich hindurchfuhr und überall pulsierende Erinnerungen zurückließ. Ich schluckte und schloss für einen kurzen Moment die Augen.

Zelda ringelte sich auf meiner Schulter weiter zusammen. Ihr kleiner Kopf schmiegte sich kühl an meinen Hals, sodass ich den Kopf zur Seite beugte und sie aus dem Augenwinkel betrachtete. Obwohl ich ihr keine Antwort gegeben hatte, schien sie meinen Verlust zu spüren.

»Du bist jetzt meine Hexe, wenn ich bei dir bin, bist du nicht mehr allein.«

Ich beobachtete ein Pärchen, das mir auf dem Gehweg entgegenkam, und wechselte schnell die Straßenseite. Mit einer winzigen Schlange auf der Schulter sollte ich nicht unbedingt gesehen werden. Ich ließ meine Haare ein wenig über sie fallen und schlug den Weg nach Hause ein.

»Ein Kirschbaum«, zischte Zelda begeistert, als ich auf einen Park zusteuerte, neben dessen Eingang ein Kirschbaum in voller Blüte erstrahlte.

»Sie haben deine rosa Farbe«, flüsterte ich.

»Ja, nicht wahr? Könntest du bitte eine Blüte für mich abzupfen?«

Ich wusste zwar nicht, wofür Zelda sie brauchte, jedoch streckte ich eine Hand nach einem Zweig aus und pflückte eine Blüte. Die einzelnen Blütenblätter fühlten sich butterweich an. Kurz rieb ich sie vorsichtig zwischen meinen Fingern, bevor ich sie mir auf die Schulter legte, damit Zelda … sie fressen konnte. Ihr leises Schmatzen drang an mein Ohr.

»Danke, Hexe. Die lass ich mir schmecken.«

»Du frisst die?« Ich zog verwirrt die Brauen zusammen. »Nicht eher sowas wie Mäuse, Küken oder andere Tiere?«

Zelda zischte empört. »Was soll ich denn damit? Das ist ja widerlich. Ich ernähre mich ausschließlich von Pflanzen, Pilzen und Blüten.«

»Also bist du Veganerin.«

»Was soll das sein?«

»Jemand, der nur pflanzliche Lebensmittel isst.«

»Ja, dazu gehöre ich offenbar.«

Ich nickte und nahm den kürzesten Weg durch den Park. Zelda bewegte sich ab und zu auf meiner Schulter, doch wir schwiegen nun beide. Die Äste der Bäume und Sträucher wiegten sich im Wind, während das Sonnenlicht die Baumkronen küsste.

Ein Schatten huschte plötzlich hinter einem Baumstamm hervor und ich schrak zusammen, bevor ich den Fremden erkannte, der mir vor wenigen Stunden Zeldas Ei überlassen hatte. Er hielt direkt auf mich zu. »Es ist wirklich passiert«, sagte er, während er seinen Blick auf Zelda richtete.

»Wer bist du?«, fragte Zelda und kam mir damit zuvor.

»Mein Name ist Grim.« Er betrachtete mich und dann wieder Zelda, die sich auf meiner Schulter aufrichtete und ihn ebenfalls neugierig musterte. Es wirkte, als versuchte er, sie mit seinem Blick zu irgendetwas zu überreden. Unglauben zeichnete sich auf seinem Gesicht ab und er schüttelte immerzu den Kopf. »Unmöglich«, flüsterte er.

»Du hast mir dieses Ei angedreht«, sagte ich, um seine Aufmerksamkeit wieder auf mich zu lenken.

»Ich kann die Schlange gerne an mich nehmen.« Er nickte mir zu und streckte erneut die Hand nach Zelda aus. Doch im nächsten Moment zuckte er zurück und pustete Luft auf seine Finger, als hätte er sich verbrannt.

Was war jetzt passiert?

»Die Schlange lässt es nicht zu.« Grim schüttelte seine Hand. »Sie wiegelt mich mit einem Zauber ab.«

Ich stemmte meine Hände in die Seiten. »Du bist mir ein paar Antworten schuldig«, sagte ich und betonte jedes Wort.

»Das stimmt, aber dafür bleibt mir gerade keine Zeit.« Er raffte seinen rechten Jackenärmel nach oben, zog sich hastig sein Armband über die Finger und reichte es mir. »Ich muss etwas Wichtiges erledigen. Wenn du meine Hilfe brauchst, dann nutze dieses Armband. Belege es mit einem Funken Magie und ich werde dich finden.«

»Weshalb sollte ich Hilfe brauchen?«

»Du könntest nun in Gefahr sein«, erwiderte er, drehte sich auf der Stelle um und rannte davon.

»Was? Wieso? Warte!« Mein Ruf hallte ihm nach. Doch er achtete nicht auf mich, hob stattdessen die Hand in kreisenden Bewegungen. Ich hörte, dass er einen Zauber heraufbeschwor, sah, wie sich Funken von seinen Fingerkuppen lösten. Sie flogen voraus und formten ein Portal. Als er hineintauchte, spürte ich das elektrisierende Knistern von Magie auf der Haut. Und dann war er plötzlich verschwunden.

Ich starrte auf den funkensprühenden Kreis, der sich nun ebenfalls in Luft auflöste, und blickte dann auf das Armband in meiner Hand. Im ersten Impuls wollte ich es wegschmeißen, jedoch hielt mich tief in meinem Inneren ein beunruhigendes Gefühl davon ab. Ich hatte absolut keine Ahnung, was hier vor sich ging. Was war, wenn ich wirklich seine Hilfe benötigte? Hatte der Typ denn kein Handy?

Kapitel 3

CORA

Die Sonne schien mir erbarmungslos ins Gesicht und brachte mich dazu, die Augen aufzuschlagen. Ich setzte mich auf und rieb mir meinen dröhnenden Schädel. Meine Kehle war trocken wie eine Wüste.

Normalerweise schlief ich nach der Nachtschicht immer den halben Tag durch, doch heute war das anders. Ich hatte schon ewig gebraucht, überhaupt einzuschlafen, da ich ununterbrochen über Zelda und diesen Grim gegrübelt hatte. Und nun war ich nach gerade einmal drei Stunden wieder wach, und die Hoffnung, dass ich das alles nur geträumt hatte, verflog in dem Augenblick, als ich Zelda entdeckte, die friedlich im Topf der *Monstera* schlief.

Ich gähnte und rieb mir die Augen. Mir ging Grims Reaktion nicht aus dem Kopf. Was hatte es bloß mit der kleinen Schlange auf sich? Er hatte sie betrachtet, als wäre sie ein Schatz, und war sichtlich frustriert gewesen, als sie sich nicht von ihm hatte aufnehmen lassen. Und dann auch noch diese Aussage, dass ich in Gefahr sein könnte …

Eine Weile starrte ich auf Grims Armband an meinem Handgelenk, stand dann auf, ging zu der *Monstera* und trommelte mit den Fingern sanft gegen den Pflanzentopf.

Zelda hob den Kopf und richtete sich langsam auf.

»Hallo, Hexe.«

»Hallo, Schlange.«

»Du solltest dich besser noch mal hinlegen«, zischte sie und betrachtete mich eingehend. »Du siehst wirklich nicht gut aus.«

»Vielen Dank für das Kompliment«, erwiderte ich schmunzelnd. Irgendwie fand ich es süß, dass sie sich anscheinend um mich sorgte. »Ich kann nicht mehr schlafen, solange ich nicht verstehe, was das alles zu bedeuten hat. Kannst du es mir erklären?«

Sie schlängelte sich aus dem Topf heraus. »Was genau meinst du?«

»Warum der Hexer mir dein Ei gebracht hat und glaubt, ich könnte jetzt in Gefahr sein. Etwa deinetwegen?«

»Das weiß ich leider nicht, Hexe.«

Ich verengte die Augen. »Warum hast du nicht zugelassen, dass er dich mit sich nehmen kann?«

Sie kroch mein Bein herauf. »Na, ich kenne diesen Grim doch gar nicht. Und außerdem gehöre ich jetzt zu dir, wir sind miteinander verbunden.«

Jetzt war ich nicht schlauer als vorher. Ich presste die Lippen aufeinander und grübelte. Auch wenn ich das alles nicht verstand, war es auf jeden Fall das Beste für mich, die kleine Schlange wieder loszuwerden. Doch dafür musste ich erst einmal eine Lösung finden, wie ich die Bindung zu ihr wieder kappen konnte.

Barfuß tapste ich zu meinem Stehtisch, auf dem alle Utensilien bereitstanden, die ich zum Brauen benötigte. Zelda glitt meinen Arm hinab, kroch über die Tischplatte und züngelte an dem schwarzen Kessel.

»Was ist das?«, fragte Zelda, als ich im Mörser Pflanzenteile zermalmte.

»Das ist *Ästeling.*«

»Und das?« Sie wandte sich einem Krautbündel zu, das auf dem Tisch lag.

»*Fransenstuck.*«

Immer weiter fragte sie, bis ich ihr alle möglichen Pflanzen, Blumen und Kräuter erläutert hatte.

»Und die Pflanze, in deren Topf ich geschlafen habe?«

»Das ist eine *Monstera.*«

»Die sieht aber toll aus mit ihren Löchern! Wofür benutzt man die?«

»Zum Ansehen.«

»Wie?«

»Sie ist nur Deko, die Pflanze hat keine Wirkung in Tränken.«

»Schade, dabei sieht sie so gut aus.«

»Sei doch froh, dass ich sie nicht brauche, dann kannst du sie wieder als Schlafplatz nutzen.«

Zelda züngelte zustimmend und sah wieder zu mir. Bevor ich mich an einem Trank versuchte, der das Band zwischen der kleinen Schlange und mir wieder lösen konnte, wollte ich erst einmal meine Erinnerungen und Gedanken an Levi betäuben. Schon gestern hatte ich gespürt, dass die Wirkung des Besänftigungstranks nachließ. Ihn stellte ich einmal im Monat her, um die Trauer um Levi wenigstens einigermaßen bewältigen zu können. Ohne das magische Schmerzmittel würde sie mich bei lebendigem Leibe auffressen.

Inzwischen war bereits über ein Jahr vergangen und ich schaffte es noch immer nicht, über seinen Tod zu sprechen. Die Erinnerung an ihn quälte mich. In meinen Gedanken sah ich jedes Mal aufs Neue vor mir, wie er in meinen Armen stirbt.

»Cora, ist alles in Ordnung mit dir?«, fragte Zelda. »Weshalb weinst du?«

Ich hatte gar nicht bemerkt, dass mir eine Träne über die Wange lief. Hastig wischte ich sie mir von der Haut und schüttelte den Kopf.

»Es ist alles gut, ich musste nur an etwas denken, was mich traurig macht.«

»Das tut mir leid. Kann ich dich irgendwie aufmuntern?« Sie blinzelte mich mit ihren Knopfaugen an. Schlangen hatten eigentlich keine Augenlider. Diese hier schon. Seltsam.

»Nein danke, ich wüsste nicht, wie.«

»Dann sieh mal her.« Anscheinend hatte sie es sich zur Aufgabe gemacht, mich zum Lachen bringen zu wollen. Sie verrenkte sich und als sie stillstand, erkannte ich, dass sie aus ihrem rosafarbenen Körper ein Herz formte. »Na, was sagst du?«

Ich schmunzelte.

Zelda drehte sich, balancierte den vorderen Teil ihres Körpers in der Luft und schickte anschließend Wellen hindurch. Sie bewegte sich, als wäre sie auf hoher See und würde vom Meer mitgeschwemmt werden. Irgendwie erinnerte sie mich an eine Bauchtänzerin, nur ohne Arme. Vielleicht könnte ich Zelda einen klirrenden Rock schenken, der würde ihr mit Sicherheit gut stehen.

»Was tust du da bloß?«, fragte ich und lachte.

»Ich tanze, das sieht man doch.« Sie zischte und betonte die s-Laute besonders. Mir fiel auf, dass sie das vermehrt tat, wenn sie etwas emotional beschäftigte, beinahe wie ein Akzent.

»Danke, es ist wirklich zauberhaft lieb, dass du extra für mich tanzt.« Sie war mir trotz der besorgniserregenden Situation wirklich sympathisch und es tat mir gut, mich mit ihr unterhalten zu können. Ich war endlich nicht mehr allein in meiner Wohnung. Auch wenn meine Mutter bei der geringen Entfernung innerhalb weniger Minuten auf der Matte stehen konnte, wollte ich sie nicht ständig mit meinen Sorgen belasten. Das hatte ich schon mehrere Monate lang getan, und nur weil ich nicht wusste, wie ich mein eigenes Leben weiterführen sollte, hieß das nicht, dass sie auch ihres für mich aufgeben musste.

Zelda ließ sich fallen und kam platschend auf der Tischplatte auf. »Aua, das Finale muss ich noch mal üben.« Sie richtete sich wieder auf und bewegte ihren Kopf in kreisenden Bewegungen. »Aber wenn ich dich mit meiner Tanzeinlage aufheitern konnte, war es das wert.« Sie betrachtete den Kessel. »Was fabrizierst du hier eigentlich?«

Ich konnte ihr schlecht sagen, dass ich einen Besänftigungstrank braute, um die Gefühle für meinen verstorbenen Freund zu mindern. Schulterzuckend kippte ich eine kleine Menge Rosenblüten in den Kessel und ließ ein wenig Magie aus mir heraussickern, gerade genug, um den nötigen Funken herauszupressen, den es benötigte. Mehr wollte ich nicht mehr mit Magie zu tun haben.

»Uhh, da kommen ja Funken raus.« Zelda glitt näher, richtete sich auf und beugte ihren Kopf über den Rand des Kessels.

»Raus da!« Ich zog sie zurück. Nicht, dass sich ihre Emotionen genauso abstumpften wie meine.

»Hab ich etwas falsch gemacht? Entschuldige, aber es hat so gut gerochen, da wollte ich schnuppern.« Sie klimperte mich mit ihren Augen an und zog ihren Körper zusammen, bis sie nur noch aus einem kleinen rosa Häufchen bestand.

»Ich hätte dich nicht so anfahren sollen, tut mir leid. Aber wenn du mit dem Trank in Berührung kommst, könnte mit dir etwas passieren, was wir beide nicht wollen. Weißt du, wie ich das meine?«

Sie nickte zustimmend.

»Weißt du was? Der Trank muss sowieso noch ziehen, dann können wir in der Zeit etwas anderes zubereiten.«

Ich verheimlichte Zelda, dass ich einen Entbindungstrank zu brauen versuchen wollte, der unser magisches Band kappte. Schnell schnappte ich mir den Grimoire meiner Großmutter und schlug ihn auf. Anschließend nahm ich einen weiteren Kessel aus dem Regal und warf ein paar Kräuter hinein. Salbei, Rosenblätter, Flieder, Lavendel, Eukalyptus und andere Zutaten vermischte ich mit einem Tropfen Öl und gab noch Trauermürre und Glückshalm dazu. Der gesprochene Zauber floss von meinen Lippen und verband sich mit der Mischung im Kessel, wobei der Dampf in einem rosa Farbton schimmerte.

Zufrieden trat ich zurück und sah Zelda an. »Das riecht auch gut und davon darfst du sogar trinken.«

Zelda drehte verdutzt den Kopf. »Das hast du extra für mich gemacht, Hexe?«, fragte sie und entschlängelte sich von ihrem Häufchen. »Noch nie hat jemand so etwas für mich getan.«

»Na ja, du bist ja auch erst vor wenigen Stunden geschlüpft.«

Zelda hielt inne und schien für einen Moment über meine Worte nachzudenken. »Da hast du auch wieder recht, aber trotzdem finde ich das wirklich sehr nett. Danke.«

»Gerne.« Jetzt bekam ich fast ein schlechtes Gewissen.

Sie beugte sich über den Rand des Kessels und nahm einen Schluck. »Wow, du hast recht. Das riecht ja sogar noch besser und schmeckt ganz hervorragend. Es kitzelt auf der Zunge. Tolle Sache, Hexe.«

Zelda drehte sich freudig im Kreis und zischte. Sie hatte bereits getrunken, und sobald ich es ebenfalls tat, würde sie die Wirkung spüren und wissen, dass ich sie hintergangen hatte.

»Ich nehme auch einen Schluck davon«, sagte ich kleinlaut und räusperte mich.

Sie sah mich begeistert an. »Ja! Unbedingt, das ist wirklich lecker.«

Nickend griff ich nach einem Löffel und nahm mir ein wenig von dem Trank. Ich schmeckte den intensiven Geschmack der Kräuter auf meiner Zunge und schloss einen Moment lang die Augen. Die Magie breitete sich in meinem Körper aus, verteilte sich und kribbelte immer mehr. Sie wanderte bis zu dem Band, das zwischen mir und Zelda gespannt war, legte sich darum und zog kräftig daran. Sofort nahm ich einen weiteren Löffel davon. Es funkte und vibrierte. Doch das Band gab nicht nach …

Ich spürte Zeldas bohrenden Blick auf mir, bevor ich sie ansah. Sie wusste, was ich versucht hatte, das konnte ich deutlich in ihren Knopfaugen lesen. Ihr Schweigen wog mehr als anklagende Worte.

»Du musst mich doch verstehen.« Ich rang nach Worten. »Du bringst nur Probleme mit dir und ich habe genug eigene, die …«

»Aus dem Kessel kommt Schaum«, unterbrach sie mich.

Ich folgte ihrem Blick und stellte fest, dass schimmernde Blubberblasen herausquollen und über den Rand liefen. Kein Wunder, dass ich keine Wirkung erzielt hatte. Irgendeine Zutat fehlte.

»Scheiße!«, rief ich und fegte den Kessel vom Tresen. Er kam mit einem lauten Scheppern auf dem Boden auf. Letzte Reste des Tranks tropften auf den Teppich und machten deutlich, wie bahnbrechend ich versagt hatte.

Zelda fauchte und kroch ans Ende des Tisches, um sich hinter einer Reihe Fläschchen zu verstecken.

Ich fuhr mir durch die Haare und atmete schwer.

Du bist so unfähig, Cora. Zitternd stand ich im Raum und versuchte, meine Emotionen zu zügeln, was mir jedoch nicht gelang. Die Wut schwappte durch meine Venen, ließ mich kaum zu Atem kommen, geschweige denn herunterfahren.

Zeldas nervöses Zischen hörte ich überdeutlich in meinen Ohren.

Ich zwang mich dazu, die Augen zu schließen und nahm tiefe Atemzüge. Dann bückte ich mich nach dem schwarzen Kessel, der darauf wartete, wieder an seinen rechtmäßigen Platz gestellt zu werden. Die Weckfunktion meines Handys ertönte in dem Moment, als ich ihn auf dem Tisch absetzte. Verdammt. Ich musste zur Arbeit.

Zelda beobachtete mich von ihrer Position aus. Die Luft schien so heiß wie in einer Sauna. Ich erstickte an der Situation und dem schlechten Gewissen, das sich in mir ausbreitete. Immerhin vertraute sie mir … hatte mir vertraut.

»Ich muss jetzt meinem Job nachgehen und kann dich da nicht mitnehmen. Aber du kommst hier klar, oder? Brauchst du noch etwas?«

Sie antwortete mir nicht, starrte mich nur an. Daher wandte ich mich von ihr ab und ging ins Badezimmer.

Nachdem ich geduscht und mich umgezogen hatte, schnappte ich mir meinen Rucksack und suchte Zelda, die inzwischen in der Monstera hing. Es war vielleicht gut so, wenn wir uns ein paar Stunden lang nicht sahen.

»Es tut mir wirklich leid. Bis später.« Mit diesen Worten zog ich die Wohnungstür hinter mir zu und machte mich auf den Weg zum *Pink Venom*.

Bei dem ganzen Chaos hatte ich tatsächlich vergessen, meine Dosis von dem frisch gebrauten Besänftigungstrank einzunehmen. Jetzt konnte mir nur noch ein Hexenkraut-Joint dabei helfen, mir zumindest eine kurze Zeit lang die Gedanken vom Hals zu schaffen. Aktuell überschatteten die neusten Ereignisse sogar meine alteingesessenen Dämonen.

Mit meinem Feuerzeug kokelte ich die Tüte an und nahm einen ersten kräftigen Zug. Langsam blies ich den Rauch aus meinem Mund und beobachtete, wie er gen Himmel stieg. Die Wirkung entfaltete sich sofort, mir wurde augenblicklich warm. Ich konzentrierte mich darauf, meine Füße voreinander zu setzen, ohne zu fallen. Die Magie rauschte durch meine Adern und betäubte meinen Geist und Körper, als stände ich unter Narkose. Ich legte den Kopf in den Nacken, blies den Rauch wieder hinaus und formte dabei kleine Ringe. Ja, das war gut. Die kleinen Rauchquallen schwebten durch die Luft, brachten ihren eigenen Zauber mit sich, der mich faszinierte. Meine Gedanken wanderten immer weiter in den Hintergrund, während mein Kopf scheinbar nur noch mit Nebel gefüllt war. Ich knotete den Regenmantel enger um meine Hüfte. Eine Straße nach der anderen ließ ich hinter mir und nahm meine Umgebung kaum noch wahr.

»Ey, Mischerin.«

Ich drehte mich um und runzelte die Stirn. Der Joint steckte zwischen meinen Lippen und umwallte mich mit seinem magischen Duft. Ein Mann näherte sich mir. Seine braunen langen Haare wippten bei jedem Schritt, den er tat, als wären sie Wellen im Meer, die an den Strand spülten. Oder wie die einer Meerjungfrau, wenn sie tauchte. Er könnte ohne Probleme bei *H2O – Plötzlich Meerjungfrau* mitspielen. Er würde ein toller Fischmann sein … Seine Züge waren hart wie ein Korallenriff, an dem man sich leicht schneiden konnte. Oh Mann, bei der Wirkung des Joints zog ich echt lustige Vergleiche. Ich kicherte.

»Und du bist?«

Er blieb stehen. »Nenn mich Ernest.«

Ich betrachtete ihn abschätzig. Er war keiner meiner Kunden, aber vielleicht hatte jemand meine Drogen weiterempfohlen und er wollte welche kaufen?

»Was willst du von mir … Ernest?« Sein Name klang wie der einer Nudelsoße. Ich verkniff mir ein Lachen.

»Du kannst dir sicherlich denken, was ich will«, erwiderte er. Für den Bruchteil einer Sekunde leuchteten seine Augen auf. Bildete ich mir das in meinem Rausch nur ein, oder war er ein Hexer? Verwirrt betrachtete ich ihn und legte den Kopf schief.

Was war das an seinen Armen? Es sah aus wie ein leuchtender Wurm, der bis zu seiner Schulter hochkletterte. Leuchtender Wurm …

Ich kicherte wieder, und das schien ihm nicht zu gefallen. Der Wurm teilte sich und ich erkannte nun Blitze, die an seinen Armen und Händen entlang knisterten.

»Du bist ein Blitzelementar mit dem Namen einer Nudelsoße.« Ich grinste breit. »Wie heißt du noch mal? Ernesto … o … Pesto? Oder Lightning Nesto?« Ich lachte lauthals.

Eine Stimme in mir warnte mich, dass ich augenblicklich damit aufhören sollte, diesen Hexer mit irgendwelchen kindischen Spitznamen zu betiteln. Doch mein Hirn fand in diesem Zustand alles witzig.

»Oder doch besser Thornesto? Wegen Thor, dem Donnergott. You know?« Ich schaffte es einfach nicht, den Mund zu halten.

Ernesto blähte die Nasenflügel auf. »Wenn man einen Witz erklären muss, ist er bekanntlich nicht mehr witzig.«

»Also, ich fand ihn super.« Ich kicherte weiter und blinzelte gegen die aufsteigenden Lachtränen an. Eigentlich wurde ich nach einem Joint immer ruhig und entspannt, aber heute irgendwie … nicht. Vielleicht lag es an dem Trank, von dem ich geglaubt hatte, dass er mich von Zelda entbinden konnte. Ich hatte von ihm getrunken und er schien sich nicht mit dem Joint zu vertragen. Die Mischung brachte zumindest einmal Abwechslung zur weinerlichen Cora mit sich, die sich in ihrem Selbstmitleid suhlte wie ein Schwein im Schlamm.

Ich nahm einen weiteren Zug und hielt den Joint anschließend diesem Ernest entgegen.

»Willst du auch? Ist gut, 'ne eigene Mischung.«

»Ja, offensichtlich. Du bist sowas von high, das macht mir mein Vorhaben leichter als gedacht.« Sein Blick wurde anzüglich, er kam langsam näher.

Wollte der Typ mir an die Wäsche?

Er ballte seine Hände zu Fäusten. Seine Augen glühten jetzt eindeutig gelb. Ich wich zurück und wurde augenblicklich klarer im Kopf. Erst jetzt bemerkte ich, dass andere Passanten uns gar nicht wahrzunehmen schienen. Hatte er einen Unsichtbarkeitszauber angewandt, der uns vor den Blicken der Menschen versteckte? Mit einem

Mal ging eine Bedrohung von ihm aus, die ich vorher nicht wahrgenommen hatte.

»Ich habe dich mit Grim gesehen. Wie leichtsinnig von ihm, dass er dich einfach hier draußen rumlaufen lässt. So ganz allein. Ohne Schutz. Ts, ts, ts.« Er schnalzte mit der Zunge und kam weiter auf mich zu, bis er nur noch wenige Schritte von mir entfernt war.

Mir wurde plötzlich eiskalt und mein Herz zog sich vorahnungsvoll zusammen.

»Dabei kann ich doch hier auf dich lauern.« Seine Hand schoss vor und legte sich um meinen Hals, während er mich zeitgleich gegen eine Hauswand presste. Augenblicklich bekam ich keine Luft und kämpfte röchelnd danach. »Wo hast du das Ei?« Er begann damit, mich hektisch abzutasten.

Ich schluckte angestrengt. Verdammte Scheiße, was wollte dieser Hexer von mir? Woher wusste er von dem Ei? War er die Gefahr, von der Grim gesprochen hatte? Ging es hierbei um Zelda?

Mein Verstand klärte sich durch die aufsteigende Panik und ich konnte das Ausmaß der Situation zunehmend besser erfassen. Aber hatte ich auch nur die geringste Chance? Ein scheinbar sehr aufgebrachter Hexer gegen eine Hexe, die komplett zugedröhnt war und ihre Kräfte seit über einem Jahr nicht mehr benutzt hatte, außer für das Brauen ihrer Drogen. Wer würde wohl gewinnen? Ich ganz bestimmt … nicht.

Mein Ächzen klang selbst in meinen Ohren entwürdigend. Auf dem Gesicht des Mannes erschien ein Lächeln, das mir verriet, wie gut er sich gerade in seiner Machtposition fühlte. Doch ich würde mich nicht in irgendeiner Seitenstraße erwürgen lassen, nur weil ich high war wie ein Delfin, der an einem verdammten Kugelfisch geleckt hatte. Ich versuchte, meine aktuell noch funktionstüchtigen Gehirnbereiche anzufeuern und meine Magie zu aktivieren. Auch wenn es mir widerstrebte, ich brauchte Hilfe. Allein kam ich gerade unmöglich gegen den Hexer an.

Ich griff an mein Handgelenk und fühlte Grims Armband.

»Belege es mit einem Funken Magie und ich werde dich finden«, hatte er gesagt. Würde er kommen und mir helfen?

Kapitel 4

GRIM

Meine Halskette wurde heiß und pulsierte schnell. Ich hielt in meiner Bewegung inne, blieb mitten auf dem Gehweg stehen. Ein Mann lief in mich hinein, entschuldigte sich und warf mir gleichzeitig einen tadelnden Blick zu. Wir beide wussten, dass es meine Schuld war. In diesem Moment konnte ich nicht die Höflichkeit aufbringen, die mir beigebracht worden war, die Schuld auf mich zu nehmen und mich zu entschuldigen. Die Bedeutung des magischen Pulsierens auf meiner Haut brachte mich dazu, alles andere zu vergessen.

Das Armband, das ich Cora überlassen hatte, trug einen Ortungszauber in sich, der mich sofort wissen ließ, wo sie sich aufhielt. Ich hatte geahnt, dass sie in Gefahr geraten würde! Aber was hätte ich machen sollen? Sie kidnappen? Ganz bestimmt nicht.

Ich rannte in eine Seitengasse. Dort konzentrierte ich mich auf die magische Anziehung und beschwor ein Portal herauf, das mich direkt zu Cora führen würde. Das Knistern der Funken, die den Kreis formten, hallte laut in meinen Ohren wider und vermischte sich mit dem Pumpen meines Herzens. Wir brauchten die Schlange, und da sie sich dummerweise an Cora gebunden hatte, durfte ich nicht zulassen, dass ihr etwas passierte. Wenn Cora in Gefahr war, betraf das auch Zelda. Das durfte ich auf keinen Fall zulassen.

Als sich das Portal vollständig geöffnet hatte, nahm das Pulsieren der Kette weiter zu. Ohne länger zu zögern, sprang ich hindurch und fand mich in einer Seitenstraße wieder. Ich brauchte eine Sekunde, um das Bild zu verarbeiten, das sich mir bot. Verdammt, der Hexer, der Cora gegen eine Hauswand presste und würgte, gehörte zu Adams Zirkel.

Ernest hielt mir den Rücken zugewandt, während Cora meine Ankunft bemerkte. Ihr Gesicht war bereits rot angelaufen.

Ich handelte augenblicklich und schleuderte meine Magie auf den Hexer. Dadurch warf ich ihn von den Beinen und ließ ihn über den Asphalt schlittern.

Cora hielt sich den Hals, rutschte die Wand hinab und atmete gierig ein. Ich rannte zu ihr, reichte ihr meine Hand und half ihr auf.

Ernest rappelte sich mit einem Stöhnen auf. »Du störst, Grim. Ich habe mich gerade so schön mit deiner Freundin amüsiert.«

»Du lässt deine Hände von ihr!«

»Ich will nur das Ei. Dann lass ich deine bekiffte Hexe in Frieden.«

Ich schüttelte den Kopf und hoffte, dass Cora den Mund hielt und nicht verriet, dass die Schlange geschlüpft war. »Du weißt, dass das Ei in die Obhut meiner Familie gehört. Ich werde nicht zulassen, dass Adam und euer elendiger Zirkel weiter Unruhe stiftet. Jede Hexe und jeder Hexer in Portland muss unter euren Machenschaften leiden.«

»Adam will die Zirkelkriege beenden«, stieß Ernest aus.

Ich verzog den Mund. »Nein, er will die alleinige Macht. Doch das werde ich zu verhindern wissen.«

Ernest lachte. »Ausgerechnet du? Du bekommst es doch nicht einmal hin, einen Zirkel zu versammeln.« Er ballte Magie zwischen seinen Händen und schmetterte sie auf uns zu. Gerade noch rechtzeitig schaffte ich es, Cora zur Seite zu stoßen. Sie wirkte wie paralysiert. Ihre schulterlangen braunen Haare wirbelten im Wind umher und umspielten ihr Gesicht.

»Du bekommst noch deine Abreibung«, rief Ernest. »Adam ist alles andere als erfreut darüber, was du abziehst. Du spielst dich als Hexenpolizei auf, obwohl du dich lieber um deine eigenen Angelegenheiten kümmern solltest.«

»Adam ist schon nicht erfreut, wenn er Hexen und Hexer drei Kilometer gegen den Wind riecht, die nicht zu ihm gehören«, erwiderte ich.

Ernest hob die Arme und beschwor ein Gewitter herauf. Mit Blitzelementaren war nicht zu spaßen. Ich musste Cora hier wegbringen, bevor er auf die Blitze zugreifen konnte.

»Grim, ich hasse dich dafür«, brach es aus Cora heraus. Sie machte ein paar Sätze nach hinten.

Ich sah ihre glänzenden Augen. Diese Situation setzte ihr mehr zu, als ich gedacht hätte. Scheiße, das war wirklich vollkommener Mist. Wie hatte ich auch nur annehmen können, dass es gut laufen würde, wenn die Schlange schlüpfte und ich eine außenstehende Hexe wie Cora mit in die Sache hineinzog? Allerdings hatte ich auch nicht damit gerechnet, dass die beiden sich aneinander binden würden.

Bevor Ernest die Blitze auf uns herabjagen konnte, formte ich einen Schutzschild und riss Cora hinter mir her. Die leicht schimmernde Blase umgab uns und wir verschwanden schnell in der nächsten Seitenstraße. Dort schlug ich dreimal gegen eine Mauer und formulierte den entsprechenden Zauber. Innerhalb weniger Sekunden formte sich eine Tür, was mir dennoch viel zu lange dauerte. Kaum war sie von der Magie fertig gezeichnet, griff ich nach dem Knauf und stieß sie auf.

Ich hörte Ernest noch wutentbrannt brüllen, doch sobald auch Cora sie durchschritten hatte, schmiss ich die magische Tür hinter uns zu und sie löste sich auf.

»Was zur Hölle …?« Cora starrte mich an und sah sich dann in ihrer eigenen Wohnung um. »Woher weißt du, wo ich wohne?«

Mit einer so kargen Einrichtung hatte ich nicht gerechnet, mit Kesseln und Utensilien zum Brauen dagegen schon. Ich wusste, dass sie eine Dealerin war, man hörte viel von der berauschenden *Magyk* Wirkung. Und davon, dass man diese Droge nur im *Pink Venom* bekam.

»Ein Zuhause ist immer stark mit seiner Person verbunden, weshalb es leicht ist, mit einem Zauber dem wohligen Gefühl zu folgen und sich durch ein Türportal dorthin zu zaubern. Bei dir war das allerdings ein wenig schwierig, da meine erste Intuition mich in eine kleine Stadt weg von Portland führen wollte. Erst als ich tiefer gegraben habe, fand ich diese Wohnung.«

Cora zog die Augenbrauen zusammen und wirkte mit einem Mal traurig.

»Geht es dir gut?« Ich trat einen Schritt auf sie zu und drückte prüfend ihren Arm.

»Ja, es geht. Bedanken werde ich mich allerdings nicht. Für gar nichts.«

»Das musst du auch nicht«, stimmte ich ihr zu.

»Hexe?« Zelda glitt von einer Pflanze herab und kroch auf uns zu. »Du wolltest doch arbeiten gehen. Hast du Grim hergebracht, damit er mich mitnimmt?« Ihr vorwurfsvoller Blick richtete sich auf Cora.

Sie schüttelte den Kopf. »Nein, ich brauchte Hilfe und habe ihn deshalb gerufen.«

Sofort richtete sich die Schlange auf. »Was ist passiert?«

Cora erzählte kurz und knapp, was geschehen war, und rieb sich die Schläfen, als hätte sie Kopfschmerzen.

»Das ist furchtbar!«, zischte Zelda.

»Wie geht es deinem Hals?«, fragte ich Cora, trat zu ihr und betastete die blutunterlaufene Haut.

»Der Magyk-Anteil meines Joints unterdrückt wohl die Schmerzen«, sagte sie.

Ich sah mich um und betrachtete die Gläser und Phiolen, in denen sie verschiedene Pflanzen aufbewahrte. Sie alle trugen kein Etikett. »Unbeschriftet?«, fragte ich, und deutete auf das Regal, das sich direkt gegenüber der Tür befand.

Cora nickte. »Ich weiß, was das alles ist. Dafür brauche ich keine Etiketten.«

Das ergab Sinn und bestätigte nur noch mehr, dass sie eine Hexe war, die sich mit Tränken auskannte.

Cora öffnete ihren Regenmantel und strich ihn sich von den Schultern. Sie stand nun in dem Outfit vor mir, das sie schon im Club getragen hatte.

»Ich hoffe für dich, dass ich wenigstens noch in meinem eigenen Bett ruhig schlafen kann, ohne von irgendjemandem angegriffen zu werden, der meint, dass ich was mit dir zu tun hätte.«

Zelda schlängelte sich an Cora hinauf, bis auf ihre Schulter.

Ich hörte, was sie sagte, konnte ihr dieses Versprechen aber nicht geben. Zudem lenkte mich ihr Anblick ab. Im Club hatte sie schon verdammt heiß in der Ledershorts, dem BH und dem Netzoberteil ausgesehen, doch gerade konnte ich ihre Erscheinung in Ruhe auf mich wirken lassen.

»Grim? Kannst du aufhören, mich abzuchecken, und mir stattdessen antworten. Ich weiß nicht, worum es hier geht, und was ich überhaupt damit zu tun habe. Warum bist du im Club zu mir gekommen und hast mir das Ei gegeben? Weshalb ist Zelda ausgerechnet bei mir geschlüpft? Und wieso ist der Typ hinter ihrem Ei her? Das war doch der Grund, warum er mich überfallen hat, oder?«

Ich sah zu Boden und nickte reumütig. Nachdem Ernest ihr aufgelauert hatte, war ich ihr wirklich ein paar Antworten schuldig. Ich hätte bemerken müssen, dass sie mich beschatteten. Anscheinend hatten sie aber nur mitbekommen, wie ich Cora das Ei übergeben hatte, nicht, dass die Schlange bereits geschlüpft war.

»Als ich das Ei gefunden hatte und es nicht auf meinen Einfluss reagierte, gab ich es vor dir schon anderen Hexen und Hexern und hoffte dabei, dass Zelda bei ihnen schlüpft. Warum sie es ausgerechnet bei dir getan hat, weiß ich nicht. Ich wusste nur, dass es jemand sein muss, der zirkellos ist.«

Sie nickte nachdenklich. »Hm … ja. Zelda erwähnte schon, dass magische Schlangen sich immer an denjenigen binden, bei dem sie schlüpfen. Deshalb darf derjenige wohl keinem Zirkel angehören und muss ungebunden sein.« Sie wandte den Blick ab und wirkte mit einem Mal niedergeschlagen.

Die kleine Schlange zischte und schmiegte sich an Coras Hals.

»Und warum ist ihr Ei und somit Zelda so wichtig?«, hakte Cora weiter nach.

Ich zögerte mit meiner Antwort. Doch ich brauchte Zelda und hatte im Grunde gar keine andere Wahl; ich musste sie einweihen.

»Es existiert ein Kristallschädel, in dem einst die Magie von vielen Hexen und Hexern gebündelt und gespeichert wurde, bevor diese starben. Wer ihn findet und sich seiner geballten Magie bemächtigt, erhält ungeahnte Macht. Und laut dem Mythos ist Zelda der Schlüssel, um den Kristallschädel aufzuspüren. So steht es in den alten Aufzeichnungen meiner Familie.«

Cora verengte die Augen. »Was hat denn deine Familie damit zu tun?«

»Seit jeher ist es unsere Bestimmung, dafür zu sorgen, dass diese machtvolle Magie nie wieder in falsche Hände geraten kann. Meine Vorfahren haben das letzte magische Schlangenei sicher verwahrt, doch während der Zirkelkriege plünderte Adam ein Haus meiner weitläufigen Verwandten und fand dabei ein Buch, in dem der See vermerkt worden war, in dem meine Ahnen das Ei damals versenkten.« Cora und Zelda hörten mir aufmerksam zu und ich sah die beiden abwechselnd an. »Durch die auferlegte Verbindung, die meine Familie zu dem Ei hatte, sah ich in einer Vision, dass Adam und sein Zirkel den See im Visier hatten. Es war nur noch eine Frage der Zeit, bis er die Truhe mit Zeldas Ei geborgen hätte. Ich hatte daher keine andere Wahl, als ihm zuvorzukommen.«

Cora verschränkte die Arme vor der Brust. »Aber warum hast du das Ei denn nicht einfach wieder an einem anderen sicheren Ort versteckt, von dem Adam und die anderen nichts wissen?«

»Weil mir die Vision eine andere Möglichkeit aufgezeigt hat, dieser Gefahr für immer ein Ende zu setzen. Wenn die Schlange erst einmal geschlüpft ist, kann ich mit ihrer Hilfe den Kristallschädel aufspüren und ihn ein für alle Mal zerstören.«

»So besonders bin ich?«, staunte die kleine Schlange und riss die Augen auf. »Aber ich habe wirklich keine Ahnung, wie ich dir dabei helfen könnte.«

Ich spürte, wie sich ein niederschmetterndes Gefühl der Enttäuschung in mir einnistete. »Verdammt! Ich hatte gehofft, du wüsstest es. Jetzt kann ich nur noch auf eine neue Vision warten und währenddessen alte Bücher wälzen.«

»Was will dieser Adam denn mit der Magie des Kristallschädels anstellen?«, zischte Zelda.

»Sie würde ihm die Macht geben, alle Hexenzirkel der Stadt voneinander zu entbinden, und du kannst dir sicherlich vorstellen, wie stark diese Magie sein muss, um die geschlossene Einheit und das kraftvolle Band eines Zirkels zu zerstören. Keiner von ihnen könnte sich jemals wieder zusammenschließen, stattdessen müssten sie sich Adam unterwerfen.«

Cora runzelte die Stirn. »Lass mich das bitte noch mal zusammenfassen, ob ich es richtig verstanden habe: Adam und sein Zirkel sind hinter Zelda her, weil sie durch sie den mächtigen Kristallschädel finden könnten, und ich bin mit betroffen, da Zelda sich an mich gebunden hat. Und der Schädel kann eine Magie freisetzen, durch die Adam die Macht erhalten würde, alle Zirkel zu trennen und die Hexen und Hexer stattdessen an sich zu binden.«

Ich nickte. »So ist es. Wird die Magie des Schädels in seinem Beisein freigesetzt, wird er sich ihrer bemächtigen und sie dazu nutzen, über uns alle Macht zu ergreifen. Er strebt eine Diktatur an, Cora. Er will an der Spitze stehen, und es ist meine Bestimmung, ihn davon abzuhalten.«

»Aber du …«, setzte sie an.

Das Klingeln meines Handys unterbrach Cora. Ich zog es aus meiner Hosentasche und warf einen Blick auf das Display. Es war Jody. Kurzerhand wandte ich mich von Cora ab und nahm den Anruf entgegen.

»Was gibt's?«

»Grim!« Die Panik in Jodys Stimme jagte mir einen kalten Schauer über den Rücken.

»Ist was passiert?«

»Es geht um Oliver, da ist so viel Schaum vor seinem Mund. Ich glaube, er wurde vergiftet! Ich weiß nicht, was ich machen soll. Bitte hilf uns, er stirbt!«

Mein Blick wanderte zu Cora. Sie war eine Mischerin. Vielleicht konnte sie uns helfen. Sie musste Oliver retten!

Kapitel 5

CORA

»Was ist los?«, fragte ich.

Grim hatte das Telefonat gerade beendet und wirkte völlig durch den Wind. Es schien keine gute Nachricht gewesen zu sein, die er erhalten hatte. Er fuhr sich durch die Haare, während er wie ein wildes Tier auf und ab lief.

»Mein Freund braucht Hilfe! Ich habe ihnen meinen Standort geschickt. Hoffentlich ist er noch dazu in der Lage, ein Portal zu erschaffen. Ansonsten brauchen sie ewig bis hierher.« Grim blickte panisch zur Tür und dann wieder auf sein Handy.

Ich stellte mich ihm in den Weg. »Aber … Wieso suchst du deine Freunde nicht und gehst zu ihnen? Du kannst doch nicht einfach fremden Leuten meine Adresse geben. Zumindest hättest du mich vorher fragen können, ob ich damit einverstanden bin. Ich will hier nicht schon wieder in die nächste Sache mit reingezogen werden. Deine Probleme sind nicht meine, Grim.«

»Cora, bitte.« Er machte einen Schritt auf mich zu. »Du bist wahrscheinlich die Einzige, die Oliver noch helfen kann.«

»Ich? Wie kommst du darauf, dass ausgerechnet ich ihm …« Ein Klopfen an der Tür ließ mich verstummen. Nein, es hämmerte wie ein Donnergrollen am gewitterüberzogenen Himmel.

»Grim?«, erklang eine panische Stimme.

Zelda zuckte bei jedem Hämmern auf meiner Schulter zusammen. »Bitte versteck dich irgendwo«, wies ich sie an. »Komm erst wieder raus, wenn ich dich rufe!«

Zelda glitt unverzüglich an mir hinab und verschwand in einem Affenzahn unter der Couch.

Grim öffnete bereits, ohne zu zögern, die Tür. »Endlich.«

»Oliver ist wirklich angeschlagen«, hörte ich eine Frauenstimme sagen. »Er hat deine Koordinaten nicht ganz getroffen. Wir sind im Nachbarhaus rausgekommen.«

Ich näherte mich der Tür, trat neben Grim und musterte die drei Fremden. Links im Gang stand eine Frau, deren Augen vor Tränen schimmerten, rechts ein muskulöser Mann, dessen Blick mir spürbar Mut zusprach. Nutzte er Magie? Sie stützten einen Mann in ihrer Mitte, der sich unter Schmerzen krümmte. Er hatte lockiges Haar, war von großer Statur und ließ den Kopf hängen, sodass ich sein Gesicht nicht sehen konnte. Doch aus seinem Mund tropfte eindeutig eine blaue Substanz.

»Was ist mit ihm?«, fragte ich.

»Er wurde vergiftet«, erwiderte die Frau und pustete sich eine lockige Strähne aus der Stirn. »Zumindest denken wir das.« In ihrer Miene erkannte ich blanke Panik.

Ich ließ es zu, als die drei sich an mir vorbei in meine Wohnung drängten, und schloss wie in Trance die Tür. Sie legten den Mann auf den Boden, dem ich ansah, dass er allmählich in eine Bewusstlosigkeit glitt. Sein Gesicht war schmerzverzerrt und mit der blauen Substanz beschmiert, die schäumend aus seinem Mund quoll. Die Frau kniete sich neben ihn auf den Boden und strich ihm die verschwitzten Locken aus dem Gesicht. Der Mann sah fragend zu Grim, ebenso wie ich.

»Was soll ich deiner Meinung nach tun?«, fragte ich ihn direkt.

»Ihm helfen! Du sollst ihm helfen.« Seine Stimme wurde lauter und ich zuckte kurz unter seinem barschen Tonfall zusammen. »Tut mir leid, aber bitte, hilf ihm!«, sagte er, als er meine Reaktion bemerkte.

»Ich kenne das Gift nicht und weiß nicht, wie.« Das war gelogen, wahrscheinlich würde ich eine Lösung finden, wenn ich mich damit beschäftigte, doch die Frage war, ob ich dafür die Kraft hatte. Grim hatte seine Freunde ungefragt hierhergeholt. Wollte ich wirklich noch einmal dabei zusehen, wie jemand starb? Der Mann war schon mehr tot als lebendig. Inzwischen zeigte er keine Regung mehr. Einzig sein Brustkorb hob und senkte sich unter flachen Atemzügen.

»Bitte, versuche es!«, flehte mich die Frau an. »Du bist doch eine Mischerin, oder?« Ihre himmelblauen Augen hingen voller Tränen, die immerzu über ihre sommersprossigen Wangen rannen. Als ich keine Reaktion zeigte, drang ein Laut der Verzweiflung aus ihrer Kehle. Sie zeigte mir ganz offen, wie verletzlich sie in diesem Moment war. Der Ähnlichkeit nach zu urteilen, mussten sie verwandt sein. Sie und der Mann auf dem Boden.

Wenn ich nichts unternähme und nur beobachtete, wie sein Hals von Minute zu Minute immer mehr anschwellen und ihm die Luft abschneiden würde, würde er hier in meiner Wohnung sterben. Er verließe in meiner Anwesenheit die Frau, die ihn eindeutig liebte. Und er hatte auch für Grim und den anderen Mann ganz offensichtlich eine Bedeutung.

Genauso war es bei Levi gewesen.

Er würde wie Levi sterben.

Levi hätte ihn sofort gerettet, hätte nicht gezögert, sondern wäre mit seiner Heilgabe eingeschritten und hätte alles gegeben, vielleicht sogar zu viel. Er war immer ehrgeizig und aufopferungsvoll gewesen, hatte sich für einen anderen Menschen geopfert, sich in die Schusslinie geworfen und einer Pistolenkugel gestellt, gegen die er keine Chance hatte. Weil sein Wesen herzensgut gewesen war.

Ich biss die Zähne zusammen und atmete tief durch. Die Angst und Unsicherheit, die Levis Tod in mir hervorgerufen hatte, durfte nicht bestimmen, ob ich diesem Mann half oder nicht. Ich musste ihn retten.

Nach einem letzten Zögern ließ ich mich auf die Knie fallen und scheuchte den schwarzhaarigen Mann mit einer fahrigen Handbewegung beiseite.

»Danke.« Die Frau schluchzte auf und fuhr sich übers Gesicht, während sie dem Bewusstlosen weiterhin die Hand hielt.

»Noch ist er nicht gerettet, ich kann nichts versprechen. Aber ich werde mein Bestes geben.« Ich beugte mich nach vorne und kam mit meiner Nase nah an seinen Mund, um riechen zu können, was er in seinen Körper aufgenommen hatte. Mit geschlossenen Augen identifizierte ich verschiedene Kräuter, genauso wie die bittere Nuance von Distelbeeren. Angeekelt verzog ich das Gesicht. Aus ihnen gewann man eines der einfachsten Gifte, das ich leicht von anderen unterscheiden konnte. Es hatte trotz der herben Note eine gewisse Süße an sich, die sich augenblicklich im Rachen festkrallte. Welches Gegenmittel gab es für das Gift? *Überleg, Cora. Du weißt das, komm schon.* Irgendetwas hielt mich davon ab, damit anzufangen, aus meinen Kräutern ein Gegengift herzustellen. Doch was?

Da der Mann wieder zu Bewusstsein kam, seine Augen verdrehte und wimmerte, wie ein verwundetes Tier, schluchzte die Frau erneut auf. Sie wischte ihm mit einem Taschentuch den blauen Schaum von Mund und Wangen.

Ich legte den Kopf schief und betrachtete das Gesicht des Mannes genauer. War das etwa …?

»Ben?«, fragte ich ungläubig. Er war einer meiner Kunden. Gestern hatte er sich erst neues *Magyk* gekauft. Hatte er womöglich zu der Distelbeere auch noch *Magyk* genommen? Dann entstünden in seinem Körper gefährliche Stoffe, die nach außen dringen wollten. Sein Körper würde so lange verkrampfen, bis seine Organe aufgaben. Ich brauchte ein Gegengift für die Distelbeere *und* meine eigene Droge – gegen das Gift, das ich mir täglich selbst verabreichte. Wie makaber.

»Cora?«, fragte Grim, der mich abwartend betrachtete.

»Ja, ich denke nach. Es ist nicht nur das Gift in seinem Körper, das wäre erst langsam erkennbar geworden, doch er hat auch Drogen genommen. Die Mischung der beiden Substanzen lässt seinen Körper komplett durchdrehen. Es ist so, als wäre man paralysiert, aber hat innerlich den größten Zuckerschock des Jahrtausends.«

»Drogen?«, echote die Frau und riss die Augen auf. »Welche Drogen? Woher willst du wissen, dass er welche nimmt?«

»Weil ich sie ihm verkauft habe.« Ich stand auf und sah Grim an. »Er hat mich gestern getroffen, um sich eine neue Dosis *Magyk* zu besorgen.« Das Geständnis kam mir nur schwer über die Lippen.

»Warte mal, du bist die *Magyk*-Tussi?« Die Frau verengte abschätzig die blauen Augen.

»Ja, aber wenn du jetzt anfangen willst, mit mir darüber zu diskutieren, fehlt mir die Zeit, um deinem Freund zu helfen.«

»Er ist mein Bruder, meine einzige Familie.« Die Verzweiflung in ihrem Gesicht ließ mich nur noch nervöser werden. Der Schaum um Bens Mund nahm zu. Ich musste mir etwas einfallen lassen.

»Kann ich etwas tun?«, fragte Grim mich.

Ich kaute nachdenklich auf meiner Unterlippe. »Ja, ich bräuchte alle meine Aufzeichnungen. Darin steht ein Zauber, den ich benötige.«

»Klar, in welchem Regal sind sie?«

»Nein, du verstehst mich falsch, sie sind in einer anderen Stadt.« Ich wusste nicht, ob ich überhaupt dazu in der Lage war, den Zauber durchzuführen, nachdem ich über ein Jahr lang keinen gewirkt hatte. Das Einzige, was ich benutzt hatte, war der kleinste Funken, den ich für die Tränke und mein *Magyk* benötigte. Ansonsten hielt ich mich von allem fern, was mich zu nah an Magie heranbrachte. Meine eigene war eingeschlafen, verrostet. Alt. Unbrauchbar.

»Das wird uns Zeit kosten«, sagte Grim und riss mich aus meinen Gedanken. »Aber ich kann uns ein Portal erschaffen, um dich schnellstmöglich dorthin zu bringen.« Er streckte mir seine Hand entgegen.

»Dafür muss ich erst einmal die Koordinaten für dich heraussuchen«, sagte ich, und zückte mein Handy.

»Das brauchst du nicht, denke einfach an den Ort, zu dem du willst.«

Ich hob die Augenbrauen. »Bist du dir sicher, dass du das hinbekommst?«

»Ich heiße Grim, und das kommt nicht von irgendwoher. Man nennt mich auch den wandelnden Grimoire. Deshalb Grim.« Er zwinkerte mir aufmunternd zu. Während er sprach, formte er mit seiner Hand einen Kreis aus Funken, der sich immer größer werdend zu einem Portal ausformte.

»Interessant«, murmelte ich und schüttelte leicht den Kopf. Ich fragte mich, ob er mich wirklich auf den Dachboden der Waldhütte von Ashland bringen, und ich dort jemanden von meinen alten Freunden antreffen konnte? Würde ich sie lachen hören, während ich um ein Leben kämpfte, das vielleicht meinetwegen erlosch? Ich war mir noch immer nicht ganz sicher, ob ich es schaffen würde, Ben zu retten.

Das Portal öffnete sich immer weiter, bis schließlich ein Zimmer zu sehen war. Der Dachboden, mit all seinen Kräutern und Grimoires. Ich konnte es nicht fassen.

»Was brauchst du?«, fragte Grim.

»Am besten alles.«

Grim nickte. Statt mit mir durch das Portal zu treten, hob er nur seine Hände, und plötzlich schossen jegliche Gefäße, Phiolen, Bücher, Notizen, Steine und Pflanzen durch den funkensprühenden Kreis und landeten vor und neben uns auf dem Boden. Den Dachboden zu sehen, schürte in mir eine Sehnsucht, auf die ich nicht vorbereitet war. Dort war mein altes Zuhause; der Ort, an dem ich einst mit Levi glücklich gewesen war. Gab es mein Zimmer dort noch? Unser Zimmer? Der lähmende Schmerz setzte wieder ein, übermannte mich ganz und gar. Nur nebenbei bekam ich mit, dass sich das Portal wieder schloss und verschwand. Ich richtete den Blick auf Grim, dem die Schweißperlen auf der Stirn standen. Er atmete heftig. Portale heraufzubeschwören brachte ihn ganz offensichtlich an seine Grenzen. Immerhin waren Portalzauber nicht dazu gedacht, jeden Tag verwendet zu werden, sie zogen unheimlich viel Energie und Kraft.

»Jetzt hast du dein ganzes Zeug.« Grim deutete um uns.

Die Frau und der Mann trugen bereits alle Bücher zusammen, und ich wühlte sie durch. Wo war das von meiner Großmutter? Ihr Grimoire war das, mit dem ich umzugehen wusste und der mir am allermeisten half. Ich entdeckte den kastanienbraunen Einband unter anderen Büchern und zog den Grimoire hervor. Es hatte in goldener Schrift die Worte *Zauber & Tränke der McCays* eingeprägt, aber ich hatte keine Zeit, sie zu begutachten oder gar mit den Fingerspitzen darüberzustreichen, wie meine Großmutter es immer getan hatte. Schnell blätterte ich es auf und suchte darin. Schlug Seite um Seite auf und las die Überschriften der verschiedenen Zauber.

Ben hustete und krampfte wieder. Seine Augen verdrehten sich und der blaue Schaum füllte inzwischen seinen ganzen Mundraum. Ich schluckte angestrengt, da ich das Gefühl hatte, mein Hals wäre selbst mit der Substanz gefüllt. Er schnaufte immer schwerer.

Als ich den gesuchten Zauber endlich gefunden hatte, haderte ich. Wie ging die richtige Betonung des Zaubers noch gleich? Welchen Gedanken musste ich umsetzen, damit sich die benötigte Magie rührte? Der kleine Funke, den ich für die Tränke nutzte, reichte bei Weitem nicht aus. Ich hatte keine Ahnung, wie es funktionieren sollte.

Kapitel 6

GRIM

»Ich weiß nicht mehr, wie man zaubert«, flüsterte Cora und sah mit ratlosem Blick zu mir auf.

»Nein, nein, nein!« Jody keuchte auf. Sie hielt Olivers Hand und strich immerzu über sein Haar. Warum wohl hatte Cora ihn vorhin Ben genannt? Hatte er sich ihr unter falschem Namen ausgegeben, als er Drogen bei ihr kaufte?

Reese hinter mir grummelte etwas, das ich nicht verstand.

Ich hatte damit zu kämpfen, mir vor Cora nicht anmerken zu lassen, wie sehr mich ihre Aussage verwirrte. Eine Hexe, die nicht wusste, wie man zauberte. So etwas hatte ich noch nie erlebt. Immerhin braute sie auch ihre Drogen, doch mir war klar, dass man dafür weniger Magie benötigte, als bei einem größeren Zauber, wie wir ihn bei Oliver benötigten. Verdammt! Mein bester Freund lag im Sterben.

»Spürst du deine Magie?«, fragte ich und ging einen Schritt auf Cora zu.

Sie schüttelte den Kopf und presste die Lippen aufeinander. Was war der Grund dafür, dass sie nicht zauberte? Nichts war besser als Magie.

»Okay, gut, gib mir deine Hände.« Ich reichte ihr meine.

»Wozu?«, fragte sie, kam meiner Aufforderung aber zögernd nach.

Ich spürte ihre Berührung und konzentrierte mich auf die Magie, die in meinen Adern, Knochen und meinem Blut steckte. »Ich werde dir etwas von meiner Magie geben, sie durch dich hindurchschicken. Es wird wie ein kleiner Stromschlag sein. Dadurch rüttele ich deine Magie hoffentlich wieder wach.«

Cora blickte mich mit ihren grünen Augen an und blinzelte stumm. Erst als sie nickte, ließ ich einen kleinen Schwall in meine Hand fahren, um ihn dann weiterzuleiten.

Sie hielt meinem Blick stand und zuckte nur leicht zusammen, als die Magie sie durchdrang. Da erhöhte ich die Intensität. Ich schickte immer mehr Wellen durch sie hindurch, bis ihre Augen zunehmend in einem hellen schimmernden Grün leuchteten und mir zeigten, dass ihre Magie erwachte.

Erleichtert atmete sie aus und löste ihre Hände von mir. Sie betrachtete ihre Finger und ballte sie zu Fäusten, so, als würde sie zum ersten Mal seit Langem spüren, was für ein berauschendes Gefühl die eigene Macht war.

»Bitte hilf meinem Bruder«, flehte Jody und blickte Cora an, die hastig nickte und neben Oliver auf die Knie sank.

Ich trat hinter sie und beobachtete, wie sie in einem Buch den Zauber las, den sie ausführen wollte. Sie hob ihre Hand und schwang sie in gleichmäßigen Bewegungen hin und her. Doch es passierte nichts.

»Versuch es noch mal«, forderte ich sie auf und gab mir Mühe, meine Ungeduld nicht allzu offensichtlich in meiner Stimme mitschwingen zu lassen. »Du kannst das!«

Cora verzog den Mund.

»Ich glaube an dich«, bekräftigte ich sie weiter.

Ihr Blick traf meinen, sie starrte mich an und ich sie. Das strahlende Grün ihrer Augen wurde immer intensiver und heller, bis sich schließlich ein schwarzer Kessel vom Tisch hinter uns erhob, genauso wie im Zimmer verteilte Pflanzen und verschiedene Fläschchen aus den Regalen. Sie landeten beinahe lautlos vor Cora, schwebten aber weiterhin in der Luft, wobei sie nach und nach Zutaten in den Kessel gab. Nachdem sie im Buch die gesamte Liste mit dem Finger nochmals nachgefahren war, ließ sie einen Zauber von der Hand in den

Kessel gleiten und begann, mit einem Holzlöffel zu rühren. Dabei breitete sich ein sanftes Lächeln auf ihren Lippen aus, das mein Herz erwärmte.

Was war ihr bloß widerfahren, dass sie den Zugang zu ihrer Magie verloren hatte? Es grenzte an Qual, die eigene Magie nicht nutzen zu können. Wie ein Rohr, das sich immer mehr füllte, bis es irgendwann zu voll war und platzte.

»Jemand muss seinen Kopf halten«, ordnete Cora an.

Reese umklammerte mit seinen Händen Olivers Kopf und Cora schöpfte mit einer Kelle etwas von dem Gegengift aus dem Kessel. »Er muss so still wie möglich liegen, damit ich ihm das hier verabreichen kann.«

Reese nickte Cora zu und spannte seine Arme offensichtlich an. Ich ging zu Olivers Beinen und setzte mich darauf, damit er nicht krampfen konnte. Jody hatte seine Hände zusammengeführt und hielt sie.

Cora versuchte, Oliver das Gebräu in den Mund zu schütten, doch er zitterte zu stark. Sie konnte es ihm nicht ausreichend einflößen.

»Scheiße«, fluchte sie, wandte sich zu dem Stehtisch um und bewegte die Hand in einer auffordernden Handbewegung. Etwas sauste haarscharf an meinem Kopf vorbei und landete in Coras ausgestreckter Hand. Eine Spritze, wie ich feststellte.

»Dann eben so«, murmelte sie und zog die Flüssigkeit in die Kanüle. Sie schob Olivers Ärmel nach oben, setzte die Nadel an und stach in seine Haut.

Ich hasste Spritzen. So unauffällig wie möglich schüttelte ich mich und sah weg.

»Gut, ja, ich spüre es.« Cora legte Oliver die Hände auf den Bauch. Fest presste sie die Augen zusammen und murmelte den Zauber aus dem Grimoire vor sich hin. Sie wurde immer lauter und lauter, nahm jede Silbe schwungvoll mit und ließ die Worte über ihre Zunge schnalzen. Der Spruch wurde zu einer Art Gesang, und als Cora ihre Hände in gleichmäßigen Bewegungen über Olivers Oberkörper schweben ließ, wusste ich, dass sie es draufhatte. Was auch immer der Grund für ihre Magieabstinenz gewesen war, es hatte sie kein bisschen einrosten lassen. Sie war gut.

Oliver bäumte sich mit einem Schlag auf und streckte den Rücken durch, seine Augenlider flatterten und die Finger verkrampften. Ich hatte das Gefühl, auf einem verdammten Bullen zu reiten und nicht auf meinem besten Freund zu sitzen.

»Was passiert mit ihm?«, fragte Jody panisch und schluckte ihre nächsten Worte hinunter, als sie erkannte, dass Cora noch immer nicht mit dem Zauber fertig war.

Wind brauste auf, umspielte Olivers Körper und strich durch seine Haare. Cora hielt die Augen konzentriert geschlossen. Ihre Stimme wurde aufbrausender, die Bewegungen hektischer.

Oliver ächzte und würgte.

Cora ließ einen zweiten Kessel heranschweben und drehte ihr Handgelenk blitzschnell im Kreis, sodass es einem Wirbel ähnlich war. Im nächsten Moment erklang ein schmatzendes Geräusch und blaue Flüssigkeit stieg aus Olivers Mund hervor, die sich wie eine Spirale formte und Coras Handbewegung bis in das Gefäß hinein folgte. Der Kessel füllte sich nach und nach mit der giftigen Mischung, und als der letzte Tropfen aus Oliver entwichen war, hörte er schlagartig auf zu krampfen.

»Hat es geklappt?«, fragte Jody und strich Oliver über die Brust, als könnte sie ihn dadurch dazu bewegen, schneller wieder aufzuwachen.

»Ich hoffe es«, murmelte Cora und stellte den Kessel zur Seite.

»Auf jeden Fall atmet er wieder ruhig und kräftig.« Reese nickte Cora zu und fuhr sich durch die rabenschwarzen Haare, von denen ihm ein paar vereinzelte Strähnen ins Gesicht hingen.

»Danke«, sagte ich, und lächelte Cora an.

Ich hätte nicht gewusst, zu wem wir sonst hätten gehen können. Die anderen Zirkel würden uns nicht helfen, aus dem einfachen Grund, dass sie mich nicht mochten und Zirkel sich untereinander auch nicht helfen durften. Wenn sich einmal ein Zirkel gebildet hatte, dann musste alles darangesetzt werden, ihn zu schützen und sich aus anderen Angelegenheiten rauszuhalten. Ansonsten drohten schwerwiegende Konsequenzen.

»Das sind meine Freunde, Reese und Jody«, sagte ich, als mir auffiel, dass ich sie Cora noch nicht einmal vorgestellt hatte. Ich deutete auf die beiden.

Reese hob die Hand und nickte Cora zu. Jody ließ ihren Bruder nicht aus den Augen.

»Und das ist Oliver«, flüsterte Cora und betrachtete meinen Freund, der nach wie vor auf dem Boden lag und nun wirkte, als würde er friedlich schlafen. »Ich kannte ihn bisher als Ben.« Sie ging zu dem Tisch, auf dem ihre Brauutensilien lagen. »Oliver braucht definitiv noch Ruhe, und ich werde ihm etwas brauen, das hilft, wenn man zu viel Magie ausgesetzt war. Eine Art Regeneration. Außerdem unterstützt es den Magen dabei, sich zu entspannen und verhindert nachträgliche Beschwerden wie Bauchschmerzen oder Übelkeit.« Sie sah zu mir und ich musste mit Bedauern feststellen, dass ihre leuchtenden Augen verblassten. »Am besten legt ihr ihn auf die Couch«, forderte Cora uns auf.

Reese, Jody und ich hievten unseren Freund nach oben und legten ihn hin. Die Polster gaben unter seiner beachtlichen Last nach und sanken ein, während Jody eine Decke von der Lehne nahm und sie über ihm ausbreitete.

»Zelda, ich denke, du kannst jetzt zu mir kommen«, sagte Cora.

Wie ein geölter Blitz schoss etwas unter der Couch hervor und auf sie zu. Schneller, als ich es mit bloßem Auge erkennen konnte, schlängelte sie sich neben Cora an dem Tischbein hinauf.

»Eine Schlange!«, brüllte Jody und schob Reese vor sich, der nicht begeistert wirkte.

»Wo?«, zischte Zelda und flüchtete sich auf die andere Seite des Tisches, um sich vor der angeblichen Gefahr in Sicherheit zu bringen.

»Zelda, sie meint dich«, erklärte Cora ihr und sah sie vielsagend an. Die kleine Schlange drehte ihren Kopf hin und her. Dann hielt sie inne und betrachtete Jody, die sich weiterhin hinter Reese versteckte.

»Ach, ihr habt Angst vor mir? Das soll doch wohl ein Witz sein, oder? Ich habe noch nie so eine freundliche und aufgeschlossene Schlange wie mich getroffen. Eure Panik ist vollkommen übertrieben.«

»Sie redet«, stellte Jody fest und schob Reese ein Stückchen von sich weg. Dieser musterte Zelda neugierig.

»Ja, natürlich rede ich. Sehe ich aus wie eine normale Oregon-Klapperschlange, die sich im Wald durch den Dreck wühlt? Nein, ganz sicher nicht.«

Jody verzog den Mund, als wäre sie gerade von ihrer Großmutter gerügt worden.

Ich hatte nicht gewusst, dass diese kleine rosa Schlange so selbstbewusst sein konnte. Es war lustig anzusehen, mit welcher Überzeugung sie ihre Worte zischte und sich dabei voller Stolz in die Höhe streckte. Ganz offensichtlich fand sie es empörend, dass jemand sie für angsteinflößend hielt.

»Geht es dir gut?«, erkundigte sich Cora bei der Schlange.

Zelda fiel wieder deutlich in sich zusammen. »Ja, aber mir war das gerade zu viel Tumult. Immerhin wäre hier fast jemand gestorben, und dann auch noch die vielen Leute im Raum.« Sie glitt wieder an dem Tischbein hinab und kroch in den Topf einer Zimmerpflanze. »Ich denke, nach der ganzen Aufregung wird mir ein wenig Schlaf guttun.«

Kaum schloss Zelda die Augen, griff Cora auf dem Tisch nach einem Buch, blätterte hektisch durch die Seiten und fuhr mit dem Zeigefinger über die geschriebenen Zeilen. Offenbar suchte sie nach etwas.

Ich trat hinter sie und kam ihr dabei so nah, dass ich den Eukalyptusduft riechen konnte, der von ihr ausging. Sie wich mir nicht aus und blickte mich stattdessen über ihre Schulter hinweg an.

»Gibt es einen Grund, weshalb du nicht gezaubert hast? Deine Magie hatte sich richtig in dich zurückgezogen.«

Augenblicklich verkrampfte sie sich und ich hörte, wie sie schluckte.

»Entschuldige, im Grunde geht mich das nichts an.« Und doch interessierte es mich brennend, warum es sie solche Überwindung gekostet hatte, Oliver das Leben zu retten. Mal ganz abgesehen davon, dass sie seine Dealerin war. Das war aber ein anderes Thema, das hier gerade nichts zu suchen hatte.

Ohne mir zu antworten, wandte sie sich ihrem kleinen Kessel zu, warf ein Kräuterbüschel hinein, träufelte eine Tinktur darüber und rührte den für Oliver gedachten Regenerationstrank um.

»Was würde es mir bringen, wenn ich dich damit nerve, bis du es mir sagst?«, hakte ich vorsichtig nach.

»Einen Arschtritt.« Das leise Lachen konnte ich wunderbar aus ihrer Stimme heraushören.

»Den würde ich von dir sogar entgegennehmen.«

Cora schüttelte belustigt den Kopf und wollte gerade etwas erwidern, als wir hinter uns die wirren Stimmen meiner Freunde vernahmen.

»Wacht er jetzt auf?«, fragte Jody.

»Nein, ich glaube, er zuckt nur«, entgegnete Reese.

»Aber sieh doch, seine Lider flattern.«

Cora und ich wandten uns zu den anderen um. Sie drängte sich an mir vorbei und ich spürte die kurze Berührung durch den Stoff meines Shirts, als wäre sie mir direkt über die Haut gefahren. Bei der Couch angekommen, beugte sie sich zu Oliver hinab und betastete sein Gesicht. Grummelnde Laute kamen aus seiner Kehle. Hoffentlich war alles gut und er trug keine bleibenden Schäden davon.

Als er sich schlagartig aufrichtete und die Augen aufriss, wich Cora zurück. Die beiden starrten einander an, als wären sie Geister.

Kapitel 7

CORA

Oliver? Geht's dir gut?«, fragte Jody und legte ihrem Bruder die Hand auf die Wange.

»Bin ich froh, dass du jetzt wach bist.« Reese klopfte Oliver auf die Schulter und seufzte erleichtert.

Grim legte ihm eine Hand unters Kinn, um ihn eindringlich zu mustern. Jeder von ihnen hatte anscheinend sehr viel für Oliver übrig.

Als Olivers Blick mich wieder traf, erstarrte ich. In seinen Mundwinkeln hafteten noch immer blaue Rückstände und an seiner Stirn klebten schweißnasse Strähnen. Aber er lebte, und ich ahnte, was ihm gerade durch den Kopf ging. Ich hatte ihm die Drogen verkauft und ihn damit beinahe umgebracht. Es war meine Kreation, meine Pflanzen und Kräuter. Meine Magie. Meine Schuld. Das war ihm vermutlich bewusst. Dass ich ihn letztendlich aber auch gerettet hatte, war ihm in seinem Zustand sicherlich entgangen.

Oliver starrte mich unnachgiebig an, während ich weiter zurückwich. Dass ich mich in einem Tunnel aus Schuldgefühlen befand, realisierte ich erst, als Grim sich in mein Blickfeld schob. Er griff nach meiner Hand und drückte sie sanft, sodass ich mich wieder ein wenig besinnen konnte.

»Ich hole den Regenerationstrank«, sagte ich und ging zum Tisch.

»Warum nimmst du diesen Scheiß? Dieses verfluchte Magyk?«, fragte Jody ihren Bruder.

»Daran hat es nicht gelegen, beruhig dich mal«, antwortete Oliver mit schwacher Stimme und gelassener, als er sollte.

»Woran denn dann? An der Tussi, mit der du geschlafen hast?«

»Ja, sie hat mir einen Tee gemacht und offensichtlich stimmte etwas damit nicht.«

»Ach, und nur, weil sie gut aussah, frisst du ihr quasi aus der Hand?«

»Wer denkt denn gleich, dass einen jemand vergiften will?«, antwortete er mit einer Gegenfrage.

Ich hatte noch immer von den Nachwirkungen meines Joints Kopfschmerzen und versuchte, ihren Streit auszublenden. Am Tisch füllte ich den Regenerationstrank in ein kleines Fläschchen, wobei meine Finger so sehr zitterten, dass ein wenig der Flüssigkeit danebentropfte. Anschließend ging ich zur Couch und reichte Oliver den Trank.

»Hier, damit wird es dir schnell besser gehen. Nimm zweimal täglich einen Esslöffel davon. Nicht mehr und nicht weniger.«

Er nickte. »Danke.«

Seine Schwester schnaubte und schüttelte den Kopf. »Du solltest ihr nicht danken, und vor allem nichts von ihr annehmen.«

»Jody«, fuhr Oliver sie an und presste die Zähne aufeinander. »Hör auf.«

»Mit Sicherheit nicht. Immerhin war sie es …«

»Das reicht!« Grims Augen blitzten auf und er wies Jody einzig und allein mit diesen zwei Wörtern in die Schranken.

»Kann ich dich kurz allein sprechen?«, bat ich ihn.

Sein Blick richtete sich auf mich. »Natürlich.«

Er folgte mir ins Schlafzimmer und sah sich um. Außer meinem Bett und einem alten Kleiderschrank konnte er hier nichts finden.

»Du brauchst Zelda, um den Schädel aufzuspüren, habe ich das vorhin richtig verstanden?«

Er nickte und wartete darauf, dass ich weitersprach.

»Hilf mir, mich von Zelda zu entbinden. Dann kannst du sie haben, ich bin aus der Sache raus und ihr könnt machen, was ihr wollt.«

Grim zog die Augenbrauen zusammen. »Ein Bann ist ein mächtiger Zauber. Ich wüsste nicht, wie ich dir dabei helfen kann.«

»Mit einem Trank habe ich es schon probiert, aber der hat leider nicht funktioniert«, gestand ich. »Nachdem du vorhin meine Magie mit deiner wachgerüttelt hast, stehen meine Chancen jetzt allerdings besser. Ich habe noch mal in meinem Grimoire gestöbert und den Hinweis entdeckt, dass man für starke magische Verbindungen Weihwasser benötigt.«

»Und wenn du es schaffst, überlässt du Zelda wirklich mir?«, fragte er misstrauisch.

»Ja, immerhin war deine Familie für die Obhut ihres Eis zuständig. Es ist also nur fair, dass du die Verantwortung für Zelda übernimmst.«

Grim brummte. »Gut, dann machen wir es so.«

Ich lächelte erleichtert. »Lass uns am besten sofort aufbrechen. Ein paar Straßen weiter gibt es eine Kirche, da kann ich Weihwasser besorgen.«

»Zur Sicherheit sollten wir Reese mitnehmen«, sagte Grim und verließ vor mir das Schlafzimmer. »Und Oliver und Jody bleiben inzwischen hier und passen auf Zelda auf. Er muss sich sowieso noch etwas ausruhen.«

Die Kirche ragte mit ihrem Turm vor uns auf, Verzierungen und Buntglasfenster schmückten die Fassade. Die Motive darauf konnte ich im Dämmerlicht der Straßenlaternen kaum erkennen. In etwa zwei Stunden würde die Sonne aufgehen.

Es lag eine gewisse Magie auf dem Gemäuer, aber ich musste daran denken, dass Anhängern der Kirche eine Schuldigkeit an Hexenverfolgungen und -verbrennungen zugeschrieben wurde.

Ich spannte die Schultern an und atmete tief ein und aus. »Lasst uns dieses Weihwasser holen.«

Reese ging neben mir und betrachtete mich von der Seite. »Einfach cool bleiben. Wir brauchen ja niemandem zu verraten, dass du eine Hexe bist und dich zwei Hexer begleiten.« Er zwinkerte mir zu.

Grim drückte die Türklinke hinunter, doch die Kirchentür war zu dieser frühen Uhrzeit noch verschlossen. Durch Magie brachte er seinen Zeigefinger zum Glühen und richtete ihn auf das Schloss, woraufhin die Tür wie von Geisterhand knarzend aufsprang.

»Hoffen wir, dass ich jetzt da drinnen nicht in Flammen aufgehe«, sagte er schmunzelnd.

Beim Hineingehen schlug mir der Geruch von altem Holz, Stein und Weihrauch entgegen. Kerzen brannten auf dem Podest vor dem Altar und ich richtete den Blick bewusst nicht auf die leeren Holzbänke und unbeleuchteten Ecken, die eine düstere Atmosphäre erschufen. Das Weihwasserbecken mit einem Sockel aus weißem Marmor ragte links vor der Kanzel auf.

»Hast du ein Gefäß dabei?«, erkundigte sich Grim.

Ich zog eine kleine Phiole aus meiner Manteltasche, entfernte den Korken und tauchte das Gläschen in das Wasser.

»So, das müsste ausreichend sein.« Ich hob die Phiole vor meine Augen und betrachtete die klare Flüssigkeit.

Mir fiel auf, wie still Grim und Reese waren. Ich wandte mich zu den beiden um und merkte ihnen sofort an, dass etwas nicht stimmte.

Beide ließen ihre Blicke umherschweifen, wobei Grims Stirn in Falten lag und Reese die Lippen fest aufeinanderpresste.

»Ist was?«, flüsterte ich.

Grim wandte sich mir zu, und im selben Moment fegte uns ein Wirbel aus grellem Licht von den Beinen. Ein stechender Schmerz durchzuckte meinen Körper, während mir die Luft aus der Lunge gepresst wurde. Der Boden war hart und kalt.

Ich keuchte und rappelte mich schwerfällig auf. Die Phiole in meiner Hand war glücklicherweise nicht zerbrochen.

Reese baute sich neben mir auf und gab einen Laut von sich, der sich wie ein Knurren anhörte. Grim war von uns weggeschleudert worden.

Ernesto Pesto kam auf uns zu. Er hatte seine Blitze bereits einsatzbereit, sie zuckten um seine Arme und Hände. Das hatte uns also gerade von den Füßen geholt. Ein Blitz.

Grim erreichte uns und schob sich vor mich. Ich musste an ihm vorbeisehen und bemerkte einen Mann, der hinter Ernest aus der Dunkelheit trat. Sein rotes Haar und der Bart schimmerten im Kerzenlicht wie Kupfer. Er war kleiner als Grim, aber dennoch groß. Seine Muskeln spannten sich unter dem enganliegenden Henley an.

»Grim, was für eine Freude, dich wiederzusehen.« Seine dunkle Stimme triefte vor Sarkasmus.

Grim nahm eine Körperhaltung ein, die mich an ein lauerndes Raubtier erinnerte. Bereit zu reagieren. Zu agieren. Als würde er mich beschützen. Natürlich, immerhin stand ich in Verbindung mit Zelda, die für ihn äußerst wichtig war.

»Adam«, presste er hervor. »Wie hast du uns gefunden?«

Dieser grinste. »Das war leicht. Wir haben dich beschattet und bemerkt, dass diese Hexe wohl von Interesse für dich ist. Da sie im *Pink Venom* arbeitet, konnte ich schnell ihre Adresse herausfinden. Wir wollten ihr gerade einen Besuch abstatten und sahen euch aus dem Haus kommen. Ich nehme mal an, du hast in den letzten Tagen zu oft Portale erschaffen und nun fehlt dir erst einmal die Kraft für weitere. Wir brauchten euch nur noch zu folgen, immerhin war ich neugierig, wohin es euch treibt.« Er rieb sich das Kinn und sah sich um. »Aber was, verflucht noch mal, wollt ihr in einer Kirche? Hast du das Ei hier versteckt?«

»Das Ei hat dich überhaupt nicht zu interessieren, du hast keinen Anspruch darauf«, rief Grim schnaubend, und ich schmeckte die Magie seiner Wut auf der Zunge. Er formte Energie zwischen seinen Händen und schmetterte Adam und Ernest die geballte Ladung entgegen. Während Ernesto Pesto dadurch zu Boden gerungen wurde, wich Adam aus und stürmte augenblicklich auf Grim zu.

Ich verfiel in eine Schockstarre. Vor wenigen Stunden war ich bereits schon einmal verfolgt und bedroht worden. Allein bei Ernests

Anblick schnürte sich meine Luftröhre zu, als würde er seine Finger erneut an meinen Hals pressen.

Reese rang mit Ernest, während Grim und Adam sich mit ihrer Magie prügelten.

Reese wehrte sich heftig, doch Ernest traf ihn mit einem Blitz direkt zwischen die Augen. Scheiße! Reese rührte sich nicht mehr.

Ernesto Pesto wandte sich mir zu und ich keuchte unter seinem durchdringenden Blick auf. Meine Angst sandte eiskalte Schauer durch meinen Körper und brachte mein Herz zum Rasen.

»Komm her, kleine Hexe.«

Ich suchte innerlich nach meiner Magie; jetzt musste ich mich verteidigen. Er kam immer näher. Als er nur noch wenige Schritte entfernt war, und ich das Kribbeln noch immer nicht spürte, bildete sich Schweiß auf meiner Stirn.

»Jetzt rettet dich niemand mehr.«

Seine Blitze leuchteten mir hell entgegen und schon schleuderte er einen auf mich. Um Haaresbreite konnte ich ihm ausweichen, roch jedoch im nächsten Moment den angesengten Stoff meines Regenmantels.

Panisch streifte ich ihn ab. Er behinderte mich in meinen Bewegungen.

Ernests Lachen feuerte meine Panik weiter an und schürte gleichzeitig meine Wut. Es dauerte, bis ich den knisternden Funken spürte, der durch meine Adern raste. Sobald er meine Finger erreichte, schoss ich die Energie direkt in das Gesicht meines Gegners. Ernest taumelte zurück und ich ergriff die Chance, ihm zu entkommen.

Ich rannte los, doch alles drehte sich. Kämpfen und Drogenkonsum sollte man nicht unbedingt kombinieren. Meine Füße fühlten sich schwer an. Hinter mir erklangen bereits laute Schritte, die nur von Ernesto Pesto stammen konnten.

So schnell ich konnte, rannte ich weiter durch den Kirchengang, vorbei an den Sitzbänken, die Ausgangstür im Visier. Ich traute mich nicht, über meine Schulter zu blicken, aus Angst, was mich erwartete. Hatte er Reese getötet? War Grim Adam überlegen, oder war es umgekehrt?

Kaum hatte ich den beunruhigenden Gedanken zu Ende gebracht, traf mich ein Blitz. Ich schrie auf und fiel wie ein Stein zu Boden. Der Schmerz explodierte in meinem Rücken, fuhr durch meinen gesamten Körper und ließ mich jeden einzelnen Muskel spüren. Mit dem Gesicht schlitterte ich über den Boden und schürfte mir dabei die Haut auf. Meine Wange brannte.

»Nicht so schnell, Mischerin.« Ernest packte mich an den Haaren und hob mich wie eine Puppe in die Luft.

Ich hielt mir die Hände an den Kopf, stöhnte auf, und versuchte, das Ziehen an meinen Haaren abzuschwächen. Da bemerkte ich, dass es gar nicht Ernest war, der mich derart malträtierte.

Adam ließ mich zu Boden plumpsen und Ernest ging neben mir auf die Knie.

Nein, nein, nein! Wo war Grim?

Das elektrisierende Brennen in meinen Armen hatte noch nicht vollständig nachgelassen und brachte mich zum Schwitzen. Der Schweiß lief mir übers Gesicht.

»Glaubst du wirklich, du kannst vor uns wegrennen?«, fragte Ernesto Pesto und ließ einen weiteren Blitz über seine Fingerkuppen flitzen, der gefährlich knisterte. Er kam mir mit seinen Händen immer näher und ein freudiges Grinsen bildete sich auf seinen Lippen.

Ich roch die elektrische Ladung der Blitze und musste automatisch an Cat denken. Meine Freundin, Levis beste Freundin. Doch sie war nicht hier, um mich zu retten, so wie sie es immer getan – und es auch bei Levi versucht hatte. Hier war ich nun auf mich allein gestellt.

»Warte«, hielt Adam ihn auf. »Ich denke, sie kann uns noch nützlich sein.«

Ich presste die Augen zusammen; die Angst und die Schmerzen lähmten mich. Waren Grim und Reese tot? Wimmernd riss ich die Augen wieder auf, drehte den Kopf zur Seite und hob die Schultern vom Boden. Liegend konnte ich die beiden nicht sehen, die Sitzreihen verdeckten mir die Sicht.

Adam legte mir die Hand auf die Brust und drückte mich zurück auf den Boden. Da bündelte ich meine letzte Kraft und verbrannte ihm mit meiner Magie die Hände.

Er zuckte zurück und zischte, doch im nächsten Moment krallte er seine Finger in meinen Bauch und jagte seine Magie geschossartig in mich hinein. Der Schmerz raubte mir die Sinne, ich krampfte. Wie ein Zitteraal wand ich mich unter den gleißend heißen Stromschlägen. Es fühlte sich an, als würde er mir einen brennenden Nagel ins Fleisch rammen. Ich bäumte mich auf und schrie. Doch Ernest brachte mich mit einem Schlag ins Gesicht zum Schweigen.

»Überlege dir, ob du nicht besser die Seiten wechseln willst«, sagte Adam beinahe sanft und strich mir eine Haarsträhne aus dem Gesicht.

Ich brachte kein Wort hervor, spuckte stattdessen in seine Richtung.

Da schmetterte Ernest einen Blitz auf mich nieder, der mein Herz aus dem Rhythmus brachte und meine Adern verkohlte. In mir brannte es, und ich schrie lauter als zuvor. Mein Körper erbebte unter den Schockwellen, und als würde das noch nicht reichen, beugte sich Adam mit einem diabolischen Grinsen über mich und ließ mich auch noch mal von einer weiteren Ladung seiner Magie kosten. Alles in mir schien zu explodieren. Mit einem letzten Schrei schloss ich die Augen und stürzte in eine endlose Schwärze.

Kapitel 8

GRIM

Coras Schreie hallten durch die Kirche und zerrissen mein Herz. Ich zerrte an meinen Fesseln, versuchte, den Zauber zu durchbrechen, den Adam mir auferlegt hatte. Mit aller Macht stemmte ich mich dagegen und stieß meine Magie durch den Zauber. Die vielen Portale hatten mich geschwächt. Verdammt, Cora brauchte mich!

Reese lag nach wie vor bewusstlos neben mir. Ich biss die Zähne zusammen und fokussierte all meine verbleibende Energie auf meine Hände. Funken erglommen an den Fesseln. Sie begannen zu sprühen und blendeten mich.

Weder Reese noch Cora oder ich durften hier in dieser Kirche sterben. Doch Coras Schreie verebbten in diesem Moment und die eintretende Stille drang mir bis ins Mark. Mit einem letzten Aufbegehren zerschmetterte ich Adams magische Fesseln. Sie stiegen auf und verglühten.

Ich wandte mich Reese zu, griff nach seiner Schulter und rüttelte ihn. »Reese, ich brauche dich!« Ich schlug ihm ins Gesicht. »Wach auf!«

Er rührte sich, blinzelte und richtete sich mit einem gequälten Stöhnen auf. »Fuck, das tat weh.« Er drückte seine Hand gegen die Stirn.

»Cora braucht uns!« Ich zog ihn auf die Beine und meine Worte rüttelten ihn endgültig wach.

Adam und Ernest knieten am Ende des langen Kirchengangs. Sie ragten wie zwei Todesboten über Cora auf, und dieser Anblick ließ mir das Blut in den Adern gefrieren. Ich roch verbrannte Magie. Funken und knisternde Blitze schwebten in der Luft und schlossen Ernest, Adam und Cora ein. Sie hatte die Augen geschlossen, war völlig regungslos.

»Diese elenden Bastarde«, schrie Reese, während wir auch schon auf sie zustürmten. Ich schmetterte ihnen eine Magiebombe entgegen, die Ernest von Cora wegschleuderte und Adam zumindest ins Wanken brachte. Reese warf einen weiteren Schwall Magie hinterher, den sie abblockten. Ernest konterte mit einem Gegenangriff.

Ich wich aus, genauso wie Reese, der seine Hände öffnete und die Überreste der Magie um ihn herum aufsaugte. Kaum berührten ihn die übriggebliebenen Funken, züngelten Blitze um seine Handgelenke, die er sofort auf Ernest zurückfeuerte. Er hatte die spezielle Fähigkeit, die Magie anderer für einen kleinen Zeitraum in deren Anwesenheit zu kopieren und anzuwenden.

»Oh, war sie euch wichtig?«, hakte Adam nach und lachte bitter.

War? Ich heftete meinen Blick auf Cora und konnte im ersten Moment nicht erkennen, ob sie noch lebte oder tot war.

Adam brach ein Holzstück aus einer Bank, holte aus und katapultierte es mir entgegen. Der spitze Klotz sollte mich wie ein Wurfspeer durchdringen, doch ich spreizte meine leuchtenden Finger und brachte ihn kurz vor mir in der Luft zum Stoppen. Ich kämpfte gegen Adams Magie an, mit der er weiterhin versuchte, den Pfahl in meinen Körper zu rammen.

Reese half mir. Mit vereinten Kräften kehrten wir den Schub um und ließen den Pfahl auf Adam zurasen, der jedoch gekonnt auswich. Reese hielt sofort wieder Ernest im Schach, schlug ihn mit seinen eigenen Waffen und drängte ihn stetig weiter zurück.

»Ihr seid kein Zirkel, Grim. Und ihr werdet nie einer sein. Wann siehst du endlich ein, dass du dem Ganzen nicht gewachsen bist?« Adam kam langsam auf mich zu und lachte. »Auch deine jetzige

Truppe wird sich von dir abwenden. Es ist nur noch eine Frage der Zeit, und dann gehören sie zu mir.«

Ich ballte die Hände zu Fäusten, wollte ihm sein dämliches Grinsen aus dem Gesicht schlagen. »Das werde ich nicht zulassen.«

»Ach, nein?« Er deutete mit dem Kinn auf Cora. »Sie hat nichts mit alldem zu tun, aber es ist deine Schuld, dass sie jetzt hier liegt. Gib mir das Ei! Sobald ich den Kristallschädel gefunden habe, sind die Zirkelkriege vorbei. Dann muss niemand mehr sterben.«

»Ich werde niemals zulassen, dass du alle unter deine Herrschaft zwingst«, brüllte ich und stürmte auf ihn zu. Magie war gerade nicht wichtig, nur meine blanke Wut, die mich so in Rage versetzte, dass ich Adam gegen die Wand warf und mit meinen Fäusten auf ihn einschlug, bis er mich mit seiner Magie wegschleuderte.

Mit voller Wucht kam ich genau neben Cora auf, die noch immer reglos auf dem kalten Boden lag. Als ich sah, wie schwer sie verletzt war, stob ein Zittern durch meinen Körper. Falls sie noch lebte, musste ihr schnellstmöglich geholfen werden. Ich musste sie hier wegbringen!

»Obwohl, lass mich meine Aussage korrigieren«, sagte Adam mit süffisanter Miene. »*Du* wirst auf jeden Fall sterben und für deine Sünden bezahlen.«

Schnaubend rappelte ich mich wieder auf und richtete meinen Blick an Adam vorbei auf Reese. Er wich im Hintergrund gerade einem Blitz von Ernest aus und sah dann zu mir. Ich nickte ihm zu und er ließ im nächsten Moment einen von Ernests Blitzen auf Adam los, der zu Boden ging, als ihn das gleißende, zuckende Licht am Rücken traf.

»Niemals deinem Feind den Rücken zukehren, das hast du mir damals selbst gesagt. Du solltest dich besser an deine eigenen Weisheiten halten.«

Adams Gliedmaßen zuckten, während er sich wieder auf die Beine kämpfte und vor Zorn und Schmerz brüllte. Reese brachte bereits einen weiteren Blitz zwischen seinen Fingern zum Lodern. Doch bevor er Adam treffen konnte, warf Ernest sich vor ihn und absorbierte den Blitz.

»Es ist noch nicht vorbei, Chamberlain«, drohte Adam mit wutverzerrter Stimme. »Im Gegenteil: Das ist erst der Anfang.«

Ernest grinste boshaft. »Wir sehen uns.« Er folgte Adam in Richtung des Ausgangs und ließ währenddessen Blitzsalven auf uns niedergehen. Das Licht blendete Reese und mich so sehr, dass wir unsere Blicke abwenden mussten. Als es erloschen war und wir wieder aufblickten, waren die beiden verschwunden.

Ich warf mich neben Cora auf die Knie. Mit zitternden Fingern griff ich nach ihrer Hand und fühlte nach ihrem Puls, der kaum noch spürbar war. Zwar war ich kein Arzt, doch mir war durchaus bewusst, dass es schlecht um sie stand.

»Hast du noch etwas von Ernests Blitzmagie übrig?«, fragte ich Reese, der sich an Coras anderer Seite niederließ und sie betrachtete.

Er nickte. »Ja, was soll ich tun? Ich bin mir nicht sicher, wie lange sie noch anhält.«

»Du musst Cora einen Stromstoß verpassen, einen heftigen, damit ihr Herzschlag wieder in den richtigen Rhythmus kommt.«

Reese sah mich mit geweiteten Augen an. »Bist du dir sicher? Das könnte auch nach hinten losgehen, das ist dir bewusst, oder?«

»Es ist allemal besser, als wenn sie stirbt, ohne dass wir irgendetwas unternommen haben.«

Reese atmete tief durch, bevor er seine knisternde Hand mit einem Ruck gegen Coras Brustkorb presste und ihr Körper sich daraufhin kurz aufbäumte. Sofort fühlte ich wieder ihren Puls und nahm keine Veränderung wahr. Reese sah mich fragend an und ich nickte ihm noch mal auffordernd zu. Er versetzte ihr weitere Magiestöße, so lange, bis ich fühlen konnte, dass ihr Herz wieder normal schlug.

»Gut, das reicht.«

Als hätte die Magie in Reeses Adern mich gehört, verpuffte der Blitz, den er gerade noch zwischen seinen Fingern gebändigt hatte.

Er atmete erleichtert aus. »Das war wirklich gruselig.«

»Fand ich auch«, gab ich zu und streichelte über Coras aufgeschürfte Wange. »Wir müssen sie von hier wegbringen. Aber in ihrer Wohnung ist sie nun nicht mehr sicher.«

»Ich frage mal nach, wie es Oliver geht«, sagte Reese und zog sein Handy aus der Hosentasche. »Du kannst höchstens für zwei Personen ein Portal erschaffen, und so geschwächt, wie du gerade bist, traue ich dir nicht einmal das zu.« Er sah mich mitfühlend an. »Da brauchen wir den Meister der Portale.«

Ich lächelte müde. »Ja, wir brauchen Oliver.«

Während Reese telefonierte, hob ich Cora ganz behutsam von dem kalten Boden auf und trug sie auf meinen Armen zu einer Bank.

»Oliver fragt, wohin er uns bringen soll«, gab Reese die Frage weiter und hielt sich das Handy ein wenig vom Ohr weg.

»Nach Hause – zum Chamberlain-Anwesen.«

Kapitel 9

CORA

Als ich zu mir kam, fühlte sich mein Körper an, als wäre ich durch einen Fleischwolf gedreht worden. Selbst das Denken tat weh, aber das war seit Levis Tod meistens so.

Es roch nach gebratenem Speck. Nur mit Mühe schaffte ich es, meine Augen zu öffnen. Erst verschwommen, dann immer klarer nahm ich meine Umgebung wahr. Über mir entdeckte ich eine Deckenmalerei, die einen Himmel mit Sonne und Mond darstellte.

Wo war ich hier? Ich lag auf einer ledernen Couch, inmitten eines großen Raumes, dessen Wandverkleidung komplett aus dunklem Holz gestaltet war. Ein bisschen kam es mir so vor wie bei den Salvatore-Brüdern aus *The Vampire Diaries*.

Ich drehte den Kopf in die Richtung des Kamins, in dem ein Feuer gemütlich vor sich hin knisterte und eine wohlige Wärme ausstrahlte. Dabei zuckte ich unter dem stechenden Schmerz in meinem Kopf zusammen und hob meine Hände, um mir die Schläfen zu reiben. Mein Blick fiel auf die verkohlten Stellen meiner Finger, und ich hielt in der Bewegung inne, da ich mich schlagartig daran erinnerte, was geschehen war.

Ach du Scheiße. Anscheinend war *ich* der gebratene Speck.

Ich stützte mich auf die Unterarme und versuchte, mich aufzusetzen, wobei mich die Kraft verließ und ich wie eine Robbe wieder hinunterplatschte. Beim zweiten Anlauf gelang es mir, mich aufzurichten und aufzustehen. Ich tastete mich vorsichtig ab und überprüfte, ob ein Knochen gebrochen war. Auf die Schnelle konnte ich keine derartige Verletzung feststellen, und fragte mich im nächsten Moment, wessen Sachen ich da überhaupt trug. Ich steckte in anderen Klamotten, nicht in den Ledershorts und dem Netzoberteil, das ich so liebte, sondern in einer schwarzen Jogginghose und einem einfachen blauen Shirt. Beides war mir viel zu groß und gehörte definitiv nicht mir. Ich zupfte prüfend daran und roch einen angenehmen Duft nach Waschmittel und frischer Minze. Mir war sofort klar, dass die Kleidung von Grim stammen musste.

Ich ging zu einem mannshohen Spiegel, der gegenüber vom Kamin an der Wand lehnte, und betrachtete mich von Kopf bis Fuß. Mein Gesicht hatte glücklicherweise keinen von Adams Blitzen abbekommen. Die Schürfwunde, die sich über meine gesamte linke Gesichtshälfte zog, hatte ich mir bei dem Sturz zugezogen.

Nach meiner eigenen Inspektion sah ich mich weiter in dem fremden Raum um und bemerkte erst jetzt eine Gestalt mit dunklen Haaren und muskulöser Statur, die in einem Sessel neben der Zimmertür eingeschlafen war.

»Reese?«, flüsterte ich und ging langsam auf ihn zu.

Er blinzelte und riss schließlich die Augen auf. »Ich bin eingeschlafen«, stellte er schockiert fest und richtete sich hastig auf.

»Tut mir leid, ich wollte dich nicht wecken.«

Er zog die Augenbrauen nach oben. »Willst du mich verarschen? Ich hätte auf dich achtgeben und nicht selbst einpennen sollen.« Seine schlafbelegte Stimme klang ein wenig kratzig.

»Nein, wenn du müde bist, dann schlaf weiter.«

»*Du* solltest dich ausruhen, immerhin bist du mehrfach von Blitzen getroffen worden, ich nur von einem. Der ging zwar zwischen die Augen, aber überlebt hab ich trotzdem.«

»Wie bin ich hierhergekommen?«, fragte ich.

»Du hast uns echt Angst gemacht. Grim und ich mussten dein Herz mit Magiestößen wieder richtig zum Schlagen bringen.« Reese verzog kurz das Gesicht, als erinnere er sich an die Situation, und obwohl ich es selbst nicht mitbekommen hatte, durchlief mich ein Schauer. »Die anderen sind dann zu uns gekommen und Oliver hat uns durch ein Portal nach Hause gebracht.«

Ich runzelte die Stirn und empfand selbst dabei Schmerzen. »Und was ist mit Zelda?«

»Keine Sorge, sie ist bei uns. Und das Weihwasser haben wir auch gesichert.« Er deutete auf einen Tisch, auf dem mehrere Bücher gestapelt waren. Dort sah ich auch die unbeschädigte Glasphiole liegen.

Erleichterung durchströmte mich. »Danke.« Ich sah mich nochmals im Zimmer um. »Hier wohnt ihr also?«

»Das ist das Chamberlain-Anwesen. Es gehörte schon Grims Vorfahren und ist eigentlich das Zuhause von ihm und seiner Mutter. Sie haben Jody und Oliver hier aufgenommen, als sie nach einer gemeinsamen Unterkunft in Portland suchten, und ich bin hier untergekommen, nachdem meine ältere Schwester gestorben ist und ich nicht allein in unserem Familienhaus bleiben wollte. Hier ist genug Platz für uns alle, und außerdem kann Grim so sicherstellen, dass seine Mom nur selten allein zu Hause ist.«

Ich nickte verstehend. Das Wohnzimmer war schon beeindruckend. Ein Wintergarten grenzte daran und durch dessen Fensterfront erkannte ich einen parkähnlichen Garten. So, wie Reese es beschrieb, gab es in diesem Haus einige Gästezimmer und somit wohl auch Bäder.

»Wenn das Anwesen so riesig ist, macht es sicherlich eine Menge Arbeit«, sagte ich. »Ja, die Chamberlains haben schon seit jeher Haushälter angestellt. Bei Grim und Sandra kümmert sich Mr. Burton um alles. Er hat Grim quasi mit großgezogen, nachdem sein Vater früh an einem Herzinfarkt gestorben ist. Ich glaube, damals war Grim erst vier.«

Augenblicklich dachte ich an meinen eigenen Vater, der kurz vor meiner Geburt ums Leben kam. Grim hatte seinen Vater gekannt, und auch, wenn er bei dessen Tod noch sehr jung gewesen war, vermisste er ihn sicherlich schmerzlich.

Ich streckte den Rücken durch und spürte sofort ein mahnendes Stechen, das durch meine Wirbelsäule schoss. Ich seufzte.

»Komm, leg dich wieder hin und ruh dich weiter aus.« Reese legte seine große Hand zwischen meine Schulterblätter und wollte mich Richtung Couch schieben. Dabei zuckte ein weiterer Schmerz durch meinen ganzen Körper und ich stöhnte auf.

»Scheiße, entschuldige. Ich wollte dir nicht wehtun.«

»Adam und Ernest haben mich voll erwischt.«

»Ja, und das nicht nur einmal.« Reese presste die Lippen aufeinander und blickte mich bedauernd an.

»Wer hat mich eigentlich umgezogen?«

»Keine Sorge, weder Grim, Oliver oder ich. Das waren Jody und Grims Mutter.«

Wie seine Mom wohl war? Auch so zielstrebig und entschlossen wie ihr Sohn? Sein zumeist höfliches Verhalten hatte er sicherlich ihrer Erziehung zu verdanken.

»Kannst du dich bitte für mich bei den beiden bedanken, falls du sie demnächst siehst?«

»Das kannst du selbst machen. Adam kennt jetzt deine Wohnung. Vorerst wohnst du also hier bei uns, damit du in Sicherheit bist.«

Ich schluckte. Wie lange würde sich dieses *vorerst* gestalten? Grim, seine Mom, Oliver, Jody und Reese wohnten alle zusammen, fast so, wie *wir* das als Zirkel getan hatten. Vielleicht taten Merope, Cat und Samuel das immer noch. Womöglich hatten sie zusammen diese Situation überstanden und es geschafft, weiterzumachen. Hoffentlich ging es ihnen gut.

»Cora?«

»Ich muss mich bei der Arbeit krankmelden und meiner Mom eine Erklärung liefern, warum sie mich gerade nicht in meiner Wohnung antreffen kann«, sagte ich seufzend. »Und ich muss sie auch von meiner Wohnung fernhalten, nicht dass Adam noch auf sie aufmerksam wird.«

»Sag ihr, du bist bei Freunden zu Besuch«, erwiderte Reese und lächelte. »Und um deine Pflanzen kümmert sich die Nachbarin.« Er zog mein Handy aus seiner Hosentasche und reichte es mir. »Das Display ist gesprungen, aber ansonsten ist es noch funktionsfähig.«

»Danke.« Ich nahm es entgegen.

»Ich besorge dir jetzt erst mal etwas zu essen und zu trinken«, sagte er und ging zur Tür.

Dagegen hatte ich keine Einwände. Ich hatte verdammt großen Hunger, und da ich gerade über Essen nachdachte, knurrte in diesem Moment mein Magen.

Während Reese weg war, positionierte ich mich so bequem wie möglich auf der Couch und schrieb meiner Mom und meinem Chef Nachrichten. Laut der Uhrzeit auf meinem Handy war es noch früh am Morgen, was hieß, dass ich entweder nur ein paar Minuten oder 24 Stunden lang geschlafen hatte. Die Datumsanzeige bestätigte mir Letzteres.

Nach etwa einer halben Stunde kam Reese mit einem voll beladenen Tablett – und mit Zelda – zurück. Die kleine rosa Schlange glitt seinen Arm hinab und kroch auf meine entgegengestreckte Hand.

»Hexe, geht es dir gut?«

»Den Umständen entsprechend, danke.«

»Ich habe mir solche Sorgen um dich gemacht«, zischte sie. Das magische Band zwischen uns spannte sich ein wenig enger, als würde sie uns noch näher zusammenbringen wollen.

»Und bist du okay?«, fragte ich sie.

Zelda schlängelte sich meinen Arm hinauf und schmiegte ihren kleinen Kopf an meinen Hals. »Ja, Hexe. Jetzt ist alles gut.«

Ich konnte das wohlige Seufzen nicht unterdrücken, das die zarte Berührung in mir auslöste. Mein Blick wanderte zu dem Tisch und blieb an dem kleinen Glasröhrchen hängen, in das ich das Weihwasser gefüllt hatte. Mein Herz krampfte, als ich auch nur an einen erneuten Entbindungszauber dachte und ich entschied mich im selben Moment, es gar nicht erst wieder zu versuchen. Es war, wie es war.

Diese Verbindung zwischen Zelda und mir war wertvoll und sie fühlte sich inzwischen absolut richtig an. Ich durfte sie Grim nicht einfach überlassen. Zelda gehörte zu mir und ich steckte nun sowieso schon viel zu tief mit drin.

»Ich hoffe, es ist etwas dabei, das dir schmeckt«, sagte Reese, nachdem er das Tablett auf dem Couchtisch abgestellt und zwei Teller mit Besteck verteilt hatte.

»Das ist ja wie in einem 5-Sterne-Hotel«, erwiderte ich und betrachtete den gebratenen Speck, der nicht ich war, das Rührei, die Toastbrote, kleine Muffins, aufgeschnittenes Obst und Gemüse. Jeweils eine Tasse Kaffee und Tee sowie zwei Gläser mit Orangensaft rundeten das Ganze ab.

Reese setzte sich auf den Stuhl neben der Couch, nahm sich einen kleinen Muffin und schob ihn sich in den Mund. Ich machte mich über den gebratenen Speck und das Rührei her. Dabei fiel mein Blick immer wieder auf meine Hände. Die seltsamen schwarzen Adern zogen sich auch über meine Unterarme.

»Das ist von den Blitzen«, sagte Reese und betrachtete meine Haut ebenfalls. »Anscheinend sind sie durch deinen Bauch in den Körper eingedrungen und an den Händen wieder ausgetreten.«

Ich kniff die Augen zusammen und versuchte, mich daran zu erinnern, wie viele Blitze es gewesen waren. Den meisten Schmerz hatte ich empfunden, als Adam seine Finger in meinen Bauch gegraben und Magiestöße durch meinen Körper gesandt hatte.

Mit einer vagen Vorahnung zog ich das Shirt am Bauch nach oben und entdeckte ein blutbeflecktes Wundpflaster, an dessen Rändern ebensolche schwarze verästelte Adern zum Vorschein kamen.

»Das Pflaster sollten wir erneuern«, sagte Reese. Wir haben dich und uns mit einem Heilzauber wieder einigermaßen zusammengeflickt, aber am Bauch hattest du zusätzlich eine üble Wunde. Es braucht seine Zeit, bis es ganz verheilt ist.«

Ich schluckte. »Vielen Dank.«

»Du bist durch uns in diese Situation geraten und wir hätten besser auf dich achtgeben müssen. Am meisten macht Grim sich deswegen fertig.«

»Apropos Grim. Wo ist er?«

»Er hat hier die ganze Zeit bei dir gesessen. Ich habe ihn vorhin nur abgelöst, da er mit Oliver noch mal in deine Wohnung wollte, um dir ein paar Sachen einzupacken. Du weißt schon … Klamotten, Schminke, Duschzeug und so Kram.«

Ich aß stumm weiter. Es war mir unangenehm, dass Grim jetzt wohl gerade in meinen persönlichen Sachen kramte. Gleichzeitig war ich aber auch dankbar, dass er sie mir bringen wollte. Ich trank einen Schluck des Kräutertees, dessen Inhaltsstoffe ich innerhalb weniger Sekunden aufzählen konnte. Salbei, Brennnessel, ein Hauch Anis, Pfefferminze und eine leichte Spur von Veilchen. Auch Reese aß leise vor sich hin und man hörte nichts weiter, als unser Kauen und das Knistern des Feuers. Zelda war auf die Couchlehne gekrochen und dort eingeschlafen.

Nachdem wir fertig gegessen hatten, hielten wir es beide für eine gute Idee, es ihr gleichzutun und noch ein wenig zu schlafen. Reese nahm mir meinen Teller aus der Hand und verließ mit dem Tablett das Zimmer. Ich versuchte es mir neben Zelda auf der Couch einigermaßen bequem zu machen, und nachdem ich mich einige Male hin und her gewälzt hatte, schlief ich tatsächlich ein.

Als ich wieder erwachte und einen Blick auf das Display meines Handys warf, war es bereits Mittag. Mein Chef und Mom hatten mir geantwortet. Er wollte wissen, wie lange ich ungefähr ausfallen würde, und sie erkundigte sich, bei welchen Freunden ich war, und ob die Nachbarin auch meinen Briefkasten leerte.

Nachdem ich ihn erst einmal auf eine Woche vertröstet und Mom auch ihre Sorge um meine Post mit einer Notlüge genommen hatte, musterte ich Reese, der wieder neben der Tür in dem Ohrensessel saß und leise vor sich hin schnarchte.

Darum bemüht, ihn und Zelda nicht zu wecken, hievte ich mich so geräuschlos wie möglich hoch. Ich musste dringend auf die Toilette. Meine Glieder fühlten sich ein wenig taub an und ich war froh, dass mir niemand dabei zusah, wie ich mich unbeholfen aufraffte.

Ich fühlte mich wie unter dem Einfluss von Hexendrogen. Die Hitze des Kamins schlug mir entgegen, als ich nah an ihm vorbeiging und mich am oberen Sims abstützte. Die Holztür neben Reese ließ sich schwer öffnen und ich musste einiges an Kraft aufwenden, die ich eigentlich gerade nicht hatte. Irgendwie schaffte ich es, mich hinaus zu verfrachten und die beiden dabei nicht zu wecken.

Grim musste inzwischen wieder zurück sein. Ich sah mich auf dem Flur um und stellte auch hier fest, dass Boden, Decke und die Wände aus dunklem Holz waren. Die Türen zierten kunstvolle Schnitzereien und ein weicher dunkelgrüner Teppich schonte das Parkett.

Meine Beine fühlten sich schwach an, genauso wie jedes andere Körperteil an mir, doch ich war froh, dass ich funktionierte und gehen konnte. Auch wenn ich dabei aktuell vermutlich wirkte wie eine steinalte Schildkröte.

Ich versuchte herauszufinden, hinter welcher Tür sich wohl das Badezimmer oder wenigstens eine Toilette versteckte, indem ich eine nach der anderen einen Spaltbreit öffnete und vorsichtig in die Räume spähte. Eine Abstellkammer und ein Zimmer, das als Büro fungierte, hatte ich hinter mir gelassen. Als ich die nächste Tür aufzog, hielt ich mitten in der Bewegung inne. Im schummrigen Schein einer Kerze, gemischt mit dem wenigen Tageslicht, das durch ein Buntglasfenster fiel, erkannte ich eine Frau. Sie saß in einem Rollstuhl und war in eine Wolldecke gewickelt. Ihr Blick haftete direkt auf mir.

»Entschuldigen Sie bitte, ich suche eine Toilette. Ich wollte Sie nicht stören.«

»Das ist doch kein Problem.« Sie betätigte an ihrem Rollstuhl einen kleinen Schalter und fuhr langsam auf mich zu, wobei es ein

Wunder war, dass sie nicht ihre Wolldecke überrollte. Beim Näherkommen wirkten ihre fein geschnittenen Gesichtszüge ein wenig eingefallen, als wäre sie nicht in bester Verfassung. Sie hatte braunes schulterlanges Haar und hellgrüne Augen, die denen von Grim in Farbe und Form glichen.

»Hallo Cora, ich heiße Sandra. Wie geht es dir?«

»Danke, es wird schon wieder. Reese sagte mir, ihr hättet mich umgezogen. Jody und du.« Ich duzte sie ebenso wie sie mich.

Sie nickte und schenkte mir ein typisches mütterliches Lächeln. »Mein Sohn hat darauf bestanden, dass es keiner der Jungs macht. Ich kann mich nicht gut bewegen und habe Jody nur ein wenig assistiert.«

»Vielen Dank dafür.« Ich spürte wieder den Drang meiner Blase und deutete hinter mich auf den Gang. »Ich suche dringend eine Toilette.«

»Das Bad ist eine Tür weiter«, ließ Sandra mich wissen. »Komm gerne mal wieder vorbei, ich mag Gesellschaft. Ansonsten sitze ich meistens allein im Wintergarten bei den Pflanzen.«

»Ich liebe Pflanzen«, sagte ich und lächelte sie an.

Sie fuhr aus dem Zimmer und drehte sich mir im Flur wieder mit dem Rollstuhl zu. »Wenn du möchtest, kann ich dir meine Pflanzen mal bei Gelegenheit zeigen.«

»Gerne.« Ich öffnete die benachbarte Tür, auf die sie deutete, und sah ihr nach, als sie den Flur entlang von mir weg fuhr. Was Grims Mutter wohl geschehen war, dass sie im Rollstuhl saß?

Nachdem ich mit meinem Toilettengang fertig war, wusch ich mir die Hände und betrachtete mich in dem Spiegel, der über dem Waschbecken angebracht war. Dunkle Schatten lagen unter meinen Augen und ich entdeckte vereinzelte der seltsamen schwarzen Linien sogar in meinem Gesicht. Zum Glück waren sie hier etwas blasser, aber sie zeugten dennoch davon, wie heftig die Blitze auf mich eingewirkt hatten. Zum Glück war ich irgendwann ohnmächtig geworden, als Adam und Ernest mich attackiert hatten. Mir wurde jetzt noch einmal umso deutlicher bewusst, wie knapp ich überlebt hatte.

Kapitel 10

GRIM

Oliver und ich hatten ein paar Sachen aus Coras Wohnung geholt, die sie hier gebrauchen konnte. Dabei wusste ich noch nicht einmal, ob sie damit einverstanden war, eine Zeit lang bei uns zu bleiben. Ich hoffte es.

Nachdem ich mich geduscht und frische Kleidung angezogen hatte, verließ ich mein Zimmer und sah Reese gerade noch am Ende des Flurs in seinem verschwinden. Jetzt war ich wieder vorzeigbar und wollte schnellstmöglich nach Cora sehen. Ob sie inzwischen wach war?

Das Wissen, dass ich sie letztendlich in diese Lage gebracht hatte, zerfraß mich langsam und stetig. Ich fragte mich noch immer, warum es ihr so schwerfiel, zu zaubern. Schon beim Brauen schien sie sich dazu gezwungen zu haben, die Prise Magie, die nötig war, einzusetzen.

Als ich die Treppe ins Erdgeschoss hinabstieg, knarzten einige Stufen.

»Grim?«

Cora kam den Flur entlang und sah mich aus müden Augen an. »Was machst du hier? Du solltest liegen und dich ausruhen.«

Sie lächelte schwach und ich sah sie sofort wieder in meiner Erinnerung regungslos auf dem Boden der Kirche liegen. Während ich die Blessuren in ihrem Gesicht und die merkwürdigen Überbleibsel der Blitze betrachtete, zog sich mein Herz zusammen. Sie wäre *meinet-*

wegen fast gestorben. Ihre Haare waren ein wenig zerzaust und in meinen Fingerspitzen begann es augenblicklich zu kribbeln.

»Darf ich?«, fragte ich und deutete auf die Strähne, die ihr ins Gesicht hing.

Sie nickte wortlos.

Ich ging zu Cora, streckte die Hand nach ihr aus und strich ihr die Strähne hinters Ohr.

»Ich sehe bestimmt ganz schlimm aus.« Ihre Wangen erröteten und sie tastete über ihre dunkelbraune Mähne. »Du kannst mir nicht zufällig eine Bürste besorgen?«

»Und ob ich das kann«, erwiderte ich. »Ich hab dir ein Gästezimmer herrichten lassen und dir ein paar deiner Sachen besorgt. Geh schon mal zurück ins Wohnzimmer, ich hole deine Bürste und komme gleich nach.«

»Aye, aye, Käpten«, sagte sie, nickte mir zu und hatte sichtlich Schwierigkeiten, gleichmäßig zu gehen.

Ich lief in eins der Badezimmer, in dem ich ihr Badzeug in einem Regal abgestellt hatte. Ihre Haarbürste lag gleich obenauf und ich nahm sie an mich. An Tagen, an denen es meiner Mutter besonders schlecht ging und sie sich kaum bewegen konnte, frisierte ich ihr immer die Haare. Sie hatte mir sogar beigebracht, wie man Zöpfe band und inzwischen war ich darin geübt.

Als ich schließlich mit der Haarbürste bewaffnet das Wohnzimmer betrat, saß Cora auf der Couch. Zelda hatte sich auf einem Kissen wie eine Zimtschnecke zusammengeringelt und schlief.

Cora streckte die Hand nach der Haarbürste aus. Anstatt sie ihr zu reichen, trat ich jedoch hinter die Lehne der Couch und strich mit der Bürste sanft durch ihre Haare.

»Ich mach schon.«

Sie legte den Kopf in den Nacken, sodass ich ihr Gesicht sah. Zuerst wirkte sie wie versteinert, doch mit jedem weiteren Bürstenstrich entspannte sie sich ein wenig mehr. Dass sie meine Sachen trug, gefiel mir.

Lächelnd betrachtete ich die Gänsehaut auf ihren Armen. Ein wenig länger als nötig bürstete ich ihr die Haare, ließ die Strähnen auch immer wieder zwischen meine Finger gleiten und flocht ihr schließlich am Oberkopf einen Zopf, den ich mit einer umwickelten Haarsträhne fixierte. Die unteren Haare fielen weiterhin offen über ihren Nacken.

»Das ist ja eine richtige Frisur«, stellte sie fest und betastete vorsichtig ihren Kopf. Sie wandte sich zu mir um und lächelte mich an. »Danke. Deine Klamotten bekommst du zurück, sobald ich meine eigenen habe.«

»Woher weißt du, dass sie mir gehören?«

»Das habe ich gerochen.«

Ich hob die Augenbrauen. »Gerochen?«

»Ja, ich weiß, wie du riechst.«

Interessant und ein wenig gruselig, dass sie dazu imstande war, Gerüche so präzise zu erkennen. Aber irgendwie auch verdammt cool.

»Dann bist du ’ne richtige Spürnase.«

Cora schmunzelte. »Und außerdem hat Reese es mir verraten. Von ihm wusste ich auch schon, dass du für mich meine eigenen Sachen hergebracht hast.«

Ich ging um die Couch herum und setzte mich neben sie. Zelda regte sich kurz auf ihrem Kissen, wachte aber nicht auf.

»Ist es für dich okay, dass du eine Weile hier bei uns bleibst?«

»Habe ich eine Wahl? In meiner Wohnung bin ich ja gerade nicht mehr sicher.«

Ich senkte den Blick. »Es tut mir leid, Cora. Es war nie meine Absicht, dich in Gefahr zu bringen. Ich habe nach einer Hexe oder einem Hexer gesucht, der die magische Schlange hervorbringen kann. Dass Zelda sich an dich *bindet*, damit habe ich nicht gerechnet. Ich hätte sie einfach an mich genommen und du hättest mich nie wieder gesehen. Aber nun ist es anders gekommen, und du weißt inzwischen, was auf dem Spiel steht.«

Sie seufzte. »Ja, das weiß ich, aber ich kann euch keine Hilfe sein, und zudem bin ich keine gute Gesellschaft.«

Ich legte den Kopf schief. »Warum glaubst du das?«

Sie zuckte mit den Schultern und verzog sogleich schmerzvoll das Gesicht. »So war es schon immer, auch als ich noch mit meinen alten Freunden zusammengewohnt habe. Sie waren alle Hexen und Hexer mit einer speziellen Gabe und standen generell in ihrem ganzen Tun und Handeln über mir. Cat mit ihrer leidenschaftlichen Art; Merope, die jeden von uns mit vollstem Herzen verteidigte; Samuel, der immer wusste, wie er uns helfen konnte und Levi …« Coras Stimme brach. »Er war da, zu jedem Zeitpunkt, egal für wen, egal weswegen.« Sie räusperte sich. »Ich hingegen war einfach nur anwesend.«

Im ersten Moment wusste ich nicht, was ich sagen oder tun konnte, damit sie sich besser fühlte. Warum sprach sie so negativ über sich?

»Das klingt so, als ob du dich verachtest«, sagte ich, nachdem die Stille schon viel zu lange andauerte.

»Ja«, hauchte sie, blickte mich mit tränenverhangenen Augen an und stand auf.

Ich war sofort an ihrer Seite. »Dann lass mich dir helfen, das zu ändern.«

Sie lächelte sanft und schüttelte gleichzeitig den Kopf. »Das kannst du nicht, ich wüsste nicht, wie.«

»Du hättest dich einen Scheiß um Oliver kümmern müssen, aber du hast es getan und ihm damit das Leben gerettet.«

Cora verzog den Mund. »Danke, für den Versuch. Du vergisst, dass ich ihm die Droge zuvor verkauft habe und sie zu einem Teil zu seiner Vergiftung beigetragen hat.«

Ich ergriff ihre Hände und hielt sie fest, als Cora sich mir wieder entziehen wollte. »Oliver hat mir erzählt, dass du ihm ständig damit in den Ohren gelegen hast, dass er auch bloß die richtige Dosierung einhält. Wir alle machen Fehler, Cora. Ich weiß nicht, was dich dazu gebracht hat, Drogen anzumischen und zu verkaufen. Aber ich bin jetzt hier und höre dir zu, falls du jemanden zum Reden brauchst.«

Cora sah mich stumm an. Ihre Hände lagen schlaff in meinen, während ihr die Tränen nun über die Wangen rannen.

»Ich habe nicht mehr damit gerechnet, dass jemals wieder jemand an mich glauben will«, flüsterte sie.

»Das tue ich«, versicherte ich ihr und sah ihr direkt in die Augen. »Und wenn du es zulässt, werde ich für dich da sein.«

Sie legte den Kopf schief und musterte mich. »Wie meinst du das?«

»Lass uns zusammenarbeiten, Cora. Du und ich. Wir.«

Sie betrachtete mich lange und nickte irgendwann. »Ich werde sowieso keine Wahl haben, immerhin hat sich Zelda an mich gebunden und einfach zurück in meinen Alltag kann ich nicht.«

Mein Ziel war es, Cora bei uns aufzunehmen. Wir waren vier Freunde, beinahe wie eine Familie. Doch um uns mit dem magischen Band eines Zirkels aneinander binden zu können, brauchten wir ein fünftes Mitglied. Und dafür wollte ich Cora. Mit ihr könnten wir gemeinsam stärkere Magie bewirken und gleichzeitig könnte ich sie besser beschützen.

»Könntest du dir vorstellen, dich uns als fünftes Mitglied anzuschließen?«, fragte ich geradeheraus und wartete auf eine Regung ihrerseits.

Sie starrte mich an. Einige Momente vergingen, in denen nichts passierte. Ich konnte nicht einschätzen, was sie dachte.

»Du meinst als Zirkel? Mit Jody, die mich am liebsten von dieser Erde beamen würde? Das wäre keine gute Voraussetzung für ein derart starkes Bündnis. Ich hatte schon einmal eine Zirkelfamilie. Wenn eine solche Verbindung aus irgendeinem Grund auseinanderbricht, zerbrichst du mit. Das ist das Letzte, was ich noch mal brauche.«

Ich konnte in der Tiefe ihrer wunderschönen Augen lesen, wie sehr sie darunter litt, und fragte mich, was geschehen war. Doch sie ließ mich in diesem Moment los und wandte sich von mir ab. Ein eindeutiges Zeichen, dass sie nicht weiter darüber sprechen wollte. Gerade war nicht der richtige Zeitpunkt, sie war noch nicht so weit, sich mir gegenüber zu öffnen. Doch ich würde alles daransetzen, ihr Vertrauen zu gewinnen. Ich wollte sie auffangen und halten. Cora weckte meinen Beschützerinstinkt. Ich wünschte mir, dass sie glücklich war. Sie atmete tief durch und zuckte dabei zusammen. Meine Enttäuschung über ihre Absage wurde von der Sorge um sie überlagert. Cora brauchte eindeutig ein Schmerzmittel, und Mom hatte hier spezielle Pflanzen, die Cora bestimmt helfen würden.

»Komm, lass uns meine Mutter suchen, dann kann ich sie dir vorstellen und wir besorgen dir etwas gegen deine Schmerzen.«

Cora nickte. Offensichtlich war sie erleichtert, diese Konversation beendet zu haben. Ihre Gesichtszüge waren jetzt weniger angespannt.

»Deine Mutter habe ich vorhin schon getroffen, als ich auf der Suche nach dem Badezimmer war.«

»Ach, dann habt ihr euch bereits kennengelernt?« Ich folgte ihr zur Tür, bemerkte ihren schwerfälligen Gang, und wie verbissen sie die Zähne aufeinanderpresste, darauf bedacht, keinen Schmerzenslaut von sich zu geben.

Ich musste mich zurückhalten, ihr nicht unter die Arme zu greifen und sie zu stützen, so wie ich es oft bei meiner Mutter tat. Ich kannte die wichtigen Griffe und Hebungen, um jemanden aufzustellen. Aber mein Bauchgefühl sagte mir, dass Cora meine Hilfe nicht wollte. Sie war einfach zu stolz dafür und wollte niemandem zur Last fallen.

Ich erkannte in ihr eine Stärke, die sie selbst nicht bei sich sah. Vielleicht konnte ich ihr dabei helfen, ihren Glauben an sich wiederzufinden und nach vorne, statt zurück zu schauen.

Kapitel 11

CORA

Zelda war weiterhin im Land der Träume und ich wollte sie nicht wecken. Vielleicht machte sie gerade einen magischen Wachstumsschub durch und schlief deshalb so viel.

Ich folgte Grim in die großräumige Küche, in der ebenfalls dunkles Holz den Stil prägte. Seine Mutter saß in ihrem Rollstuhl am Tisch und zerkleinerte etwas mit einem Mörser, dessen Duft den gesamten Raum erfüllte. Es war ein frischer, beinahe minziger Geruch mit einem süßen Unterton, der mich grübeln ließ. Ich kannte diese Pflanze nicht. Meine Neugierde war geweckt.

»Hallo ihr beiden.« Sie wandte sich von der Schale ab und sah mich an. »Wie geht es dir, Cora?«

»Nicht so gut, mir tut alles weh«, gab ich ehrlich zu.

»Ich habe mir schon gedacht, dass es dir schlecht gehen würde, die Überbleibsel der Blitze stecken noch in dir drin. Schau mal, das hier hilft mir auch bei meinen Schmerzen. Probiere es mal aus.«

Interessiert beugte ich mich über die Schale und sah eine türkise Pampe, die im einfallenden Sonnenlicht leicht schimmerte.

»Was ist das?«

»Feengrün.«

Ich runzelte die Stirn. »Davon habe ich noch nie gehört.«

»Ja, das gibt es nicht oft. Ich habe diese magische Pflanze selbst gezüchtet. Sie ist eine Kreuzung …«

»Aus Engelsblau, Feilchenschild und Anzkelblut.« Ich sagte es, ohne vorher darüber nachzudenken.

Sandra sah mich mit großen Augen an, wechselte einen Blick mit ihrem Sohn und nickte schließlich. »Du hast recht. Woher weißt du das?«

»Ich habe geraten. Es war am naheliegendsten. Das sind alles Kräuter und Pflanzen, die Schmerzen lindern und einen frischen, pfefferminzartigen Geruch haben. Das Feilchenschild bringt die süße Unternote.«

»Verblüffend.« Sandra sah mich noch einen Moment länger an, bevor sie mir die Schale mit der Paste reichte und erklärte, wie ich sie gegen die Schmerzen anwenden sollte.

Grim schilderte mir den Weg zu dem Badezimmer, das ich hier während meiner Anwesenheit allein für mich nutzen konnte. Dieses Haus war wirklich riesig.

Im Flur kam mir ein Mann mit einem Staubwedel entgegen, was mich sofort darauf schließen ließ, dass er der Haushälter war, von dem Reese mir bereits berichtet hatte. Weiße Strähnen durchzogen seine Haare, genauso wie seinen Bart. Sobald er mich sah, erschien ein strahlendes Lächeln auf seinen Lippen.

»Hallo, junge Dame, wir kennen uns noch nicht. Wenn ich mich vorstellen darf …«, er reichte mir seine Hand, die ich lächelnd ergriff, »… Matthew Burton, ich bin der Haushälter des Chamberlain-Anwesens. Jeder Zentimeter dieses charismatischen Hauses wird von mir gehegt und gepflegt, genauso wie der Garten.«

»Hi, ich bin Cora, sehr erfreut, Sie kennenzulernen.«

»Gleichfalls.« Sein Grinsen wurde breiter. »Falls Sie bei irgendetwas meine Hilfe benötigen, können Sie mich jederzeit fragen.« Er deutete den Gang entlang. »Mein Zimmer ist genau dort, gegenüber dem von Sandra.«

»Dankeschön, das werde ich mir merken.«

Mr. Burton zog seine glatte Weste zurecht und betrachtete den Staubwedel in seiner Hand. »Wenn Sie mich jetzt entschuldigen würden, ich muss die Bücher in der Bibliothek abstauben, es sieht sonst furchtbar aus, wenn das Sonnenlicht auf die Buchrücken fällt und der Staub sichtbar wird.« Er nickte mir zu und eilte davon.

Ich blickte ihm schmunzelnd nach. Er war mir auf Anhieb sympathisch.

In *meinem* Badezimmer angekommen, zog ich mich bis auf die Unterwäsche aus und löste vorsichtig das Wundpflaster von meinem Bauch. Meine Adern schimmerten dort unter der Haut durch und waren so dunkel gefärbt, als wären sie vollständig verkohlt worden. Ein übler Kratzer zog sich rechts vom Bauchnabel bis unter den Slip. Ich berührte die Stelle, zuckte jedoch sofort zurück. Anhand der Wundränder erkannte ich, dass sie Magie eingesetzt hatten, um die Wunde zu heilen. Daher war es seltsam, dass die Verletzung noch nicht verschorft war.

Vorsichtig trug ich die Paste auf, die erstaunlich schnell einzog. Während ich mit meinem linken Arm beschäftigt war, hatte meine Haut am Bauch schon alles absorbiert. Der Duft umgab mich und schien auch meine inneren Schmerzen ein wenig zu lindern. Augenblicklich verspürte ich den Drang, mir einen Joint anzuzünden, damit ich … Damit ich was? Meinen Gedanken entkam, mit denen ich mich gerade gar nicht beschäftigte? Momentan fehlte mir die Zeit dazu, da viel zu viel passierte und ich mich mit anderen Dingen auseinandersetzen musste. Mir wurde bewusst, dass ich das Verlangen gar nicht wirklich verspürte, sondern nur meiner Gewohnheit nachgehen wollte. Die Gewohnheit der Betäubung, des Schwebens, um mich frei zu fühlen. Doch gerade war ich nicht schmerzerfüllt. Körperlich durchaus, aber geistig fühlte ich mich … okay. Ich fühlte mich okay, und das nur wegen der Anwesenheit von Menschen, die ich kaum kannte.

Bei einem Schulterblick in den Spiegel stellte ich fest, dass auf meinem Rücken auch solche Verfärbungen waren. Zwar versuchte ich, die Stellen dort ausreichend einzusalben, doch ich schaffte es nicht, egal wie sehr ich mich streckte und verrenkte.

»Kommst du klar?«, hörte ich Grim fragen, während er sanft an die Tür klopfte.

Konnte er durch Wände sehen oder meine Gedanken lesen? Allerdings war ich inzwischen schon eine ganze Weile im Badezimmer. Kein Wunder, dass er sich erkundigte.

Vielleicht konnte ich ihn tatsächlich fragen, ob …? Ich sah an mir hinab und zögerte. Falls er mir bereitwillig helfen würde, war es dann für mich okay, dass er mich nur in Unterwäsche sah?

»Cora?« Er klopfte erneut.

»Äh, ja … Moment …«

Die Sorge in seiner Stimme erwärmte mein Herz. Er war irgendwie süß. Jemand, der sich auf diese unaufdringliche Art und Weise sorgte, aber trotzdem zeigte, dass es ihn beschäftigte, wie es mir ging. Meine Mutter war in Sorge total unbeherrscht und wie eine Glucke.

Ich zog zumindest die Jogginghose wieder an und reckte dann den Kopf aus der Tür.

Er sah mich an und hob fragend die Augenbrauen.

»Du könntest mir eventuell helfen«, sagte ich und schmunzelte verlegen.

»Mit der Paste?«

»Ja, ich komme nicht richtig an den Rücken.«

Kurz starrten wir uns an. Ich hatte das Gefühl, er enthüllte mit seinem intensiven Blick meinen Geist Schicht um Schicht, bis ich schließlich mit meiner puren Seele vor ihm stand und mich ihm so zeigte, wie ich war. Dennoch wollte ich unseren Blickkontakt nicht abbrechen. Ich verlor mich in seinen grünen Augen und fühlte mich in seiner Gesellschaft geborgen.

Sein Räuspern brach schließlich den Bann. Er schüttelte kaum merklich den Kopf, als müsse er richtig zu sich kommen, machte dann einen Schritt auf mich zu, drückte die Tür auf und drängte sich an mir vorbei ins Badezimmer.

Er betrachtete mich von Kopf bis Fuß und schluckte. Der Leder-BH, den ich trug, war beinahe ohne große Verbrennungen davongekommen und nur an ein paar vereinzelten Stellen lädiert.

Grim griff nach der Schale mit der Paste. »Dreh dich bitte um«, sagte er mit rauer Stimme.

Ich tat es, und er strich mir sanft die Haare von der Schulter. Es war nur eine federleichte Berührung, doch ich spürte unter seinen Fingern ein Kribbeln auf der Haut. Über den Spiegel sahen wir uns an. Ich zerschmolz förmlich unter seinem Blick, der so kontrolliert und gleichzeitig verloren wirkte. Beinahe zärtlich massierte er die kühle Paste in meine Haut. Als mein schmerzender Rücken längst betäubt war, machte er trotzdem weiter und hatte scheinbar nicht vor, damit aufzuhören. Seine Finger wanderten nach unten in Richtung Lendenbereich, wo er weiterhin wohltuende Kreise auf meine Haut zeichnete. Im Spiegel konnte ich erkennen, dass er vollkommen konzentriert darauf war, die Paste so gut wie möglich aufzutragen und mir Linderung zu verschaffen.

»Ist das so okay?«, fragte er mich, als seine Hand zu meiner Hüfte wanderte. Ich musste einen Schauder unterdrücken, der durch meinen Körper jagen wollte. Was passierte hier? Zwischen uns entstand eine eigene Art von Magie, die mich komplett vereinnahmte und etwas in meinem Bauch zum Prickeln brachte. Spürte Grim es auch? War ihm bewusst, was seine Berührungen in mir auslösten?

»Mhh«, murmelte ich, schloss für einen Moment die Augen, und spürte Grims Finger noch intensiver auf meinem Körper. Er ging zur anderen Seite über und verweilte dort, bevor er wieder nach oben fuhr und dieses Mal am Verschluss meines BHs pausierte. Ich öffnete die Augen.

»Ich müsste an deine Haut da drunter«, erklärte er mir mit gepresster Stimme und sah mich mit funkelnden Augen an.

»Okay, dann mach ihn auf«, sagte ich mit bemüht fester Stimme und nickte ihm zu, wodurch einige Strähnen meines Haares auf meinen Rücken fielen, die Grim wieder sanft beiseite strich.

Als er meinen BH öffnete, hielt ich ihn mit beiden Händen vorne fest und empfand es befreiend, als die Träger von meiner Haut rutschten. Grim führte seine Finger wieder über meine Haut, verteilte etwas von der Paste und rieb sie mit regelmäßigem Druck ein. Ich musste aufpassen, dass ich keine wohligen Seufzer von mir gab. Der Schmerz verklang und ich spürte irgendwann nur noch seine Hände. Ich nahm seine Berührung nicht nur an den verletzten Stellen, sondern auch in meinem Körper wahr. Jede einzelne meiner Nervenfasern war bis zum Zerreißen gespannt. Ergeben ließ ich den Kopf in den Nacken sinken und spürte, wie Grim noch näher an mich herantrat. Sein Atem streifte meine Wange und ein heißer Schauer jagte mir vom Rücken bis ins Herz.

»Soll ich weitermachen?«, fragte er mich mit rauer Stimme.

»Ja.« Mehr als ein Flüstern brachte ich nicht zustande.

Grims Anwesenheit gab mir Halt. Einen Halt, den ich seit Levis Tod nicht mehr verspürt hatte. Vielleicht lag es daran, dass ich den Besänftigungstrank gerade erst wieder frisch zu mir genommen hatte, der mir den Schmerz über seinen Verlust etwas erleichterte? Ich presste die Lippen aufeinander und fragte mich, was Levi denken würde, wenn er mich jetzt mit Grim sehen könnte. Die Hände eines anderen Mannes auf meinem Körper. Würde er sauer sein, oder mich sogar ermutigen, endlich nach vorn zu sehen und weiterzuleben? Ich stockte. Leben. Ich fühlte mich tatsächlich lebendig. Nicht verloren, sondern wirklich anwesend in meinem eigenen Körper. Die Einsamkeit erdrückte mich nicht mehr, ich konnte wieder freier atmen. Levi würde sich für mich freuen, dass ich die Gesellschaft von Menschen wieder zulassen konnte. Ich war unter Hexen und Hexern, so wie es sein sollte.

»Ich bin fertig«, sagte Grim an meinem Ohr und ich spürte seine Barthaare seitlich an meinem Hals entlangstreichen. Gefangen in dem Moment sah ich ihn über meine Schulter hinweg an und betrachtete seine einladenden Lippen. War es okay? War es zu früh? So viele Fragen, doch ich wollte es. In diesem Augenblick vielleicht mehr als alles andere. Ich wollte mich weiter lebendig fühlen.

Grim betrachtete mich abwartend, zeigte keinerlei Regung. Meine Unsicherheit ließ mich hadern. Aber weshalb sollte ich mich aufhalten lassen?

Ich war Single, fühlte mich jedoch meistens noch immer so, als wäre ich in einer Beziehung. Aber man konnte mit keinem Toten zusammen sein. Das funktionierte nicht. Ebenso wie es nicht funktionierte, mit jemand Neuem zu beginnen, solange die Trauer und der Frust in einem keimten und sich über das Herz legten wie ein Fischernetz.

Grim sah mich noch immer an, die Mundwinkel leicht angehoben und die Gesichtszüge entspannt. So schön. Ich wollte ihn nicht mit Levi vergleichen und tat es dennoch unbewusst. Nicht auf die Äußerlichkeiten bezogen, sondern darauf, was er mich fühlen ließ. Er fing an, mir ein ähnlich gutes Gefühl zu geben, so wie Levi es getan hatte, als wir uns kennenlernten.

Ich drehte mich langsam zu ihm um, war ihm so nah, dass ich den Kopf in den Nacken legen und zu ihm aufsehen musste. Zwischen uns knisterte die Luft vor Energie – so präsent, dass ich kleine kribbelnde Stromschläge auf der Haut spürte.

Ein leichtes Klopfen an der Tür ließ mich zurückzucken.

»Cora, geht es dir gut? Hier ist Reese. Sandra meinte, dass du dich gerade selbst verarztest, und ich wollte nachfragen, ob du vielleicht Hilfe brauchst.«

Ich blinzelte mehrmals, bevor ich mich wieder fing und Grim erneut meinen Rücken zudrehte.

»Danke für deine Hilfe. Kannst du den BH bitte wieder schließen?« Meine Stimme klang zittrig und unsicher. Dabei wollte ich mich nicht so anhören, wie ich mich fühlte. Das war nicht das Ziel der Sache.

Grim verschloss ihn und ich spürte über den Spiegel seinen Blick auf mir. In diesem Moment konnte ich ihn nicht erwidern, starrte stattdessen auf das Waschbecken.

Er trat zurück, nahm ein frisches Wundpflaster aus einem Schubfach und wartete, bis ich mich ihm wieder zuwandte. Ganz behutsam klebte er es über meine Bauchwunde, hob dann das Shirt vom Boden auf und reichte es mir.

Jetzt musste ich ihm in die Augen blicken und befürchtete, dass sein Blick verurteilend oder verärgert wäre, da meine Stimmung so schnell gekippt war. Aber alles, was ich sah, war Wärme und Verständnis. Er lächelte mich sanft an, und ich tat es ihm gleich.

»Danke.« Ich nahm das Shirt entgegen, zog es hastig über und strich mir die Haare glatt.

»Hallo?«, meldete sich Reese erneut.

Ich ergriff die Schale, in der nur noch ein kleiner Rest der Paste übrig war, und öffnete die Tür mit einem Ruck.

Reese öffnete gerade den Mund, um etwas zu sagen, als er Grim hinter mir entdeckte.

»Hallo Reese«, begrüßte ich ihn. »Danke für dein Angebot, aber ich habe schon Hilfe bekommen.«

Auf Reeses Gesicht breitete sich ein zweideutiges Grinsen aus. »Sorry Leute, ich wollte euch nicht stören.« Er trat mit erhobenen Händen von der Tür zurück.

Ich ging an ihm vorbei, dicht gefolgt von Grim, dessen Schmunzeln ich aus dem Augenwinkel erkennen konnte, sobald er zu mir aufschloss.

»Sind die Schmerzen besser?«, fragte Sandra mich, als Grim und ich kurz darauf wieder die Küche betraten. Reese war uns nicht gefolgt.

»Ja, definitiv. Danke.«

Sie saß am Küchentisch und beobachtete mich dabei, wie ich zur Spüle trat und den Mörser mit Wasser säuberte.

»Grim, das hättest du machen können. Immerhin ist Cora noch geschwächt und dein Gast«, tadelte sie ihn.

»Ja, Mom.« Der leicht genervte Unterton entging weder Sandra noch mir. Es war kein Wunder, dass sie in ihrem Rollstuhl zu ihm fuhr und ihm einen leichten Schlag auf den Arm verpasste.

»Au«, jaulte Grim gespielt und blickte auf seine Mutter hinab, die neben ihm noch zierlicher wirkte als zuvor.

»Sprich nicht so genervt. Das ist unhöflich. Ich dachte, ich hätte dich gut erzogen.«

»Das hast du, Mom«, erwiderte Grim, beugte sich zu ihr hinunter und küsste sie auf die Wange.

»Gut zu wissen«, meinte Sandra und zog Grim in eine Umarmung. Es war ein verdammt süßes Bild der beiden.

Oliver kam zur Tür herein und grüßte in die Runde. »Ich habe keine Ahnung, was ihr macht, aber ich koche jetzt Essen. Und zwar für alle. Meine reizende Schwester hat immerhin Geburtstag und ich muss wenigstens versuchen, die Vergiftungsaktion wieder wettzumachen.«

Jody hatte Geburtstag?

Grim versteifte sich. »Mist, ich hab kein Geschenk.«

Oliver kniff die Lippen zusammen. »Dito. Ich bin nicht mehr dazu gekommen, bei allem was los war.«

Er nahm sich eine Schürze, die an einem Haken neben der Tür hing und band sie um. Es handelte sich um eine rotgepunktete, auf der ein kleiner Waschbär mit Kochlöffel und Chefkochmütze abgebildet war.

»Hey, Cora.« Er sah mich an. »Ich frage dich nicht, wie es dir geht. Das hast du heute bestimmt schon mehrfach gehört. Stattdessen versorge ich dich mit richtig gutem Essen. Es wird dir schmecken. Das kann ich dir versichern.«

»Ich muss mich immer noch daran gewöhnen, dass du Oliver, und nicht Ben heißt«, sagte ich, während ich ihn dabei beobachtete, wie er Kochtöpfe aus einem Regal räumte.

Oliver schmunzelte. »Das mache ich immer so, wenn ich meinen echten Namen nicht verraten will. Ich heiße Oliver Benoit. Und von meinem Nachnamen leite ich gerne *Ben* ab.«

»Ergibt Sinn«, erwiderte ich. »Der Name ist dann ja nicht komplett erfunden.«

Neben dem Herd sah ich eine kleine Schiefertafel, auf der die Namen *Reese* und *Oliver* standen. Darunter zählten Striche etwas auf.

»Was soll das denn?« Ich deutete darauf.

Grim schmunzelte. »Reese und Oliver wollen herausfinden, wer von beiden besser kochen kann. Deshalb kochen sie immer abwechselnd und wir geben unsere Beurteilungen ab. Wer am Ende die meisten Striche hat, wird zum besten Koch des Hauses gerühmt.«

Oliver kramte in einem Schrank, verglich verschiedene Töpfe miteinander und stellte schließlich den größten davon auf den Herd.

»Ich bin gespannt«, sagte ich und beobachtete, wie leichtfüßig er durch die Küche fegte und sich die gesamten Zutaten zusammensuchte.

»Möchtest du etwas trinken?«, fragte Grim mich und ging zum Kühlschrank, um mir verschiedene Getränke zu zeigen, die zur Auswahl standen.

»Eine Cola, bitte«, sagte ich und Grim griff danach.

»Mom?«, fragte er.

Sandra nickte. »Auch eine Cola.«

Er nahm drei Gläser aus einem Hängeregal und stellte sie auf den Tisch.

»Ich schau mal kurz nach Zelda«, sagte ich. »Vielleicht hat sie auch Durst oder Hunger.«

Vorsichtig stand ich auf und verließ mit einem bemüht aufrechten Gang die Küche. Im Wohnzimmer lag Zelda noch immer zusammengeringelt auf dem Kissen und rührte sich nicht. Lebte sie noch?

Ich streichelte sie, wobei ein Zittern durch ihren kleinen Körper ging und sie sich ganz langmachte.

»Hexe?« Sie gähnte laut.

»Ich wollte schauen, ob es dir gut geht. Entschuldige, wenn ich dich geweckt habe.«

Zelda richtete sich auf. »Mir geht es gut.« Sie hob den Kopf in die Luft und züngelte. »Kocht hier wer?«

Ich nickte. »Ja, Oliver macht Essen. Willst du mit in die Küche?«

Zelda schlängelte sich meinen Arm hinauf und um meinen Hals. Gemeinsam gesellten wir uns wieder zu den anderen. Ich setzte mich neben Sandra an den Tisch.

»Hallo Zelda«, sagte sie und schenkte der Schlange ein Lächeln.

»Hallo, hier riecht es so toll.«

Sandra und Zelda vertieften sich in ein Gespräch über Essen, wobei Zelda nur über Pflanzen, Blüten und Pilze berichten konnte, die sie in meiner Wohnung gefressen hatte. Da sie noch nicht lange geschlüpft war, konnte sie nicht so viel erzählen, wie sie es offenbar gerne wollte.

Als Reese in Begleitung von Jody zur Tür hereinkam, verstummten alle und ich betrachtete Grim und Oliver abwartend.

Ihr Bruder war der erste, der auf Jody zuging und sie in die Arme zog. »Happy Birthday, Schwesterherz.«

Sie lächelte ihn an. »Danke.«

Grim folgte als nächstes, anschließend Sandra. Reese hatte ihr seine Glückwünsche vermutlich bereits ausgesprochen, es blieben also nur noch Zelda und ich übrig. Umarmen würde ich sie nicht, das würde sie nicht wollen. Daher blieb ich sitzen.

»Alles Gute zum Geburtstag, Jody«, presste ich hervor, und Zelda zischte begleitend.

Sie betrachtete mich eingehend und nickte mir zu. »Danke.«

Die unangenehme Stille wurde glücklicherweise unterbrochen, als Mr. Burton mit einer Geburtstagstorte in die Küche kam, ihr diese vor die Nase hielt und sie dazu aufforderte, die einundzwanzig brennenden Kerzen auszupusten und sich dabei etwas zu wünschen.

Er stimmte das Geburtstagslied an und wir stimmten alle ein. Zelda versuchte mitzumachen, zischte dabei aber nur vor sich her.

Mr. Burton zog die Augenbrauen nach oben und warf Sandra einen belustigten Blick zu.

Sie lächelte ihn sanft an. Das war nicht nur ein beiläufiger Blick. War das Funkeln in den Augen der beiden vielleicht mehr?

»Danke euch«, sagte Jody, nachdem sie die Kerzen ausgepustet hatte.

»Es tut uns leid, aber wir haben noch keine Geschenke für dich, weil wir in den letzten Tagen … ein wenig beansprucht waren.« Oliver sah seine Schwester entschuldigend an.

Bevor sie sich bemühte, sich ihre Enttäuschung nicht anmerken zu lassen, fiel ihre Miene kurz in sich zusammen.

»Das ist kein Problem«, presste sie heraus. »So, wie die Lage gerade ist, muss meine Party auch nicht stattfinden.« Ihr trauriger Blick glitt zu ihrer Torte, die mit weißer und rosa Buttercreme verziert war. »Aber immerhin können wir uns über die sahnige Kalorienbombe hermachen.«

»Erst nach dem Essen«, warf Oliver mit erhobenem Zeigefinger ein. »Sie ist das Dessert.«

Jody half Oliver beim Kochen. Sie betrachtete mich hin und wieder mit einem unterkühlten Blick, doch ich fühlte mich trotzdem wohl, da Reese mich immerzu schelmisch angrinste. Dass Grim nun neben mir saß und mir gelegentlich verstohlene Seitenblicke zuwarf, trug sicherlich auch maßgeblich zu meiner guten Laune bei.

Reese versuchte, Oliver zu sabotieren, indem er zu viele Gewürze in dessen Soße beimengen wollte. Doch Jody fegte sie mit einem magischen Windstoß beiseite. Es war eine wegwerfende Handbewegung, die mir verriet, dass sie für ihren Zauber nicht viel nachdenken musste. Es war wohl ihr spezielles Talent.

Die meisten Hexen und Hexer besaßen eins. Es war neben der eigenen Magie eine Art Fertigkeit, die kaum Energie kostete und mit der man viele Dinge anstellen konnte, ohne dabei geschwächt zu werden. Vielleicht war Jody eine Luftelementar, so wie Cat eine Feuerelementar war? Was die anderen für Talente hatten, wusste ich nicht genau. In meinem alten Zirkel waren verschiedenste Fertigkeiten vertreten gewesen.

Samuel konnte Gefühle sehen, die die Menschen wie eine bunte Aura umgaben. Anhand dieser konnte er benennen, wie sie sich fühlten. Cat beherrschte das Feuer, während Merope mit Geistern kommunizieren konnte. Und Levi hatte die Heilungsgabe besessen und leichte, bis hin zu schwerwiegenden Wunden heilen können. Ich hingegen hatte keine besondere Gabe. Das Einzige, was ich einigermaßen beherrschte, war das Brauen von Tränken. Mal ganz abgesehen von der Mischung meiner Droge.

»Pilze oder Zucchini?«, fragte Oliver mich, der über seine Schulter blickte und offensichtlich darauf wartete, dass ich eine Entscheidung traf.

»Mhh, ich mag beides«, gab ich zurück.

Im ersten Moment schien er unzufrieden, doch dann nahm er eine Zucchini sowie Pilze aus dem Kühlschrank. Rauchen konnte man letztere allerdings nicht. Dazu brauchte ich meine eigenen.

»Dann machen wir eben beides.«

»Musst du nicht …«

»Pscht.« Oliver legte sich den Zeigefinger an die Lippen. Dass ich ihm die Drogen verkauft hatte, war für ihn offensichtlich Schnee von gestern, während Jody die Schneeschaufel holte und den angeblichen *Schnee von gestern* wieder vor meine Füße kippte. Schwierig.

»Ich bin gespannt, wie Olivers Gemüse schmecken wird.« Grim zwinkerte mir zu.

»Hoffentlich scheiße«, rief Reese und streckte hinter Olivers Rücken die Zunge raus. Er trug ein Tanktop, wodurch ich seine Muskeln nur noch besser erkennen konnte.

Als würde Grim merken, was ich gerade dachte, räusperte er sich. »Was machen deine Schmerzen?«, fragte er leise.

»Sind fast weg.«

»Gut.«

»Du meintest, wir sollen erst einmal hierbleiben«, zischte Zelda, glitt von meinem Hals und richtete sich auf dem Tisch vor Grim auf.

Er nickte bestätigend.

»Da draußen ist es momentan zu gefährlich für euch.« Er sah mich an. »Adam und sein Zirkel lauern bestimmt vor deiner Wohnung darauf, dass du und Zelda wieder zurückkommt.«

Sorge zog sich durch das Band zwischen der kleinen Schlange und mir. »Wissen die denn auch, wo *du* wohnst?«, fragte sie Grim.

»Ja, aber hier sind wir zusammen und ich habe um das Haus einen magischen Schutzschild errichtet.«

»Das beruhigt mich etwas«, zischte sie, glitt am Tischbein hinab und an Olivers Bein wieder hinauf, um von seiner Schulter aus in die Kochtöpfe zu spähen.

»Ich habe bereits das Gästezimmer für Sie hergerichtet, junge Dame.« Mr. Burton stand neben Sandras Rollstuhl und lächelte mich an. »Frische Bettwäsche und Handtücher habe ich auch bereitgelegt.«

»Vielen Dank, Mr. Burton.«

Er winkte ab und schob Sandra zur Kücheninsel, damit sie die Soße abschmecken konnte.

»Ich kann aber nicht ewig hierbleiben«, sagte ich in die Runde.

»Wir kriegen das schon hin.« Reese sah mich aufmunternd an. »Wenn wir den Schädel zerstört und Adam aufgehalten haben, fügt sich alles wieder.«

»Dafür müssen wir ihn aber erst einmal finden, und Zelda kann uns leider nicht sagen, wie wir dabei vorgehen müssen«, meinte Jody, während sie der rosa Schlange ein Basilikumblatt vor das Maul hielt, das sie sich sofort schmecken ließ.

Oliver brummte zustimmend.

Sandra stand die Sorge ins Gesicht geschrieben. »Ich wäre ja dafür, dass sich keiner von euch in Gefahr bringt, aber ich kenne euch und verstehe, weshalb ihr Adam aufhalten müsst.«

Während Oliver sein Essen fertig kochte, deckten wir den Tisch. Ich verteilte das Besteck, Grim die Teller und Reese die Gläser. Jody brachte die Servierschüsseln mit dem Essen.

Als alle saßen, konnte ich Olivers Kochkünste betrachten. Die kleingeschnittene Zucchini und die Pilze blitzten mir zwischen Bandnudeln entgegen. Dazu gab es noch gemischten Salat.

Oliver stellte Sojasoße und Sesamöl auf den Tisch, setzte sich mir gegenüber und grinste mich an. »Ich hoffe, es schmeckt euch und ihr stimmt für mich ab. Reese hat mit seinem letzten Essen ja eher schlecht abgeschnitten.«

»Stimmt gar nicht«, verteidigte er sich und schüttelte vehement den Kopf.

»Ja, ja, schon gut. Lasst uns essen.«

Wir bedankten uns bei Oliver, der nur nickte und jedem eine ordentliche Portion auf den Teller lud. Zuerst verlief das Essen still und beinahe lautlos, bis auf das Kratzen von Besteck auf den Tellern. Irgendwann fingen alle an, sich miteinander zu unterhalten.

Wahrscheinlich würde Jody mich gleich mit ihren Blicken erdolchen, aber sollte sie ruhig.

»Oliver, hilft dir der Regenerationstrank?«, erkundigte ich mich und presste die Lippen aufeinander. Sie waren von dem Sesamöl schmierig.

Sein Blick richtete sich auf mich und er nickte, bis er hinuntergeschluckt hatte. »Mach dir keine Gedanken. Es ist alles gut.« Er deutete mit seiner Gabel auf mich. »Du hast mich davor gewarnt, nicht mehr als eine Dosis zu nehmen, und ich war dumm und dachte, ich wüsste es besser. Dann kam noch die Distelbeeren-Vergiftung hinzu. Die Mischung war offensichtlich nicht das Beste für meinen Körper.«

»Es ist ihre Schuld«, brach es aus Jody heraus, kaum dass er ausgesprochen hatte. »Wie kommt man denn bitte darauf, Drogen zu verkaufen? Du hättest sterben können, Oli.« Sie kniff die Augen zusammen, als stelle sie sich vor, wie sie ihn beerdigte.

»Es ist aber gut ausgegangen, und der Auslöser für das Ganze war definitiv nicht Cora.« Seine Stimme war ruhig, aber dennoch so bestimmt, dass ich mich ein wenig aufrechter hinsetzte. Sie alle wussten von meinen Schuldgefühlen.

»Ich fasse es nicht, dass du sie in Schutz nimmst. Und dass wir sie dann auch noch bei uns aufnehmen, nachdem was sie getan hat.«

»Sie hat mir das Leben gerettet, vergiss das nicht.«

»Ja, nachdem sie dabei geholfen hat, dich überhaupt in Gefahr zu bringen! Wie kannst du so blauäugig und nett zu ihr sein?«

»Sag mal, hörst du mir nicht richtig zu? Sie hat mir das Leben gerettet. Ohne sie wäre ich höchstwahrscheinlich erstickt und an dem blauen Zeug verendet! Sei doch froh, dass sie da war!«

Jody verschränkte die Arme vor der Brust und schnaubte.

»Ich kann nicht glauben, dass du ihr auch noch so verdammt dankbar bist. Es ist furchtbar, was sie tut und was das für Auswirkungen haben kann!«

Ich wurde wieder kleiner auf dem Stuhl und das gewaltige Gefühl von Beklommenheit floss ätzend wie eine Säure durch meine Adern.

Grim richtete sich auf. »Okay, das reicht jetzt. Cora wollte sich nur erkundigen, wie es Oliver geht. Reiß dich ein bisschen zusammen, Jody. Ich verstehe, dass du dir Sorgen um deinen Bruder machst, aber er hätte sich das Zeug auch bei jemand anderem holen können.«

Ich wollte nicht einwerfen, dass *Magyk* einzigartig war, deshalb hielt ich den Mund. Das wäre mehr als unpassend gewesen und hätte Jody nur noch mehr Zunder gegeben.

»Also haltet jetzt alle mal die Luft an und atmet tief durch.« Grims zorniger Blick richtete sich auf Jody. »Und wer das nicht kann, darf gerne gehen und uns in Ruhe essen lassen.«

Sie donnerte die Gabel und das Messer auf den Teller und floh regelrecht aus der Küche. Die zurückbleibende Stille war genauso bedrückend wie der Streit zuvor.

»Ja, meine Damen und Herren, darf ich vorstellen, meine Schwester«, sagte Oliver ironisch und vollführte eine Handbewegung in die Richtung, in die Jody verschwunden war.

»Wisst ihr was, ich finde, wir sollten feiern gehen, so wie es ursprünglich geplant war«, schlug Reese vor. »Jodys Stimmung hält sonst kein Mensch aus. Sie braucht einen Club und ein bisschen Alkohol.«

Oliver nickte. »Ja, sie hat sich ihren Geburtstag anders vorgestellt und ist deshalb frustriert.«

»Aber ist das momentan nicht zu gefährlich?«, warf Sandra ein, wobei Mr. Burton ihr die Hand auf die Schulter legte.

Grim setzte ein schelmisches Grinsen auf. »Nicht, wenn Oliver uns in eine andere Stadt teleportiert.«

Kapitel 12

CORA

»Meine Damen und Herren, bitte steigen Sie ein und erregen Sie keine Aufmerksamkeit.« Oliver öffnete seine Hand und erschuf ein magisches wirbelndes Gebilde, das er mitten in den Raum warf. Es gab ein klatschendes Geräusch von sich und wurde mit einem Mal so groß wie Grim. Auf der anderen Seite war eine dunkle Gasse zu sehen.

»Oh, wir huldigen dich, du genialer Portalmeister«, murmelte Reese mit einem Grinsen.

Oliver hob theatralisch das Kinn. »Ja, im Gegensatz zu Grim kann ich mehr als zwei Menschen durch ein Portal bringen.«

»Ist das dein spezielles Talent?«, fragte ich. »Portale erschaffen?«

Er nickte.

»Das finde ich verdammt cool«, ließ ich ihn wissen.

»Ja, ich auch.« Er lächelte schief. »Also merk dir, wenn du einen Trip zu den Malediven willst, schreib mir und ich bringe dich hin. Das ist gar kein Problem für mich.«

»Danke für das Angebot, das merk ich mir.«

Jody trat als erste durch das Portal, gefolgt von Reese.

Ich sah mich noch mal nach Zelda um, die sich auf Sandras Bein niedergelassen hatte und das Spektakel beobachtete. Sie war zwar traurig, dass sie uns nicht begleiten durfte, verstand aber auch, dass eine rosa Schlange nichts in einem Club zu suchen hatte und nur unnötige Blicke auf sich ziehen würde. Grim ergriff meine Hand und führte mich durch das Portal. Es war bereits dunkel. Das Mesh-Oberteil mit Pailletten schmiegte sich über das schwarze Top, das ich darunter trug. Der Lederrock ging mir bis knapp über die Knie und durch die hohen Overknees wurde das Meiste meiner Haut bedeckt, damit niemand die dunklen Adern, die von dem Angriff von Adam und Ernest zurückgeblieben waren, sehen konnte.

Jodys Crop Top schimmerte im Licht der Straßenlaterne. Ihre lockigen Haare schwangen bei jedem Schritt. Ihr Lächeln erwärmte trotz unserer Differenzen mein Herz. Heute war ihr Geburtstag; sie hatte es verdient, ein wenig Spaß zu haben.

Oliver kam als Letzter in der Seitengasse an. Bevor sich das Portal schloss, winkte ich Zelda noch einmal zu.

»Viel Spaß! Bis später, Hexe.« Sie war mittlerweile auf Mr. Burtons Schulter gekrochen, der sie skeptisch von der Seite betrachtete.

Während Reese und Oliver Jody die gute Nachricht überbracht hatten, dass wir ihren Geburtstag nun doch gebührend feiern wollten, hatte Mr. Burton mir das Gästezimmer gezeigt, das für mich bestimmt war. Er hatte mir sogar mit einem stolzen Lächeln eine selbstgemachte Seife aus Lavendel und Kräutern geschenkt. Diesen Mann musste man einfach ins Herz schließen.

Von dem Portal blieben nur ein paar Funken übrig, die nach und nach in der Nacht verglühten. Die Musik war bis in die Gasse zu hören. Der Club konnte also nicht weit sein.

»Wo sind wir hier eigentlich?«, erkundigte ich mich.

»In Springfield«, erwiderte Oliver und lief voraus.

Ich hob die Augenbrauen. »Echt? Hier war ich noch nie.«

Grim hielt weiterhin meine Hand, anscheinend wollte er mich auf diese Weise ein wenig beim Gehen unterstützen. Durch Sandras Salbe waren die Schmerzen aber tatsächlich erträglich.

»Ich kann nicht glauben, dass ich mit euch feiern gehe. Das letzte Mal … ist Ewigkeiten her.«

Grim schmunzelte. »Dabei arbeitest du doch in einem Club.«

»Ja, aber da bin ich arbeiten und nicht feiern.«

Er nickte. »Dann kannst du dich jetzt wieder daran erinnern, wie es ist, einfach mal loszulassen und den Abend zu genießen.«

»Ehrlich gesagt, mache ich mir Sorgen, dass Adam uns aufspüren könnte.«

»Ich weiß. Deswegen sind wir in Springfield und halten von Portlands Nachtleben Abstand. Außerdem wird Adam nicht davon ausgehen, dass wir feiern gehen.«

Grim schaffte es tatsächlich, mich zu beruhigen, was wohl auch daran lag, dass er ganz nebenbei seinen Arm um meine Schultern legte. Ich musterte ihn von der Seite. Die langen Wimpern; die grünen Augen mit der gelben Sonne um die Pupillen; sein Dreitagebart, der ihm etwas Verwegenes gab; die hellbraunen dichten Haare und das schwarze T-Shirt.

Da wir durch das Portal gleich in unmittelbare Nähe des Clubs gelangen konnten, hatten wir die Jacken zu Hause gelassen. Meinen Regenmantel hatte ich sowieso beim Kampf mit Adam und Ernest eingebüßt.

Die anderen hatten bereits das Ende der Gasse und somit die Straße erreicht, wo auf der gegenüberliegenden Seite eine Neonschrift den fremden Club als das *Medusa* auswies. Oliver lief voraus und drängte sich an der Menschenschlange vorbei, wobei einige lautstark ihren Unmut darüber bekundeten. Er ignorierte sie, steckte den beiden Türstehern etwas zu und winkte uns zu sich. Wahrscheinlich hatte er sie mit ein paar Geldscheinen oder Drogen bestochen. Sie traten beiseite und gewährten uns Einlass.

Wir gelangten über einen Gang ins Innere des Clubs. Der Bass schlug uns entgegen, genauso wie die stickige Luft, die es einem vom ersten Moment an kaum ermöglichte, zu atmen. Die Menschen bewegten sich komplett unterschiedlich, und doch sah es so aus, als wären sie eine lebendige Masse, die den Raum beinahe sprengte.

»Das geht hier ja ziemlich ab«, rief Grim. Er beobachtete die Tanzenden skeptisch.

Ich lachte. »Du kannst an der Bar bleiben. Dort gibt es Barstühle, du musst dir nur einen schnappen, sobald einer frei wird.«

»Hey, Jody«, rief Oliver. »Du musst den Barkeepern sagen, dass du Geburtstag hast. Vielleicht bekommen wir dann Shots umsonst!«

Sie schüttelte den Kopf. »Nein, das mache ich nicht.«

Ihr Bruder zuckte mit den Schultern. »Gut, dann mache ich es eben.«

Ich schüttelte belustigt den Kopf und folgte den anderen in Richtung der Bar. Grim lief vor mir. Sein Bizeps spannte unter den kurzen Ärmeln seines schwarzen Shirts und sein breites Kreuz ließ mir keine Chance, um an ihm vorbeizusehen. Dazu überragte er die Menge um einen Kopf. Mir entging nicht, dass Frauen und Männer ihm nachsahen. Grim war jemand, der auffiel.

Gerade wünschte ich mir, er würde wieder meine Hand halten. Ich spürte, dass sich mein Körper definitiv schwächer als sonst anfühlte, und ich wusste nicht genau, wie ich den Abend überstehen sollte. Die Schmerzen kehrten langsam aber sicher zurück. Eine Portion *Magyk* oder ein Joint könnten mir jetzt helfen. Doch ich schüttelte bei dem Gedanken daran sofort den Kopf. Ich wollte versuchen, ohne die Drogen auszukommen. Sie verschafften mir nur kurz Linderung und stürzten mich gleichzeitig immer tiefer in den Abgrund. Grim glaubte an mich, also sollte ich mir verdammt noch mal Mühe geben, bei klarem Verstand zu bleiben.

Während wir auf unsere Getränke warteten, ließ ich meinen Blick durch den Saal schweifen. An der Bar leckte ein Mann Salz vom Hals einer Frau und ich verzog den Mund, wenn ich mir auch nur vorstellte, wie viel Schweiß sich nun auf seiner Zunge befand. In Kombination mit dem Tequila und der Zitrone schmeckte es ihm womöglich.

Tänzer und Tänzerinnen gaben ihr Bestes in den eisernen Käfigen, die über der Menge schwebten. Sie alle hatten bunte Fetzen an, die mehr Haut zeigten, als sie verdeckten.

»Hier, eure Drinks«, rief der Barkeeper und schob uns unsere Bestellung entgegen. Uns allen war bewusst, dass wir nicht über die Stränge schlagen durften. Wir mussten aufmerksam bleiben.

Grim griff nach seiner Cola, Jody und Reese gönnten sich einen Cocktail, und Oliver und ich nahmen je eine Bierflasche entgegen.

»Auf Jody!« Reese hob sein Glas.

»Auf mich!«, rief sie und stieß mit uns an.

»Das wird lustig«, prophezeite Oliver und wackelte motiviert mit den Augenbrauen.

Wir tranken, und ich genoss, wie die kühle Flüssigkeit meine Kehle hinablief.

Jody wippte mit ihren Füßen. »Der Abend wird ganz bestimmt nicht langweilig.«

Reese nickte zustimmend, formte mit Magie schnell etwas in seinen Händen und setzte Jody eine kleine Krone auf.

Sie grinste wie ein Honigkuchenpferd und schielte nach oben zu dem schimmernden Gold auf ihrem Kopf.

»Immerhin bist du heute die Königin.«

»Danke, Reese.«

Er umarmte Jody fest und stieß erneut mit ihr an.

»Hey, hast du Lust zu tanzen, Süße?« Ein fremder Typ mit verschwitzen Haaren und glasigem Blick rempelte mich an und grinste breit.

»Erstens nein, danke. Und zweitens bin ich nicht deine Süße.«

»Schade, dann halt in einem Traum«, sagte er und zuckte mit den Achseln. Er taumelte davon und ich blickte ihm mit gerunzelter Stirn hinterher. Was war bloß mit manchen Menschen los?

Als ich zur Seite blickte, bemerkte ich, dass Grim ihm auch nachsah. Er schüttelte unentwegt den Kopf.

»Hey, hast du vielleicht Lust zu tanzen, *Süßer*?«, rief ich ihm zu. Mein Schmunzeln reichte von einem Ohr zum anderen.

Er sah mich an, als würde er glauben, er hätte sich verhört.

»Du kannst ihn dir gern für ein paar Minuten ausleihen«, mischte Oliver sich ein. Er zwinkerte mir zu und stieß Grim dann auffordernd mit seinem Ellenbogen gegen den Arm.

Grims Miene veränderte sich. Er wirkte jetzt nicht mehr verwirrt, sondern eher … entschlossen. Sein Lächeln war einnehmend und absolut atemberaubend.

»Du hast es so gewollt«, sagte er, und es klang fast wie eine Warnung.

Bevor ich ihm klarmachen konnte, dass ich ihn eigentlich nur hatte aufziehen wollen, ergriff er auch schon meine Hand und zog mich hinter sich her zur Tanzfläche. Erst inmitten der Menge blieb er wieder stehen und begann, sich im Takt der Musik zu bewegen. Er legte eine Hand auf meine Hüfte. Wir waren uns so nah, wie wir es in seinem Haus im Badezimmer gewesen waren, und mir war klar, wohin das führen konnte. Meine Sinne waren zum Zerreißen angespannt.

Sein Hals war so nah vor meinem Gesicht, dass ich seinen Duft nach Minze nicht nur roch, sondern förmlich schmeckte, als hätte ich mir einen Kaugummi in den Mund gesteckt.

Ich zog mich ein klein wenig zurück, damit ich ihm direkt in seine grünen Augen sehen konnte. Um seine Pupillen wich der grüne Schimmer einem gelben Kranz. Wir verloren uns gegenseitig im Blick des anderen, bevor wir wieder enger zusammenfanden. Grim zog mich ganz nah an sich. Mit der linken Hand fuhr er unter meine Haare und legte sie auf meinen Nacken, die andere ruhte auf meiner Taille. Mein Körper kribbelte wohlig. Ich schlang meine Arme um seinen Hals, schloss die Augen und passte mich dem Rhythmus seiner Bewegungen an. Ich hatte seit Jahren nicht getanzt.

Er führte mich an der Hand von sich weg, bis er mich schließlich wieder an sich zog. Dieses Mal war jedoch seine Brust an meinen Rücken gepresst, während er sich mit mir im Einklang bewegte. Die Menschen um mich herum verblassten, es gab nur noch die Musik und Grims Berührungen. Meine Schulterblätter pressten sich gegen seine Brust, während er seine Finger mit meinen kreuzte und sein Kinn auf meine Schulter legte. Eine Gänsehaut lief mir die Wirbelsäule hinab und ich genoss seine Berührung in vollen Zügen. Er zog mich aus meinem eigens erbauten Käfig und brachte mich dazu, den Moment zu spüren. Es war das pure Leben zwischen uns. Seine Anwesenheit gab mir unweigerlich das Gefühl, dass ich mich fallen lassen konnte. Aus einem unerfindlichen Grund fühlte ich mich bei ihm verdammt gut aufgehoben. Unser Tanz beinhaltete mehr Emotionen, als ich sie in den letzten zwei Jahren verspürt hatte. Das Lächeln auf meinen Lippen war weder erzwungen noch gefälscht. Es war echt, und obgleich ich es nicht sehen konnte, wusste ich, dass ich strahlte.

Wir tanzten mehrere Songs lang, verfielen beinahe in einen Sog, bis Jody plötzlich neben uns auftauchte und uns in Erinnerung brachte, dass wir anlässlich ihres Geburtstages hier waren. Sie tanzte um uns herum und winkte schließlich auch Oliver und Reese zu uns. Letzterer schüttelte den Kopf und hob nur zuprostend sein Glas in die Höhe.

Nach weiteren Minuten war ich völlig durchgeschwitzt und bekam zu spüren, dass ich nicht im vollen Besitz meiner Kräfte war. Grim bemerkte wohl mein Taumeln. Sofort stützte er mich und bahnte uns durch die Menge bis zur Bar eine Schneise. Er hob mich wie selbstverständlich hoch und setzte mich auf den freien Hocker neben Reese. Jody und Oliver kamen auch hinzu und wir bestellten weitere Getränke.

Für eine lange Unterhaltung war es hier zu laut. Die meiste Zeit beobachteten wir die Menschen. Ich freute mich, als die Gäste die professionellen Tänzer ablösen und selbst in die Käfige durften. Einige von ihnen präsentierten filmreife Tanzkünste.

Grim, Reese und Oliver warfen sich regelmäßig belustigte Blicke zu, und Jody kicherte vor sich hin. Diese Geburtstagsparty würde sie sicherlich nie vergessen.

»Cora?«, rief jemand, und als ich die Person erkannte, stockte ich für einen Moment. Er war einer meiner Kunden, dabei hatte Oliver uns extra nach Springfield gebeamt, damit wir es umgehen konnten, in Portland ungewollt auf Adam und seinen Zirkel zu treffen.

Ich schluckte angestrengt und atmete tief durch. »Hey, was machst du denn hier außerhalb Portlands?«

»Ich bin in meinem Job hierher versetzt worden. Und du?«

»Geburtstagsfeier einer Freundin«, erwiderte ich knapp. Die Tanzdarbietungen schienen plötzlich uninteressant geworden zu sein. Ich spürte die Blicke der anderen auf mir, ganz besonders den von Jody.

Die Stimmung zwischen uns hatte sich gerade erst ein wenig gebessert; wenn er sich jetzt eine Dosis bei mir besorgen wollte, war es das wieder. Und ich hatte sowieso nichts dabei.

»Hattest du mich in letzter Zeit schon vermisst?«, fragte er.

Ich schüttelte vehement den Kopf.

»Mach dir keine Gedanken. Du hast mich wirklich nur wegen des Umzugs als Kunde verloren. Dein Stoff war immer erstklassig und nie gepantscht.«

Er hob zum Abschied die Hand und trottete weiter.

Ich atmete erleichtert aus. Meine innere Panik ließ nach und mir wurde im selben Augenblick klar, dass ich das nicht länger machen durfte – nicht wollte. Olivers Überdosis hat mich wachgerüttelt. Die Drogendeals mussten ein für alle Mal ein Ende haben. Und vor allem wurde mir klar, dass ich mit meinem eigenen Konsum aufhören sollte.

Kapitel 13

GRIM

Am Rand der Tanzfläche bemerkte ich zwei Frauen, die mich immerzu beobachteten und tuschelten. Als sie sich in Bewegung setzten und auf mich zukamen, wandte ich ihnen vielsagend den Rücken zu. Doch leider hielt sie das nicht davon ab, breit lächelnd neben mir stehen zu bleiben.

»Hey«, sagte die mit den blonden Haaren und dem kurzen goldenen Kleid.

Ich nickte ihr zu.

»So einen schönen Mann trifft man nicht alle Tage, da können wir nicht einfach vorbeilaufen.« Sie legte ihren Kopf schief, wodurch ihr Hals entblößt wurde, der mit vielen goldenen Kettchen behangen war.

Ich hatte keine Lust darauf, mit einer betrunkenen Frau zu flirten, und war unsicher, was ich erwidern sollte.

»Danke?« Vielleicht hätte sie mich gar nicht attraktiv gefunden, wenn sie nüchtern wäre.

»Du warst noch nie hier, sonst wärst du uns schon früher aufgefallen«, sagte die rothaarige Frau mit dem Undercut und den strahlend blauen Augen. Sie trug einen auffälligen Lederjumpsuit, der ihre Kurven zur Geltung brachte.

Ich zwang mir ein Lächeln auf die Lippen. »Ich mag Clubs nicht so gerne.«

»Warum bist du dann heute hier?« Sie zog fragend die Augenbraue nach oben.

»Wegen ihr, sie hat heute Geburtstag.« Ich deutete auf Jody, die mit Reese zu *Shake it off* tanzte und dabei aufreizend mit dem Hintern wackelte. Oliver betrachtete seine Schwester mit skeptischem Gesichtsausdruck, was mich beinahe zum Lachen brachte.

Cora stellte sich neben mich, legte mir ihre Hand auf den Arm und blickte mich fragend an. Wahrscheinlich hatte sie das vorherige Gespräch nicht mitbekommen.

»Oh, seid ihr zusammen?«, fragte die Blondine und betrachtete Cora von Kopf bis Fuß.

Ich wusste nicht, was ich sagen sollte und blickte zu Cora, um ihr zu verdeutlichen, dass ich ein wenig Unterstützung gebrauchen könnte.

»Ja, sind wir«, kam es wie aus der Pistole geschossen, dazu nickte sie bestätigend.

»Oh, okay. Dann tut es uns leid, dass wir deinen Freund angemacht haben«, meinte die mit dem Undercut und hob entschuldigend die Hände.

»Ach, kein Problem, er wird öfter angesprochen.« Coras Grinsen verdeutlichte mir, wie belustigt sie war.

»Wenn man so gut aussieht wie mein Freund, kann einem das durchaus passieren«, schaltete sich Oliver ein. Er ging auf die beiden Frauen zu und reichte ihnen nacheinander die Hand. »Vielleicht möchtet ihr mich ja zu einem Drink einladen?«

»Dann bist du wohl anscheinend noch Single?«, säuselte die Blondine und lächelte übertrieben.

Er nickte. »Ich bin übrigens Oliver und wer seid ihr?«

»Angie und Mary«, erwiderten sie wie im Chor. Die mit dem Undercut wandte sich auch wieder Cora und mir zu. »Hey, wisst ihr was, wir geben euch einfach allen einen Shot aus.«

Wir sahen uns an und zuckten mit den Schultern.

»Klar, warum nicht«, sagte Oliver und wollte sich zur Bar durchdrängen. Doch die beiden hielten ihn zurück.

»Lass mal, die Shots besorgen wir. Was haltet ihr von Tequila?«

»Klingt gut«, erwiderte Oliver, als sich Reese hinter ihm mit einem Räuspern bemerkbar machte. »Und unser Freund hier nimmt auch gern einen, wenn das für euch okay wäre.« Er klopfte ihm auf die Schulter.

Die Blondine nickte, zog ein paar Geldscheine aus ihrem Ausschnitt und schob sich zur Bar durch. Währenddessen legte sich Oliver bei ihrer Freundin ins Zeug, um ihre alleinige Aufmerksamkeit zu gewinnen, was ihn von seiner Schwester ein Augenrollen und missbilligendes Kopfschütteln einbrachte.

Wenig später kam die andere mit einem kleinen Tablett voller Shots zurück und verteilte sie an uns.

»Hier, bitte.« Sie lächelte mich süffisant an. Dass Cora meine angebliche Freundin war, schien sie nicht wirklich zu interessieren.

Wir stießen mit den kleinen Shotgläsern an und stürzten den Tequila anschließend hinunter. Das Brennen in meiner Kehle glich dem von glühenden Kohlen. Dennoch griff ich nach einem zweiten, den die blonde Frau mir reichte. Die beiden hatten sich zwar vorgestellt, aber ich hatte mir ihre Namen nicht gemerkt.

»Bei deiner stattlichen Größe ist es nur fair, wenn du zwei bekommst«, säuselte sie, als ich den Shot wieder in einem Zug trank. Ich verzog das Gesicht und wunderte mich, dass sie sich mit einem breiten Grinsen abwandte und die beiden Freundinnen sich plötzlich von uns entfernten.

»Hey, wohin wollt ihr denn?«, rief Oliver ihnen nach und hustete gequält.

Coras Augen weiteten sich und sie griff sich an den Hals. Auch ich bemerkte, dass etwas nicht stimmte; es schien, als würde nicht mehr genug Luft im Raum existieren, die ich einatmen konnte.

»Was ist los?«, fragte Jody, die uns besorgt betrachtete. Sie war die Einzige von uns, die sich rausgehalten und keinen Shot getrunken hatte.

»Verdammt noch mal«, stieß Reese aus und griff sich ebenfalls an die Kehle.

»Luft«, röchelte Oliver. »Ich bekomme kaum Luft.«

Jody nahm ihm das Shotglas aus der Hand und steckte ihre Nase hinein. »Boah, das stinkt!«

Ich wischte mir den kalten Schweiß von der Stirn. Jeder Atemzug war eine Qual. Mein Herz schlug viel zu schnell und meine Halsschlagader pulsierte, als würde sie jeden Moment platzen. »Scheiße, das waren Hexenjägerinnen! Irgendetwas muss uns verraten haben.«

»Na ja, könnte sein, dass deine Augen vorhin bei eurer sexy Tanzeinlage einmal zu viel unnatürlich gefunkelt haben«, sagte Jody und nickte mir zu.

»Verdammt.«

Cora roch an ihrem Glas. »Die haben Hexenkraut beigemischt! Wie haben wir das nicht riechen können?« Sie starrte mich an, atmete ebenfalls angestrengt. »Hexenkraut ist eine Pflanze, die uns ordentlich zusetzen wird. In einer kleinen Dosis verhindert sie das Wirken von Magie, die Luftzufuhr wird geschmälert und man wird ohnmächtig. In hohen Dosen kann man an der Vergiftung sterben.« Sie packte mich am Arm und riss panisch ihre Augen auf. »Du hattest zwei davon, Grim.«

»Scheiße, scheiße, scheiße«, stieß Jody aus. »Ich muss euch hier schnellstmöglich rausbringen, bevor ihr womöglich noch das Bewusstsein verliert. Kommt mit, irgendwohin, wo es einen Hinterausgang gibt.«

Sie lief voraus und sah sich immerzu nach uns um, während wir apathisch hinter ihr her taumelten. Der Bass schmerzte in meinen Ohren, ich konnte nur noch verschwommen sehen. Irgendwann deutete sie auf eine Tür, die ein Leuchtschild als Notausgang auswies. Die Leute wichen uns freiwillig aus. Sie dachten vermutlich, wir wären sturzbetrunken und würden sie jeden Moment vollkotzen. Ich konnte mich kaum noch auf den Beinen halten, konnte nicht sagen, ob ich Cora oder sie mich stützte.

Als wir den Notausgang endlich erreicht hatten und die Tür hinter uns zufiel, wurde es deutlich stiller. Nur entfernter Straßenlärm, das Röcheln aus unseren Kehlen und Jodys Fluchen waren zu hören. Wir waren in einem Hinterhof gestrandet, in dem aufgestapelte Getränkekästen und Mülltonnen herumstanden.

Sie beförderte uns alle auf den Boden und wir lehnten uns mit dem Rücken gegen die kühle Hausfassade. Ich wollte Coras Hand ergreifen, konnte meine Finger jedoch nicht mehr bewegen. Sie umklammerte meine Hand nun ihrerseits und blickte mich verzweifelt an. Uns war beiden klar, dass ich die doppelte Menge getrunken hatte, und auch sie kämpfte mit den Symptomen der Vergiftung.

»Du wirst nicht sterben«, presste sie mühsam hervor. »Du *darfst* nicht sterben!«

Mein Körper begann zu krampfen, mir wurde schwindelig und die Welt drehte sich mehr und mehr.

Coras Griff wurde fester und sie schrie meinen Namen.

Das letzte, was ich spürte, war das panische Rütteln an meinem Körper.

Kapitel 14

CORA

Grim verdrehte die Augen und sein Körper erschlaffte.

Ich röchelte, bekam selbst kaum Luft. Wie eine Säure verätzte der Shot meine Speiseröhre. Mit letzter Kraft rüttelte ich Grim und versuchte, ihn wieder wach zu bekommen.

»Scheiße, Bro, was machst du denn?«, rief Oliver aufgebracht und schüttelte Grim ebenfalls.

Doch seine Augen blieben geschlossen, er regte sich nicht.

Reese saß neben mir, lehnte sich mit dem Rücken gegen die Wand und legte den Kopf in den Nacken. Ich sah zwischen ihm, Grim und Oliver hin und her. Unsere Magie wurde durch die Vergiftung unterbunden. Es gab nichts, was wir tun konnten.

Jody ließ sich vor uns auf die Knie fallen, hob ihre Hände und richtete sie auf mich. Keine Ahnung, warum sie mir zuerst helfen wollte, doch ich schüttelte den Kopf und deutete auf Grim. Er brauchte ihre Hilfe gerade am dringendsten.

Ich durfte ihn nicht verlieren, so wie ich Levi verloren hatte. Eiskalte Panik durchströmte meinen Körper. Auf meiner Stirn und meinen Handinnenflächen bildete sich immer mehr Schweiß.

Nickend richtete Jody ihre Aufmerksamkeit auf Grim und bewegte grazil ihre Finger, von denen sich weiße Magiefunken lösten. Diese ließ sie als wirbelnde Kugel auf ihn los und platzierte sie direkt vor seinem Herzen. Sie bewegte ihre Hand auf und ab, wobei die Funken in Grim eindrangen. Dabei richtete er sich schlagartig auf und griff sich an die Brust. Er atmete schwer.

»Jody«, sagte er kratzig und blickte sich desorientiert um.

»Bleib noch eine Weile ruhig sitzen, ich kümmere mich inzwischen um die anderen.«

Während sie ihre rechte Hand weiterhin auf und ab bewegte, formte sie in der linken eine neue schimmernde Kugel, die sie in meinen schmerzenden Brustkorb stieß. Mein röchelnder Atem klang in meinen Ohren nach, während sich meine Luftröhre spürbar weitete und mich befreit aufatmen ließ. Luft. Kühle, frische Luft.

Ich sah zu Grim, der mich erleichtert ansah und meine Hand drückte.

»Danke«, hauchte ich, und ließ mich wieder mit dem Rücken gegen die Wand sinken.

Jody wandte sich nun Reese und Oliver zu und ging bei ihnen genauso vor. Sie rangen nach Luft, bevor sich ihr Brustkorb wieder gleichmäßig hob und senkte.

Reese schüttelte den Kopf. »Das war wirklich Rettung in letzter Sekunde.«

Jody bewegte ihre Hände weiterhin, eine für Oliver und Reese, die andere für Grim und mich. Das Hexenkraut war noch immer in uns und sie saugte es durch die zirkulierende Luft aus unseren Körpern.

»Hast du Schmerzen?«, fragte Grim und betrachtete mich eingehend.

»Sie sind auszuhalten. Wie geht es dir? Immerhin bist du gerade ohnmächtig geworden und nicht ich.«

»Alles gut«, sagte er und fuhr sich mit seiner freien Hand übers Gesicht. »Bei euch?« Er betrachtete Reese und Oliver.

Letzterer streckte seinen Daumen nach oben, während Reese irgendetwas Unverständliches brummte.

Mein Hals brannte und ich schluckte mehrere Male, um das Gefühl zu vertreiben. Diese Erfahrung lehrte mich, nie wieder irgendwelche Shots von Leuten anzunehmen, die ich nicht kannte.

Reese schnaubte. »Verfluchte Hexenjägerinnen. Die sind wirklich überall unterwegs, wo man sie am wenigsten gebrauchen kann.«

Oliver rieb sich mit den Handflächen übers Gesicht. »Ich will das Ganze ja nicht runterspielen, aber immerhin waren es nicht Adam und sein Zirkel.«

Jody schüttelte den Kopf. »Ehrlich gesagt, weiß ich nicht, wer von denen schlimmer ist. Ich hatte mir einfach nur einen einigermaßen normalen Geburtstag gewünscht.« Die Enttäuschung stand ihr ins Gesicht geschrieben. Wir konnten eigentlich nichts dafür, aber ärgerlich war es trotzdem. Wenn ich Jody näherstehen würde, hätte ich sie jetzt in die Arme geschlossen.

»Vielleicht können wir die Party noch mal nachholen?«, schlug ich vor.

Ihr Blick richtete sich auf mich und sie lächelte zögernd. »Die Idee gefällt mir.«

»Dann aber ohne Hexenjägerinnen«, grummelte Grim neben mir und rieb sich die Brust.

»Ganz sicher.« Oliver hob den Zeigefinger. »Schreibt das mit … Wir nehmen keine Shots von heißen Frauen an, sie könnten Hexenjägerinnen sein.«

Reese klopfte Oliver auf den Rücken. »Du hast beinahe gesabbert, als du sie gesehen hast. Den Rat solltest du dir also am ehesten hinter die Ohren schreiben.« Sein breites Grinsen wirkte beinahe schadenfroh.

Jody ließ ihre Hände sinken und sah uns prüfend an. »Bekommt ihr alle wieder normal Luft?«

Wir nickten einvernehmlich.

»Gut, dann lasst uns jetzt von hier verschwinden.«

Ich stand langsam auf und konzentrierte mich darauf, nicht zu schwanken. Mein Gehirn fühlte sich ein wenig matschig an, was nach der Hexenkrauterfahrung kein Wunder war.

Als ich einigermaßen sicher stand, streckte ich Grim meine Hand entgegen und half ihm auf die Beine. Wie selbstverständlich lehnte ich mich an ihn, einfach weil es sich gut anfühlte. Es war schön, bei ihm zu sein.

»Ich bin sowas von bereit für mein Bett«, jammerte Oliver und rieb sich die Augen.

»Ich auch!«, stimmte Reese zu.

Oliver runzelte dir Stirn und ließ sich von seinem Kumpel nach oben ziehen. »Für mein Bett? Ich glaube nicht, mein Freund.«

Reese verdrehte die Augen.

»Lasst mich versuchen, ob ich ein Portal hinbekomme«, meinte Oliver und streckte seine Hand aus. »Dank Jody haben wir das Hexenkraut kaum noch im Körper.«

Er legte seine Stirn in Falten und versuchte, etwas Magie aus sich herauszuquetschen. Dabei strengte er sich so sehr an, dass sein Kopf rot anlief. Doch er brachte nicht einmal Funken zustande.

»Das sind die Nachwirkungen des Hexenkrauts«, sagte ich und zuckte mit den Schultern. »Es wird ein paar Stunden dauern, bis unsere Magie wieder strömen kann.

Grim tippte auf seinem Handy. »Ich ruf uns ein Taxi.«

Als das Großraumtaxi vor dem Chamberlain-Anwesen hielt, hatten wir eine zweistündige Fahrt hinter uns und Grim bezahlte ein kleines Vermögen.

Ich war zwar kurz mit dem Kopf auf Grims Schulter eingedöst, aber richtig fest geschlafen hatte ich nicht und war dementsprechend – wie alle anderen auch – hundemüde.

»Da seid ihr ja endlich, wir haben uns schon Sorgen gemacht.« Mr. Burton kam uns in der Einfahrt entgegen.«

»Das ist eine lange Geschichte«, sagte Oliver schlaftrunken und klopfte dem Haushälter beinahe in Zeitlupe auf die Schulter. »Wir werden berichten, sobald wir ausgeschlafen haben.«

Mr. Burton war sichtlich verwirrt und folgte uns zum Haus.

Von außen wirkte es ein wenig wie ein Palast. Eine großzügige Außentreppe führte zu einer mit Säulen umfassten Veranda.

Obwohl ich hier nur ein Gast war, fühlte es sich vertraut an, als ich neben Grim das Foyer betrat. Hier hatte ich ein sicheres Gefühl. Bei *ihm* hatte ich ein sicheres Gefühl.

»Komm, ich bring dich noch zu deinem Zimmer«, sagte er. »Es liegt meinem gegenüber.«

Ich nickte, wandte mich aber noch mal zu Mr. Burton um. »Wissen Sie, wo ich Zelda finden kann?«

»Sie ist bereits im Gästezimmer. Vermutlich schläft sie.« Er sagte das in einem sanften Ton, der mir verriet, dass er die kleine Schlange mochte.

»Dankeschön.«

Er nickte mir zu und sah uns nach, wie wir die Treppe hinaufstiegen. Jody bog als Erste in ein Zimmer ab, danach Oliver. Grim und ich blieben vor gegenüberliegenden Türen stehen, während Reese gähnend an uns vorbeilief und am Ende des Ganges in seinem Zimmer verschwand.

Grim öffnete die Tür zu meinem Gästezimmer, in dem Pflanzen standen, die noch nicht dagewesen waren, als Mr. Burton mir das Zimmer gezeigt hatte.

»Du magst doch Pflanzen.« Grim biss sich auf die Unterlippe und wirkte sichtlich verlegen. »Ich dachte, so fühlst du dich etwas wohler.«

Ich lächelte dankbar. »Es ist lieb, dass du dir so viele Gedanken um mich machst, damit es mir besser geht.«

Er grinste und deutete auf eine kleine Monstera, zwischen deren Blättern ich Zelda entdeckte, die vollkommen entspannt schlief.

»Du meintest, dass Zelda diese Pflanze toll findet und gern als Schlafplatz nutzt, deshalb hat Mom die aus ihrem Zimmer gesponsert.«

Ich lachte, ging zum Bett und ließ mich seufzend auf das Laken sinken. »Danke.«

»Was machen deine Schmerzen? Brauchst du noch was von Moms Paste?«

»Momentan bin ich einfach nur müde. Nach dem Schlafen kann ich aber sicherlich noch etwas davon gebrauchen.«

Grim musterte mich prüfend, nickte jedoch. »Dann schlaf gut.«

»Du auch.«

Wir lächelten uns an und er schloss leise die Tür.

Ich raffte mich noch einmal auf, schminkte mich ab und zog mich um. Dabei biss ich bei fast jeder Bewegung die Zähne zusammen und ärgerte mich, nicht doch gleich noch ein wenig Paste aufgetragen zu haben.

Die Nacht im Club, in der wir beinahe von Hexenjägerinnen ausgeschaltet worden wären, würde ich niemals vergessen. Und ich würde ebenso nie vergessen, wie Grim und ich miteinander getanzt hatten.

Ich war erleichtert, dass meine Müdigkeit mein Gedankenkarussell bremste und mir die Kraft fehlte, um mir weitere Gedanken zu machen. Mit schweren Gliedern sank ich wieder ins Bett und schlief unverzüglich ein.

Ein Rascheln drang an mein Ohr. Ich schlug die Augen auf und realisierte das rötlich schimmernde Licht, das die aufgehende Sonne durch das Fenster in mein Zimmer warf. Das bedeutete, ich hatte höchstens eine Stunde geschlafen.

Meine Schmerzen waren noch intensiver geworden, sodass es mir schwerfiel, mich zu rühren. Zu tanzen war offensichtlich keine gute Idee gewesen. Dabei war so viel Adrenalin und Euphorie durch mich hindurch gerauscht, dass ich nur ein leises Pochen wahrgenommen hatte. Jetzt hatte der Schmerz sich zu einem ausgewachsenen Hämmern ausgeweitet, das mich ermahnte, mich nie wieder von einem Blitz treffen zu lassen. Egal, ob er magisch gewesen war oder nicht, es tat verdammt weh – ich hielt das keine Minute länger aus.

Sandras Paste stand mir gerade nicht zur Verfügung, vermutlich musste sie auch erst frische zubereiten. Doch ich brauchte Linderung – jetzt.

Mein Blick glitt zu meinem Rucksack und im nächsten Moment rappelte ich mich auf. Ich brauchte nicht lange in ihm zu kramen, die

Tüte mit dem *Magyk* ertastete ich mit einem Griff. Mit einem Ächzten ließ ich mich wieder auf das Bett fallen und atmete aus. Meine Finger zitterten beim Rollen des Joints, sodass ein wenig von dem wertvollen Kraut auf den Boden fiel. Verdammt, der Scheiß war alles, aber nicht billig. Eigentlich sollte ich das nicht mehr machen. Ich wollte mich davon fernhalten, nachdem, was mit Oliver passiert war. Aber es tat so entsetzlich weh.

Dieses Rascheln war wieder zu hören. Zelda glitt von der Monstera und kroch in meine Richtung.

»Hexe, wie war dein Abend?«

»Schmerzhaft«, gab ich zu, bückte mich nach ihr und hob sie auf, wobei mir ein gleißender Schmerz die Wirbelsäule hinaufschoss. »Scheiße«, fluchte ich und ließ die kleine Schlange aus Versehen fallen. Glücklicherweise landete sie auf dem weichen Teppich und ich atmete erleichtert auf.

»Oh, ich merke, dass es dir nicht gut geht«, zischte sie. »Wie kann ich dir helfen?«

»Danke, aber das kannst du nicht«, gestand ich und betrachtete meine Finger. Ob ich nach der Hexenkrautvergiftung inzwischen wieder zaubern konnte? Mehrmals versuchte ich, mit einem Fingerschnipsen eine kleine Flamme zu entzünden – ergebnislos. Mir blieb nichts anderes übrig, als im Rucksack nach einem Feuerzeug zu suchen, und bis ich es schließlich in meiner Hand hielt, wurde meine Geduld auf eine harte Probe gestellt. Ich zögerte, doch der Schmerz trieb durch meinen Körper, pflügte jegliches andere Gefühl nieder und verbreitete sich wie ein Lauffeuer. Mit einem schlechten Gefühl zündete ich den Joint an, nahm den ersten Zug, und spürte, wie das magische Kribbeln mich durchtränkte. Mit jedem weiteren Zug wuchs das Gefühl der Schwerelosigkeit. Meine Gedanken wanderten zu Grim.

Er, Reese, Oliver und Jody … Sie waren kein Zirkel. Noch nicht. Dazu fehlte ihnen ein fünftes Mitglied und Grim wollte, dass ich es sein würde, die ihre Runde vervollständigte. Aber ich spürte noch immer den Schmerz über den Verlust meines alten Zirkels und wusste nicht, ob ich es aushalten würde, sie auf diese Art zu verraten. Konnte ich das? War das richtig? Durfte ich es überhaupt? Immerhin war unser Zirkel nicht durch eine offizielle Zeremonie voneinander getrennt worden. Es war eine unfreiwillige und harte Entkopplung durch Levis Tod gewesen.

Ein weiterer Zug am Joint folgte. Es waren mal zwei Liebende, der eine wurde niedergeschossen und die andere verlor sich in Drogen und lauter Clubmusik. Schöne Geschichte. Doch es war leider die Wahrheit, und mir das einzugestehen und festzustellen, dass es meine Realität war, brachte mich zum Nachdenken. Würde ich davon loskommen? Ich musste. Wartete ich darauf, dass mich jemand von meinem Leid erlöste oder tat ich das selbst, indem ich über meine Ängste und Sorgen sprang, um neu zu starten. Welche Wahl würde ich treffen? Was ich sicher wusste, war, dass ich mich morgen abgrundtief hierfür verabscheuen würde …

Zelda beobachtete mich nachdenklich. Flauschige Wolken umgaben zunehmend mein Gehirn. So flauschig … So leicht …

Ein Hämmern gegen meinen Kopf weckte mich. Oder gegen die Tür? Auf jeden Fall tat es weh.

Brummend richtete ich mich auf, mein Blick war verschwommen. Der rosa Fleck auf meinem Kopfkissen entpuppte sich als Zelda.

»Cora?« Das war eindeutig Grims Stimme.

Ich hievte mich aus dem Bett und taumelte Richtung Tür. Als ich sie öffnete, stand Grim unmittelbar vor mir und musterte mich besorgt. Das konnte ich sogar durch meinen Schleier erkennen.

»Was ist passiert?«, fragte er.

Mit jedem Augenaufschlag gewann mein Blick an Schärfe.

»Ich habe geschlafen«, krächzte ich und räusperte mich, damit meine Stimme wieder ein wenig normaler funktionierte.

»Aber es sieht nicht nach einem erholsamen Schlaf aus«, erwiderte er.

Als ich mich umdrehte und irgendwie zurück zum Bett kommen wollte, kam ich ins Straucheln. Grim trat sofort an meine Seite und stützte mich.

»Du bist total blass.« Er rümpfte die Nase. »Wonach riecht es hier eigentlich?«

»Ich hatte starke Schmerzen und konnte es nicht mehr aushalten. Irgendwie musste ich mir selbst helfen.«

Grim presste die Lippen zusammen und atmete tief durch. »Magyk?«

Ich nickte, woraufhin er seine Mundwinkel missmutig nach unten zog. War das Enttäuschung in seinem Blick? Oder doch eher Ekel? Ich wusste es nicht, aber allein der bloße Ausdruck in seinen Augen machte mir zu schaffen und ich verabscheute mich selbst. Es war mir zuwider, auf meine Gedanken zu hören. Das tat ich immer und es war nie wirklich gut, sondern eher hemmend und angsteinflößend. Ich wollte das doch eigentlich nicht länger zulassen. Schon gar nicht bei Grim, der auf die düsteren Sachen in meinem Kopf keinen Einfluss hatte, immerhin mochte ich ihn.

»Sieh mich bitte nicht so anklagend an«, sagte ich und wandte ihm den Rücken zu. »Ich bin schon selbst von mir enttäuscht.«

»Ich bin sauer auf *mich*, nicht auf *dich*«, erwiderte er. »Hätte ich dir in der Nacht noch die Paste meiner Mutter besorgt, hättest du das *Magyk* nicht nehmen brauchen.«

Ich drehte mich wieder zu ihm um, war von seiner Antwort völlig überrumpelt. »Dich trifft überhaupt keine Schuld. Du hattest mich doch sogar gefragt, ob ich was brauche. Also fühl dich meinetwegen bitte nicht schlecht.«

»Hätte ich dich nicht mit in diese ganze Sache reingezogen, hättest du jetzt keine Schmerzen und würdest dich nicht mit Drogen vollpumpen müssen.«

Ich seufzte. »Vorher hatte ich Schmerzen anderer Art, dass ich die Hexendroge rauche ist nicht wirklich neu. Und wenn ich mal davon absehe, dass ich beinahe gestorben wäre, waren die letzten Tage die aufregendsten seit Langem, und ich hatte zwischendrin sogar etwas Spaß.« Ich grinste. Die Nachwirkungen des Magyk loderten in mir nach. Hin und wieder sah ich Grim noch verschwommen.

Seine Schläfe zuckte. »Du hattest bei dem ganzen Chaos Spaß?«

Ich zuckte mit den Schultern. »Immerhin spüre ich dadurch, dass ich noch am Leben bin.«

Sein Mund blieb verschlossen, darauf wusste er anscheinend nichts zu sagen.

Ich griff nach seiner Hand und drückte sie. »Danke, dass du mir das wieder vor Augen führst. Ich habe ein Leben, das gelebt werden will, und das war mir zuletzt nicht wirklich klar. Inzwischen wünsche ich mir, dass es aus mehr besteht, nicht nur aus Arbeit, Drogen, Schlaf und Wiederholungen.«

Grim lächelte. »Klingt gut.«

»Vielleicht möchte ich auch wieder mehr zaubern.« Dieser Gedanke schoss mir so abrupt in den Kopf, dass ich ihn einfach aussprach.

»Dann solltest du dich beeilen.«

Ich runzelte die Stirn. »Weshalb?«

»Wegen Adam. Wenn er es schafft, die Zirkelbänder zu lösen, wird er jede Hexe und jeden Hexer an sich binden. Und diejenigen, die seinem Zirkel nicht beitreten, wird er ihrer Magie berauben oder sie töten.«

Mit hochgezogener Braue betrachtete ich ihn. Meine Magie war mir in letzter Zeit nicht wichtig gewesen, doch ich wollte sie wieder mehr benutzen und sie mir ganz bestimmt nicht von Adam wegnehmen lassen.

»Er würde auch die Verbindung zwischen Zelda und mir trennen«, flüsterte ich nachdenklich.

Wenn ich daran dachte, nicht mehr mit Zelda auf diese seltsam wohlige Art und Weise verbunden zu sein, zog sich etwas in mir zusammen. Diese magische Nähe tat mir gut, genauso wie die Gesellschaft von Grim, Reese, Oliver, Jody, Sandra und Mr. Burton. In den letzten Stunden hatten wir so viel gemeinsam durchgestanden, das schweißte uns zusammen. Ich konnte jetzt sowieso nicht mehr aus der Sache raus und war bereits dabei, diese Hexen und Hexer ins Herz zu schließen.

Ich sah zu der kleinen rosa Schlange, die sich auf meinem Kissen zusammengeringelt hatte. Sie war ein Teil des großen Ganzen und somit war ich das nun auch. Ich würde helfen, wo ich konnte, mit Zelda, Grim und den anderen an meiner Seite.

»Wir müssen Adam aufhalten«, sagte ich und sah Grim an.

Er nickte. »Definitiv.«

»Wenn ich euch beitreten würde und wir einen Zirkel gründen, dann hätten wir eine bessere Chance gegen ihn und seinen Zirkel, richtig?«

Ein Funkeln stahl sich in seine grünen Augen. »So ist es.« Grims aufrichtiges Lächeln ging mir durch und durch.

Kapitel 15

GRIM

Zelda zischte und gab uns somit zu verstehen, dass sie wach war. Cora streckte der kleinen Schlange ihre Hand entgegen und sie schlängelte sich sofort ihren Arm hinauf.

»Ich wollte euch nicht belauschen, aber wenn ihr euch unterhaltet, kann ich schlecht weghören.« Sie machte es sich auf Coras Schulter bequem. »Ich würde euch wirklich gern helfen und diesen Kristallschädel finden. Aber ich weiß nicht, wie.«

»Vielleicht hilft es, wenn du Zelda noch etwas mehr über diesen magischen Schädel erzählst«, sagte Cora zu mir. Ihre Stimme klang hoch und leicht euphorisch. Dass dieses Abenteuer uns allen das Leben kosten konnte, schien sie zu verdrängen.

»Hm … was wollt ihr denn genau wissen?«

»Du sagtest, der Schädel beinhaltet die Magie von mehreren Hexen und Hexern«, zischte Zelda. »Wie kam es denn dazu?«

Ich rieb mir die Schläfe. »Da fange ich wohl am besten von vorne an.« Ohne dass die beiden mich aus den Augen ließen, nahm ich auf dem Stuhl vor dem Schreibtisch Platz. »Der Schädel hat eine Geschichte. Es geht um Jake Chamberlain, einen meiner Vorfahren. Er war ein angesehener Hexer, der in Portland nicht nur für seinen Reichtum und Edelmut bekannt war, sondern auch dafür, dass er sich für die Interessen der Hexen und Hexer einsetzte. Ungerechtigkeiten versuchte er aus dem Weg zu räumen und hielt stets nach Hexenjägern Ausschau. Doch eines Tages tauchte eine Frau auf, die ihm völlig den Kopf verdrehte, sodass er an nichts anderes mehr denken konnte als an sie. Und als sich die Hexe seiner Liebe sicher war, stellte sie ihm eine Aufgabe.«

Zelda richtete sich ein wenig auf. »Jetzt bin ich aber gespannt.«

Da sie aufgeregt herumzappelte, nahm Cora sie von ihrer Schulter und legte sie neben sich auf die Bettdecke.

»Wenn er es schaffte, einen Zirkel mit mehr als fünf Mitgliedern zu generieren, würde sie ihn zum Mann nehmen«, setzte ich meine Erzählung fort. »Jake ahnte nicht, dass er sie so begehrte, da er einem Liebestrank erlegen war, den sie von ihrer besten Freundin erhalten hatte. Die Hexe hatte überhaupt nicht vor, die Ehe mit ihm einzugehen. Stattdessen war sie auf die geballte Magie der Hexen und Hexer aus, die er für sie versammeln sollte.«

»Das ist widerwärtig. Klingt ein wenig nach Katherine Pierce aus *The Vampire Diaries.*« Cora schüttelte sich, während Zelda zustimmend zischte.

»Ihr Name war Evaline«, sagte ich. »Da der Trank nur eine begrenzte Zeit lang wirkte, drängte sie Jake zur Eile, und er bemerkte die Falle erst, als er schließlich wie vereinbart mit potenziellen neuen Zirkelmitgliedern im Wald von Portland erschien. Kaum hatte er mit seinen Hexen und Hexern den Bannkreis für einen neuen Zirkel betreten, beraubte die Angebetete sie ihrer Magie. Womit sie nicht gerechnet hatte, war …«

»Moment«, unterbrach Cora mich. »Wie hat sie das denn geschafft? Das erfordert eine enorme Kraft. Woher nahm sie diese Macht?«

Ich nickte und betrachtete Zelda. »Sie hatte ihre beste Freundin und deren magische Schlange bei sich.«

Zelda öffnete das Maul und schloss es dann wie in Zeitlupe wieder.

»Evalines beste Freundin gehörte ihrem Zirkel an, und da diese mit der magischen Schlange verbunden war, spürte sie diese Verbindung auch. Sie machte sich die Magie der Schlange zunutze.«

Cora starrte Zelda an. Die rosa Schlange ringelte sich ein und legte den Kopf nieder. Obwohl sie damit nichts zu tun hatte, wirkte sie, als hätte sie ein schlechtes Gewissen.

»Womit sie nicht gerechnet hatte …«, nahm ich den Faden wieder auf, »war, dass alle anwesenden Hexen und Hexer dabei starben. Während Evaline sie ihrer Magie beraubte, verloren sie auch ihre Lebensenergie und zerfielen zu Staub.« Ich wandte meinen Blick von Zelda ab, schaffte es nicht, ihr bei dem, was ich jetzt zu erzählen hatte, in die Augen zu sehen. »Die magische Schlange und die Hexe, mit der sie verbunden war, fanden ebenfalls den Tod. Ihre Magie wurde durch die Zeremonie zu stark beansprucht und saugte auch ihnen das Leben aus.«

Cora schluckte und streichelte Zelda über den zitternden Körper.

»Evaline war geschockt. Um ihre Tat zu verschleiern, verstreute sie die Asche ihrer Opfer in alle Himmelsrichtungen, nur Jake Chamberlains Schädel nahm sie mit sich.«

Cora starrte mich entgeistert an. »Sie hat Jake Chamberlain mit einem Liebestrank verzaubert, damit er für sie einen Zirkel gründet, und ihn und die Versammelten dann ermordet, wobei auch ihre beste Freundin und deren Schlange ums Leben kamen? Verstehe ich das richtig?«

Ich nickte. »Leider ja.« Bedauern zuckte durch mich hindurch und Wut gesellte sich dazu.

»Weißt du, warum Evaline das getan hat?«, hakte Cora nach. »Weshalb war sie auf diese Macht aus, die so viele Leben kostete?«

»Evaline wollte die Magie, um Rache an ihrem ersten Ehemann zu nehmen. Sie war von ihm schwanger gewesen, doch er hatte eine Geliebte und wollte das gemeinsame Kind nicht. Er überwältigte sie eines Nachts, stieß Magie in ihren Bauch und tötete das ungeborene Kind.«

Zelda schlängelte sich auf Coras Schoß und zischte entrüstet.

»Da Evaline bereits im neunten Monat schwanger gewesen war, musste sie das Kind tot auf die Welt bringen. Und als wäre das nicht schon grauenvoll genug, verfluchte er sie, auf dass sie nie ein Kind lebend gebären konnte. Sie wünschte sich so sehr, Mutter zu werden und versuchte es mit ihrem neuen Partner jahrelang. Doch jedes Kind kam nach neun Monaten tot zur Welt, woraufhin auch ihre zweite Ehe scheiterte.« Ich rieb mir den Nacken. »Das war der Zeitpunkt, als sie ihrem ersten Ehemann Rache schwor. Doch er war ein mächtiger Hexer und sie konnte es nicht so einfach mit seiner Magie aufnehmen.«

»Also benutzte sie Jake Chamberlain für ihren Plan …« Cora seufzte.

»Er war sehr angesehen und beliebt. Sie wusste, es wäre ein Leichtes für ihn, Hexen und Hexer anzuwerben.«

»Hat sie letztendlich Rache genommen?«, fragte Zelda und fixierte mich mit ihren schwarzen Augen.

»Ja, sie stieg eines Nachts ins Haus ihres ersten Ehemannes ein und überwältigte ihn und seine Geliebte im Schlaf, um ihnen zuerst ihrer Magie zu berauben und ihnen schließlich auch jegliche Lebensenergie zu entziehen. Doch selbst nach den Morden wurde sie nicht wieder glücklich, und zudem stellte sie nach kurzer Zeit fest, dass sie so viel Magie nicht dauerhaft in sich bündeln konnte. Immerhin steckte die Macht eines ganzen Zirkels in ihr und die Energie strömte ungewollt aus ihr heraus und verselbstständigte sich. Die Hexe war zu gierig gewesen und ihr Körper nicht dafür geschaffen, so viel Macht in sich zu tragen. So begab sie sich zum *Willamette River* und trug dabei Jake Chamberlains Schädel bei sich.«

»Dann hatte sie ja wenigstens ein Andenken an ihn«, brach es aus Cora heraus. Sie schüttelte angeekelt den Kopf.

»Evaline stieg ins Wasser und führte ein Ritual aus, bei dem all ihre gesammelte Macht in Jakes Schädel floss. Dabei wandelte sich die Knochensubstanz des Schädels zu Kristall und schloss die vielfältige Magie in sich ein. Anschließend versteckte die Hexe ihren Schatz. Sie wusste nun, dass kein Einzelner, sondern nur ein Zirkel es mit der geballten Magie aufnehmen konnte, ohne Schaden davonzutragen. Deshalb legte sie einen Zauber über den Kristallschädel, um Jake

Chamberlains Tod zumindest ein wenig wiedergutzumachen. Nur seine Nachfahren sollten dazu in der Lage sein, den Schädel zu finden und ihn aus seinem Schutzbann zu befreien.«

Cora und Zelda starrten mich an. Ich wartete darauf, dass sie etwas sagten, aber sie blieben stumm.

»Hilft dir das irgendwie weiter?«, fragte ich Zelda. »Ich meine im Bezug darauf, wie wir den Schädel finden können. Laut den Aufzeichnungen stehst du mit dem Schädel in irgendeiner Verbindung.«

Sie züngelte und wiegte ihren Kopf hin und her. »Ich spüre da immer noch nichts, tut mir leid.«

»Was macht diese Evaline heute?«, hakte Cora nach. »Sie kennt doch alle Antworten.«

»Niemand hat sie je wieder gesehen. Ihr letztes Lebenszeichen war eine Botschaft an Jake Chamberlains Familie, dass sein Schädel mit der geraubten Magie hier irgendwo in Portland versteckt und von Zaubern geschützt ist. Und mit dieser Nachricht schickte sie der trauernden Familie auch das letzte existierende magische Schlangenei, das sie bei ihrer verstorbenen besten Freundin gefunden hatte. Nur diejenigen, die es, und somit die Schlange besitzen, sind dazu in der Lage, den Schädel zu finden«, endete ich.

»Jetzt verstehe ich, warum deine Familie da mit drin hängt«, sagte Cora.

Ich strich mir das Haar aus der Stirn. »Die Geschichte erzählt man mir, seit ich ein kleiner Junge war. Meine Familie wurde dafür auserkoren, das Schlangenei sicher zu verwahren. Damit steht und fällt das Gleichgewicht unserer Hexengesellschaft. Und genau dafür muss ich sorgen. Es ist meine Bestimmung, die Bestimmung meiner Familie.«

»Ahnen denn die bestehenden Zirkel etwas von Adams Vorhaben?«, fragte Zelda.

»Die Zirkel hier in Portland stehen in einem stetigen Konflikt, der seit Jahren andauert. Da ist es schwer, alle an einen Tisch zu bekommen und sie dazu zu bringen, zuzuhören. Vor allem, wenn die Bedrohung noch nicht ersichtlich ist. Ich habe keine Beweise.« Ein Seufzen entwich mir. »Und irgendwie ist das hier auch eine Sache zwischen mir und Adam.«

Cora hob die Augenbrauen. »Wie meinst du das?«

»Na ja, Adam und ich haben sozusagen eine kleine Vorgeschichte. Und ich würde behaupten, dass er nachtragend ist, während ich die ganze Sache am liebsten vergessen würde. Mir ist klar, dass er jede Gelegenheit nutzen wird, um sich an mir zu rächen.«

»Was hast du getan?«

»Wir waren nie Freunde, aber es gab eine Zeit, in der wir uns respektierten. Wie ich ist er ein Hexer, der keine spezielle Fähigkeit besitzt, und nur das Wissen und die Zauber nutzt, die er lernt. Das haben wir gemeinsam, es verband uns.« Ich rieb mir den Nacken und atmete tief durch. »Doch dann kam sein Bruder bei den Zirkelkriegen ums Leben, und dafür gibt er mir die Schuld.«

Cora wirkte wie erstarrt. »Warum?«

»Er wusste, dass ich mein Wissen stets erweiterte und mehr Zauber als er kannte. Daher brachte er seinen halbtoten Bruder Riley damals zu mir und flehte mich an, einen Zauber zu bewirken, der ihn retten konnte. Doch dafür wäre gemeinschaftliche Zirkelmagie nötig gewesen.«

»Aber du hattest keinen Zirkel?«, schlussfolgerte Cora.

Ich nickte. »Während ich Adam die Problematik zu erklären versuchte und wir diskutierten, bekamen wir nicht mit, dass Riley in der Zwischenzeit still neben uns starb. Adam verpasste es, sich von seinem jüngeren Bruder zu verabschieden.«

Ich spürte, wie es mir die Kehle zuschnürte und Tränen in meinen Augen brannten.

»Das tut mir bis heute unfassbar leid. Riley war ein guter Kerl, er hatte es nicht verdient, zu sterben, und ich hätte ihm wirklich gerne geholfen. Aber da ich keinen Zugang zu Zirkelmagie besaß, reichte meine eigene Magie nicht aus.«

Cora wirkte jetzt wieder deutlich angespannter. »Das ist blöd gelaufen. Doch du darfst dir da keinen Vorwurf machen. Es ist auch gar nicht sicher, ob Riley es mit einem solchen Zauber geschafft hätte. Wie du es schilderst, war er bereits sehr schwach gewesen.«

»Ja, das sage ich mir auch immer wieder. Adam fühlte sich jedoch von mir im Stich gelassen, und mich plagt deshalb nach wie vor ein schlechtes Gewissen.«

Cora wischte mir eine Träne von der Wange.

»Ich wünschte, es wäre anders gelaufen. Jetzt muss ich meine Familie vor ihm beschützen. Die Art und Weise, wie er die Zirkelkriege beenden will, ist nicht richtig. Er ist größenwahnsinnig und ich kann und werde nicht darauf warten, dass er seine Pläne in die Tat umsetzt.«

Cora straffte die Schultern. »Dazu braucht er erst einmal den Schädel.«

Ich nickte. »Und wir brauchen ihn, um Adam aufzuhalten. Der Schädel muss zerstört werden.«

»Okay …« Cora stand auf, verzog augenblicklich das Gesicht, schwankte leicht, und setzte sich wieder. »Wir können Evaline nicht befragen, und Zelda weiß trotz der Voraussagung leider auch nicht, wie wir den Schädel finden können. Wie gehen wir jetzt also vor?«

»Na ja.« Ich zuckte mit den Schultern. »Ich warte auf eine neue Vision und solange ich keine habe, können wir nur in verschiedenen Aufzeichnungen und alten Geschichten meiner Vorfahren nach weiteren Hinweisen suchen. Den, den wir bisher haben, ist, dass wir einen bestimmten Trank brauchen. Vielleicht hast du eine Idee, welcher uns bei einer Suche hilfreich sein könnte. Meine Mutter hat davon nicht genug Ahnung.«

Coras Gesichtsausdruck wurde ernst. »Ich kenne mich da auch zu wenig aus.« Ihre Stimme klang bedauernd, so als hätte sie jetzt schon aufgegeben. »Im Brauen bin ich nicht wirklich gut. Ich weiß, wie ich meine Drogen zusammenmische, und ansonsten lese ich die Zauber aus den Grimoires meiner Großmutter.«

»Du hast Ahnung davon. Bei dir stehen so viele Pflanzen und Kräuter, die ich noch nicht einmal benennen könnte. Doch du schon.«

»Ja, aber es ist keine richtige Kunst, die Namen auswendig zu können. Brauen ist nur etwas, an dem ich mich versuche, aber nie so spektakulär, dass ich das als Aushängeschild benutzen würde.«

»Das, was du immer in deinem Kessel braust, sieht schon ziemlich eindrucksvoll aus«, meinte Zelda und nickte stolz.

»Cora, du hast einen Trank für Oliver in null Komma nichts gemischt. Einfach so, obwohl du unter Stress standest und dir noch nicht einmal sicher warst, ob es überhaupt funktioniert.« Ich fragte mich, weshalb sie kein Selbstvertrauen hatte. Warum erkannte sie nicht, was sie konnte?

»Ja, aber das ist kein spezielles Talent, wie es andere Hexen und Hexer haben.« Ihr Blick wirkte traurig.

Ich stand auf, setzte mich neben sie aufs Bett und griff nach ihrem Arm, um sie aus ihrem Tunnelblick herauszuholen. »Weißt du, ich habe auch kein besonderes Talent, auch ich bin ohne eine coole zusätzliche Kraft auf die Welt gekommen. Aber das hält mich nicht davon ab, trotzdem gut zaubern zu können. Magie ermöglicht dir beinahe alles, was du dir wünschst. Und dafür übe ich, wann ich kann. Ich lese alle Grimoires, die ich besitze oder anderweitig in die Finger kriege. Ständig versuche ich, neue Dinge zu lernen, oder auch meine eigenen Zauber zu kreieren. Ich möchte mich weiterentwickeln. Und was meine Zauber sind, sind deine Tränke und Kreationen. Das bedeutet noch lange nicht, dass du und ich unwichtig sind. Es bedeutet nur, dass wir uns ein wenig mehr anstrengen und zusätzliche Arbeit investieren müssen.«

Coras Lächeln kam zögerlich, steigerte sich dann aber zu einem Strahlen. Ihr Blick schweifte zu den Pflanzen, die im Raum verteilt waren. Es waren nicht so viele wie bei ihr zu Hause, aber ich hatte versucht, die Stimmung einzufangen.

»Du erschaffst deine eigenen Zauber und schreibst Grimoires?«, zischte Zelda. »Das ist ja wirklich richtig cool!«

Ich nickte.

»Glaubst du, ich könnte das auch?« Cora rieb ihre Finger aneinander.

»Grimoires füllen? Klar! Mit Sicherheit hast du schon einmal etwas abgeändert oder neu erschaffen, das funktioniert hat. Es gibt immer Fehlschläge, man muss nur daran denken, dass man auch Erfolge hat und sich diese vor Augen führen. Und wenn du etwas geschafft hast, solltest du es unbedingt in einem Grimoire festhalten. Du musst es ja nicht gleich der ganzen Welt zeigen, aber zumindest für dich kannst du deine Entwicklung aufschreiben.«

Coras Augen begannen regelrecht zu glühen. Nicht wie bei normalen Menschen, sondern wie bei Hexen, die etwas ausheckten. Es war der strahlende Schimmer von Vorfreude. Und ich fand es verdammt schön, sie so zu sehen und zu wissen, dass ich gerade für dieses hübsche Strahlen verantwortlich war. Am liebsten wollte ich ein Bild von ihr machen, um sie in diesem Augenblick für immer festzuhalten. Ich würde diesen Moment niemals vergessen.

»Du hast recht, ich sollte es versuchen«, sagte sie und streichelte Zelda über den Kopf. »Dann kann ich sehen, wie sich meine Mischungen verändern, oder nochmal nachsehen, wie ich etwas zubereitet habe. Davor habe ich nur die Unterlagen meiner Großmutter benutzt, nie eigene.« Sie klatschte in die Hände, und ich erkannte den Drang, dass sie am liebsten aufspringen und sofort loslegen wollte.

Kapitel 16

CORA

Zelda saß auf meiner Schulter und sah mir beim Zähneputzen zu. Ich war von unserem Gespräch mit Grim noch immer hibbelig.

»Gehen wir jetzt zu den anderen?«, fragte mich Zelda, als ich mir einen Pferdeschwanz band.

Ich lächelte und strich ihr über den Kopf. »Ja, das machen wir.«

»Oh, wie toll! Ich mag sie gerne, sie sind genauso magisch wie du und ich!«

Ihre Begeisterung ließ mein Herz aufgehen und ich wollte mir nicht vorstellen, was wäre, wenn Adam Zelda und mich trennen würde oder sie gar für seine Zwecke missbrauchte.

Sie schlängelte sich um meinen Hals und ich verließ *mein* Badezimmer. Reese kam uns auf dem Gang entgegen. Seine schwarzen Haare hingen ihm wirr ins Gesicht und er grinste verschmitzt.

»Cora.« Er nickte mir zu.

»Reese«, erwiderte ich.

»Schön, dich zu sehen.«

»Gleichfalls.« Er seufzte. »Nachdem das Spektakel im Club noch in meinem Kopf feststeckt, hoffe ich darauf, dass es heute ein wenig ruhiger wird.«

»Welches Spektakel?«, zischte Zelda.

»Es war … abenteuerlich«, antwortete ich nur. Reese und ich liefen nebeneinander her und ich warf ihm einen kurzen Blick zu.

»Das Beste an diesem Abend waren die Tänzerinnen im Käfig«, sagte er. »Da hätte nur noch das Strippen gefehlt.«

»Was ist das?«, fragte Zelda und hangelte sich von meinem Hals auf seine Schulter, um schließlich in seine Kapuze zu kriechen. Reese ließ sie gewähren, als wäre es das Selbstverständlichste auf der Welt.

»Dabei ziehen sich Menschen rekelnd aus«, erklärte er. »Manchmal machen sie das auch an einer Stange oder im Club in einem Käfig. Und wenn sie gut tanzen, bekommen sie Geld dafür.«

»Warum das denn?« Sie züngelte an seinem Ohr.

Er stieg vor mir die Treppe hinab. »Weil es sexy aussieht.«

Zelda kniff verwirrt ihre Augen zusammen.

»Frag doch mal Cora, wie sie darüber denkt, immerhin war sie im Club und hat auch ziemlich heiß getanzt.«

Ich schlug nach Reese, der mir lachend auswich.

»Hexe!«, zischte sie und starrte mich aus seiner Kapuze heraus an.

»Ich hab mich dabei nicht ausgezogen«, hielt ich dagegen.

Sie wiegte ihren Kopf hin und her und dachte ganz offensichtlich nach. »Kann ich das auch mal probieren? Dieses Strippen?« Reese prustete los. »Nein, das funktioniert nicht, du bist doch so oder so schon nackt.«

»Ja, aber das an der Stange tanzen.«

»Das nennt man Poledance, und wenn wir eine Miniaturstange finden, kannst du es gerne mal probieren.«

Unterhielten wir uns gerade wirklich über eine Ministange? Für Zelda? Für eine Schlange? »Vielleicht können wir eine für dich basteln«, schlug ich vor.

»Oh, das wäre wundervoll«, zischte sie.

Als wir uns der Küche näherten, roch es bereits nach warmem Essen und mir knurrte sofort der Magen.

»Na, ihr Schlafmützen.« Oliver stand vor dem Herd und hatte sich wieder die gepunktete Kochschürze umgebunden. »Habt ihr mal auf die Uhr geschaut? Es ist bereits nachmittags.« Er schwenkte Gemüse in einer Pfanne.

Durch das geöffnete Fenster sah ich Mr. Burton, der in dem großen Garten Unkraut jätete. Sandra saß in ihrem Rollstuhl vor dem Beet und beobachtete ihn. Es war ein amüsantes Bild, da er die Gartenarbeit in einem Anzug verrichtete. Die geblümte Schürze, die er dabei trug, war mein Highlight.

»Wohin soll das Gestrüpp?« Mr. Burton hielt einen großen Farn in die Höhe.

Sandra schnalzte missbilligend mit der Zunge. »Das ist kein Gestrüpp, Matthew, sondern ein wunderschöner Farn.«

»Meinetwegen«, sagte er mit einem Lächeln auf den Lippen.

»Pflanze ihn bitte dort ein, da hat er genug Platz und kann gedeihen.« Sie deutete mit dem Kinn zum Rand des Beetes.

Mr. Burton folgte ihrer Anweisung. »Was kommt als nächstes?«

»Habe ich dir eigentlich schon gesagt, dass dir diese Gärtnerschürze wundervoll steht?«, neckte sie ihn.

Mr. Burton drehte sich um die eigene Achse, damit sie ihn besser betrachten konnte, und endete mit einer Modelpose, mit der er auch auf der Fashion Week gut ankommen würde. »Danke, ich fühle mich geschmeichelt.«

Die beiden sahen sich auf eine liebevolle Weise an.

»Erde an Cora«, hörte ich Oliver sagen und wandte mich zu abrupt zu ihm um. Die Bewegung tat weh. Dass meine Haut wieder brannte, verriet mir, dass die Wirkung des *Magyk* beinahe abgeklungen war.

»Ich will wirklich nicht unhöflich klingen, aber hat Sandra eventuell noch einmal so eine Paste für mich vorbereitet?«

Oliver nickte, ging zum Tisch und reichte mir eine kleine silberne Dose, aus der bereits der intensive minzartige Geruch drang. »Ja, hat sie.«

»Danke, ich verziehe mich noch mal kurz ins Bad. Komme gleich wieder.«

»Wenn du Hilfe brauchst, dann kannst du mich gerne rufen«, sagte Reese. »Oder soll ich dir lieber Grim schicken?« Er wackelte übertrieben mit den Augenbrauen und setzte ein schiefes Lächeln auf.

»Danke, aber ich komme klar.« Die Hitze in meinen Wangen ignorierte ich, verließ die Küche und suchte abermals *mein* Badezimmer auf. Die Erinnerung an Grims zärtliche Berührungen ließ meine Haut prickeln. Ehrlicherweise hätte ich nichts dagegen, wenn er meine Wunden noch einmal versorgen würde.

Ich zog mein Oberteil aus, löste das Wundpflaster und betrachtete meine verfärbten Adern, die nur noch leicht zu erkennen waren. Ob Sandras Salbe den Heilungsprozess sogar beschleunigte? Allerdings sah meine Bauchverletzung noch immer übel aus.

Mit langsamen Bewegungen massierte ich die Paste bei den zugänglichen Stellen ein. Den Rücken konnte ich erneut nicht erreichen und meine Gedanken huschten augenblicklich wieder zu Grim. Mit einem Seufzen zog ich mein Shirt wieder über und beschloss, seine Mom um Hilfe zu bitten. Reese und Oliver wollte ich nicht fragen, vor allem nicht nach Reeses Kommentar. Und auch wenn sich das Verhältnis zwischen Jody und mir inzwischen gebessert hatte, waren wir dennoch keine Freundinnen und ich zog sie erst gar nicht dafür in Erwägung. Grim hatte mir geschrieben, dass er etwas zu erledigen hatte und kurz weg war, ihn konnte ich nicht fragen.

Ich sah aus dem Fenster und hielt nach Sandra Ausschau. Doch im Garten konnte ich sie und Mr. Burton nicht mehr entdecken. Ob sie jetzt in ihrem Zimmer war?

Da ich letztes Mal ungefragt hineingeplatzt war, klopfte ich an und wartete auf eine Antwort.

»Ja?«, hörte ich Sandra rufen und öffnete die Tür. Sie saß in ihrem Rollstuhl vor dem Fenster und sah nach draußen. Dieses Mal schien der Raum viel heller. Alles war in Beige- und Weißtönen gehalten, die mir das Gefühl gaben, in einem Möbelkatalog zu stehen.

»Cora.« Sie nickte mir zu und zwang sich ein Lächeln auf die Lippen.

Ich sah ihr sofort an, dass es ihr gerade nicht gut ging. Der Schweiß auf ihrer Stirn, die verbissenen Gesichtszüge, die angespannte Haltung. Als ich sie vor wenigen Minuten im Garten gesehen hatte, schien noch alles gut gewesen zu sein. Was war passiert? »Ist alles okay?«, fragte ich und verschob mein Anliegen.

Sandra senkte den Blick und schüttelte leicht den Kopf. »Es wird leider nie wieder alles okay sein.« Sie wollte ihren Arm heben, kam jedoch nicht weiter als bis zu ihrem Bauch und ließ ihn dann wieder sinken. »Diese Schübe kommen ganz plötzlich.«

»Wie kann ich dir helfen?«, erkundigte ich mich und hoffte, dass sie nicht das Gefühl hatte, dass ich sie über ihren Gesundheitszustand aushorchen wollte.

»Ich habe gute und schlechte Tage«, erwiderte sie zögernd. »Heute ist einer der schlechten, obwohl der Morgen gut anfing.« Ein kleines Lächeln erschien auf ihren Lippen, das ich mit Mr. Burton in Verbindung brachte.

»Kann ich dir irgendwas bringen, damit es besser wird?«

»Das kann ich leider nicht beeinflussen. Seit dem Unfall fällt es mir schwer, mich generell zu bewegen.«

»Du hattest einen Unfall?« Die Frage war schneller ausgesprochen, als dass ich sie zurückhalten konnte. Ich presste die Lippen zusammen. »Du musst nicht darüber sprechen, wenn du nicht willst.«

Sie musterte mich. »Ein Zauber hat mir meine Magie genommen und Reste von ihm stecken noch immer in mir. An manchen Tagen saugt er meine regulären Fähigkeiten auf, wie ein Schwamm das Wasser. Ich habe darauf keinen Einfluss, und wir haben in den letzten drei Jahren erfolglos versucht, einen passenden Gegenzauber zu finden.«

Ihre sorgenvolle Miene bescherte mir eine Gänsehaut. Am liebsten hätte ich sie in den Arm genommen und fest gedrückt. Ich wollte mir gar nicht vorstellen, wie es sein musste, bei jedem Aufwachen nicht zu wissen, ob ich mich heute bewegen konnte. Das musste schrecklich sein.

»Es tut mir leid, dass dir das geschehen ist.«

Sie nickte nachdenklich. »Dinge passieren. Manchmal ist man zur falschen Zeit am falschen Ort und dann spielen sich Sachen ab, die man nicht hat kommen sehen. Das Leben ist voller Überraschungen.

Positive wie auch negative. Man bekommt nicht das eine ohne das andere.«

Damit hatte sie recht. Ich musste augenblicklich an Levi denken, an seinen Tod und was mir danach außer Trauer und Schmerz geblieben war. Doch es gab ein Davor, und das war so wertvoll und unvergesslich, dass ich diese Momente nicht missen wollte.

»Ich bin glücklich, dass ich lebe und es Tage gibt, an denen ich keine Schmerzen habe.« Sandra lächelte mich aufmunternd an, als wäre ich es, die in ihrer Situation steckte und jemanden brauchte, der mich aufheiterte. »Aber jetzt zu dir. Was machen deine Verletzungen? Hilft dir meine Salbe?«

Ich erwiderte ihr Lächeln. »Ja, das tut sie. Ich wollte mich bei dir bedanken, dass du eine weitere Dosis für mich vorbereitet hast.«

Dass ich sie eigentlich hatte fragen wollen, ob sie mir bei meinem Rücken beim Auftragen helfen könnte, verschwieg ich. Sie schaffte es gerade kaum, ihre Arme zu heben.

»Das habe ich gern getan. Wenn es mir morgen besser geht, mache ich wieder neue für dich.«

Ich bedankte mich nochmals, verabschiedete mich, und verließ ihr Zimmer.

»Hallo, junge Dame«, sagte Mr. Burton, der mir im Gang mit einem Tablett entgegenkam, auf dem Kuchen und zwei dampfende Kaffeetassen standen. Außerdem lag ein Blumenstrauß darauf.

»Hallo, Mr. Burton.« Ich lächelte ihm zu, während er auf Sandras Zimmer zusteuerte.

Während ich zurück ins Bad lief, war ich in Gedanken weiter bei ihr. Es musste doch einen Weg geben, die Überreste des Zaubers aus ihr zu verbannen? Zuerst müsste man wohl erst einmal die Ursache dafür finden, warum überhaupt etwas zurückgeblieben war. Normalerweise kam das nicht vor.

Nachdenklich zog ich mir wieder das Shirt aus. Das Döschen stellte ich am Waschbeckenrand ab. Ich musste mir selbst helfen. Immerhin war ich eine Hexe und konnte Magie benutzen. Auch wenn sich Zweifel und ein ungutes Gefühl in mir breitmachten, war mir seit dem Gespräch mit Grim klar, dass es dazu keinerlei Grund gab. Ich spürte, wie sich die Magie in mir regte. Immerzu, als wäre sie ein Haustier, das nicht genug Auslauf bekam. Viel zu lange hatte ich kaum gezaubert und meine Magie weggesperrt. Jetzt musste ich sie erst einmal dazu bringen, wieder in Aktion zu treten.

Ich konzentrierte mich, hob meine Finger, bewegte sie langsam hin und her, bis der Tiegel vom Waschbecken nach oben schwebte. Dann blickte ich über meine Schulter hinweg in den Spiegel, um die Stellen zu sehen, auf denen ich noch nichts aufgetragen hatte. Mit Magie löste ich ein wenig Paste aus der Dose und brachte sie dazu, sich gleichmäßig auf meinem Rücken zu verteilen. Dieses Zeug wirkte Wunder, und ich war froh, dass Sandra diese interessante Pflanze besaß.

Den Rest der Salbe ließ ich wieder zurück in die Dose schweben und verschraubte sie danach. Der Raum roch nach Magie und der minzigen Salbe. Nachdem sie eingezogen war, zog ich mein Shirt wieder an und verließ das Bad in Richtung Küche.

»Es ist unfassbar, wieso kochst du immer das Gleiche wie ich?«, schimpfte Reese, als ich die Küche betrat. Er sah Oliver zornig an.

»Weil meins besser schmecken wird als deins«, entgegnete dieser ganz ruhig.

»Klar, träum weiter. Meinen Tofu kannst du nicht überbieten.«

Oliver grinste breit. »Du vergisst, dass ich dir immer zusehe, wenn du kochst. Ich kenne deine Tricks.«

Reese verschränkte die Arme vor der Brust und musterte Oliver stirnrunzelnd. Zelda lugte aus seiner Kapuze.

»Was gibt es denn Leckeres?«, fragte ich.

Oliver wandte sich mir zu. »Ich mache eine Tofu-Pfanne mit …« Er stockte und sah zu Reese. »… Überraschung. Das seht ihr, sobald es fertig ist.«

»Das Rezept hat er von mir geklaut«, murrte Reese, der wie ein eingeschnapptes Kind klang, dessen Sandburg man nachgebaut hatte.

»Dann weiß ich wenigstens, dass es schmecken wird«, sagte ich, um ihn aufzumuntern.

Oliver starrte mich mit geöffnetem Mund an. »Wow, du ergreifst Partei?«

»Das stimmt nicht.« Ich hob ergebend die Hände.

»Doch, irgendwie schon. Ich bin … entrüstet.« Er legte sich die Hand auf die Brust und schloss theatralisch die Augen. Jetzt fehlte nur noch die vorgetäuschte Ohnmacht, dann hätte alles gestimmt.

»Heul deine Schwester voll, Benoir«, sagte Reese.

»Jody ist oben und meint, ihr Zimmer umstellen zu müssen, da sie ein neues Bücherregal unterbringen will. Geht also nicht. Cora, ich weiß echt nicht, was ich sagen soll.«

Reese schmunzelte, stellte sich neben mich und legte mir den Arm um die Schultern, wobei Zelda die Chance ergriff und zu mir rüber kroch.

»Siehst du, Cora hat eben Geschmack. Guten Geschmack.«

»Na ja, von deiner Kochkunst konnte ich mir bisher eigentlich noch keinen Eindruck verschaffen«, erwiderte ich, zwinkerte Reese aber zu.

»Ha …« Oliver deutete vielsagend mit dem Kochlöffel auf Reese.

»Ist das hier etwa ein Wettkampf?«, fragte Zelda.

»Sowas von.« Reese nickte zustimmend.

Hinter uns räusperte sich jemand und ich blickte über meine Schulter hinweg direkt zu Grim. Er lehnte im Türrahmen und sein Blick ruhte auf Reeses Arm, der noch immer um meine Schultern lag.

»Hey«, sagte ich, löste mich von Reese und ging auf ihn zu. »Hast du kurz Zeit?«, fragte er mich und lief rückwärts los, ohne den Blick von mir abzuwenden.

»Klar.« Ich schloss im Gang zu ihm auf, woraufhin er sich in Laufrichtung drehte.

»Was ist los?«, fragte ich direkt, da mir seine versteinerte Miene nicht entging. Es war nicht zu übersehen, dass ihn etwas beschäftigte.

Sein Kiefermuskel zuckte. »Du warst bei meiner Mom.«

Ich hob die Augenbrauen. »Ja, und?«

»Was hast du sie gefragt?« Er blieb abrupt stehen und packte mich am Handgelenk. Nicht so, dass es wehtat, aber dennoch spürte ich, wie wichtig ihm meine Antwort war. Sein wütender Blick machte mich nervös. Ich hatte bemerkt, dass seine Mutter ihm viel bedeutete, aber er verhielt sich wirklich merkwürdig.

»Wir haben uns einfach unterhalten. Ich habe sie nichts gefragt, nicht direkt. Was ist dein Problem?«

»Ich mag es nicht, wenn man meine Mutter bedrängt.«

»Hat sie gesagt, dass ich das getan hätte?« Ein ungutes Gefühl kroch meine Kehle hinauf und mir wurde schlecht.

Er atmete tief durch. »Nur, dass ihr darüber gesprochen habt, wieso sie Schmerzen hat und im Rollstuhl sitzt. Und darüber reden wir normalerweise nicht. Du musst sie danach gefragt haben.«

Ich entriss ihm meine Hand und trat einen Schritt zurück. »Wenn du mir nicht glaubst, kann ich es nicht ändern. Egal, was ich jetzt sage, du hast dir deine Meinung gebildet.« Es verletzte mich, wie er mich behandelte, als wäre es meine Schuld, dass es seiner Mutter schlecht ging.

»Da hast du wahrscheinlich recht.« Er wandte sich ruckartig ab und verschwand im Zimmer seiner Mutter.

Eine Weile stand ich unschlüssig da und wusste nicht, was ich tun sollte. Oliver und Reese hatten uns sicherlich streiten hören und ich wollte mir ihre fragenden Blicke ersparen. Daher ging ich kurzentschlossen ins Wohnzimmer. So leise wie möglich schloss ich die Tür hinter mir und atmete tief durch. Mein Blick fiel auf das wandeinnehmende Bücherregal, in dessen Mitte ein Durchgang zu einer Bibliothek führte. Daneben stand ein alter Schreibtisch, auf dem mehrere alte Grimoires aufeinandergestapelt waren. Ich ärgerte mich über Grim und wollte ihn aus meinen Gedanken verbannen.

»Welche Laus ist Grim denn plötzlich über die Leber gelaufen?«, zischte Zelda leise. Sie war so leicht, dass ich sie gar nicht mehr auf meiner Schulter wahrgenommen hatte, und zusammenzuckte, als sie plötzlich mit mir sprach.

»Ich habe keine Ahnung. Aber ich will ihm bis zum Essen lieber aus dem Weg gehen.«

Ich streckte meine Hand nach dem Bücherstapel aus und nahm das oberste an mich. Dabei handelte es sich nicht um einen Grimoire, sondern um ein Tagebuch von Jake Chamberlain – Grims Vorfahre. Es war in braunes Leder eingebunden. Die goldenen Einprägungen waren teilweise schon ausgeblichen und die Seiten vergilbt und teilweise eingerissen. Er hatte mit Tinte geschrieben, die sich über die ganzen Seiten erstreckte.

Vorsichtig blätterte ich durch die ersten Seiten. Das Jahr war mit 1802 gekennzeichnet. Das war verdammt lange her. Die Handschrift war verschnörkelt, was es mir ein wenig erschwerte, in einen Lesefluss zu kommen. Mal sehen, ob ich irgendetwas zu dem Schädel oder Evaline finden konnte.

Er schrieb hauptsächlich über irgendwelche Verhandlungen und Geschäfte mit einer gewissen Frau *Bloet*. Nach einer Weile legte ich es beiseite und griff zum nächsten Buch, bei dem es sich ebenfalls um ein Tagebuch von Jake Chamberlain handelte. In diesem kam diese Frau *Bloet* noch öfter vor. Sie schien in Jakes Leben eine größere Rolle gespielt zu haben, daher las ich die Einträge nun mit besonderer Sorgfalt.

02.04.1802

Die Geschäfte sind seit Wochen abgeschlossen, doch ich kann nicht aufhören, mich mit Ms. Bloet zu treffen. Sie gibt mir das Gefühl, mehr in mir zu sehen, als nur den angesehenen, reichen Adeligen. Sie ist eine so wunderschöne Hexe, ich konnte ihre Magie von Anfang an spüren und bin froh, dass sie genauso kooperativ in unseren Geschäftsverhandlungen erscheint, wie bei anderen Aktivitäten. Immerhin möchte ich Ms. Bloet wiedertreffen. Sie ist noch nicht lange geschieden, aber vielleicht sollte ich mein Glück versuchen und daran festhalten, dass ich nicht nur der einzige Erbe bin, sondern mein Schmuckunternehmen auch außerordentlich gute Zahlen schreibt. Ich hoffe, dass meine Söhne sie als neue Frau an meiner Seite annehmen werden. Die beiden stehen gerade an der Schwelle zum Erwachsenwerden und bedeuten mir alles. Sie sind wie Sonne und Mond, so unterschiedlich, und doch untrennbar.

Ich runzelte die Stirn und überflog einige Seiten. Ein paar Tage später tauchte Ms. Bloet wieder in seinen Einträgen auf und ich konzentrierte mich darauf.

10.04.1802
Ich sagte meinen Söhnen, ich begebe mich auf Geschäftsreise, sie müssen nicht wissen, dass ich mich mit Ms. Bloet auf unserem Landsitz in Salem aufhalte. Immerhin haben die beiden gerade genug mit ihren eigenen Damen zu tun. Ich dachte immer, meine Söhne wollen nie früh heiraten, sondern bis zum letzten Uhrenschlag die begehrten Junggesellen spielen. Wenn sie heiraten möchten, sollen sie es tun, ich werde sie nicht aufhalten, sondern neben ihnen vor dem Altar stehen und mich für sie freuen. Umso eher werden sie auch meine Beziehung zu Ms. Bloet akzeptieren.

Bisher hatte er täglich in seinem Tagebuch geschrieben, doch nun hatte er einen Tag ausgelassen. Aufgrund seiner sonst penibel geführten Datumsangaben war mir klar, dass das ungewöhnlich war.

12.04.1802
Sie und ich haben gemeinsam so viel Spaß in diesem stillen Haus. Keine Bediensteten, nur sie und ich. All die Zeit, all die Gespräche, all das, was in meinem Herzen sprießt. Mir ist klar, dass ich sie nie wieder gehen lassen will. Sie soll mein werden, und ich der ihre.

13.04.1802
Evaline hat meinen Heiratsantrag weder angenommen noch abgelehnt. Vor ihrer Zusage muss ich ihr beweisen, wie angesehen ich bin und welchen Einfluss ich habe. Ich liebe sie mit jedem Tag mehr. So, als würde mein Herz immerzu mehr Platz für sie schaffen. Evaline nimmt es haltlos ein, nur mit einem Blick von ihr. Meine Welt ist ab jetzt auch ihre.

Evaline. Jetzt verstand ich, wer Ms. Bloet war. Grim hatte mir Jakes leidvolle Geschichte bereits erzählt.

Das Tagebuch endete mit leeren Seiten. Keine weiteren Informationen, nur gähnende Leere. Jake wurde damals so von dem Liebeszauber beherrscht, dass er einfach alles für seine Liebste tat. Und ich wusste, wie das geendet hatte.

Eine Gänsehaut überzog meine Arme. Gedankenverloren blätterte ich weiter durch die leeren Seiten, bis ich doch noch auf etwas Geschriebenes stieß, das nur schwer zu deuten war. Diese Schrift war anders, das hatte keinesfalls Jake verfasst. Viel geschwungener und ausladender. Ich hatte Mühe, es entziffern zu können.

Wo sich die Sonne und der Mond begegnen, liegt verborgen der schimmernde Weg beschrieben.

Ich runzelte die Stirn. Grim hatte die Tagebücher sicherlich schon etliche Male studiert und diesen letzten Satz längst entdeckt. Ich ging davon aus, dass er in diesem Haus, in dem einst Jake gelebt hatte, aufgewachsen war. War Grims Mutter Jakes Nachfahrin oder entstammte Grims Vater dieser Blutlinie? Von ihm hatte Grim noch nie gesprochen, und ich wollte mich hüten, ihn ausgerechnet heute, mit seiner schlechten Laune nach seinem Vater zu befragen.

Seufzend legte ich das Buch wieder zurück auf den Schreibtisch und sah mich im Raum um. Zelda musterte mich von meiner Schulter aus.

»*Wo sich die Sonne und der Mond begegnen, liegt verborgen der schimmernde Weg beschrieben.*« Ich murmelte es beinahe lautlos vor mich her. Dieser Satz spukte ununterbrochen in meinem Kopf herum, doch ich konnte seine Bedeutung nicht greifen. Worauf wollte der Verfasser hinweisen?

Ich lehnte mich gegen den alten Schreibtisch und massierte meinen verspannten Nacken. Mein Blick fiel zum Kamin, in dem heute kein

Feuer brannte. Seinen Sims zierten kleine eingearbeitete Sterne, die mir vorher nicht aufgefallen waren. Langsam ging in darauf zu, verengte die Augen und strich schließlich mit den Fingern über die Einkerbungen. Der Stein fühlte sich kalt und rau an. Warum zierte man einen Kaminsims ausgerechnet mit Sternen?

Wo sich die Sonne und der Mond begegnen, liegt verborgen der schimmernde Weg beschrieben.

»Hattest du gerade etwas von Sonne und Mond gesagt?«, fragte Zelda.

Ich nickte.

»Sieh doch, da ist eine Sonne und ein Mond, hilft dir das?« Sie richtete sich auf und züngelte in Richtung der Zimmerdecke.

Ich suchte nach einem Mond. Und dann erinnerte ich mich an den Moment, als ich nach Adams Angriff in diesem Raum wieder zu mir gekommen war. Ich hatte die Augen aufgeschlagen und eine Sonne und einen Mond gesehen …

Mit wild klopfendem Herzen legte ich den Kopf in den Nacken und betrachtete die Deckenmalerei.

Kapitel 17

GRIM

Moms Gesicht war heute von Schmerz gezeichnet, doch sie brachte keinen Klagelaut über die Lippen. Ich kannte sie und wusste, wie sie litt.

»Ich lasse euch mal allein«, sagte Matthew und verließ ihr Zimmer.

»Cora hat sich nur bei mir erkundigt, ob sie mir irgendwie helfen kann. Keine Frage zielte darauf ab, zu erfahren, was mit mir nicht stimmt.«

Ihren strengen Tonfall hatte ich dann wohl verdient. Auch wenn ich zweiundzwanzig Jahre alt war, hieß das noch lange nicht, dass ich keinen Scheiß mehr baute oder nicht mehr der Sohn meiner Mutter war.

»Bist du dir sicher?«, hakte ich noch mal nach, als könnte das etwas daran ändern, dass ich Cora Unrecht getan hatte.

»Hast du gehört, was ich gesagt habe, oder sind deine Ohren verstopft?« Mom funkelte mich an.

»Nein, sind sie nicht, ich will einfach nur, dass dich niemand belästigt.«

»Grim, mein Schatz. Ich sitze im Rollstuhl. Entweder gaffen die Leute, oder sie vermeiden es, überhaupt in meine Richtung zu sehen.« Normalerweise hätte Mom die Hand gehoben und ein Anführungszeichen in die Luft gezeichnet. Doch heute konnte sie sich vor Schmerzen kaum bewegen. Es tat mir weh, dass sie nicht tun konnte, was sie wollte.

»Okay, ich hab's verstanden.«

Ich ließ den Streit mit Cora kurz Revue passieren und presste, von mir selbst genervt, die Lippen aufeinander. Mein Verhalten war echt bescheuert gewesen, dabei waren wir uns gerade erst nähergekommen. Aber wenn es um Mom ging, sah ich schnell rot. Vor allem, da ich für ihren Zustand verantwortlich war.

»Verdammt«, stieß ich aus und fuhr mir mit den Handflächen übers Gesicht. Wir mussten den Kristallschädel finden und brauchten Cora, da Zelda sich an sie gebunden hatte und die Schlange uns ohne Cora nirgendwohin folgen würde.

»Ja, da hast du Mist gebaut«, stimmte meine Mutter mir zu und zog vorwurfsvoll eine Augenbraue nach oben. Wenn sie das tat, wusste ich, dass sie wirklich sauer war.

»Ich gehe zu Cora und bringe das wieder in Ordnung. Manchmal bin ich eben etwas impulsiv.«

»Weil du mein Sohn bist und dich um mich sorgst.« Sie lächelte sanft. »Und jetzt geh und such sie.«

Ich beugte mich zu ihr hinab und küsste sie auf die Stirn. Ihr Blick sagte aus, dass sie mir viel Glück wünschte.

Nachdem ich ihr Zimmer verlassen hatte, klopfte ich an die Tür des Gästezimmers, in dem ich Cora einquartiert hatte. Als ich nichts hörte und sie nicht öffnete, suchte ich sie bei Reese, Oli und Matthew in der Küche. Jody kam gerade dazu und fragte Letzteren nach einem Malerpinsel, da sie wohl ihr Bücherregal streichen wollte. Sie suchte eindeutig nach einem Ausgleich, oder besser gesagt nach Ablenkung.

Anhand der anklagenden Blicke meiner Freunde konnte ich davon ausgehen, dass sie mitbekommen hatten, wie ich Cora auf dem Flur angefahren hatte. Da sie hier auch nicht war, machte ich mich in Richtung Wohnzimmer auf. Ansonsten wusste ich nicht weiter. Hoffentlich hatte sie das Haus meinetwegen nicht verlassen.

Ich war mehr als erleichtert, als ich Cora im Wohnzimmer erblickte. Sie schien mein Eintreffen gar nicht zu bemerken, war völlig in Gedanken versunken und starrte an die Zimmerdecke.

»Sonne und Mond«, murmelte sie vor sich hin. Sie hielt Jake Chamberlains Tagebuch in den Händen, während Zelda auf ihrer Schulter saß und ihrem Blick folgte.

Ich räusperte mich, damit sie meine Anwesenheit bemerkten, und blieb zwei Schritte hinter ihnen stehen.

Cora drehte sich zu mir um und betrachtete mich ausdruckslos.

»Verzeih mir bitte. Meine Mutter liegt mir am Herzen und ich reagiere in Bezug auf sie manchmal etwas übereifrig. Okay, vielleicht öfter als nur manchmal … Ich wollte nicht …« Wie immer, wenn ich versuchte, etwas auf den Punkt zu bringen, redete ich mich um Kopf und Kragen.

Cora kniff die Augen zusammen und legte den Kopf schief.

»Ich verstehe, dass deine Mom wichtig für dich ist, und das ist gut so. Aber ich würde mir wünschen, dass du mich nicht als Lügnerin bezeichnest, obwohl ich dir die Wahrheit sage. Das deutet darauf hin, dass du mir nicht vertraust.«

Der trotzige Funken in ihren Augen verriet mir, dass es ihr wichtig war, was ich von ihr hielt.

Mein Verhalten hatte sie verletzt. »Ich vertraue dir, Cora. Meine Mom ist bei mir einfach ein wunder Punkt. Bitte, verzeih mir.«

Über ihre Lippen huschte ein kurzes Lächeln. »Gut, dann nehme ich deine Entschuldigung hiermit offiziell an«, sagte sie und hielt mir umgehend das Tagebuch vor die Nase. »Sieh dir das an. Bestimmt kennst du das schon, oder?«

»Ich nehme mal an, du hast die Botschaft auf der vorletzten Seite entdeckt, richtig?«, fragte ich.

Sie nickte übereifrig. »Offensichtlich ist das eine andere Handschrift als die von Jake Chamberlain, deshalb gehe ich davon aus, dass es sich um Evalines handelt.«

Ich nickte ebenfalls. »Wahrscheinlich hat sie das hineingeschrieben, nachdem Jake gestorben war.«

Cora verzog das Gesicht und Zelda zischte missbilligend. Die beiden hatten die kunstvolle Deckenmalerei entdeckt und blickten zu der Sonne und dem Mond, die ich gefühlt schon tausendmal betrachtet hatte.

»Es klingt plausibel, dass es Evaline war, aber ich habe keine Ahnung, was sie uns mit dem Hinweis auf unser Deckengewölbe sagen will, geschweige denn, ob sie dieses überhaupt meint«, sagte ich. »Vielleicht ist es auch auf ein Himmelsevent bezogen, das sowohl die Sonne als auch den Mond vereint?«

Cora tippte sich nachdenklich gegen das Kinn. »Womöglich müsste man dann dabei irgendeinen Zauber sprechen, der die Lösung des Rätsels offenbart.«

Ich trat weiter auf sie zu. »Das Rätsel ist noch ungelöst. Wir alle haben schon versucht, herauszufinden, was damit gemeint ist, hatten jedoch bisher keinen Erfolg. Es wirkt wie ein winziges Bruchstück eines großen Ganzen.«

Cora und ich betrachteten abermals das Deckenbild. Der Mond und die Sonne standen sich gegenüber, wobei die gewellten Strahlen der Sonne sich über die gesamte Fläche erstreckten.

»*Wo sich die Sonne und der Mond begegnen, liegt verborgen der schimmernde Weg beschrieben*«, flüsterte Cora. »Okay, aber wo begegnen sie sich denn?«

»Das frage ich mich immer wieder«, erwiderte ich und zuckte mit den Schultern. »Vielleicht durch die Sonnenstrahlen, da sie bis zum Mond reichen. Aber der Gedanke bringt mich auch nicht weiter.«

Cora schüttelte den Kopf. »Nein, das ist es nicht.« Sie drehte sich um ihre eigene Achse, ohne den Blick von der Zimmerdecke zu nehmen. »Sieh dir mal die Gesichter der Sonne und des Mondes an. Ihre Blicke sind auf ein und dieselbe Stelle hier im Zimmer gerichtet.«

Ich verengte die Augen. War das der Ort, an dem sie sich *begegneten*?

»Das ist doch klar, sie schauen sich den Couchtisch an«, meinte Zelda selbstsicher.

Ich nickte. Sie hatte recht, ihre Blicke trafen sich wirklich auf dem Couchtisch.

Cora half mir, den schweren Tisch und die Couch beiseitezuschieben und den roten Teppich zusammenzurollen. Staubpartikel wirbelten auf, die im Sonnenlicht tanzten und beinahe wie Magiefunken wirkten.

»Wenn hier etwas wäre, hätte Matthew uns längst darauf aufmerksam gemacht. Er übernimmt alle Reinigungsarbeiten und bohnert regelmäßig auch den Holzboden.«

»Lass uns trotzdem mal nachsehen«, sagte Cora, kniete sich hin und tastete das Parkett ab.

Ich tat es ihr gleich, aber keines der kleinen schmalen Holzbretter war locker.

»Sieh nur«, stieß Cora aus und winkte mich mit hektischen Handbewegungen näher zu sich. In der Hand hielt sie einen Holzsplitter und pulte aus einer Ritze im Boden einen weiteren. »Hier ist ein Spalt.«

Ich half ihr und riss die komplette Diele heraus. Darunter fanden sich im Beton Einkerbungen einer kleinen Sonne und eines kleinen Mondes, zwischen denen drei Glasphiolen in passgenauen kleinen Hohlräumen eingebettet waren. In ihnen erkannte ich …

»Das sind Hexenkräuter«, murmelte Cora und nahm eines der Glasröhrchen heraus.

»Weißt du, welche?«

»Das hier ist definitiv Rillenstreif.« Cora deutete darauf. »Das müsste Kristallherz sein und das hier ist wahrscheinlich Leuchtbohne. Wenn man sie zusammen verarbeitet, ergeben sie einen schimmernden Trank.«

Ich sah Cora an. »Wenn ihr Gemisch einen schimmernden Trank ergibt, würde das zu der Andeutung mit dem schimmernden Weg passen.«

Gleichzeitig nahmen wir einen tiefen Atemzug und Zelda zischte aufgeregt. Ich war so erstaunt, dass sich das hier die ganze Zeit unter unseren Füßen befunden hatte, dass ich ungläubig den Kopf schüttelte.

»Kannst du diesen Trank brauen?«, fragte Zelda, glitt von Cora herab und züngelte an den Glasröhrchen.

Sie nickte. »Ich denke schon. Lasst uns sehen, ob wir richtig liegen. Vielleicht irren wir uns auch.«

Eine halbe Stunde später standen alle, bis auf meine Mutter, in der Küche um Cora versammelt, und sahen ihr dabei zu, wie sie die Kräuter aus den drei Phiolen verarbeitete. Die Stängel der Leuchtbohne brach sie entzwei, den Rillenstreif zerrieb sie zwischen ihren Fingern und das Kristallherz zermalmte sie gründlich. Seitdem wir Reese, Oli und Jody von unserer Entdeckung berichtet hatten, herrschte im Raum absolute Stille. Die gerebelten Zutaten gab sie in eine Schüssel. Sie strich mit ihrer Hand über deren Rand und murmelte währenddessen einen Zauber. Nach und nach verflüssigte sich die Mischung zu einer schimmernden Substanz, die leuchtenden Rauch von sich gab. Cora rührte mit der bloßen Bewegung ihrer Finger, bis die intensive blaue Farbe regelrecht glühte.

»Echt abgefahren«, kommentierte Jody und durchbrach damit die angespannte Stille.

»Der Trank muss jetzt mindestens eine halbe Stunde ziehen«, erklärte Cora. »Diesen Zauber hat mich meine Großmutter noch zu ihren Lebzeiten gelehrt. Er ist dazu da, um Verborgenes aufzudecken. Jetzt müssen wir nur noch abwarten, bis die volle Leuchtkraft aktiviert ist, bevor wir die Wirkung testen.«

Ich nickte ihr zu und lächelte hoffnungsvoll.

»Das könnte uns eine erste richtige Spur zum Kristallschädel liefern«, sagte Reese, setzte sich an den Küchentisch und schob sich eine Erdnuss in den Mund.

Jody deckte den Tisch, während Oliver seinen leicht angebrannten Tofu aus der Pfanne kratzte. Bei dieser Aufregung konnte ihm aber nicht einmal Reese einen Vorwurf machen. Eine so vielversprechende Spur zu finden, darauf hatten wir lange gehofft. Da war der Kochwettbewerb nebensächlich.

»Was ist, wenn herauskommt, dass deine Vorfahren in dem Versteck nur ihre Sexspielzeuge aufbewahrt haben?«, fragte Oli und zuckte mit den Augenbrauen.

Reese prustete los, Jody verdrehte die Augen und Cora verkniff sich ganz offensichtlich das Lachen. Sie tätschelte Zelda den Kopf.

»Vergiss, was du gerade gehört hast«, forderte sie die rosa Schlange auf und warf Reese einen warnenden Blick zu, der abwehrend die Hände hob.

»Das wäre ein abenteuerliches Versteck, wenn man jedes Mal einen Trank brauen muss, um Spaß haben zu können«, sagte Reese und wischte sich eine Lachträne aus dem Auge.

Oli grinste. »Und dann musst du auch noch eine halbe Stunde warten, um Spaß haben zu können.«

Ich nahm einen Topflappen von der Kochinsel und schmiss ihn nach ihm. »Idiot.«

Als wir schließlich beim Essen saßen, sah ich zu den freien Plätzen mit den leeren Tellern und verspürte einen Stich in der Brust. Mom fehlte heute anscheinend sogar die Kraft, zu uns in die Küche zu kommen. Matthew leistete ihr Gesellschaft und sorgte sich um sie. Wenn die beiden zusammen waren, konnte ich die Zuneigung zwischen ihnen nicht übersehen. Es war schön zu wissen, dass Mom trotz allem noch immer an die Liebe glaubte.

Jody bemerkte meinen Blick und erhob sich. »Ich gehe und bringe ihnen was. Esst ihr.« Sie belud Moms und Mr. Burtons Teller mit Pommes, Gemüse und Tofu.

»Danke«, sagte ich, als sie die Küche verließ, was sie mit einer abwinkenden Handbewegung quittierte.

Nachdem Jody verschwunden war, blickte Cora noch lange zur Tür. Es war offensichtlich, dass sie gerade an meine Mutter dachte.

Zelda machte sich über das Gemüse her, das Oliver ihr extra geschnitten hatte und lauschte aufmerksam den Gesprächen.

Während des Essens unterhielten Reese und Oliver uns mit ihren altbekannten Streitigkeiten, wer von ihnen der bessere Koch war.

»Was passiert eigentlich am Ende des Jahres, wenn einer von euch mehr Striche hat?«, fragte Cora und betrachtete Oliver und Reese.

»Wenn ich bis zum Ende des Jahres mehr Punkte habe als Oliver, muss er das ganz nächste Jahr lang das kochen, was ich will.« Reese warf Oliver einen anstachelnden Blick zu und hob herausfordernd die Augenbraue.

»Wenn ich gewinne, dann muss Reese für ein Jahr meinen Spüldienst übernehmen.« Oliver zwinkerte Reese zu.

»Möge der Bessere gewinnen, Benoit.«

»Dito.«

Cora warf mir einen halb belustigten, halb verstörten Blick zu, während sie sich die nächste Gabel mit Essen in den Mund schob.

Etwas später kam Jody in die Küche zurück und trug einen halb vollen Teller sowie einen leeren zur Anrichte. Mom hatte so gut wie nichts gegessen. Oliver und Reese verstummten so schlagartig, dass es unangenehm war.

»Sie will später etwas essen, weil sie vor einer Stunde schon Kekse hatte«, erklärte Jody.

Ich versuchte, eine unbeschwerte Miene aufzusetzen. Dabei wusste ich, dass das eine Ausrede war. Sie wollte uns keine Sorgen bereiten, doch ihr war so schlecht vor Schmerz, dass sie nicht mehr essen konnte, ohne es anschließend wieder zu erbrechen. Außerdem mochte sie keine Kekse.

Ich atmete aus und nahm einen großen Schluck aus meinem Wasserglas. Cora legte mir ihre Hand auf den Oberschenkel und drückte leicht zu. Stumm betrachtete sie mich und schien darauf zu warten, dass ich ihr signalisierte, ob es mir gut ging. Kurz nickte ich ihr zu. Daraufhin gab sie ihre Berührung zu meinem Bedauern auf und aß weiter.

»Die halbe Stunde dürfte jetzt vorbei sein«, verkündete Oliver.

Wir sahen uns alle an und nickten einander zu. Jeder brachte sein Geschirr zur Spüle, und Cora nahm die Schüssel mit dem Trank in die Hände und betrachtete ihn prüfend. Er schimmerte und leuchtete weiterhin. Kleine blaugetünchte Wölkchen stiegen auf.

»Ist der Trank fertig?«, fragte Jody und sah ihr über die Schulter.

»Ja, ist er.« Coras Mund zierte ein freudiges Grinsen, das mit meinem übereinstimmte. Die Aufregung wallte durch meinen Körper wie ein elektrischer Schlag, und ich kostete jede Sekunde davon aus.

»Ich bin ja so gespannt.« Zelda schlängelte sich vor uns wie ein geölter Blitz aus der Küche.

Wir folgten ihr ins Wohnzimmer und knieten uns allesamt zu der Stelle, wo die Einkerbungen von Sonne und Mond auf dem freigelegten Stück des Betonbodens zu sehen waren.

»Und nun?«, fragte Jody.

»Kippen wir es auf die Sonne und den Mond?«, schlug Zelda vor.

Cora nahm einen tiefen Atemzug und tropfte dann ein wenig von dem Trank in die Vertiefungen der Einkerbungen. Es machte den Anschein, dass alle die Luft anhielten. Wir starrten voller Erwartung auf den Boden – doch nichts passierte.

»Verdammte Scheiße«, fluchte Reese.

»Es wäre ja auch zu schön gewesen …«, murmelte Oliver.

Ich gab mir auch gar nicht erst die Mühe, meine Enttäuschung zu verbergen. In meinem Magen tat sich ein hohles Loch auf.

»Es ist ein Trank«, flüsterte Cora und rieb sich die Stirn. »Ich denke, wir müssen auch davon trinken.«

Jody rückte etwas von uns ab. »Was, wenn wir uns damit vergiften?«

Cora schüttelte den Kopf. »Rillenstreif, Kristallherz und Leuchtbohne sind harmlose Hexenpflanzen.«

»Na dann …« Oliver zuckte mit den Schultern. »Wir haben den Shot der Hexenjägerinnen überlebt. Da können wir es auch mit diesem Gebräu aufnehmen.«

Coras Blick lag auf mir und ich nickte ihr bestärkend zu. »Ich vertraue dir.«

»Wir vertrauen dir«, stellte Reese klar, stand auf und verließ das Wohnzimmer, um kurz darauf mit fünf Shotgläsern zurückzukehren.

Cora befüllte die Gläser mit dem Trank und verteilte sie an uns. Zelda hatte ebenfalls ein Glas vor sich, in das sie nur wenige Tropfen gab.

»Na dann, alle bereit?« Cora sah uns abwartend an.

Zustimmendes Gemurmel erklang, bevor wie uns zuprosteten und das bittere Zeug in einem Zug tranken. Oliver schnalzte mit der Zunge, Reese verzog angewidert den Mund und Cora und Jody husteten. Zelda schüttelte ihren kleinen Schlangenkörper.

Meine Kehle schien in Flammen zu stehen.

Als wir uns wieder gefangen hatten, träufelte Cora nochmals etwas in die Einkerbungen und wir schraken alle zurück.

Kaum war die Flüssigkeit in den Boden eingedrungen, war ein Zischen zu hören, ähnlich dem, wenn eine Säure etwas verätzte. Die glühende blaue Flüssigkeit verteilte sich in den Parkettfugen und brachte die Holzbretter zum Beben. Mit angehaltenem Atem betrachteten wir das Schauspiel, das sich vor unseren Augen abspielte.

»Das ist … krass«, murmelte Reese, als das Leuchten zu einem gleißenden Licht anschwoll und schließlich in einem Feuerregen zerbarst. Die Funken stoben erst unkoordiniert umher, bis sie sich uns gegenüber an der Wand niederließen und ein Muster bildeten.

Ich ging auf die Wand zu. »Das ist eine Karte«, stellte ich fest, und streckte die Hand danach aus.

Cora hielt mich zurück. »Nicht anfassen, am Ende verwischst du noch etwas Wichtiges.«

Es war hier im Raum die einzige Wand, die nicht mit Holz verkleidet war. Putz bröckelte herab, und als die Magiefunken schließlich erloschen, segelte zerknittertes Papier zu Boden. Ich bückte mich danach, ging zum Tisch und strich es darauf glatt. »Das ist die gleiche Karte wie auf der Wand«, stellte Cora fest. »Nur jetzt kann man auch wirklich etwas erkennen.«

»Ist das Portland?«, fragte Oliver und deutete mit seinem Finger darauf.

»Scheint so«, meinte Jody.

Auf der Karte befand sich ein leuchtender Pfad, der genauso bläulich schimmerte wie der Trank, den Cora gebraut hatte. Doch mit einem Mal verschwand er vor unseren Augen.

»Wo ist der Pfad hin?« Ich nahm das Papier vom Tisch und schüttelte es.

»Wo sich die Sonne und der Mond begegnen, liegt verborgen der schimmernde Weg beschrieben«, flüsterte Cora, und keine Sekunde später tauchte der leuchtende Streifen wieder auf. Er führte von einem pulsierenden Punkt, der dieses Haus kennzeichnete, über die Stadtgrenze hinaus zu einem Waldgebiet.

»Woher wusstest du, dass es den Spruch braucht?«, fragte Reese an Cora gewandt.

»Na ja, hier am Rand der Karte sind Sonne und Mond abgebildet. Außerdem hat uns die Deckenmalerei erst auf die Stelle im Boden aufmerksam gemacht. Und in seinen Tagebüchern hat Jake Chamberlain seine Söhne mit Mond und Sonne verglichen.«

Ich nickte. »Du hast recht.«

»Und das heißt, den Schädel finden wir nun in diesem Wald?«, hakte Jody nach.

»Sieht jemand von uns so aus, als wüssten wir die Antwort darauf?«, zischte Zelda und schlängelte sich an mir herauf, um die Karte genauer betrachten zu können.

»Wir werden es herausfinden«, sagte ich.

Cora nickte mir zu. »Das werden wir.«

Kapitel 18

CORA

Grim breitete die Karte wieder auf dem Tisch aus und studierte sie genauer. Er suchte nach einer Route, wie wir zu dem markierten Wald gelangen konnten.

»Was meinst du, bekommst du inzwischen ein Portal hin?«, fragte er an Oliver gewandt.

»Ich kann es gerne probieren«, erwiderte er.

Grim faltete die Karte zusammen. »Das ist der erste richtige Hinweis auf den Kristallschädel … seit einer langen Zeit. Wir müssen es endlich schaffen, ihn zu finden.« Er sah mich an und die Blicke der anderen trafen mich ebenfalls.

»Bist du dabei?«, fragte Oliver.

»Das bin ich«, erwiderte ich und nickte Grim zu.

»Gut, das ist doch ein Anfang.«

Zelda kroch über den Tisch. »Und ich?«

Reese nahm sie vorsichtig auf und steckte sie in seine Kapuze. »Keine Sorge, kleine Schlange, ich passe schon auf dich auf!« Er klang mehr als entschlossen, immerhin wusste er, wie wir alle, dass Zelda wichtig war.

»Na dann, Ladys and Gentlemen, treten Sie bitte zur Seite, damit ich Ihnen ein rasendes Portal eröffnen kann, dass uns an den Ort unserer Träume bringen wird.« Oliver rieb sich die Hände, ähnlich wie es Fliegen taten, wenn sie auf einem landeten und eine kurze Pause einlegten. Er schloss die Augen, und als er sie wieder öffnete, leuchteten sie in einem dunklen Violett. Zwischen seinen Händen entstanden Funken, mit denen er einen Moment später ein Portal formte. Es wurde mit jeder ausladenden Bewegung größer. Die Funken schwebten nah an meinem Gesicht vorbei und ich konnte die Magie riechen. Es war so ein berauschender Anblick, dass ich am liebsten gleich auch irgendetwas zaubern wollte. Dieses sehnsuchtsvolle Gefühl nahm mich ganz und gar ein.

Hinter dem Portal konnte ich inzwischen Bäume erkennen. Nur wenige Strahlen der bereits tiefstehenden Sonne drangen durch die Baumwipfel.

»Wer möchte zuerst?«, fragte Oliver und wackelte mit den Augenbrauen, als würde er uns gerade zu einer Achterbahnfahrt überreden.

»Ich«, sagte Grim, warf mir noch einen kurzen Blick zu und ging dann durch das magische Portal.

Ich folgte Reese, aus dessen Kapuze Zelda hervorlugte und beunruhigt hin und her blickte. Kaum hatte ich einen Fuß hindurchgeschoben, umschloss mich ein kühler Wind. Die Luft roch nach Moos und ein feuchter Nebel legte sich auf mein Gesicht. Für einen kurzen Moment schloss ich die Augen und genoss die Stille des Waldes. Dabei fiel mir auf, dass das unnatürlich war. Kein Vogel zwitscherte, kein Knacken im Geäst war zu hören, nicht einmal der Wind rauschte durch die Blätter der Baumkronen.

»So, und jetzt?«, fragte Jody mit aufgeregter Stimme.

Zelda blickte aus der Kapuze heraus und sah sich um. Womöglich war es doch keine so gute Idee gewesen, Zelda mitzunehmen, immerhin wussten wir nicht, auf was wir stoßen würden. Bei Sandra und Mr. Burton wäre sie besser aufgehoben gewesen. Doch als ich das gerade vorschlagen wollte, kam Oliver als Letzter zum Vorschein und brachte das Portal hinter sich zum Einsturz.

Schweißperlen tanzten auf seiner Stirn und er wischte sie sich schnell mit dem Handrücken weg. Es war schon schwer, allein ein

Portal zu nutzen. Nur da es seine besondere Fähigkeit war, konnte er uns allesamt gemeinsam an einen anderen Ort bringen. »Jetzt müssen wir schauen, ob wir schon in der Nähe der markierten Stelle sind«, sagte er.

Grim entfaltete die Karte und flüsterte den Spruch über die Sonne und den Mond. Daraufhin erschien wieder der leuchtende Pfad auf dem Papier und Grim wandte sich nach Osten. »Jetzt verblasst das Leuchten.« Er drehte sich in die andere Richtung. »Hier wird es wieder stärker.«

»Vielleicht spielt sie heiß-kalt, aber nur auf magische Art und Weise«, warf Reese ein. »Wisst ihr, was ich meine?«

»Kann möglich sein, vielleicht ist die Karte selbst der Wegweiser zu unserem Ziel. Lasst es uns versuchen.« Grim hielt die Karte ein wenig höher und drehte sich so lange um die eigene Achse, bis die Leuchtspur am meisten glühte. Er ging los, wir hinter ihm her, während sich alle aufmerksam umsahen. Irgendwie hatte ich ein merkwürdiges Gefühl, doch ich konnte es nicht einordnen und wollte Grim nicht in seiner Tätigkeit als Spurenleser ausbremsen. Je weiter wir jedoch in den Wald vordrangen, desto unruhiger wurde ich. Ein kalter Schauer lief mir über den Rücken und verstärkte meine Angst. Ich sprach mir innerlich Mut zu. Wir mussten den Schädel finden und Adam daran hindern, ihn in seine widerwärtigen Finger zu bekommen.

»Das Leuchten wird immer heller«, sagte Jody und spähte über Grims Schulter. »Wahrscheinlich sind wir gleich da.«

»Ja, es ist nicht mehr weit«, erwiderte Grim und ging zügiger voran, bis hinter den Bäumen ein Dach zum Vorschein kam.

Erneut jagte ein Schauer über meine Haut, mein Puls beschleunigte sich noch mehr. Beim Näherkommen erkannte ich, dass das Dach mit Moos bewachsen und die Fassade der alten, aus Steinen erbauten Hütte von Efeu überwuchert war. Ich blieb stehen, um die Ruine genauer zu betrachten. Die Steinwände waren zum Teil eingefallen und löchrig, doch gerade dieser verwilderte Eindruck faszinierte mich.

»Was sollen wir mit einer Ruine?« Jody klang ein wenig verunsichert, und anhand ihres Blickes, der unruhig hin und her huschte, wusste jeder, dass sie es auch war.

»Wir werden es hoffentlich herausfinden«, sagte Grim und streifte die Ärmel seines Hoodies hoch. Er ging voraus und ließ in seiner Hand einen leuchtenden Magieball erscheinen, den er in der nächsten Sekunde über sich warf. Das Licht teilte sich in viele kleine Punkte und der warme Schein begleitete uns, als wir die Hütte schließlich betraten. Die Tür fehlte, jedoch waren dort alte verrostete Scharniere, die bezeugten, dass es hier irgendwann einmal eine Tür gegeben hatte. Uns erwarteten drei offene Räume.

Zelda war in Reeses Kapuze verschwunden und verhielt sich ganz still. Wahrscheinlich vermutete sie auch, dass hier hinter jeder Ecke jemand lauerte.

Während Grim, Reese und Oliver sich aufteilten und in jeweils einen Raum vordrangen, blieben Jody und ich am Eingang zurück und warfen uns besorgte Seitenblicke zu.

»Sollen wir auch?«, fragte ich.

Sie betrachtete mich eingehend und nickte schließlich, sprach mir mit ihrem Blick Mut zu. »Los.«

Ich ging voraus, Jody dicht hinter mir. Mit jedem Atemzug drang modrige Luft in meine Lunge. Ich konnte das alte Gemäuer regelrecht schmecken und hatte das Gefühl, ein Moosbeet auf meiner Zunge zu tragen. Ein Stück weiter vorne waren Olivers muskulöser, breiter Rücken und seine lockigen Haare zu sehen.

Zwischen meinen Fingern formte ich mit meiner Magie ein sanftes grünes Licht, um dunkle Ecken damit ausleuchten zu können. Überreste eines morschen, verfaulten Holzbodens waren zu erkennen. Es gab keinerlei Möbel oder sonstige Dinge, dieses Haus hatte einst niemand überstürzt verlassen. Der Wind pfiff durch die teilweise eingestürzte Hauswand und das löchrige Dach.

»Seht mal, hier drüben«, hörte ich Reese vom nächsten Raum aus rufen und folgte seiner Stimme. »Irgendwie seltsam, dass hier ein Bilderrahmen hängt, oder?«

Wir gingen alle zu ihm und betrachteten den goldenen Bilderrahmen, auf dem unten links ein Mond und oben rechts eine Sonne eingraviert waren.

»Was sollen wir mit einem Rahmen anfangen?«, meldete Zelda sich zu Wort und spähte wieder aus der Kapuze heraus.

»Für den nächsten Hinweis hätten wir vermutlich das Bild gebraucht, das nicht mehr da ist«, sagte Grim.

»Vielleicht übersehen wir etwas«, sagte ich, nahm ihm die Karte aus der Hand und studierte sie erneut.

Er nahm den Rahmen von der Wand und drehte ihn um, um zu prüfen, ob sich auf seiner Rückseite ein Hinweis befand.

»Spinne ich oder hat die Karte genau die passende Größe, um in den Rahmen zu passen?« Jody sah abschätzend zwischen der Karte und dem Rahmen hin und her.

Grim und ich hielten sie aneinander. »Gut gesehen«, lobte er Jody.

Wir klemmten die Karte darin ein und er hängte den Rahmen wieder an die Wand.

»Und nun?«, fragte Reese, als wir alle darauf warteten, dass irgendetwas passierte.

Ich sagte den Spruch auf, doch bis auf den sichtbar werdenden leuchtenden Pfad geschah nichts Neues.

»Vielleicht braucht es einen Aufdeckungszauber?« Jody hob ihre Hände und murmelte etwas leise vor sich hin. Ein weiß glühender Zauber glitt von ihren Fingerspitzen und prallte gegen den Rahmen, doch nichts geschah. Die Magie fiel in leuchtenden Funken zu Boden und erlosch.

Mit gerunzelter Stirn trat ich nach vorne. »Was hat sich Evaline nur gedacht?« Ich strich nachdenklich mit meinen Fingern über die auf dem Rahmen eingravierte Sonne und den Mond.

Es roch plötzlich verbrannt. Ich bemerkte eine kleine Flamme, die sich vom Rahmen aus in die Karte fraß. Bevor ich auch nur in irgendeiner Weise reagieren konnte, schwoll das Feuer explosionsartig an und wandelte sich in gleißendes Licht, das auf meine Hand übergriff.

Ich wurde geblendet, konnte nichts mehr sehen und hob schützend den Arm vors Gesicht.

»Was zur Hölle war das gerade?« Jodys aufgeregte Stimme hallte durch die Ruine.

»Geht es dir gut?« erkundigte sich Reese.

»Cora, bist du verletzt?« Grim fasste mich an der Schulter, und ich öffnete die Augen.

Oliver schien es gänzlich die Sprache verschlagen zu haben. Er starrte genauso wie alle anderen auf meine Hand, in der ein kleiner goldener Punkt glühte, der im Einklang mit meinem Herzschlag pulsierte.

»Alles gut«, flüsterte ich und strich mit meinem Daumen über die leuchtende Haut. »Was … ist das?«

»Zeig mal her.« Grim tippte vorsichtig dagegen und begutachtete meine Hand. Unter meiner Haut schimmerte ein erbsengroßer Magiefunke. »Egal, was es ist, die Karte ist verbrannt, und ich vermute, unser nächster Hinweis liegt nun wortwörtlich in deiner Hand.«

»Super, wieso hab ich das jetzt ausgerechnet in mir?«

»Vielleicht, weil du das leichteste Opfer bist«, kommentierte Jody und holte sich damit einen mahnenden Armschlag von ihrem Bruder ein.

»Reiß dich zusammen«, knurrte Grim und funkelte sie an.

»Das war nur Spaß.« Sie verzog den Mund und hob ergebend die Hände. Jody bat mich mit ihrem Blick um Entschuldigung, und ich nickte ihr zu.

»Okay, Coras Hand leuchtet jetzt also, als hätte sich ein Glühwürmchen darin verirrt«, fasste es Reese noch mal für alle zusammen. Er zog meine Hand aus der von Grim und musterte sie eingehend. Neben mir versteifte Grim sich spürbar. Die Anspannung füllte den düsteren Raum.

Reese strich mit seinen Fingern über die leuchtende Stelle. »Vielleicht sollst du etwas damit machen?«

»Ach, wirklich, Sherlock?«, fragte Grim mit gepresster Stimme. »Da wären wir jetzt nicht drauf gekommen.«

Reese ließ meine Hand wieder los, nachdem er Grims Blick begegnet war.

Ich stützte mich an der Wand ab und atmete tief durch. In was war ich hier nur hineingeraten?

»Cora«, flüsterte Oliver beinahe ehrfürchtig.

Ich blickte auf und folgte seinem Blick. Die gesamte Steinwand hinter mir, die ich mit der Hand berührte, glühte in den Ritzen. So wie zuvor der Holzboden in Grims Haus.

»Okay, das sollst du also tun«, murmelte Reese.

Ich fuhr mit angehaltenem Atem über die kalten, rauen Steine. Das Leuchten folgte meinen Bewegungen.

Zelda reckte sich weit aus Reeses Kapuze, sodass ich befürchtete, sie würde gleich herausfallen.

Ich durchkämmte den ganzen Raum, bis ich bei der gegenüberliegenden Wand angelangt war. Dort wurde das Glühen stärker, und unter meinen Fingern formte sich das Leuchten auf der Mauer zu Buchstaben, bis ich eine Schrift erkennen konnte. Als schließlich kein neuer Text mehr dazukam, verebbte das Licht in meiner Hand und ich trat ein paar Schritte zurück, um die Wand vollständig betrachten zu können. Die Schrift war so verschnörkelt wie die auf der vorletzten Seite in Jakes Tagebuch. Ich vermutete, dass sie Evaline zuzuschreiben war.

»Sonne und Mond, Licht und Dunkelheit, versteckten sich im Schatten der verbrannten Erde, vor der Saat des Verrats, wo niemand die Magie erahnt«, las Jody vor.

Was sollte uns das jetzt verraten? Ich hasste Rätsel. Cataleya und Rufus waren darin immer gut gewesen, wenn wir irgendwelche Spiele gespielt hatten. Levi und ich hatten hingegen stets verloren. Ich wusste nichts mit Evalines neuer Botschaft anzufangen.

»Hast du eine Idee, was das bedeutet?«, fragte Oliver an Grim gewandt, bevor ich es tun konnte. »Immerhin geht es um deine Ahnen.«

»Vielleicht, aber ich bin mir nicht ganz sicher, ob …«

Er schaffte es nicht, seinen Satz zu Ende zu bringen. Aus dem Nichts heraus riss uns eine Druckwelle, begleitet von einem ohrenbetäubenden Knall, zu Boden. Als ich hart aufschlug, presste es mir die Luft aus der Lunge. Desorientiert blinzelte ich gegen die uns umgebende gleißende Magie an.

Gequälte Laute drangen an mein Ohr. Ich presste die Augen zu, konzentrierte mich darauf, wieder zu Atem zu kommen. Ging es den anderen gut? Zelda?

Als ich mich auf die Knie stemmte, stand Grim vor mir. Hinter ihm loderte eine schützende Barriere, die nicht nur ihn, sondern uns alle vor einem weiteren frontalen Magiestrahl schützte. Reese und Zelda waren unversehrt, genauso wie Oliver und Jody.

Sie half mir auf, indem sie meine Hand packte und mich auf die Beine zog. Noch immer verwirrt schüttelte ich den Kopf und versuchte wieder klar zu denken. Was war passiert? Seitlich von uns, in einem Durchgang, bewegte sich ein Schatten. Dort schirmte Grims Barriere uns nicht ab.

Reflexartig rief ich meine Magie, fühlte das elektrisierende Kribbeln und schleuderte der Person eine funkenschlagende Kugel entgegen.

Ernesto Pesto wurde davon erfasst und nach hinten geschleudert, wo er für einige Sekunden liegen blieb, bevor er sich aufraffte und seine Blitze herbeirief. Super, darauf hatte ich keine Lust. So wirklich nicht. Kämpfen war noch nie mein Ding gewesen. In meinem alten Zirkel hatten sie es cool gefunden, wenn sie zusammen trainierten und wie in den Marvelfilmen mit ihren Kräften protzten. Doch erstens hatte ich keine spezielle Kraft und zweitens lag mir das Kämpfen einfach nicht. Allein bei dem Gedanken daran wurde mir übel.

»So sehen wir uns wieder, kleine Dealerin«, sagte Ernest und bleckte seine Zähne. »Ich bin überrascht, dass du Adams und meine Magiestöße überlebt hast.«

»Anscheinend bin ich nicht so schwach, wie du gedacht hast.« Meine Magie wurde größer und ich formte sie zu zwei Kugeln, die ich auf Ernest losließ. Kaum war er diesen ausgewichen, murmelte ich einen Zauber, und keinen Moment später kamen Ranken aus dem Boden geschossen, die sich um seine Beine schlängelten, um ihn an Ort und Stelle zu halten. Er versuchte, sie abzuschütteln, doch scheiterte kläglich. Die Pflanzen suchten sich weiter einen Weg, bis zu seinen Händen und umschlangen sie.

Mein Blick schweifte zu den anderen. Grim hatte den Schutzschild fallen lassen und formte Magie in seinen Händen, die er auf Adam warf, der gerade durch ein Loch in der Steinwand trat.

»Was ist das?«, stieß Ernest aus und zog meine Aufmerksamkeit wieder auf sich.

»Ein Fixierungszauber«, stellte ich klar und nickte ihm zu.

»Süß«, murmelte er und ließ in seinen Handflächen einen Blitzschwall explodieren, der die Ranken sprengte. Gleichzeitig rief ich mehr Magie auf, um kräftigere Ranken zu rufen.

Reese hob ebenfalls die Hand und kopierte meinen Zauber; mehr Ranken schossen aus dem Boden und umwickelten unseren Gegner.

»Adam«, rief Ernest, bevor sich eine Ranke vor seinen Mund schob und ihm das Sprechen verwehrte.

Reese und ich grinsten uns an. Es fühlte sich gut an, da ich dieses Mal nicht das Opfer war und mir jemand zur Seite stand. Ich vertraute darauf, dass die anderen inzwischen Adam in Schach hielten.

Reeses Augen glühten eisblau, und trotz der Magie erkannte ich in seinem Blick einen freudigen Funken. »Das ist ein guter Zauber, den muss ich mir merken.«

Zelda blickte über seine Schulter, versteckte sich jedoch schnell wieder in der sicheren Kapuze. Ob Ernest sie in dem kurzen Moment gesehen hatte?

Da wir ihn vorerst bewegungsunfähig gemacht hatten, wandten wir uns den anderen zu. Grim und Jody drängten Adam mit massiven Energiebällen durch die offene Mauer nach draußen zurück und folgten ihm. Oliver hingegen wiegelte eine Blondine ab, die ich zuvor noch nicht bemerkt hatte.

»Hat es nicht gereicht, dass du mich vergiftet hast?«, stieß er aus. »Deinetwegen wäre ich fast gestorben.«

Das war also die Frau, die Oliver die Distelbeeren gegeben hatte. Sie stockte mitten in der Bewegung. Ihr war deutlich anzusehen, dass sein Vorwurf sie überraschte. »Fast gestorben?«

»Ja, das Gift hätte mich beinahe umgebracht.«

»Nein, ich …« Bevor sie aussprechen konnte, katapultierte Reese seine Magie auf sie und sah begeistert dabei zu, wie sie gegen die Wand geschmettert wurde und zu Boden rutschte.

»Bitteschön«, sagte er an Oliver gewandt.

»Danke, aber das hätte ich auch allein geschafft.«

»Das weiß ich doch, aber ein wenig Hilfe kannst du wohl verkraften.«

Oliver klopfte Reese auf den Rücken, ließ die blonde Frau dabei aber nicht aus den Augen.

»Deine Familie … *Du* bist der Macht des Kristallschädels nicht gewachsen, und das weißt du ganz genau«, brüllte Adam so laut, dass wir ihn drinnen hören konnten. Gerade als ich durch die Maueröffnung nach draußen trat, stürzte er sich auf Grim.

»Ich will ihn nicht benutzten, sondern vor dir in Sicherheit bringen!«

Grim wehrte sich, schlug mit seiner magieumhüllten Faust nach Adam und traf. Er fiel in den Dreck und rappelte sich sofort wieder auf. Doch Jody hielt ihn mit ihrem heraufbeschworenen Luftwirbel davon ab, wieder auf Grim loszugehen.

Adam blähte die Nasenflügel auf und aus seiner Kehle löste sich ein tiefes Knurren. Er war breit und ziemlich muskulös, die Wölbungen unter seinen Ärmeln ließen erahnen, welche Muskelmasse er darunter trug. Dagegen wirkte Grim beinahe schmächtig. Obwohl ich ihn auch nicht als schlaksig bezeichnen würde, sondern eher als sehnig, mit Muskeln, die nicht zu aufgepumpt wirkten.

Oliver hielt noch immer die Blondine im Blick, während Reese Ernest mit hinausschleppte. Die Ranken hielten ihn weiterhin fest.

»Ach, Grim … Ich bin mir ziemlich sicher, dass keiner hier weiß, weswegen du verzweifelt versuchst, einen neuen Zirkel zu gründen. Hast du deiner kleinen Drogensüchtigen erzählt, was du getan hast?«

Adam verzog sein Gesicht zu einer grinsenden Fratze, wie ein wildes Tier, das töten wollte.

Es tat weh, so genannt zu werden, obwohl ich wusste, was für ein Arschloch Adam war und wie weit er gehen würde, um sein Ziel zu erreichen. Aber die Wahrheit ins Gesicht geschlagen zu bekommen, ließ mich schlucken. Am liebsten hätte ich mich selbst beschwichtigt, dass meine Drogen immerhin gesünder als herkömmliche waren. Doch nachdem das mit Oliver passiert war, konnte ich mir das nicht länger vorgaukeln.

Grim blickte zu mir herüber und anschließend wieder zu Adam. Mich interessierte, was Adam mit seiner Andeutung meinte. Zwar waren wir kein Zirkel, aber irgendwie hing ich schon in der Sache mit drin. Ich wollte gemeinsam mit ihnen erreichen, dass Adam die Zirkel nicht auseinanderriss und unsere Magie klaute.

»Das geht dich überhaupt nichts an«, fuhr Grim ihn an.

»Aber sie geht es etwas an.« Adam deutete mit seinem vor Wut zitternden Finger auf mich.

Nun war es Adam, der auf mich deutete. »Ich werde es ihr erzählen, wenn ich sie das nächste Mal so lange bearbeite, bis sie die Schlange dazu bringt, alles für uns zu tun, was wir wollen.« Er sah zu Reese, aus dessen Kapuze Zelda herauslugte und aufgebracht zischte.

Hätten wir Zelda bloß zu Hause gelassen. Jetzt wussten sie, dass sie geschlüpft war. Doch wir hatten nicht damit gerechnet, hier auf Adam, Ernest und die Blondine zu treffen. Wie waren sie auf diese Steinhütte aufmerksam geworden? Oder wussten sie, dass sie uns hier finden würden? Aber woher?

Grims Hand schoss blitzschnell nach vorne und verpasste Adam einen heraufbeschworenen Magiestoß. Dieser taumelte nach hinten und konnte sich nicht mehr auf den Beinen halten.

»Du wirst ihr nie wieder zu nahe kommen!«, schrie Grim, ging auf Adam zu, packte ihn am Hals und starrte ihn an. »Wenn du ihr oder meinen Freunden je wieder etwas antust, dann werde ich dich jagen und dir deine Magie so langsam aus deinem Körper entziehen, dass du dir wünschst, du wärst bereits gestorben.« Die Ernsthaftigkeit seiner Worte wurde mir erst bewusst, als er zuschlug. Blut spritze aus Adams Nase und verteilte sich auf dem Waldboden.

Adam griff nach Grims Händen und riss ihn zu Boden. Die beiden wälzten sich, doch Reese setzte eine Schockwelle ein und riss Adam von Grim weg.

Oliver stöhnte plötzlich hinter uns auf, und ich wandte mich nach ihm um. Die Blondine hielt ihre leuchtenden Hände auf ihn gerichtet und er taumelte gekrümmt von ihr weg.

»Adam, lass uns abhauen«, rief sie und nahm nun mit ihren Händen Reese ins Visier, der aus Reflex Ernesto Pesto losließ.

Ohne irgendeinen Gedanken daran zu verschwenden, was passieren würde, stürmte ich auf sie zu und stieß sie beiseite. Ich stellte mich vor Reese und Zelda und brachte in meinen Händen Magie zum Knistern.

Sie rannte von uns weg und zog Ernesto Pesto mit sich, der mich wutentbrannt anstarrte und mit hektischen Bewegungen die Ranken von sich abzustreifen versuchte.

»Hast du den Hinweis gesehen?«, rief Adam ihr zu.

»Ja«, bestätigte sie.

Kaum hatte sie ausgesprochen, riss Ernest seine Hände endgültig frei und knisternde Blitze erschienen zwischen seinen Fingern.

Ich erschuf hastig einen Schutzschild, hinter den ich Reese mit Zelda und Oliver zog. Jody erschuf gleichzeitig einen für sich und Grim. Und Adam nutzte unsere Gegenwehr, um abzuhauen, ohne dass ihn jemand aufhielt. Unsere Aufmerksamkeit lag gerade darauf, nicht gleich von Ernest gebraten zu werden.

Doch er ließ nur einen einzigen Blitz auf uns los und folgte dann Adam und der Blondine.

»Scheiße«, fluchte Grim und starrte in den uns umgebenden Wald. »Geht es allen gut?«

Das zustimmende Gemurmel kam zögernd, wir ließen die Schilde fallen.

»Das war ganz schön aufregend«, murmelte Zelda auf Reeses Schulter und blickte mich an.

»Die Frau meinte, sie hätte den Hinweis gesehen«, brach es aus mir heraus. »War die Schrift denn noch an der Wand am Leuchten, als sie auftauchten?«

»Brianna hat eine Art fotografisches Gedächtnis, das sie nutzen kann, um Zauber, Rituale oder andere magische Dinge in sich aufzusaugen und anzuwenden«, erwiderte Oliver. »Und sie kann wenige Minuten in die Vergangenheit sehen. Selbst wenn die Schrift bereits verblasst war, hat Brianna sie noch lesen können.«

»Woher weißt du das?«, fragte Jody an ihren Bruder gewandt.

»Weil ich mit ihr geschlafen habe und anschließend von ihr vergiftet wurde.«

Reese verschränkte die Arme vor der Brust und schüttelte missbilligend den Kopf. »Du hast mit einer von Adams Leuten geschlafen?«

»Da wusste ich noch nicht, dass sie zu ihm gehört. Sie ist neu in seinem Zirkel.«

»Okay, und was tun wir jetzt?«, fragte ich und blickte abwartend zu Grim.

»Brianna hat nun ebenfalls den Hinweis gesehen. Sie werden alles daransetzen, das Rätsel vor uns zu lösen.«

Kapitel 19

GRIM

»Woher wusste Adam, dass wir dort waren?«, fragte Zelda und schlängelte sich hinter uns über die Lehne der Couch.

Nachdem wir wieder durch ein Portal zurück zum Chamberlain-Anwesen gelangt waren, hatten wir uns im Wohnzimmer zur Lagebesprechung versammelt. Cora und Jody saßen mit mir auf der Couch, Oliver in einem der Sessel. Reese hatte vor wenigen Sekunden ein Feuer im Kamin entzündet und ließ sich in dem anderen Sessel nieder.

Ich verzog das Gesicht. »Keine Ahnung.«

»Vielleicht ein Ortungszauber?«, schlug Oliver vor.

»Dafür waren sie zu zeitgenau dort.« Jody schüttelte den Kopf. »Das kann ich mir nicht vorstellen.

»Aber wie dann?«

Jody zuckte mit den Schultern.

»Wir müssen endlich diesen Schädel finden.« Ich stand auf und begann, im Raum auf und ab zu gehen. Coras Hand leuchtete nicht mehr. Das Licht war erloschen, nachdem es einmal den Spruch hervorgebracht hatte. »Der Spruch, ihr habt ihn euch gemerkt, oder? Ich bin mir nicht sicher, ob ich ihn noch richtig im Kopf habe.«

»Sonne und Mond, Licht und Dunkelheit, versteckten sich im Schatten der verbrannten Erde, vor der Saat des Verrats, wo niemand die Magie

erahnt«, gab Cora das neue Rätsel nochmals zum Besten, während Zelda sich von der Lehne auf ihre Schulter schlängelte.

»Es bringt nichts, es immer wieder aufzusagen.« Jody seufzte.

»*Sonne und Mond, Licht und Dunkelheit* … Es handelt sich um zwei Gegensätze«, sprach Oliver seine Gedanken aus.

»Aber auf welchen Ort könnten sie hinweisen?«, hakte Reese nach.

»Vielleicht irgendwo, wo es schattig ist?« Oliver zuckte mit den Schultern.

»Die Magie ist da, wo niemand sie erahnt«, flüsterte Cora und wandte sich mir zu. »Eventuell könnten uns Jake Chamberlains Tagebücher noch einmal weiterhelfen.«

Ich schüttelte den Kopf. »Die kenne ich inzwischen auswendig. Aber es gibt noch ein anderes Buch, über die Geschichte meiner Ahnen.«

Coras Augen weiteten sich. »Dürfen wir das sehen?«

Ich ging durch den Türbogen in die angrenzende Bibliothek und trat an eins der Bücherregale. Mit den Fingern strich ich die aneinandergereihten Buchrücken entlang und zog das Familienbuch hervor, in dem meine Vorfahren aufgelistet waren. Der dunkle Ledereinband war abgenutzt und die goldene Schrift blätterte an manchen Stellen ab. *Chamberlains.*

»Hier ist es«, rief ich, gesellte mich wieder zu den anderen, legte das Buch auf dem Couchtisch ab und blätterte darin.

Sie rückten alle näher heran und betrachteten ebenfalls die eingeklebten Schwarz-Weiß-Bilder meiner Vorfahren. Unter jedem Einzelfoto befand sich der Name, ebenso das Geburts- und Sterbedatum.

»Das ist Jake«, sagte ich und deutete auf die besagten Bilder.

»Warte bitte«, bat Cora mich, als ich weiterblätterte. »Geh noch mal zurück.«

Ich tat es und sah sie fragend an.

»Wer sind die?« Sie tippte mit ihrem Finger auf ein Foto. »Cirian und Jaro Chamberlain«, las sie von der Beschriftung ab.

»Das sind Jakes Söhne«, erklärte ich.

Wir sahen uns an. »Brüder«, sagten wir gleichzeitig.

Cora fasste mich am Arm. »In seinen Tagebucheinträgen hat Jake seine Söhne wegen ihrer Gegensätzlichkeit mit Sonne und Mond verglichen.«

Ich nickte.

Die Tür zum Wohnzimmer ging auf und Matthew steckte seinen Kopf herein. »Hat jemand Durst?«

»Das ist nett, wir können uns aber auch selbst mit Getränken versorgen«, meinte Cora und lächelte ihn an.

»Das ist meine Aufgabe, junge Dame, bitte teilen Sie mir Ihre Wünsche mit.«

»Dann bitte eine Apfelschorle«, erwiderte sie und die anderen gaben auch ihre Bestellung auf. Wir warteten, bis Matthew das Zimmer wieder verlassen hatte.

»Und was sagt uns das jetzt mit dem Vergleich der Söhne?«, zischte Zelda und schlängelte sich um das auf dem Tisch liegende Buch.

»Ich vermute mal, dass wir den nächsten Hinweis bei den Brüdern finden, oder der Schädel sogar bei ihnen versteckt ist«, meldete Jody sich zu Wort.

»Die sind längst gestorben«, sagte ich. »Beide waren über achtzig, als sie im Gegensatz zu ihrem Vater eines natürlichen Todes gestorben sind. Ihre Gräber befinden sich auf dem Grundstück ihres alten Anwesens.«

Oliver nickte. »Wie Sonne und Mond, und wie Licht und Dunkelheit. Jaro bedeutet Licht.«

Jody sah ihren Bruder mit hochgezogenen Augenbrauen an. »Seit wann kennst du dich denn mit Namensbedeutungen aus?«

»Der Neffe einer Exfreundin heißt Jaro und sie hat das mal nebenbei in irgendeinem Zusammenhang erwähnt.«

Ich schmunzelte und nickte ihm zu. »Kann mal jemand nach Cirians Namensbedeutung googeln?«, fragte ich in die Runde.

»Wenn ich jetzt auf eine der Babynamen-Webseiten gehe, werde ich für die nächsten Tage nur noch Windeln und Nahrung für Kleinkinder angezeigt bekommen«, maulte Reese, zog jedoch im selben Atemzug sein Handy aus der Hosentasche.

Alle sahen ihn gespannt an.

»Hier steht …« Er blickte auf. »Cirian bedeutet Dunkelheit.« Er hob die flache Hand und Oliver schlug dagegen.

»Okay, weiter im Programm«, sagte Jody. »Wo befindet sich das Anwesen der Chamberlain-Brüder?«

»In Salem«, erwiderte ich.

Cora sah mich mit großen Augen an. »Ich hoffe, du meinst jetzt nicht Salem in Massachusetts.«

»Nein, das Salem hier in Oregon.«

»Das in Massachusetts ist nur wegen der Hexenverbrennungen bekannter«, warf Reese ein.

Angewidert schüttelte ich mich.

Cora spannte sich merklich an und ich strich ihr sanft über den Rücken, was sie mit einem kleinen Lächeln quittierte.

»Das Salem hier ist auch nicht so sehr mit Magie verbunden wie das in Massachusetts«, fügte sie hinzu. »Das mit dem Schatten der verbrannten Erde aus dem Rätsel deutet auf das zweite Salem hin. Es ist weniger bekannt und steht somit im Schatten des anderen.«

»Worauf warten wir dann noch«, zischte Zelda und schlängelte sich an Coras Arm hinauf, um es sich wieder auf ihrer Schulter bequem zu machen. »Ich bin gespannt, was wir bei den Brüdern finden.«

Matthew betrat mit einem Tablett voller Getränke das Zimmer, das er auf dem Beistelltisch abstellte.

Wir bedankten uns bei ihm.

»Sehr gerne.« Ein warmes Lächeln zierte seine Lippen, er wandte sich mir zu. »Sandra ist durch die Schmerzen lange nicht zur Ruhe gekommen, aber jetzt schläft sie endlich.«

Ich nickte. »Danke Matthew, wir werden leise sein.«

»Braucht ihr noch etwas? Ich verabschiede mich ansonsten auch ins Bett.«

»Wir sind gut versorgt«, erwiderte Cora. »Gute Nacht.«

»Die wünsche ich euch auch.« Er hob die Hand und ging Richtung Tür, neben der er an der Wand noch den Bilderrahmen geraderückte, bevor er aus dem Zimmer verschwand.

Ich sah in die Runde. »Als wir zurückgekommen sind, habe ich gespürt, dass der Schutzschild um das Haus nicht mehr richtig intakt ist. Irgendwo muss ein Riss sein und ich will Mom und Matthew hier nicht zurücklassen, bevor dieses Problem nicht gelöst ist.«

»Glaubst du, Adam hat versucht, hier einzudringen?«, fragte Oliver.

»Ich weiß es nicht«, antwortete ich, rieb mir die Stirn und seufzte.

»Okay, okay.« Reese stand auf. »Der Schutzschild sollte schnellstmöglich geflickt werden, das hat jetzt Vorrang.«

»Aber die weitere Suche nach dem Schädel kann auch nicht warten, immerhin hat Brianna den nächsten Hinweis gesehen«, hielt Oliver dagegen. »Was, wenn sie ihre eigenen Schlüsse ziehen und irgendwie auf das Anwesen der Brüder kommen?«

»Da sind wir doch jetzt bloß durch Grims Familienbuch drauf gekommen«, entgegnete Jody.

Ich schüttelte den Kopf. »Oliver hat recht. Wir dürfen nicht riskieren, dass Adam den Kristallschädel vor uns findet, egal, wie unwahrscheinlich es ist.« Ich sah in die Runde. »Wir werden uns aufteilen. Cora und ich schauen uns mal auf Cirians und Jaros ehemaligem Anwesen um. Und ihr drei versucht bitte in der Zwischenzeit, den Schutzschild zu erneuern. Er muss unser Haus und das Grundstück vollständig umgeben. Das schafft keiner allein.«

Reese verzog den Mund, nickte aber zustimmend.

»Wir haben im Grunde gar keine andere Wahl«, sagte Jody.

»Na dann …« Oliver klatschte in die Hände. »Sobald wir das Leck gefunden und geflickt haben, kommen wir nach.«

Ich wandte mich Cora zu. »Bist du damit einverstanden, mich zu begleiten?«

Sie betrachtete mich. »Hoffentlich wird es besser als die letzten Male.« Ein Glitzern trat in ihre Augen, das mir ein Lächeln ins Gesicht zauberte. Ein Funken Leben, in diesem wunderschönen, aber beinahe trostlosen Grün. »Wann geht's los?«

»Jetzt gleich.«

Sie runzelte die Stirn und wandte sich Reese zu. »Könnte ich Zelda bei dir lassen?«

Er nickte. »Na klar.«

Die kleine Schlange wickelte sich um Coras Hals. »Ich möchte mit dir mitkommen.«

Cora tätschelte ihren Kopf. »Es ist sicherer für dich, wenn du hierbleibst. Adam und Ernest haben dich nun gesehen. Sie wissen, dass du geschlüpft bist.«

Zelda zischte. »Das weiß ich, aber ich will nicht von dir getrennt sein.«

»Wir beeilen uns«, mischte ich mich ein, um ihr Gespräch zu beenden.

»Versprochen?«, fragte die rosa Schlange.

Cora nickte. »Versprochen.«

Reese trat auf Cora zu und Zelda kroch von ihrem Hals in seine Kapuze.

»Besorge dir besser noch eine Jacke und was du sonst noch brauchst«, forderte ich sie auf und verließ vor ihr das Wohnzimmer.

»Seid ihr bereit?«, fragte Oliver fünfzehn Minuten später und ließ seine Fingerknöchel knacken. Er brachte zwischen seinen Händen Magie zum Vorschein und erschuf ein Portal, das stetig wuchs. »Passt bitte auf euch auf!«

»Und ihr auf euch. Wir bleiben in Kontakt.«

Ich ergriff Coras Hand und wir gingen auf den funkensprühenden Kreis zu. Hoffentlich würde unsere Reise nicht umsonst sein.

Oliver würde uns direkt bei Cirlans und Jaros ehemaligem Haus absetzen.

Wir traten durch das Portal, das sich hinter uns schloss. Keine Menschenseele war auf der spärlich beleuchteten Straße zu sehen.

»Das ist es, oder?« Cora deutete auf die alte Villa. Durch die Eisensprossen des zweiflügeligen Tores bekamen wir Einblick auf das Grundstück.

»Ja, das ist das Neverlight-Anwesen.«

Cora runzelte die Stirn. »Und du bist sicher, dass dort gerade niemand lebt?«

Efeu rankte die gesamte Gebäudefront bis zum Dach hinauf. Die Fenster waren entweder mit Dreck verklebt oder nicht mehr vorhanden, da man die Scheiben eingeworfen hatte. »Es ist sehr renovierungsbedürftig und daher nicht bewohnbar.«

Ich betrachtete die Steinmauer zu meiner Rechten, sprang an ihr hoch und zog mich nach oben. Die Mauer war breit genug, sodass ich mich problemlos hinknien konnte. Ich streckte Cora die Hand entgegen.

»Lass mich bitte nicht fallen«, murmelte sie, bevor sie meine Hand ergriff und sich mit den Füßen an der Mauer abstieß. Sie schmunzelte, wobei ihre Augen in der Dunkelheit strahlten.

»Ich gehe voraus«, sagte ich, sprang hinunter und streckte ihr wieder die Hände entgegen.

Misstrauisch betrachtete sie mich, bevor sie sich an meinen Schultern festklammerte, ich sie um die Hüfte fasste und zu mir herunterhob.

»Das war … geschmeidig«, lobte sie mich.

»Ich bin nicht so schwach, wie ich aussehe.«

»Wer hat gesagt, dass du schwach aussiehst?«

»Na ja, ich bin nicht so ein Berg wie Reese.«

Irgendwie war mir wichtig, dass Cora es *nicht* wichtig fand, wie viele Muskeln ich besaß.

»Ich finde dich gut, wie du bist.« Sie sah mir in die Augen, wobei wir weiterhin in der Position verharrten. Ihre Hände auf meinen Schultern, meine um ihre Hüften. Die Anspannung war mehr als spürbar, sie durchzuckte mich und ließ meine Haut kribbeln. Mein Blick wanderte zu ihren Lippen und ein kleines Schmunzeln schlich sich darauf, als sie es bemerkte. Cora trat noch einen Schritt auf mich zu und legte den Kopf in den Nacken. »Du bist verdammt heiß, Grim.« Sie legte eine kleine Pause ein, in der sie mein Gesicht betrachtete. »*Ich* finde dich heiß.«

Ich schluckte. Sie hatte ausgesprochen, was ich mir erhofft hatte, und betrachtete mich nun mit diesem auffordernden Blick. Mit den Fingern strich ich ihre Wange entlang und fuhr anschließend sanft über ihre Unterlippe. »Und ich habe das dringende Bedürfnis, dich zu küssen.«

Coras Schmunzeln ging zu einem Lächeln über, das ihre Augen erstrahlen ließ. Ein magisches Strahlen. Wenn eine Hexe oder ein Hexer starke Gefühle empfand, dann passierte es, dass unsere Magie sichtbar an die Oberfläche drang.

»Darf ich?«, flüsterte ich und zog sie noch näher zu mir. »Ja«, hauchte sie, und kaum hatte sie ausgesprochen, legte ich meine Lippen auf ihre und schlang meinen Arm um ihre Mitte.

Coras kichernder Laut floss in den Kuss ein. Ihre Arme legte sie um meinen Nacken, zog mich somit näher an sich heran und intensivierte den Kuss um ein Vielfaches.

Ich hatte mir in den letzten Tagen mehrmals vorgestellt, wie es sein würde, sie zu küssen, aber nun, wo ich es tat, war es noch hundertmal besser, als ich es mir hätte erträumen können.

Cora zog sich ein wenig zurück und musterte mich einen stillen Moment lang, bevor sie sich wieder nach vorne beugte und mich erneut küsste. Ihre Lippen waren so weich und zart; ich wollte, dass dieser Augenblick niemals endete.

»Wir sollten erst einmal wieder an unsere Mission denken und langsam mal anfangen, im Haus zu suchen.« Coras Stimme klang kratzig und belegt.

»Damit hast du vermutlich recht.«

Cora schmunzelte, griff nach meiner Hand und zog mich hinter sich her.

Ich folgte ihr bereitwillig, noch immer voller Euphorie und einem Kribbeln im Bauch. Aber ich musste wieder klar im Kopf werden, bevor uns irgendwer entdeckte. Je länger wir uns hier auf dem Grundstück aufhielten, desto größer war die Wahrscheinlichkeit, dass uns jemand zufällig sah. Obwohl es mittlerweile zum Verkauf stand, war es dennoch auffällig, wenn zwei Menschen hier herumirrten.

Ein kühler Wind strich durch das hohe Gras des verwilderten Gartens. Mom und Matthew würden hier ihren Spaß haben.

Der Kies knirschte viel zu laut unter unseren Schuhsohlen, als wir die Auffahrt hinaufliefen. Das Licht der Straßenlaternen drang kaum noch bis zum Haus vor und die uns umgebende Stille trug auch nicht dazu bei, dass ich mich beruhigte. An der alten Tür angekommen, öffnete ich sie mit einem einfachen Entriegelungszauber und sah aus dem Augenwinkel, wie Cora mich interessiert musterte.

Ich ging voraus. Meine Magie flutete meine Adern und berauschte mich. Sie ließ mich stärker fühlen. Ein Licht löste sich von meinen Fingerspitzen, schwebte über unseren Köpfen und folgte uns auf Schritt und Tritt.

»Okay, wo fangen wir an?«, fragte ich.

»Wir werden uns definitiv nicht aufteilen, ich habe bei zu vielen Horrorfilmen gesehen, dass das nie eine gute Idee ist.« Coras Stimme zitterte leicht, und als ich mich zu ihr umwandte, sah ich gerade noch, wie sie sich schüttelte.

»Nein, wir bleiben zusammen«, stellte ich klar und nahm ihr so hoffentlich ein wenig die Angst.

»Gut, dann lass und in diesem Raum anfangen.« Cora deutete auf die Tür links von uns.

Mit einem Nicken ging ich wieder voraus.

Kapitel 20

CORA

Wir hatten nichts gefunden. Absolut nichts, außer Staub und vereinzelte Möbel, die mehr als abgenutzt und teilweise mit Laken abgedeckt waren. Das einzig Auffällige waren die lehmigen Schuhabdrücke gewesen, die sich auf dem staubigen Boden abgezeichnet hatten. Sie mussten von schweren Schuhen stammen. Jemand war vor Kurzem dort gewesen. Vielleicht der Immobilienmakler, ein Einbrecher oder irgendwer mit anderem Interesse. Kein Aufklärungszauber hatte etwas gebracht.

Frustriert setzte ich mich an einen Tisch in der Ecke des Pubs, das sich direkt gegenüber von dem Motel befand, in dem wir die Nacht abwarten wollten, um uns dann gleich bei Tageslicht noch einmal im Haus und an den Gräbern umzusehen. Grim checkte uns gerade ein und ich bestellte uns schon etwas zu essen. Er und Oliver hatten telefoniert. Da sie gerade dabei waren, den Schutzschild wiederherzustellen, konnten wir momentan nicht durch ein Portal zurück. Das würde die Verknüpfungen ihrer Magie stören und dann wäre ihre bisherige Arbeit vielleicht völlig umsonst gewesen.

Die Musik war angenehm laut, doch je mehr sich der Pub mit Menschen füllte, desto weiter rückte sie bei all den Stimmen in den Hintergrund.

»Einmal Bier, einen Sex on the Beach und zwei Burger«, sagte die Kellnerin, stellte das Tablett vor mir ab und verteilte alles auf dem Tisch.

»Danke.« Ich wusste nicht, ob sie es überhaupt noch hörte, da sie bereits wieder davonlief. Meine eisigen Finger schlossen sich um die ebenso kalte Bierflasche. Die herb-süße Flüssigkeit glitt meine Kehle hinab und der Geschmack intensivierte sich im Nachgang.

Grims Gesicht tauchte vor meinem inneren Auge auf. Seine grünen Augen mit dem gelben Kranz um die Pupille; die sanften Lippen; der Dreitagebart, der ihm hervorragend stand. Ein Kribbeln vermischte sich mit dem Schmerz in meiner Brust. Levi und Grim.

Verwirrt von meinen eigenen Gedanken nahm ich einen weiteren Schluck Bier, sah mich im Pub um und drehte den Kopf, als sich jemand mir gegenüber auf die Bank setzte. Der Platz, der für Grim bestimmt war, wurde von jemand anderem eingenommen.

»Merope?«, brach es aus mir heraus. Ich starrte sie an und stellte die Flasche langsam ab.

Die dunkelhaarige Hexe betrachtete mich, ihre bernsteinfarbenen Augen waren mit dunklem Kajalstift umrandet. Leichte Sommersprossen zogen sich über ihre Wangen, die bis auf die Nasenspitze reichten. Mein Blick fiel auf die schwarzen Linien auf ihren Händen, die einschüchternd wirkten.

Merope lächelte mich an. »Hey, Cora.«

Bei ihrem Anblick musste ich sofort an all die Momente in Ashland denken, an alles, was ich mit meinem alten Zirkel geteilt hatte, und an das, was ich verloren hatte. Die Trauer um Levi, die vorhin nur leicht an mir gezerrt hatte, kehrte mit einer unfassbaren Wucht zurück, die mir den Atem raubte. Meine Kehle schnürte sich zusammen und ich presste die Lippen aufeinander.

»Was machst du hier?«, würgte ich hervor.

»Dich suchen«, antwortete sie. Merope faltete die Hände. »Du hast es uns nicht leichtgemacht, dich zu finden. Die Schutzzauber rund um Portland sind wirklich stark.« Da hatte sie recht, gemeinsam mit meiner Mom hatte ich sie errichtet, um uns vor Aufspürzaubern zu schützen. Ich wollte sie alle nicht sehen, konnte es nicht, sie überschwemmten mich mit Erinnerungen und Gefühlen, die mir die Luft zum Atmen nahmen. Das waren die letzten aufwändigen Zauber, die ich gewirkt hatte. Aber da ich Portland nun verlassen hatte, war es nicht verwunderlich, dass sie mich finden konnte.

»Wer ist *uns*?«

Merope deutete zu dem Tisch hinter sich. Dort saß zu meiner vollkommenen Überraschung Sara. Nicht Cat, nicht Samu, sondern Sara. Sie war mit dafür verantwortlich, was geschehen war – sie war es gewesen, die mit James zusammengearbeitet hatte, der wiederum mit dem Vater der Archers kooperiert hatte. Und dieser war es, der seinen eigenen Sohn erschießen wollte, aber schlussendlich Levi getroffen hatte. Wegen dieser Kugel war er gestorben. Der Schmerz vermischte sich mit aufbrausender Wut, die durch meine Adern fetzte und mich innerlich förmlich in Flammen aufgehen ließ. »Was hat sie denn hier zu suchen?«

»Sie hat mir geholfen, dich zu finden.«

»Mir wäre es lieber gewesen, wenn du allein gekommen wärst.« Ich betrachtete meine ehemalige Freundin kritisch. »Oder gar nicht.«

Meropes Lippen verzogen sich zu einem freudlosen Grinsen. Dahinter versteckte sich definitiv Kränkung. »Das dachte ich mir bereits. Doch ich wollte nach dir sehen. Wir müssen wissen, ob es dir gut geht.«

Da steckte noch mehr dahinter. Etwas Ungesagtes schwebte zwischen uns, das Merope beinahe nervös auf der Stelle herumrutschen ließ.

»Und das interessiert euch knapp zwei Jahre später?« Es waren ein Jahr und ein paar Monate, ich rundete einfach mal auf.

»Wir haben versucht, dich zu finden, aber du hast alle Kontakte zu uns abgebrochen und unsere Chancen eliminiert. Du hättest überall sein können. Wirf uns nicht vor, dass wir dich nicht gesucht haben, obwohl du es warst, die verschwunden ist, ohne sich zu verabschieden.« Merope atmete tief ein. »Ich kann nicht wissen, wie es für dich war, Levi zu verlieren, aber ich kann es mir denken. Wir haben genauso um ihn getrauert.« Sie sagte es bestimmt und straffte ihre Schultern.

Merope hatte recht, ich hatte ihnen den Rücken zugewandt, mich nicht verabschiedet und alles getan, dass sie mich nicht erreichen konnten. Vielleicht wollte es ein kleiner Teil in mir, doch der Selbstschutz hatte gesiegt. Ich hatte alles, was mit Ashland und den Leuten dort zu tun hatte, abgebrochen und aus meinem Leben ausgeschlossen.

Ich trank von meinem Bier und betrachtete Merope eingehend. »Und was wollt ihr jetzt von mir?« Mein Blick glitt zu Sara.

»Ich möchte dir anbieten, dass ich dich wieder mit nach Hause nehme. Wir können darüber sprechen und hoffentlich wird es dir dann besser gehen. Ich möchte nicht, dass du leidest.«

»Woher willst du wissen, dass es mir schlecht geht?«, fragte ich und verengte meine Augen.

»Ich kenne dich, Cora, und du siehst nicht sorgenlos aus.«

»Wer ist das schon?«, hielt ich dagegen.

»Wahrscheinlich niemand auf dieser Welt, aber du bist meine Freundin und ich möchte nicht, dass dich mehr Sorgen belasten, als du verträgst.«

Ich biss die Zähne aufeinander und starrte sie an. »Was ich ertragen kann und was nicht, ist meine Sache«, zischte ich.

»Das weiß ich, aber ich möchte helfen. Verstehst du? Wieso verhältst du dich so, als würde ich dir etwas Böses wollen? Ich bin zu dir gekommen, als ich deine Magie gespürt habe, um meine Hilfe anzubieten, weil ich dich mag.«

»Ich möchte deine Hilfe aber nicht. Danke.«

Merope schluckte. »Levi würde nicht wollen …«

»Er war bei dir«, stellte ich instinktiv fest. Es war eine Vermutung, vielleicht auch eine Hoffnung.

Merope seufzte, sie zögerte. »Ja, das war er.«

Meine Adern wurden eiskalt. Eine Mischung aus Unglauben und Hoffnung. Ich hatte recht. »W… was?«

»Er ist noch in unserer Welt.« Ihre Worte brachten mich dazu, die Luft anzuhalten. Mein Herz raste in meiner Brust. Alle Umgebungsgeräusche traten in den Hintergrund.

»Levi hat mich um Hilfe gebeten und mir von deiner Situation erzählt«, fuhr Merope fort, da ich kein Wort herausbrachte. »Er leidet mit dir und ist sich unsicher, wie lange du das noch allein aushältst.« Sie lächelte mich sanft an.

Levi war bei ihr gewesen. Ein Stich der Eifersucht durchzuckte mich, und ich wünschte mir sehnlichst, dass ich ihre Fähigkeit hätte, Geister zu sehen und mit ihnen sprechen zu können. Was würde ich dafür geben, allein Levis Stimme noch einmal zu hören. Er musste auch bei mir gewesen sein, sonst würde er nicht wissen, wie es mir ging.

Mein Herz verkrampfte sich so schmerzvoll, dass ich die Lippen hart aufeinanderpresste. Wieso hatte ich seine Nähe nicht gespürt? Mir war bewusst, dass ich das nicht konnte, doch die Vorstellung, ihn ohne mein Wissen in meiner Nähe gehabt zu haben, schmerzte.

»Mir geht es besser, ich habe … Freunde gefunden«, presste ich heraus und ließ mich nicht länger von Meropes Enthüllung lähmen.

Merope zog die Augenbrauen nach oben. »Freunde … Hexenfreunde?«

Ich nickte und strich mir über die Gänsehaut an meinen Armen, die allein durch Meropes Worte verursacht wurde.

»Das freut mich für dich. Also heißt das, du kommst einigermaßen klar? Du bist nicht allein?«

Es schwang wahrhaftige Sorge in ihrer Stimme mit, was mich doch ein wenig sentimental stimmte.

»Nein, ich bin nicht allein. Danke, für deine Nachfrage. Und für deine Sorge, das ist wirklich … nett.« Ich wusste nicht genau, wie ich mich dabei fühlen sollte, immerhin wollte ich keinen Kontakt mehr zu den Hexen von Ashland. Doch dass ich ihnen über die zurückliegende Zeit hinweg nicht egal geworden war, erleichterte mich dennoch.

»Okay, dann werden Sara und ich dich jetzt wieder in Ruhe lassen. Aber bitte schreib mir, wenn du jemals Hilfe brauchst oder einfach nur reden möchtest. Ich werde da sein. Und du kannst immer zu uns nach Hause kommen.« Sie griff über den Tisch hinweg nach meiner Hand, und ich ließ es zu.

»Gut, das werde ich mir merken«, erwiderte ich und betrachtete die schwarzen Linien auf ihrer Hand. »Danke, dass du akzeptierst, dass ich keine Hilfe möchte.«

Merope zuckte mit den Schultern. »Jemand, dem nicht geholfen werden will, kannst du auch nicht helfen. Aber du kannst dich dazu bereit erklären und darauf warten, dass die Person dich braucht.« Sie schenkte mir einen warmen Blick, gekoppelt mit einem aufbauenden Lächeln. »Und ich hoffe, dass du irgendwann soweit bist, um in Ruhe über alles zu sprechen, und einfach mal wieder das Bedürfnis hast, bei uns zu sein.«

Merope stand auf und nickte Sara auffordernd zu, woraufhin diese sich von ihrem Platz erhob und ihr folgte. Kurz bevor die beiden das Pub verließen, sah Merope über ihre Schulter hinweg zu mir zurück und lächelte. Kaum waren sie nach draußen verschwunden, atmete ich erleichtert aus.

»Immer diese Hexenprobleme«, sagte eine Stimme hinter mir, und als ich mich umdrehte, sah ich einen Mann am Nebentisch sitzen. Wir waren lediglich durch ein paar Holzbalken voneinander getrennt. Offenbar hatte er alles gehört, was ich mit Merope besprochen hatte.

Er hatte wellige schwarze Haare, die so weich aussahen wie das Fell eines flauschigen Tieres. Sein Gesicht war fein geschnitten und die grünen Augen waren besonders. Die Iris war nicht rund, sondern ein länglicher Strich wie bei einer Katze. Als er mich anlächelte, entblößte er spitze Eckzähne, die mich anblitzten. An irgendjemanden erinnerte er mich.

»Wer bist du denn?«, fragte ich direkt und runzelte die Stirn. Ich brauchte Zeit, um das mit Merope und Levi zu verarbeiten, doch dieser Fremde störte mich dabei.

»Ein aufmerksamer Zuhörer, der sich mit dem Thema Geister und Tod auskennt«, erwiderte er. »Ich zeige dir gerne, wie gut ich bin.«

Meine Neugierde war geweckt, und da er mir das offenbar ansah, nahm sein Grinsen etwas Selbstverliebtes an. Er war mir auf eine seltsame Art und Weise sympathisch, obwohl ich ihn zuvor noch nie in meinem Leben gesehen hatte. Oder doch?

»Ich nehme mal an, du kannst mir nicht zufällig sagen, wie ich jemanden zurückholen kann?«

»Meinst du jemanden, der sich von dir getrennt hat, oder jemanden, der tot ist? Du musst schon präziser sein und …« Er hielt abrupt inne, als müsste er sich verkneifen, etwas zu sagen. »… Hexe.« Er stand auf und setzte sich an meinen Tisch, mir gegenüber.

»Jemand, der tot ist«, sagte ich und lehnte mich ein Stückchen zu ihm hinüber.

»Davon würde ich dir abraten, egal welche Methode, welchen Zauber oder welches Ritual es dafür auch gibt. Jemanden zurückzuholen, endet nicht gut. Vielleicht funktioniert es noch, wenn man den Geist, also die Seele innerhalb weniger Stunden wieder in den ursprünglichen Körper bringt, aber nicht, wenn sie sich schon längst von ihm gelöst hat. Außerdem heißt das nicht, nur weil man den Geist eines Verstorbenen in eine neue Hülle pflanzt, dass alle seine Eigenschaften, Erinnerungen und Gefühle mitgenommen werden. Es kann sein, dass ein völlig fremder Mensch vor dir steht. Auch wenn ich in deinen Augen sehe, wie entschlossen du bist, sage ich dir, lass die Finger davon. Egal wie sehr du diese Person geliebt hast, dadurch bekommst du sie nicht zurück. Und vor allem, *weil* du sie so geliebt hast, solltest du es ihm oder ihr ersparen, wieder zurückgerissen zu werden.«

»Ihm«, sagte ich leise und beobachtete, wie der Mann sich nickend zurücklehnte.

»Dann tue ihm den Gefallen und hilf dabei, dass er seinen Frieden findet. Das ist das Beste, was du für ihn tun kannst. Vertrau mir, ich habe schon oft versucht, Tote wieder zurückzuholen. Sie waren nicht mehr sie selbst, sondern eine verzerrte Gestalt, die zwischen unserer und der Geisterwelt hing und nicht mehr wusste, was Realität und Illusion ist.«

Der Mann sah mich beinahe schon flehentlich an. Ich glaubte ihm jedes Wort, die Ernsthaftigkeit in seinem Blick traf mich bis ins Mark. Vermutlich hatte er recht, doch ganz konnte ich mich nach dem Gespräch mit Merope nicht von dem Gedanken lösen, Levi wiederzubekommen.

»Das ist traurig.« Ich schloss kurz die Augen. »Wie war noch mal dein Name?«

»Alexander.« Er reichte mir seine weiche Hand.

»Cora.« Ich schüttelte sie.

»Ja, ich weiß …«

Ich runzelte die Stirn. »Was du darüber weißt, ist interessant.«

»Alles an mir ist interessant.« Wieder kam das selbstsichere Grinsen hervor, das jegliche Ernsthaftigkeit aus seinem Gesicht vertrieb. Er fuhr sich durch die Haare.

Was sollte ich darauf erwidern?

»Möglich. Das heißt also, du würdest mir definitiv davon abraten, so etwas auch nur in Erwägung zu ziehen?«

Er nickte. »Verabschiede dich von ihm, indem du es dir von der Seele redest. Werde alles los, was dir noch auf dem Herzen liegt. Erlöse dich selbst, erst dann hast du die Möglichkeit, auch ihn ins Licht gehen zu lassen. Jemanden zurückzuholen, der vor mehr als einem Tag verstarb, ist keine Option, die funktioniert. Am Ende musst du immer den doppelten Schmerzenspreis zahlen. Es fühlt sich an, als würdest du dir selbst das Messer in die Brust rammen und es drehen, bis nichts mehr von deinem Herz übrig bleibt, das du zerstechen kannst.«

»Hört sich so an, als hättest du es schon einmal erlebt«, mutmaßte ich und trank mein Bier. Unsere Burger waren sicherlich schon kalt. Wo blieb Grim?

»Ja, leider habe ich das.« Er senkte den Blick und Schmerz zuckte über sein Gesicht.

»Das tut mir leid.«

Ich wusste nicht, was ich noch sagen sollte. Zwischen uns entstand eine unangenehme Stille.

Er legte den Kopf schräg und betrachtete mich. Dann zog er einen Kugelschreiber aus der Innentasche seiner Jacke und kritzelte Zahlen auf eine Serviette.

»Falls du wegen der Geistersache noch Fragen hast, dann melde dich.« Er schob sie mir über den Tisch. »Das ist meine Nummer.«

Ich starrte darauf. »Danke.«

»Kein Problem, ich helfe jungen Hexen gerne aus der Patsche. Aber jetzt entschuldige mich, ich muss weiter. Hab noch einen schönen Abend, Cora.« Kaum hatte er zu Ende gesprochen, stand er auf und ging davon. Seine schweren Schuhe hinterließen lehmige Abdrücke neben meiner Bank, und ich verfolgte die Spur, bis sie zwischen den Leuten unterging.

Woher er wohl meinen Namen wusste? Hatte er ihn gehört, als Merope mit mir gesprochen hatte? Wahrscheinlich. Irgendetwas an diesem Typen war mir vertraut, doch ich konnte nicht sagen, was es war.

Levi von den Toten zurückzuholen war also eine schlechte Idee? Aber nur, weil es bei Alexander nicht geklappt hatte, musste das nicht auch für mich gelten, oder? Meine Gedanken rasten bezüglich dem, was er gesagt hatte. Ich stellte mir Levi in einem anderen Körper vor, und wie er dann versuchte, sich selbst in seinen verschobenen und zerrissenen Gedanken zu finden. Mich schüttelte es. Nein, das war keine Option. Mir wurde augenblicklich übel, wenn ich nur daran dachte.

»Hey.« Grim ließ sich mir gegenüber auf die Sitzbank sinken. »Ich sterbe vor Hunger.« Er nahm seinen Burger mit beiden Händen auf und biss genussvoll hinein. »Danke, dass du schon bestellt hast …«, sagte er kauend. »Vor mir haben noch zwei weitere Leute eingecheckt. Das hat gefühlt ewig gedauert.«

Ich war so in Gedanken versunken gewesen, dass ich sein Näherkommen gar nicht bemerkt hatte. Er schluckte seinen Bissen hinunter und betrachtete mich aus verengten Augen. Wahrscheinlich konnte er mir meine innere Anspannung ansehen.

»Was ist los?«

»Nichts, ich …« Wie gerne wollte ich mir nichts anmerken lassen, aber bei Grim funktionierte das nicht mehr. In seiner Gesellschaft fühlte ich mich wohl. Ich blickte in seine Augen und räusperte mich. »Als du weg warst, kam Merope, eine Hexe meines alten Zirkels. Sie macht sich Sorgen um mich und meinte, dass sie mich mit nach Hause nehmen würde, wenn ich das will.«

»Oh. Wie lange bist du denn schon von deinem alten Zirkel weg?«

Ich zögerte. »Fast zwei Jahre.«

»Dann fällt ihr das ja früh ein.« Seine Stimme triefte vor Sarkasmus. Er lachte bitter auf.

»Sie konnten mich nicht erreichen, ich habe meine Nummer gewechselt, bin hierher gezogen und habe Schutzzauber erschaffen. Jeden, der mir eingefallen ist, damit mich keiner von ihnen aufspüren konnte. Ich wollte nichts mehr mit meinem alten Leben zu tun haben«, gestand ich und fühlte mich augenblicklich schlecht. Wie ein undankbarer Mensch. Aber ich hatte mich nicht dazu in der Lage gefühlt, mit ihnen zu reden oder auch nur an sie zu denken. Das Einzige, was ich wollte, war meine Ruhe und den Gedanken zu entfliehen, die mich bis in den Schlaf verfolgten.

Grim legte mir die Hand auf den Arm und drückte ihn sanft. »Es gibt einen Grund, weswegen du so gehandelt hast, und das ist vollkommen in Ordnung. Du solltest stets auf das hören, was dir selbst guttut.«

Ich sah ihn an und schwieg. Er verstand mich. Der Blick aus seinen hellgrünen Augen lag auf mir und ließ die Zeit um uns herum gefrieren. Ich hatte das Gefühl, dass nur noch wir zwei in diesem Pub waren. Auch die Geräusche wurden stetig leiser, bis sie schließlich verstummten und ich nur noch das laute Wummern meines Herzens hörte.

Grims Hand lag weiterhin auf meinem Arm. Genau an dieser Stelle kribbelte es unaufhaltsam weiter. Ich lächelte ihn an und dachte verträumt an unseren Kuss zurück, der mir nicht mehr aus dem Kopf gehen wollte.

»Danke«, sagte ich, während ich meine freie Hand auf seine legte. Seine Haut fühlte sich erstaunlich weich und warm an, wohingegen meine Finger eiskalt waren. Vielleicht vom kalten Bier, vielleicht aber auch von den Gesprächen, die ich gerade geführt hatte.

»Wofür?«, fragte er.

»Ich denke, für alles.« Während ich ihn betrachtete, kam mir wieder in den Sinn, dass ich Teil seines Zirkels werden könnte. Würde ich nach Ashland zurückkehren? Nein, vermutlich nicht. Auch nicht, nachdem Merope mit mir gesprochen hatte.

Brauchte ich Schutz und ein Zuhause? Eine Aufgabe, der ich nachgehen konnte? Ja.

Grim lächelte und verflocht seine Finger mit meinen. Er weckte Gefühle in mir, die ich längst verloren geglaubt hatte.

Kapitel 21

GRIM

Cora knüllte die Serviette zusammen und warf sie auf ihren Teller. »Ich bin mehr als satt.«

»Ich auch«, erwiderte ich und stand auf. Die Rechnung hatte ich bereits bezahlt. Jetzt wollte ich nur noch ins Motel und mich auf dem Bett langmachen.

»Zu blöd, dass wir kein Portal nutzen können«, sagte Cora und ging neben mir her Richtung Ausgang. »Was meinst du, ob sie die undichte Barriere mittlerweile flicken konnten?«

Ich zog mein Handy aus der Hosentasche und warf einen Blick auf das Display. »Oliver schreibt mir, sobald sie es geschafft haben. Bisher kam aber noch keine neue Nachricht.«

»Bis es hell wird, sollten wir die Zeit zum Schlafen nutzen.« Sie gähnte und hielt sich die Hand vor den Mund. »Hoffentlich finden wir noch einen Hinweis bei dem Haus. Ansonsten weiß ich nicht weiter.«

Als wir nach draußen traten und die frische Luft einatmeten, steckte sie ihre Hände in die Jackentaschen und wandte sich mir zu. »Du hättest nicht für mich bezahlen müssen.«

»Das wollte ich aber gerne.« Ich stieß sie sanft mit meiner Schulter an.

»Dann vielen Dank. Aber beim nächsten Mal übernehme ich die Rechnung.«

Als ich sie beim Gehen von der Seite betrachtete, schlug mein Herz augenblicklich schneller. Sie war eine sehr attraktive Frau, ebenso eine tolle Hexe. Ihre Fähigkeiten mit Tränken und Pflanzen umzugehen, waren beachtlich, und neben den Begabungen der anderen eine gute Ergänzung. Wir würden zusammen einen beachtenswerten Zirkel abgeben. Jemanden wie Cora brauchten wir.

Das Motel *Salems Rest and Eat* ragte vor uns auf und Coras Blick machte deutlich, dass sie es nicht für besonders einladend hielt.

»Ist doch schön hier«, kommentierte ich, in dem Versuch, die Lage schönzureden.

Cora grinste mich an. »Wir stehen direkt neben einer stinkenden Mülltonne und vor einem Stahlgerüst, das für irgendwelche Sanierungen errichtet wurde. Neben der Mauer dort kackt gerade ein Hund und ich rieche es bis hierher. Außerdem sieht dieses Motel so aus, als hätten sich bereits mehrere Serienmörder hier niedergelassen. Ich könnte mir keinen schöneren Ort vorstellen.«

Ich seufzte und zuckte mit den Achseln. Die Tatsache, dass ich mit einer verflucht attraktiven Frau hier war und die Aussicht darauf, neue Hinweise oder gar den magischen Schädel selbst zu finden, ließ mich voran gehen. Im Eingangsbereich schlug mir ein Textilparfüm entgegen, das definitiv kein teures war.

An dem Snackautomaten, der eine bunte Auswahl an Süßigkeiten bot, kaufte ich noch eine kleine Tüte Chips.

»Hatte ich schon erwähnt, dass nur noch ein Zimmer frei war?«, fragte ich und ging vor ihr die Treppe zur ersten Etage hinauf.

»Du hattest doch wohl nicht wirklich angenommen, dass ich hier ein Zimmer für mich allein gewollt hätte?«, erwiderte sie. »Da hätte ich kein Auge zubekommen.«

Ich drehte mich zu Cora um und grinste sie an. »Und du glaubst, wenn ich neben dir liege, bekommst du ein Auge zu?«

Sie grinste zurück. »Wer sagt, dass du neben mir liegst? Es gibt doch bestimmt auch noch einen Sessel.«

Der alte rote Teppich des Flurs war abgenutzt und sollte dringend erneuert werden. Ich schloss die Tür mit einem gewöhnlichen Schlüssel auf und ließ Cora den Vortritt. Als sie das Licht einschaltete und abrupt stehen blieb, presste ich die Lippen zusammen, um nicht laut loszulachen.

»Tja, so viel zu einem Sessel«, presste ich hervor, ohne verbergen zu können, wie köstlich ich mich amüsierte.

Cora starrte auf die Rosentapete, die sich in Rosa- und Rottönen über die Wände erstreckte. Ein weiß bezogenes Bett, das für eineinhalb Personen gedacht schien, stand in der Mitte des Raumes. Rechts war eine Tür, die in das Badezimmer führte. Einen Schrank, geschweige denn einen Sessel, gab es nicht.

Ich vergrub die Hände in meinen Hosentaschen. »Da muss ich dann wohl auf dem Boden schlafen …«

Cora schüttelte den Kopf. »Nein, musst du nicht. Wenn wir zusammenrücken, wird es gehen.« Sie wich meinem Blick aus. Für den Bruchteil einer Sekunde erkannte ich Trauer und Sehnsucht in ihren Augen, doch sie versteckte ihre Gefühle sofort wieder.

»Die Heizung funktioniert nicht«, informierte ich Cora, als sie sich auf das Laken sinken ließ. »Darüber hat mich die Dame am Empfang in Kenntnis gesetzt.«

Es war ungemütlich. Ich dachte über einen Zauber nach, der uns helfen konnte, das Zimmer auf eine wärmere Temperatur zu bringen. Als ich mich an einen erinnerte, führten meine Hände die passenden Bewegungen beinahe automatisch aus. Keinen Moment später war es im Zimmer wohlig warm.

»Den Zauber musst du mir beibringen«, sagte Cora und betrachtete mich aufmerksam.

Ich wiederholte die Bewegungen und sah dabei zu, wie sie euphorisch ihre Hände hin und her bewegte. Nach ein paar Wiederholungen nickte sie bestätigend, um mir zu sagen, dass sie den Zauber verinnerlicht hatte.

Mein Handy vibrierte in meiner Tasche und ich holte es heraus.

Oliver rief mich an.

»Hey, na, wie geht es euch?« Seine Stimme klang angespannt. Ich stellte das Telefon auf Lautsprecher, damit Cora mithören konnte. Sie zog die Augenbrauen nach oben und richtete sich auf.

»Alles gut bei uns. Und bei euch?«

»Wir haben es noch nicht geschafft, die Schutzbarriere wieder vollständig zu flicken. Aber wir bleiben dran.«

»Wie läuft es bei euch?«, meldete sich Reese zu Wort. Ich ging davon aus, dass Oliver ebenso auf Lautsprecher gestellt hatte.

»Wir haben bis jetzt noch nichts gefunden, aber wir sehen uns noch mal alles genau an, sobald die Sonne aufgegangen ist.«

»Habt ihr die Gräber gesehen?«, fragte Jody.

»Wie schon gesagt, es war einfach zu dunkel und das Magielicht kommt nicht an Tageslicht ran.«

»Hexe, ich vermisse dich, hoffentlich bist du bald wieder hier«, zischte Zelda.

Cora beugte sich zum Telefon. »Wir sind in wenigen Stunden zurück und Reese passt in der Zwischenzeit gut auf dich auf.«

Wir hörten wieder ihr Zischen. »Der Hexer und ich suchen später noch nach einer Stange für mich.«

Das Lachen der anderen war zu vernehmen.

Cora lächelte. »Schön, dann wünsche ich euch viel Erfolg dabei.«

»Und wir drücken euch die Daumen, dass ihr den Schutzwall wieder hinbekommt«, ergänzte ich.

»Wir geben uns größte Mühe«, meinte Oliver. »Und um es mit den Worten deiner Mom zu sagen: Passt auf euch auf, und wehe du machst Dummheiten, Eugene Grimson Chamberlain.«

»Du Arsch.« Ich legte hastig auf.

Cora prustete los. »Eugene … Grimson … Chamberlain?«

Ich schloss die Augen. Super.

»Eugene? Wie aus Rapunzel? Und du heißt wirklich Grim, nicht nur, weil du ein wandelnder Grimoire bist, so wie du behauptet hast?«

»Kein Kommentar«, erwiderte ich und machte es mir neben Cora auf dem Bett bequem.

»Ist es nicht toll hier, Eugene? Wir sind in einem heruntergekommenen Motel, das von innen nicht besser aussieht als von außen. Die Heizung funktioniert nicht und die Wände sind dünner als Papier. Das ist doch fast schon romantisch … Eugene.«

Ich atmete tief durch. »Du wirst nicht damit aufhören, oder?«, stellte ich fest.

»Nein.« Sie lächelte. »Eugene.«

»Komm, wir sollten uns die Tüte Chips vornehmen«, versuchte ich, sie abzulenken.

»Mhh, Eugene.«

Ich würde nicht mehr mit dieser verflucht attraktiven Frau sprechen, nein, mein eigener Name hielt mich davon ab. Es reichte, wenn meine Mutter ihn ungefähr einmal im Jahr verwendete. Mehr hielt ich nicht aus.

»Möchtest du etwas davon?«, fragte ich, riss die Tüte auf und hielt sie ihr unter die Nase.

»Gerne.« Sie schmunzelte und griff in die Tüte. »Eugene.«

Ich schüttelte mit dem Kopf und starrte an die Zimmerdecke. Als ich Cora etwas später wieder ansah, wirkte sie nachdenklich. »Was machen wir, wenn wir nichts finden, was uns zu dem Schädel führt?«, fragte sie.

Ich zuckte mit den Schultern. »Diese Option darf es nicht geben. Ansonsten droht uns Adams wahnsinniger Plan zu überrollen.«

Cora griff nach meiner Hand. »Ich finde es bemerkenswert, dass du so für alle Hexen und Hexer einstehst.« Der plötzliche Körperkontakt, auf den ich nicht vorbereitet war, ließ mein Herz schneller schlagen. »Wir geben nicht auf, bis wir etwas gefunden haben.« Ihr Blick wanderte über mein Gesicht und blieb an meinen Lippen hängen.

Ich schluckte. »Denkst du gerade, was ich denke?«, flüsterte ich.

Sie knabberte an ihrer Unterlippe, was meinen Puls schlagartig erhöhte. »Ich weiß nicht, ob es eine gute Idee ist … Aber eigentlich ist mir das gerade auch völlig egal.« Sie lächelte sanft. »Darf ich dich küssen?«, fragte sie stockend und wartete auf meine Antwort. Ihre zuvor müden Augen sprühten vor Aufregung.

»Wann immer du willst«, flüsterte ich und konnte die freudige Erwartung, die in mir aufwallte, nicht aufhalten.

Cora kletterte auf meinen Schoß und legte ihre Hände auf meinen Nacken. Ihre Lippen fanden meine und sie presste sich an mich. Es war kein vorsichtiger Kuss, so wie beim ersten Mal, sondern ein ungeduldiger, emotionsgeladener.

Ich fasste sie um die Hüften und grub meine Finger in ihre Jeans. Ich wollte so gern ihre Haut fühlen, wollte Cora spüren und ihre Nähe in mich aufsaugen.

Sie ließ ihre Zunge in meinen Mund gleiten und küsste mich noch intensiver.

Ich genoss das Gefühl ihres Gewichts auf meinem Schoß. Meine Hände wanderten weiter nach oben, ich schob sie unter den Hoodie und ihr Longsleeve, spürte ihre Körperwärme. Als ich bemerkte, dass sie unter meiner Berührung erschauderte und eine Gänsehaut bekam, stahl sich ein Schmunzeln auf meine Lippen.

Cora löste sich schwer atmend von mir, sah mich mit einem lustschwangeren Blick an und zog sich das Longsleeve über den Kopf. Nun saß sie in einem roten Spitzen-BH, mit leicht wilden Haaren und geöffnetem Mund vor mir und atmete heftig. Ihre Brust hob und senkte sich schnell.

Ich beugte mich vor, berührte sie mit meinen Fingern an ihrem Bauch und strich vorsichtig über das Pflaster. Sie reagierte sofort darauf und spannte sich an. Da hob ich sie näher zu mir, legte meine Hände auf ihre Schulterblätter und presste meine Lippen auf ihr Dekolleté. Ich hörte, wie sie überrascht nach Luft schnappte und liebte es, wenn sie dieses Geräusch von sich gab.

Coras Hände fuhren in meine Haare und klammerten sich darin fest, wobei sie immer wieder an den Spitzen zog.

Meine Lippen saugten an den Wölbungen ihrer Brüste, die mich in diesem roten Spitzentraum vollkommen in ihren Bann zogen. Ich hinterließ dunkelrote Male an der Stelle und zog eine feuchte Spur bis zu ihrer Schulter, in die ich sanft meine Zähne vergrub.

Cora kicherte, umschloss mein Gesicht mit ihren Händen, strich mit den Daumen über meine Lippen und küsste mich wieder auf den Mund. Währenddessen tastete sie sich weiter nach unten und schob ihre Finger in den Stoff meines Shirts, um im nächsten Moment daran zu ziehen. Stück für Stück schob sie es nach oben, berührte ganz zart meine Haut und ließ mich immer geladener werden. Ich spürte, dass mir die Hose langsam viel zu eng wurde.

Ihre Fingerknöchel streiften über meinen Bauch, bis zum Bund der Hose und fuhren spielerisch daran entlang. Sie unterbrach den Kuss, und das nutzte ich aus, um mein Shirt abzustreifen. Einen Moment lang sah sie mich an, bevor sie ihre Hände beinahe behutsam auf meine Schultern legte.

»Du bist verdammt heiß«, sagte sie mit belegter Stimme.

Unter ihrem Blick fühlte ich mich nicht unangenehm berührt, vielmehr bestärkt und begehrt. Von ihr – Cora. Mein Herz machte einen Satz, als ich realisierte, dass das wirklich gerade passierte. Sie saß tatsächlich auf mir. Wie würde es sein, wenn wir nichts mehr am Leib trugen? Ich in ihr, ihre Laute an meinem Ohr und unsere Herzen schnell schlagend vereint.

»Genauso wie du«, gab ich zurück und legte meine Finger um ihre Brüste, die noch immer in dem roten BH steckten. Es wurde Zeit, dass sie den loswurde.

Cora betrachtete mich und spannte sich plötzlich an. Ich konnte zusehen, wie nach und nach jegliches Verlangen aus ihrem Blick wich. Sie genoss unsere Nähe nicht mehr. Im Gegenteil: In ihren Augen sammelten sich Tränen.

»Hey, was ist los?«, fragte ich und legte meine Hand an ihre Wange. »Habe ich etwas falsch gemacht?«

Sie schüttelte den Kopf und schniefte.

Ich fasste sie am Kinn und hob leicht ihren Kopf an, damit sie mich ansah. »Sollen wir aufhören?«

Cora nickte zögerlich.

»Wie kann ich dir helfen? Sag mir, was ich tun soll.«

»Es tut mir leid, aber ich glaube, ich bin doch noch nicht soweit«, murmelte sie und erste Tränen rannen ihr über die Wangen.

Ich ergriff ihre Hände und hielt sie fest, brachte Cora erneut dazu, mich anzusehen. »Du musst dich für rein gar nichts entschuldigen. Denk nicht, dass du mir irgendeine Erklärung schuldig wärst. Dein Rückzug ist vollkommen in Ordnung. Ich bin dir auch in keiner Form böse, falls du diesen Gedanken hast.«

Cora atmete erleichtert aus, umarmte mich und schluchzte.

Ich hielt sie in meinen Armen. All die sexuelle Anspannung im Raum war augenblicklich verflogen und einer Sorge gewichen, die mein ganzes Bewusstsein einnahm. Auf keinen Fall wollte ich, dass sich Cora unwohl oder nicht sicher fühlte, wenn wir zusammen waren.

»Gerade schaffe ich es nicht. Aber ich möchte es irgendwann wieder versuchen … falls du es dann auch noch willst.« Ihre Stimme war leise; ich musste mich richtig anstrengen, damit ich sie verstehen konnte.

»Natürlich. Mach dir darüber jetzt keine Gedanken.«

Sie nickte und lehnte ihre Stirn gegen meine Schulter. Ihr heißer Atem streifte meine nackte Brust und meinen Bauch.

»Ich gehe duschen«, sagte sie nach einiger Zeit und löste sich zaghaft von mir.

Als sie im Badezimmer verschwunden war, atmete ich aus. Was war gerade passiert? Was war ihr durch den Kopf gegangen?

Ich machte mir Sorgen um sie, mehr als ich es zu Beginn getan hatte. Und das war für mein Herz gefährlich.

Zehn Minuten später kam Cora zurück. Ihre Haare waren feucht und sie trug wieder ihre Sachen. Da sie zitterte und kalte Luft aus dem Bad drang, war mir klar, dass sie eiskalt geduscht hatte.

»Brauchst du etwas?«, fragte ich.

»Ich brauche etwas Ablenkung. Spielst du mit mir ein Spiel?« Sie mied meinen Blick, setzte sich an das Kopfende und zog die Beine an die Brust. Mit den Fingern fuhr sie sich durch das schulterlange Haar, das in dem nassen Zustand viel dunkler wirkte, als es in Wirklichkeit war.

»Welches Spiel?«

»Zwei Wahrheiten, eine Lüge«, erwiderte sie.

Ich wusste, wie das Spiel funktionierte. Man stellte drei Behauptungen auf, zwei entsprachen der Wahrheit und eine war gelogen. Dabei musste der andere herausfinden, welche davon die Lüge war. Wenn es ihr in diesem Moment half, auf andere Gedanken zu kommen, hatte ich nichts dagegen. Ich stand auf, zog mich wieder an und setzte mich Cora im Schneidersitz gegenüber.

»Okay, wer fängt an?«

»Du«, bestimmte sie, ohne mir einen Blick zu schenken. Sie starrte auf die Bettdecke.

»Mal überlegen. Ich weiß, wie BH-Größen funktionieren, meine liebste Farbe ist Lila und ich mag keine Katzen.«

»Das mit den Katzen muss gelogen sein«, kam es augenblicklich von Cora.

Ich zuckte mit den Schultern. »Die sind mir einfach zu … boshaft.«

»Unfassbar«, kommentierte Cora, rieb sich das Kinn und überlegte. »Ich hatte einen sprechenden Kater. Die meiste Zeit denke ich, dass ich eine miserable Hexe bin. Und mein Vater ist bei einer magischen Explosion gestorben.«

Letzteres brachte sie zu leicht über die Lippen.

»Ich sage, das mit deinem Vater ist gelogen.«

Sie verzog den Mund. »Ja, er ist bei einer Explosion gestorben, die nichts mit Magie zu tun hatte.«

Ich runzelte die Stirn. »Das tut mir sehr leid.«

»Das war kurz vor meiner Geburt. Ich kannte ihn nicht. Für mich war und ist es normal, keinen Vater zu haben.«

Ich dachte augenblicklich an meinen. Die wenigen Erinnerungen, die ich an ihn hatte, waren schön. Als ich vier Jahre alt gewesen war, hatte er oft mit mir im Garten gespielt und ein Baumhaus für mich gebaut.

»Okay, ich bin wieder dran«, sagte ich und räusperte mich. »Ich habe schon oft Pflanzen berührt, für die meine Mom extra *Finger weg*-Schilder gebastelt hat; ich denke, Reese und Oliver kochen beide fantastisch, und ich habe Matthew erst kürzlich nackt singend unter der Dusche gesehen.«

Cora sah mich mit hochgezogenen Augenbrauen an und ein leichtes Lächeln legte sich auf ihre Lippen, das mich tief im Herzen erreichte. »Eindeutig das mit Mr. Burton, das ist gelogen.«

Ich schüttelte den Kopf und hörte in Gedanken Matthews Stimme, wie er aus vollem Hals zu Beyoncé mitsang.

»Die Lüge war die Behauptung mit den Pflanzen«, erklärte ich.

»Meine Mom bastelt keine Schilder, sie sagt, egal ob die Pflanze giftig ist oder nicht, ich soll gefälligst die Finger davon lassen.«

Cora machte große Augen. »Moment. Das mit Mr. Burton ist wahr?«

Ich grinste sie an und nickte bestätigend. Mittlerweile saß sie wieder etwas entspannter als zuvor und flocht sich die Haare zu einem kurzen Zopf.

»Okay. Ich bin dran. Zelda ist mir mehr ans Herz gewachsen, als ich zugeben würde; ich habe vor einiger Zeit an einem Gegenmittel zu Hexenkraut gearbeitet und es hätte fast geklappt, und meine Haare sind eigentlich blond.«

»Definitiv die blonden Haare.«

Cora nickte.

»Du hast an einem Gegenmittel für Hexenkraut gearbeitet, cool. Vielleicht funktioniert es ja irgendwann.« Ich stellte mir vor, wie es sein würde, nicht mehr diese lebensraubende Substanz fürchten zu müssen.

Cora blinzelte und gähnte. Sie sah einfach so schön aus, egal in welchem Moment ich sie betrachtete. Cora war wie eine Erinnerung, die man nah am Herzen trug und sich immer wieder mit einem Lächeln auf den Lippen vor Augen führte. Sie löste so viele Emotionen in mir aus, dass ich mich fragte, wie sie das schaffte.

»Sollen wir schlafen?«

Cora nickte. Sie schüttelte ihr Kissen auf, schlüpfte unter die Bettdecke, wandte sich mir zu und hob die Decke an.

Einen Moment lang war ich bewegungsunfähig, bevor ich zu ihr rückte und die Decke über uns sinken ließ.

Sie legte ihre Hand auf meine Brust und bettete ihren Kopf auf meine Schulter, während ich ihre Mitte umschlungen hielt. Wir verknoteten unsere Beine miteinander, ebenso wie unsere Herzen. Unsere Atmung wurde ruhiger, fand einen gemeinsamen Rhythmus.

Ich blickte auf sie herab und küsste sie auf die Stirn. »Gute Nacht, Cora.«

Sie schmiegte sich noch näher an mich. »Gute Nacht, Grim. Oder soll ich lieber sagen … Eugene.« Das Grinsen in ihrer Stimme war nicht zu überhören.

Ich verdrehte die Augen, musste aber dennoch lachen.

Noch nie hatte es sich so gut angefühlt, neben jemandem einzuschlafen.

Kapitel 22

CORA

Ich war hin- und hergerissen. Einerseits bereute ich, mit Grim nicht weitergegangen zu sein, und andererseits fühlte ich mich bei dem Gedanken an Levi schlecht, es überhaupt getan zu haben. Mein Freund war tot. Ermordet. Doch ich würde es nicht riskieren, ihn zurückzuholen. Laut Alexander müsste Levi sehr leiden und wäre in einem anderen Körper nicht mehr er selbst. Das hatte er nicht verdient.

»Cora?«, rief Grim aus dem Kaminraum des Neverlight-Anwesens. Ich stand in der leeren Küche. Wir suchten weiter nach einem neuen Hinweis.

»Ja, Grim?« Seinen eigentlichen Namen verkniff ich mir, da ich gemerkt hatte, dass er ihn nicht mochte. Eugene würde ich nur noch in wirklich passenden Situationen verwenden.

»Kennst du noch einen anderen Enthüllungszauber?«

»Nein, keinen, den wir nicht schon verwendet hätten«, rief ich zurück und ging zu ihm.

Ich war glücklich darüber, dass sich an der Lockerheit zwischen uns nichts geändert hatte.

Grim drehte sich einmal um die eigene Achse. »Wenn ich wüsste, was wir finden sollen, dann könnte ich wenigstens einen Suchzauber anwenden.« Er ging im Raum auf und ab, wobei er auf dem staubigen Boden lehmige Schuhabdrücke von draußen hinterließ. Bei den Gräbern war uns auch im Tageslicht nichts aufgefallen.

»Seltsam …« Ich runzelte die Stirn und verschränkte die Arme vor der Brust. Als wir in der Nacht hier gewesen waren, hatten wir auch schmutzige Schuhabdrücke gesehen und diese den Hausbesitzern zugeschrieben. Vielleicht gehörten sie aber zu jemand anderem?

Ich verfolgte die fremden Spuren von gestern zurück, ging nach draußen in den wildwuchernden Vorgarten, dessen Sträucher im leichten Wind wankten, und fand ihren Ursprung in einem lehmigen Abschnitt neben der Eingangstreppe. Sie stammten von massiven, klobigen Schuhen wie schweren Boots und führten die Stufen hinauf. Wer es auch gewesen war, er hatte das Haus durch die Tür betreten.

Meinen Blick zu Boden gerichtet, folgte ich weiterhin den Spuren. Sie führten mich zur Küche, den Essbereich entlang, bis zu einer kleinen Vorratskammer, bevor sie wieder in den Hauptgang und die Treppe hinauf nach oben führten. Alexander hatte gestern ebenfalls lehmige Schuhe an, die genauso groß waren wie diese. Auf dem ersten Treppenabsatz endeten sie. Hier wirkte es, als hätte sich jemand auf dem staubigen Boden hingekniet. Ich tat es genauso und betrachtete die Stelle. Mit der Faust klopfte ich die nächsten Stufen ab und stoppte bei der dritten, die sich hohl anhörte. Ich fasste das Holz dort, wo es vorne leicht überstand, und rüttelte daran, um die Trittstufe irgendwie zu lösen. Es knirschte und das Brett gab mit einem Mal so leicht nach, dass ich es mir beinahe selbst ins Gesicht geschlagen hätte. Ich legte es hinter mich und begutachtete den Hohlraum. Meine Erwartungen waren hoch, die Enttäuschung riesig. Da war nichts.

Ich beschwor meine Magie herauf, die sich kribbelnd durch meine Gliedmaßen arbeitete, bis sie bei meinen Händen angelangte und ein warmes Licht erzeugte. Doch auch als ich den Hohlraum ausleuchtete, erkannte ich nur Leere. Ich gab das magische Licht in die linke Hand und tastete mit der anderen den Innenraum ab. Vielleicht gab es einen doppelten Boden? Aber auch das war nur Wunschdenken.

Verdammt. Mir entwich ein frustriertes Seufzen.

Ich wollte nicht aufgeben, beugte mich weiter nach vorne, fuhr mit den Fingern über jede einzelne Einkerbung, und zuckte zusammen. An einer Stelle, die ich nur durch meine jetzige Beugung einsehen konnte, entdeckte ich eine Sonne und einen Mond, die winzig klein im Holz eingeritzt waren. Als ich dagegen drückte, hörte ich ein Klicken, konnte in dem Hohlraum aber keine Veränderung feststellen.

»Cora!«, rief Grim mit wahrnehmbarer Aufregung in der Stimme.

Sofort sprang ich auf und rannte die Treppe hinunter. »Was ist los?«, stieß ich aus, als ich den Kaminraum erreichte und Grim vor dem offenen Kamin stehen sah.

»Sieh nur!« Er deutete auf den Kaminsims, der sich irgendwie seltsam verschoben hatte.

»Ist das eine Geheimtür?«, fragte ich.

»Keine Ahnung, die Umrahmung ist ganz plötzlich aufgebrochen.«

»Ich habe unter einer Stufe einen Hohlraum gefunden und in dem waren die Symbole von Sonne und Mond im Holz eingeritzt, und es hat geklickt, als ich …«

»Du bist ein Genie!«, unterbrach er mich euphorisch und zerrte am Kaminsims, der scheinbar wie ein Hebel funktionierte, da sich im nächsten Moment hinter der Feuerstelle die Wand auftat.

»Licht und Dunkelheit«, flüsterte ich.

Er nickte. »Dann lass uns mal nachsehen, was sich dort versteckt.« In gebeugter Haltung betrat er die verrußte Feuerstelle und gelangte durch den Kamin hindurch zu einem geheimen Raum. Er blickte zu mir zurück und streckte auffordernd die Hand nach mir aus.

Ich zog meine Jacke aus und klemmte sie zwischen den gespaltenen Sims, damit die Hebelwirkung sich nicht verselbstständigte und uns womöglich einschloss. Den Rucksack hatte ich vorhin an der Treppe abgestellt. Ich holte ihn, bevor ich Grim in die geheime Kammer folgte.

Er beschwor ein magisches Licht herauf und leuchtete den Raum aus, der voller Krimskrams stand. An der linken Wand befand sich ein Regal voller kleiner Glasphiolen, die ich nach und nach in die Hand nahm, um erkennen zu können, worum genau es sich dabei handelte. Bei den Unbeschrifteten roch ich daran. Es waren allesamt Hexenkräuter, die diverse Wirkungen erzielten und bei unterschiedlichen Ritualen oder Zaubern verwendet wurden. Bei dieser beachtlichen Sammlung war es sehr wahrscheinlich, dass dieser Raum einst als Brauküche genutzt worden war.

Ich steckte ein paar der Glasphiolen in den Rucksack. Immerhin wurden die Kräuter hier nicht mehr gebraucht, aber ich konnte noch etwas mit ihnen anstellen.

Grim ging zu dem Tisch in der Mitte des Raumes und strich über das verstaubte Holz. Darauf lagen mehrere Bücher, die offen liegen gelassen worden waren. »Sieh mal, hier.« Er hielt mir ein Schwarz-Weiß-Bild entgegen.

»Wer ist das?«, fragte ich und betrachtete die vier Leute darauf.

»Also die beiden hier …«, sagte Grim und deutete auf zwei Männer, die sich äußerlich ähnelten, »… sind Jake Chamberlains Söhne, Cirian und Jaro. Die junge Frau mit den langen glatten Haaren und dem schicken Outfit ist Evaline. Aber wer das hier ist, weiß ich nicht.«

Ich beugte mich ein wenig näher zu ihm und betrachtete ebenfalls den jungen Mann mit den schwarzen welligen Haaren, der hochgewachsenen Statur und dem selbstverliebten Grinsen, das dennoch sympathisch wirkte. Ich verengte die Augen und blinzelte mehrfach. Das war doch der Typ aus dem Pub. Aber eigentlich konnte das nicht wirklich Alexander sein, immerhin müsste er dann uralt sein und nicht mehr so jung, wie hier auf dem Bild. War das ein Zufall? Oder spielte mir mein Verstand einen Streich? Er hielt den Arm in die Höhe, als hätte er ihn um die Schultern von jemandem gelegt. Doch auf dieser Seite stand niemand neben ihm. Merkwürdig …

»Steht ein Datum auf dem Foto?«, fragte ich.

»Ja, achtzehnhundert… der Rest ist verwischt. Ich schätze, es wird in der Anfangszeit gewesen sein, als Jake und Evaline sich gerade kennengelernt haben.«

Ich nickte und griff nach dem Buch, in dem das Bild gesteckt hatte. Dort drinnen standen gesammelte Zauber, einige waren von den Chamberlains selbst erschaffen. Aber war es das, was wir suchten? Ich war mir nicht sicher, immerhin brauchten wir etwas, womit wir den Schädel finden konnten. Vorsichtshalber steckte ich es ebenfalls in den Rucksack. Ich trat zu dem Bücherregal, das dem mit den Glasphiolen gegenüberstand, und fuhr mit den Fingern über die Buchrücken. Wie sollten wir hier noch etwas finden? Mit meinem Blick suchte ich die Bücher nach den Symbolen von Sonne und Mond ab, konnte sie aber nicht entdecken. Anschließend las ich die Buchtitel.

Heilende Kräuter. Tränke mit außergewöhnlicher Wirkung. Zirkelmagie verstehen und anwenden. Hexenstammbäume von Salem. Sonne, Mond und Sterne – Hexensymbole und wie sie zu nutzen sind.

Ich hielt inne und betrachtete das Buch mit gerunzelter Stirn. Dunkelblauer Buchrücken, goldene Schrift. Sonne, Mond und Sterne. Mit einem Kribbeln im Bauch zog ich es hervor. Auf dem Cover waren ein Mond, Sonne und Sterne eingeprägt. Als ich es aufklappte, fand ich jedoch nichts weiter als leere Seiten.

»Ein leeres Buch?«, fragte Grim, der hinter mich getreten war.

»Vielleicht magische Tinte?«, erwiderte ich und blätterte weiter. Doch auch die restlichen Seiten blieben ungefüllt.

Ich drückte es Grim in die Hände, sah mich abermals im Raum um, durchwühlte Blätterstapel und zog Schubläden auf.

»Ganz hinten im Buch steht etwas«, sagte Grim und betrachtete die letzte Buchseite. »*Nur wer einen kristallklaren Blick behält, wird sehen, was er zeigt.*« Grim runzelte die Stirn. »Klarer Blick.«

Ich verengte die Augen und begutachtete in einem der Regale eine Sammlung von Kristallen. Einer davon zog meine Aufmerksamkeit am ehesten auf sich, da er größer war und facettenreicher schimmerte. Ich griff nach ihm und wiegte ihn in der Hand. Er war schwer, klar wie Wasser und spiegelglatt geschliffen. Ich hielt ihn mir direkt vors Auge und alles, was sich sonst in meinem Sichtfeld befand, verschwand plötzlich. Nur das, was ich durch den Kristall hindurch erkannte, schien noch zu existieren.

»Kannst du mir bitte mal das Buch geben?«, fragte ich Grim, und er drückte es mir im nächsten Moment in die Hand.

»Hast du etwas gefunden?«

»Das werden wir gleich sehen.« Ich hielt mir das Buch vor die Nase, blickte mit einem Auge durch den Kristall und erkannte Buchstaben. »Ha«, rief ich aufgeregt, ließ den Kristall sinken und sah Grim an.

»Du kannst etwas lesen?«

»Ja!«

Ein Knacken außerhalb des Kamins war zu hören. Augenblicklich spannten Grim und ich uns an.

»Lass uns das Buch und den Kristall einpacken und von hier verschwinden«, flüsterte er.

Ein paar Glasphiolen mit Kräutern hatte ich schon eingepackt und auf die Schnelle entdeckte ich nichts, was noch wichtig aussah. Ich packte das Buch und den Kristall in den Rucksack und folgte Grim aus dem Geheimzimmer hinaus. Während er mir meine Jacke reichte, den Sims als Riegel betätigte und die Wand im Kamin sich wieder schloss, lauschte ich, ob ein weiteres Geräusch zu vernehmen war. Als sich die Wand hinter der Feuerstelle zuschob, klang die Reibung des Steins viel zu laut in meinen Ohren. Falls wirklich jemand hier war, hatte er uns spätestens jetzt gehört.

»Wir sollten schleunigst hier raus.« Grim zog mich mit sich.

»Ich werde noch schnell den Verschleierungszauber wirken«, antwortete ich und schritt sogleich zur Tat. Staub legte sich über die Stellen, an denen wir mit unseren Schuhen Spuren auf dem Boden hinterlassen hatten, und auch die Stufe im Foyer fügte sich wieder knarzend in die Treppe ein. Kaum war der Zauber vollendet, schlich ich mit dem Rucksack voraus zur Haustür.

Grim folgte mir in das Tageslicht hinaus. Zum Glück war auch hier draußen niemand außer uns. Doch selbst wenn wir uns bei dem Geräusch geirrt hatten, konnte es nicht schaden, uns vorsichtshalber zu tarnen. Ich hob die Hand und schnipste, woraufhin sich die kühle Decke eines Unsichtbarkeitszaubers über uns legte. Es freute mich, dass ich meine Magie neuerdings wieder ohne großes Überlegen einsetzen konnte.

»Danke.« Grim lächelte mich an.

Ich nickte ihm zu. »Gerne.«

Er zog sich mit einer beeindruckenden Eleganz an der Mauer hinauf, die das verlassene Grundstück eingrenzte. Dann streckte er mir die Hände entgegen und zog mich hoch, wobei ich mich zusätzlich mit den Füßen hochstemmte. Auf der oberen Steinreihe angelangt, atmete ich erst einmal tief durch, richtete meinen Blick in die Ferne und sah unvermittelt in die eisblauen Augen eines blonden Mannes. Ich blinzelte, verwirrt darüber, dass er mich anstarrte und uns offenbar sehen konnte. Als ich die Augen wieder öffnete, war er allerdings verschwunden. Hatte ich ihn mir nur eingebildet?

»Hast du den auch gesehen?«, erkundigte ich mich bei Grim.

»Wen?«, hakte er nach und gab mir damit die Antwort.

Ich schüttelte über mich selbst den Kopf. Hiermit war es offiziell: Ich brauchte dringend mehr Schlaf. Erst Alexander aus dem Pub, der auf dem Bild war, das wir eben gefunden hatten, dann der Mann, der einfach verschwand.

Grim sprang die Mauer hinunter, nahm mich mit geöffneten Armen in Empfang und stellte mich sicher auf dem Boden ab. Sein Duft umgab mich, und ich wünschte mir, ihn nicht loslassen zu müssen.

»Komm.« Er gab mich frei, ergriff aber meine Hand und verschränkte seine Finger mit meinen.

Lächelnd blickte ich ihn an. Er tat mir gut. Seine Anwesenheit machte etwas mit mir. Und in diesem Moment war ich mir sogar sicher, dass Levi mir meiner Gefühle wegen nicht böse sein würde. Ihm war wichtig, dass ich glücklich war und mein Leben bestmöglich ohne ihn weiterlebte. Ich wollte nicht länger leugnen, wie anziehend ich Grim fand, und konnte nichts dagegen tun, dass ich ihn immer mehr ins Herz schloss. Er war wie eine Droge. Je näher ich ihn an mich heranließ, desto wichtiger wurde er für mich. Mir blieb nur zu hoffen, dass er mir keinen Todesstoß verpassen würde, indem er wie Levi aus meinem Leben verschwand und nie wieder zurückkehrte. Aber seine warme Hand in meiner ließ mich erkennen, dass es falsch war, etwas voraussehen zu wollen, was ich sowieso nicht beeinflussen konnte. Verlust und Schmerz konnten jeden treffen, unvorbereitet und zu jeder Zeit.

Kapitel 23

CORA

In Grims Augen las ich Bewunderung, die ich ihm zurückspiegelte. Zwischen uns war etwas, das mein Herz erwärmte, und es wuchs mit jedem Mal, wenn wir uns berührten. Das Verlangen danach, ihn bei mir zu haben, wurde immer größer, bis ich mich schließlich dazu überwand, ihn einfach an mich zu ziehen. Ich nahm sein Gesicht zwischen meine Hände und legte meine Lippen auf seine. Auch wenn ich noch nicht dazu bereit war, mit ihm zu schlafen, konnte ich ihn küssen. Dazu hatte er mir seine Erlaubnis gegeben und die würde ich nutzen. Und ich ihm die meine.

Er gab einen zufriedenen Laut von sich, der mich zum Schmunzeln brachte. Gerade war ich diejenige, die ihn überraschte.

»Wofür war der?«, fragte er, als ich mich wieder von ihm löste.

»Einfach so.« Ich grinste, da ich wieder Gefühle in mir spürte, die nicht Wut, Trauer, Selbstmitleid oder Zorn waren. Mein Herz machte sich endlich wieder in meiner Brust bemerkbar und war nicht länger nur ein Muskel, der mich am Leben hielt. Nein, es ließ mich auch wieder spüren, dass mein Leben lohnenswert war.

»Einfach so, finde ich gut«, meinte Grim, zwinkerte mir zu und zog sein Handy aus der Hosentasche. »Ich frag mal bei Oliver nach, ob wir inzwischen wieder ein Portal …«

Grim stockte mitten im Satz und starrte hinter mich. Daher folgte ich seinem Blick und schrak zusammen. Ich hatte mir den blonden Mann mit den eisblauen Augen also doch nicht eingebildet. Er und Adam kamen langsam auf uns zu. Da sie uns sehen konnten, mussten sie ebenfalls einen Unsichtbarkeitszauber nutzen.

»So schnell sieht man sich wieder«, säuselte Adam und ließ Magie zwischen seinen Händen auflodern. »Ich glaube, ihr habt da etwas gefunden, das ich gebrauchen könnte.«

Das sprach dafür, dass Adam und der Fremde im Neverlight-Anwesen gewesen waren.

Bevor er seine Magie nutzen konnte, ließ Grim eine gleißende Magiekugel als Warnung vor ihren Füßen einschlagen. Doch der Fremde ging gleich in die Vollen, brachte die Verglasung eines Werbeschilds zum Zerbersten und ließ die Scherben direkt auf uns zuschießen.

Wir duckten uns, um nicht getroffen zu werden. Ich rief meine Magie hervor, fühlte nach der kribbelnden Macht in meinen Adern. Meine Gedanken rasten, während ich nach einem Zauber suchte, den ich zur Verteidigung verwenden könnte. Unpraktischerweise hatte ich niemals gelernt, zu kämpfen. Das tat ich wirklich ungern. Aber noch weniger wollte ich sterben, darüber war ich mir in den letzten Tagen klargeworden. Ich wollte leben.

Da Grim sich gerade gegen Adams Attacken wehrte, konzentrierte ich mich auf den blonden Mann und jagte rasend schnell einen Magiestrahl auf ihn, sodass er nicht mehr ausweichen konnte. Durch die Druckwelle wurde er über den Boden geschleudert und schürfte sich dabei auf dem Asphalt Gesicht und Hände auf.

Adam und Grim schmissen sich ihre Magie um die Ohren und schlugen immer wieder mit ihren Fäusten aufeinander ein. Wofür sie überhaupt ihre Magie verwendeten, wenn sie sich lieber ins Gesicht schlugen, war mir unklar.

»Gib mir das, was ihr gefunden habt«, schrie Adam.

»Wer sagt denn, dass wir etwas haben?«

»Du solltest endlich aufhören, mich zu unterschätzen. Wir haben euch die ganze Zeit beobachtet.«

»Ach ja?« Grim warf mir einen kurzen, verunsicherten Blick zu, als Adam im selben Moment nach ihm trat und den Fuß in seinen Bauch rammte.

Wie konnten sie uns bis hierher verfolgen? Hatten sie es geschafft, den Schutzschild um Grims Haus gänzlich zu durchbrechen? Waren Jody, Reese, Oliver, Sandra und Mr. Burton in ihrer Gewalt und auf irgendeine Weise, die ich mir nicht einmal vorstellen wollte, dazu gebracht worden, unseren Aufenthaltsort zu verraten?

Ich kam nicht dazu, weiter darüber nachzudenken. Wutschnaubend rappelte Adams Begleiter sich vom Boden auf. Seine Hand fing Feuer, das er mir augenblicklich entgegenschleuderte. Die heiße Flamme zischte an mir vorbei und zerstob an der Mauer hinter mir.

Er stürmte auf mich zu, packte mich mit beiden Händen am Hals, und ich verlor den Halt unter den Füßen. Ich strampelte, versuchte, mich aus seinem Würgegriff zu befreien. Mein Röcheln klang beängstigend in meinen Ohren. Ich presste die Augen zusammen, versuchte einen Abwehrzauber heraufzubeschwören. Doch plötzlich überzog eine feuchte Kälte meine Haut.

Ich riss die Augen wieder auf und schrie. Doch mein Schrei wurde von Wasser gedämpft, das mich vollkommen umgab. Luftblasen drangen aus meinem Mund und stiegen zur Wasseroberfläche auf, auf der sich, unerreichbar weit über mir, Wellen brachen. Dort war das Licht; ich befand mich auf dem Grund in düsterer Finsternis, festgekettet an einem Stein, der sich nicht bewegte, egal wie sehr ich mit meinem Bein an der Kette zog. Es fühlte sich immer noch so an, als würden Hände an meinem Hals liegen. Ich brauchte dringend Sauerstoff, merkte, wie mein Bewusstsein schwand und ich in die Ohnmacht driftete.

»Lass deine Finger von ihr!« Grims Stimme erklang in weiter Ferne.

Eine Druckwelle erfasste mich und katapultierte mich in die Wirklichkeit zurück.

Mit einem Schlag war das Wasser um mich herum verschwunden und ich fand mich auf der Straße vor dem Neverlight-Anwesen wieder. Was zur Hölle war passiert? Der Mann, der mich gewürgt und in seinen Zauber gebannt hatte, stand Grim mit blutiger Nase gegenüber und holte gerade zum Gegenschlag aus.

Verdammt.

Meine Kehle brannte, das Herz schlug hart in meiner Brust und ich rang noch immer nach Atem. Was auch immer er mit mir gemacht hatte, ich wollte es nicht wieder erleben.

»Gib mir, was ich will, dann muss niemand sterben«, schrie Adam und riss Grim von dem Mann weg.

»Und das soll ich dir glauben?« Grim fuhr zu Adam herum. »Sobald du hast, was du willst, brauchst du uns nicht mehr. Dann wirst du uns erst recht töten.«

Adams Begleiter packte Grim von hinten an den Armen und hielt ihn fest, woraufhin Adam ausholte und …

Blitzschnell sprang ich zwischen die beiden und bekam die Faust mit voller Wucht ins Gesicht. Ich schrie auf, taumelte. Der wellenartige Schmerz breitete sich auf meiner Gesichtshälfte aus und entlud sich bis in meine Haarspitzen. Blut rann aus meiner Nase.

»Cora!«, rief Grim und befreite sich mit einer Aggressivität aus der Umklammerung, die ich bisher nicht von ihm kannte.

»Willst du noch mal?«, fragte Adam mich und grinste breit.

Ich trat ihm unvermittelt in die Weichteile und sah mit Genugtuung dabei zu, wie er auf die Knie sackte. »Arschloch.«

Er funkelte mich an und griff nach meinem Bein, doch Grim packte ihn, hob ihn hoch und schmiss ihn gegen die Wand. Im selben Augenblick bekam mich Adams Freund wieder zu fassen und katapultierte mich erneut aus der Wirklichkeit.

Ich stand plötzlich auf einem Hof, der mir seltsam vertraut war. Dann erkannte ich die alte Lagerhalle und sah … Levi. Mein Herz zog sich zusammen, als ich begriff, dass Adams Gefährte mich an den Tag zurückgeschickt hatte, an dem Levi gestorben war.

Levi kämpfte gerade gegen einen der Hexenjäger, die uns alle hatten umbringen wollen. Ich versuchte instinktiv, mit einem Angriffszauber etwas auszurichten, doch ich war nicht wirklich hier, konnte nur eine stille Beobachterin sein. Sie wollten mich demütigen und mich den schlimmsten Tag meines bisherigen Lebens noch einmal durchleben lassen.

Links von mir sah ich Merope, die sich gegen einen hochgewachsenen, jungen Mann behauptete und ihm einen Zauber nach dem nächsten um die Ohren schlug, bis er taumelnd zurückfiel und die Augen nicht mehr öffnete. Sie hastete weiter, nahm sich einen der beiden Typen vor, die sich auf einen der Archer-Brüder stürzten, und schlug ihm frontal ins Gesicht.

Ich sah wieder zu Levi, betrachtete seine kurzen braunen Haare und die breite, muskulöse Gestalt, die ihn wie einen Wellenbrecher in einer stürmischen Brandung wirken ließ. Er schleuderte seine Magie auf eine Gruppe Jäger, die sich auf Sara stürzen wollten.

Einen Moment lang blickte er zu mir – also zu der Cora, die sich damals an dem Kampf beteiligte. Ich war eifersüchtig auf mich selbst. Was würde ich dafür geben, noch einmal so von ihm angesehen zu werden. Er nickte meinem fast zwei Jahre zurückliegendem Ich zu und versprach mit seinem Blick, dass sie das hier heil überstehen würden.

Ich stellte mir vor, wie es sich anfühlen würde, wenn er mich jetzt in seine Arme schließen könnte. Mein altes Ich und er lächelten sich an, bevor er sich abwandte und wieder dem Geschehen widmete.

Alan kämpfte an seiner Seite und blieb abrupt stehen, als sich der Lauf einer Waffe auf ihn richtete. Levi bemerkte es auch, und ich wusste, was jetzt geschehen würde …

Ich rief seinen Namen, trat nach vorne und hob die Arme, in der Hoffnung, das was längst geschehen war, vielleicht doch noch irgendwie abwenden zu können. Doch er reagierte nicht. Ich war gefangen in einem Traum, in dem er mich nicht wahrnehmen konnte. Er lief weiter auf den Hexenjäger Alan und dessen Vater zu, der seinen eigenen Sohn gleich erschießen würde.

»Levi«, schrie ich noch einmal, doch natürlich hörte er mich nicht.

Er musste gewusst haben, dass er sich in Lebensgefahr begab. Warum blieb er nicht einfach stehen?! Levi war der tapferste Hexer, den ich je gekannt hatte.

Als er sich vor Alan schob, löste sich gleichzeitig der Schuss aus der Pistole und die Kugel traf Levi in den Oberkörper. Blut spritzte und er sackte auf die Knie.

Mein altes Ich sprintete zu ihm und warf sich neben ihn. Wie gern hätte ich jetzt nicht nur Levis Hand, sondern auch meine eigene gehalten. Die Fassungslosigkeit, Angst und Hilflosigkeit, die ich damals empfunden hatte, wallten erneut in mir auf.

Levi lag am Boden und röchelte nach Luft. Ich sah mir selbst dabei zu, wie ich mit aller Kraft meine Hände auf die Wunde presste. Doch ich wusste, es hörte nicht auf zu bluten. Noch einmal musste ich mitansehen, wie das Leben aus seinen Augen schwand.

»Bleib bei mir«, hörte ich meine eigene flehende Stimme.

Levi griff nach ihren – meinen – Händen. Er war zu schwach, um sich selbst zu heilen; seine eigene Fähigkeit konnte ihm nicht mehr helfen.

»Cora«, brachte er schwach hervor und hustete. Er drehte sich auf die Seite und Blut lief aus seinem Mund.

»Mhh?«

»Ich liebe dich«, flüsterte er und ein kaum wahrnehmbares Lächeln legte sich auf seine blutroten Lippen. Wie einst überkam mich ein Schauder.

»Wieso klingt das nach einem Abschied?«, fragte mein altes Ich.

»Weil es einer ist«, erwiderte ich gemeinsam mit ihm. Ich konnte mich an jedes einzelne Wort erinnern.

Seine Brust hob und senkte sich langsamer, seine Augen trübten sich. Und dann wich jegliches Leben aus seinem Blick; es wich aus ihm. Völlig reglos lag er da, während ich mich qualvoll schreien hörte.

»Nein, Levi!« Mein altes Ich klammerte sich an ihn, das Gesicht beschmiert mit seinem Blut. Jeden Atemzug tat ich allein, Levi würde nie wieder nach Luft ringen. Es war der Moment gewesen, in dem mein Herz in tausende Teile zerfetzt worden war. Es schmerzte nach wie vor. Meine eigenen Schluchzer tönten in meinen Ohren und brachten mich beinahe um den Verstand.

»Ich liebe dich auch«, brachte ich mit tränenerstickter Stimme hervor. Doch es war zu spät, ich hatte die Worte im Augenblick des Abschieds nicht erwidert. Und nun war Levi tot und ich konnte es niemals nachholen.

Tot, tot, tot, tot.

Ich konnte jetzt noch spüren, wie es sich angefühlt hatte, als sich das Band unseres Zirkels auflöste. Ein Mitglied fehlte und ohne fünf Mitglieder gab es keinen Zirkel mehr, keine mentale Verbindung zueinander, die allgegenwärtig spürbar war. Ohne Levi war ich verloren.

»Cora?«, hörte ich Grim wie in weiter Ferne sagen. Er tauchte vor meinem Sichtfeld auf und beugte sich über mich. »Alles okay?«

Ich rang stoßweise nach Atem und schüttelte den Kopf. Der Nachklang des bodenlosen Schmerzes, der auf mich niedergeprasselt war, erdrückte mich. Es war nichts okay. All die Gefühle, die ich so lange verdrängt hatte, waren mit einem Mal auf mich eingeschlagen, als hätte man ein ganzes Magazin auf mich abgefeuert.

Noch immer total verwirrt ließ ich mir von Grim hochhelfen. »Die Kleine hat echt krasse Sachen erlebt«, sagte Adams Freund, als ich die beiden im selben Moment erblickte. Sie waren noch hier, Adam hielt meinen Rucksack in der Hand. Wenn sie das Buch und den Kristall mitnahmen, würden wir unsere nächste Spur verlieren.

»Du hast gesehen, was ich gesehen habe?«

Die eisblauen Augen des Mannes richteten sich auf mich. »Alles.«

Ein kalter Schauer kroch meine Wirbelsäule entlang.

»Was genau ist deine Gabe?« Gerade hatte er mich in eine Erinnerung katapultiert, aber die Situation zuvor auf dem Meeresgrund hatte ich nicht erlebt.

»Moshs Fähigkeit ist es, dir deine Ängste aufzuzeigen«, erklärte Adam und nickte Mosh anerkennend zu.

Dieser grinste mich an. »Ich glaube, bei dir könnte ich noch viele weitere finden.«

Adam öffnete meinen Rucksack, in dem alles verstaut war, was wir im Neverlight-Anwesen gefunden hatten.

Grim trat einen Schritt auf die beiden zu, doch ich hielt ihn zurück, verschränkte meine Arme hinter dem Rücken und zauberte. Dazu wandte ich all meine Kraft und Konzentration auf, die ich übrig hatte. Verdrängte, was ich durchlebt hatte, und versuchte mir einzig und allein vor Augen zu halten, dass sie weder das Buch noch den Kristall in die Finger bekommen durften.

»Was haben wir denn hier?«, frotzelte Adam und griff in den Rucksack.

Er zog den Kristall heraus, doch er sah nur ein Brillenetui und warf es achtlos zu Boden. Dann folgte eine Glasphiole mit Kräutern, die ich hatte mitgehen lassen. Er sah allerdings nur eine Puderdose. Das Buch erschien in Form einer DVD der ersten Staffel von *The Vampire Diaries*. Adam begutachtete sie, zog die Augenbrauen zusammen und schüttelte den Kopf. »Was ein Rotz.«

Die Serie war alles, aber definitiv kein *Rotz*. Nullkenner.

Adam wühlte noch einmal im Rucksack. Ein weiteres Kräuterglas war zu einer Packung Tampons geworden und das Pflanzenlexikon zu einem Schal.

Schweiß bildete sich auf meiner Stirn und ich starrte praktisch durch Adam hindurch, so fokussiert war ich darauf, ihn nicht das sehen zu lassen, was er wirklich vor sich hatte.

»Glaubst du uns jetzt?«, fragte Grim gelassen und trat einen Schritt auf ihn zu.

»Ich weiß, dass ihr irgendetwas in diesem Haus gefunden oder gesehen habt«, stieß Adam zwischen zusammengebissenen Zähnen aus.

»Wenn du die ganzen Spinnweben und den Staub meinst, dann ja, aber nichts, was wir benötigen.«

»Du meinst eher, was *ich* benötige«, verbesserte Adam ihn und trat nun seinerseits einen Schritt auf Grim zu, während er den Rucksack im hohen Bogen zur Seite warf.

Meine Finger zuckten bereits nervös, da der Zauber langsam nachließ. Ich fokussierte mich mit meiner letzten Kraft darauf, nicht nachzulassen.

»Und nun?« Grim verschränkte die Arme vor der Brust.

Adam schoss nach vorne, reden war für ihn offenbar keine Option mehr. Gewalt schon. Er schlug Grim, Blut spritzte aus seiner Nase und er taumelte, gefolgt von Adam, zurück.

Mosh stürzte wieder auf mich zu. Eine weitere Glasscheibe an einer Bushaltestelle zerbarst hinter ihm und die Scherben schwebten um ihn, wie die Flügel eines Racheengels. Er richtete sie auf mich und ließ sie losrasen.

Der Schutzschild aus meinen Fingern errichtete sich nicht so schnell, wie ich ihn gebraucht hätte. Ein paar der Scherben trafen mich im Gesicht, der Rest fiel klirrend zu Boden.

»Scheiße«, fluchte ich und versuchte den Schmerz zu ignorieren, der sich durch meine Nerven zog. Ich ließ den Schild fallen, nutzte die teilweise blutigen Scherben vor meinen Füßen, brachte sie ebenfalls zum Schweben und feuerte sie auf Mosh, der die ersten Geschosse noch abwenden konnte. Doch er entkam nicht allen.

»Grim! Wir müssen hier weg!« Eine der Scherben hatte Mosh ins Auge getroffen. Er bedeckte es mit seiner Hand und schrie.

Schnell ließ ich die Sachen, die allmählich ihren Tarnzauber verloren, wieder in den Rucksack schweben und schulterte ihn.

Grim riss sich von Adam los und trat ihm gegen die Knie, woraufhin dieser zurückstolperte. »Komm!« Er griff nach meiner Hand und wir rannten los.

Ein Zauber zischte an uns vorbei, schlug einige Meter vor uns ein und brach den Asphalt auf.

Grim sprang darüber und formte mit der Hand ein Portal. Ich wich den Rissen aus, lief außen herum und schickte eine Druckwelle zu Mosh und Adam zurück.

Sie hielten mit einem Windzauber dagegen und schleuderten alles gegen uns, was greifbar war. Äste, Steine, ein Straßenschild …

»Grim«, rief ich panisch. Meine Magie schwand, ich konnte die Abwehr nicht länger aufrecht erhalten. Da stoben plötzlich Funken um mich herum, Hände griffen nach mir und rissen mich nach hinten.

Ich landete ungalant auf einem Parkettboden, bevor Grim mich schweratmend in seine Arme zog. Der Kamin und die Couch waren mir vertraut. Wir waren in Portland, im Chamberlain-Anwesen. Erleichtert sank ich gegen ihn.

»Oh mein Gott«, hörte ich Jody sagen und sah sie am Schreibtisch lehnen. Sie betrachtete uns mit weit aufgerissenen Augen, wobei ich bemerkte, dass Grims Gesicht blutverschmiert war. Da ich Blut schmeckte, verhielt es sich bei mir vermutlich ähnlich.

»Was war das für ein Krach?«, rief Oliver. Er kam vor Reese und Zelda zur Tür herein. »Ach du Scheiße.« Sie stoppten mitten in der Bewegung.

Ich wischte mir mit dem Ärmel über die blutige Nase, spürte den brennenden Schmerz und ließ es sofort wieder sein. Zelda zischte unentwegt, glitt aus Reeses Kapuze und kroch eilig auf mich zu. »Hexe, du bist verletzt.« Über meine Hand und meinen Arm schlängelte sie sich bis zu meiner Schulter hinauf.

»Wir hatten eine ungeplante Begegnung mit Adam und Mosh«, sagte Grim, rappelte sich auf und zog mich ebenfalls vorsichtig auf die Beine.

»Was? Woher wussten die …?«, brach es aus Reese heraus. Er verstummte, als Oliver ihm ins Wort fiel.

»Ich hab mich bereits gefragt, wie sie uns in der Waldhütte finden konnten«, sagte dieser.

»So langsam habe ich eine Ahnung«, entgegnete Grim, und richtete seinen nachdenklichen Blick auf mich.

Kapitel 24

GRIM

Cora saß im Badezimmer auf dem Wannenrand. Ich kniete vor ihr und betupfte mit einem feuchten Taschentuch ihr Gesicht, um das mittlerweile geronnene Blut zu entfernen. Die Glasscherben hatten winzig kleine Schnitte hinterlassen, die ich auf jeden Fall desinfizieren wollte. Sie hatte auch Blutergüsse davongetragen, doch an erster Stelle war ich erleichtert, dass sie Adams und Moshs Angriff überlebt hatte. Dass wir überlebt hatten.

Ihre Hände lagen auf ihren Oberschenkeln und sie zuckte immer wieder unter meinen Berührungen zusammen. »Entschuldige, ich versuche, ganz vorsichtig zu sein«, murmelte ich.

»Warum schiebst du es auf?«, fragte sie mit rauer Stimme. »Nun schau endlich nach, ob du mit deiner Vermutung richtig liegst.« Sie streifte ihr Oberteil über den Kopf, schmiss es achtlos beiseite und riss sich dann mit einem Ruck das Wundpflaster vom Bauch.

Ich erstarrte beim Anblick ihrer alten Verletzung. Zwar hatte Cora erwähnt, dass sie schlecht verheilte, aber mit diesem Zustand hatte ich nicht gerechnet. Eiter hatte sich gebildet, die Wunde nässte und sah feuerrot aus.

»Und das trotz Magie und der Paste meiner Mutter«, sagte ich seufzend. »Das spricht für meine Vermutung.«

Cora schloss die Augen und atmete tief durch. »Mach schon! Ich bin bereit.«

Ich beugte mich weiter vor und hielt meine Handfläche über die Wunde. Während eines Aufspürzaubers konzentrierte ich mich auf die Schwingungen, die mir aus Coras offener Verletzung entgegenströmten. Da steckte eindeutig eine Magie drin, die da nicht hingehörte.

»Verdammt.« Ich presste die Lippen zusammen und sah sie mitfühlend an. »Als Adam und Ernest dir diese Verletzung in der Kirche zugefügt haben, taten sie es, um einen Ortungszauber in dir einzunisten.«

Cora runzelte die Stirn und begutachtete ihre Wunde. »Du meinst, die haben mir eine Art Peilsender verpasst?«

Ich nickte. »Sozusagen. Dadurch wussten sie die ganze Zeit, wo wir waren.«

Sie versteifte sich. »Das hab ich nicht gewusst. Ich spüre diesen Zauber nicht. Wenn ich ihn auch nur erahnt hätte, wäre ich zu dir gekommen und hätte dir das gesagt.« Die Worte sprudelten so schnell aus ihr heraus, dass ich sie kaum verstehen konnte.

Ich ergriff ihre Hand. »Mach dir bitte keine Vorwürfe. Der Zauber ist so kleingehalten und gut in der Wunde versteckt, dass man ihn nicht so leicht findet. Die Wunde kann nicht verheilen, bis er heraus ist. Er blockiert die Krustenbildung, da er sonst nicht mehr wirken kann.«

Sie schluckte. »Kannst du ihn rausholen?«

Ich drückte bestärkend ihre Hand. »Ja, das kann ich. Allerdings wird es wehtun.«

»Okay«, flüsterte sie, biss die Zähne aufeinander und schloss die Augen. Meine wunderschöne, tapfere Cora.

Ich brachte meine Finger mit Magie zum Strahlen, fuhr langsam über ihren Bauch und zog den Ortungszauber Stück für Stück aus der Wunde. Cora gab unterdrückte Schmerzenslaute von sich, die ich kaum ertragen konnte. Doch ich durfte jetzt nicht aufhören. Meine

Kräfte schwanden unter meinen zitternden Händen, während unaufhörlich Blut aus der Wunde floss.

Ein Ruck ging durch Coras Körper und sie stieß keuchend die Luft aus, als ich den leuchtenden Zauber schließlich zu fassen bekam und an mich riss. Er wand sich zwischen meinen Fingern wie ein Wurm hin und her, bevor ich ihn ins Klo warf und hinunterspülte. Sollte Adam doch in der Kanalisation weiter nach uns suchen.

»Du hast es überstanden«, sagte ich, nachdem ich ihr Moms frisch zubereitete Paste aufgetragen und ein neues Wundpflaster auf ihren Bauch geklebt hatte.

»Danke.« Ihre Stimme klang kraftlos.

Ich stand auf, knüllte das blutverschmierte Tuch zusammen und warf es ebenfalls in die Toilette. »Lass uns wieder zu den anderen gehen, ansonsten finden sie den nächsten Hinweis vielleicht noch ohne uns heraus.«

»Vorher bist du erst einmal dran«, erwiderte sie, stand auf und bedeutete mir, dass ich mich nun auf den Wannenrand setzen sollte. Als ich es tat, begann sie damit, meine Kratzer zu reinigen und zu desinfizieren. Die Art und Weise, wie sie mir dabei immer mal wieder in die Augen sah, erwärmte mein Herz. Wäre sie nicht so geschwächt, würde ich sie an mich ziehen und alles um uns herum vergessen lassen.

»Ich bin mir sicher, dass weder Oliver noch Reese die Finger von dem Kristall lassen konnten«, sagte ich, als wir wenig später auf dem Weg ins Wohnzimmer waren.

Cora lächelte und nickte zustimmend.

Jody saß in einem der Sessel, Reese auf der Couch. Den Inhalt des Rucksacks hatten sie auf dem Couchtisch verteilt. Oliver stand vor dem Fenster und betrachtete gerade mit hochgezogenen Augenbrauen eine der Glasphiolen.

»Das sind spezielle Kräuter«, erklärte Cora. »Ich habe alles mitgenommen, was ich interessant fand und vielleicht irgendwann gebrauchen kann.«

Die drei richteten ihre Blicke auf Cora, und schließlich fragend auf mich.

»Ich lag mit meiner Vermutung richtig«, ließ ich sie wissen.

»Leck mich doch am Arsch …« Reese krallte sich die Hände ins Haar und starrte wieder zu Cora.

»Grim hat den Ortungszauber die Toilette hinuntergespült«, ergänzte Cora. »Tut mir leid, dass ich ihn nicht in mir bemerkt habe.«

»Das hätte niemand von uns gespürt.« Jody stand auf, ging zu Cora und legte ihr tröstend eine Hand auf die Schulter. »Als Peilsender verwendet, werden Ortungszauber extra so konzipiert.«

Es freute mich, dass die beiden Frauen sich inzwischen besser verstanden. Ich hoffte, dass das Cora letztendlich auch die Entscheidung erleichtern würde, sich mit uns zu einem Zirkel zusammenzuschließen.

»Himmel, was ist denn mit Zelda passiert?«, stieß sie aus und eilte auf eine Pflanze zu, zwischen deren Blättern die kleine Schlange hing.

Ich wusste sofort, was Cora meinte. Zelda war nicht mehr rosa, sondern grün. So grün, dass ich im ersten Augenblick dachte, sie wäre eine Bohnenstange mit Augen.

»Zelda, geht es dir gut? Bist du krank? Reese, was hast du mit ihr gemacht?«

Er hob beschwichtigend die Hände. »Ähm, ich hab ganz normal auf sie aufgepasst. Als sie zum Schlafen in den Pflanzentopf gekrochen ist, war sie noch rosa. Ehrlich, keine Ahnung …«

»Ich habe was von der Pflanze genascht«, zischte Zelda mit langgezogenen S-Lauten und gab ein Geräusch von sich, das sich fast wie ein Kichern anhörte.

»Bist du high?« Cora stemmte die Hände in die Seiten. »Was, wenn die Pflanze giftig war?«

»Nein, Hexe, das hätte ich gerochen. Aber dafür … oh, oh … in Deckung!«

Zelda erbrach eine giftgrüne Flüssigkeit, die ein walnussgroßes Loch in den Holzfußboden ätzte. Cora hatte Glück, dass sie noch weit genug von der Pflanze weg stand und nichts von der ätzenden Kotze abbekam.

»Dafür spuckt sie jetzt anscheinend Gift«, sagte Jody und betrachtete das Desaster auf dem Parkett.

»Was geht denn bei dir ab?«, fragte Cora und musterte Zelda, die ein wenig errötete.

»Ich glaube, ich kann Gift erzeugen. Cool, oder?«

»Aber kannst du es steuern, damit du es nicht so unkontrolliert herumspuckst?«

»Nein, noch nicht, aber ich arbeite daran.« Zelda zischte, schlängelte sich von der Pflanze herunter und an Cora wieder hinauf, um es sich auf ihrer Schulter bequem zu machen. »Weißt du, bei Reese war es ja ganz nett, aber er verwendet definitiv zu viel Aftershave und das riecht so nach Tannenbaum, dass ich denke, es ist Weihnachten. Also, ich glaube zumindest, dass es so an Weihnachten riecht, immerhin habe ich ja noch keins miterlebt.«

Sie machte wieder ein Würgegeräusch und ich hatte die Befürchtung, dass Cora gleich eine Ladung Gift abbekommen würde. Doch es galt scheinbar als Unterstreichung ihrer Aussage.

»Hey, das stimmt gar nicht.« Reese schnaubte. »Pass bloß auf, was du sagst.«

Zelda stellte sich auf und schwenkte ihren Kopf von links nach rechts. »Gleich spucke ich noch mal Gift, und wenn du nicht aufpasst, bekommst du es ab.«

»Drohst du mir etwa, du kleines Reptil?« Anhand seines belustigt zuckenden Mundwickels merkte man, dass die beiden sich mochten und nur gegenseitig neckten.

»Vielleicht, großer Hexer, und was, wenn?«

»Mann, also sie hat nicht unrecht. Mit deinem Waldaftershave duftest du immer die ganze Bude voll.« Oliver klopfte Reese mitfühlend auf die Schulter.

Jody kicherte in sich hinein und Cora schmunzelte ebenfalls.

»Jetzt lasst uns endlich wieder zu dem nächsten Hinweis kommen«, warf ich ein. »Wie kann uns dieser Kristall dabei helfen?«

»Lasst uns in den Wintergarten gehen«, schlug Cora vor. »Dort haben wir besseres Licht.«

»Oh ja, dort ist die Auswahl an Pflanzen riesig«, zischte Zelda. »Und sie duften alle so gut!« Sie schloss genießerisch die Augen und gab ein Seufzen von sich.

Ich schüttelte belustigt den Kopf, packte die Sachen vom Tisch wieder in den Rucksack und ging voraus. Kaum traten wir durch die milchige Glastür, breitete sich ein Pflanzenparadies vor uns aus, bei dem Coras Augen aufleuchteten und sie mit offenem Mund stehen blieb. Hier war sie bei ihrem Rundgang wohl noch nicht gewesen.

Mom saß in ihrem Rollstuhl an dem langen Tisch und beschnitt gerade eine eingetopfte Bonsai-Kiefer. Sie lächelte uns entgegen.

»Das ist ja der Wahnsinn«, flüsterte Cora und sah sich um, während die anderen schon an dem langen Tisch bei Mom Platz nahmen, auf dem neben dem Bonsai noch etliche weitere kleine Pflanzen standen.

»Ich habe all diese Pflanzen ausgesucht«, sagte Mom zu Cora. »Die meisten haben zwar Matthew oder Grim für mich eingepflanzt, aber ich achte darauf, wo sie platziert werden und welche von ihnen sich auf keinen Fall berühren dürfen.« Sie schenkte Cora ein strahlendes Lächeln.

»Normale sowie magische sind hier gemischt, richtig?«, fragte Cora und griff nach den Blättern einer Hängepflanze, die sich unfassbar schnell um ihre Hand schlang. Sie zuckte erschrocken zurück, und Zelda, die nach wie vor auf ihrer Schulter lag, spuckte Gift auf die Pflanze. Die Ranke, auf die das Gift traf, fiel verkohlt in sich zusammen.

»Das ist ein magischer Schlinger. Nicht gefährlich, aber sehr anhänglich.« Der leichte missmutige Ton in Moms Stimme ließ sich darauf zurückführen, dass eine magische, Gift spuckende Schlange gerade eine ihrer liebsten Pflanzen um eine Ranke kürzer gemacht hatte. Mom gab all ihren Pflanzen Namen, an den von dieser konnte ich mich nur gerade nicht erinnern.

»Steve tut keiner Seele etwas zuleide, mag aber gerne Streicheleinheiten«, kommentierte sie, als hätte sie meine Gedanken gelesen.

Zelda zog den Kopf ein und schmiegte sich an Coras Hals, die fest die Lippen aufeinanderpresste.

»Ich dachte, sie wollte Cora etwas Böses. Das war ein Reflex, Entschuldigung.« Zelda züngelte nervös und versteckte sich unter Coras Haaren.

»Das war meine Schuld, ich hätte sie schließlich nicht anfassen müssen«, versuchte Cora die kleine grüne Schlange aufzumuntern.

»Ein Glück, dass Steve schnell nachwächst«, meinte Mom und streckte ihre Hand nach oben. Die Pflanze schüttelte sich zunehmend stark, wobei eine neue Ranke herauswuchs, die sich um die Hand meiner Mom schmiegte und beinahe liebevoll ihren Unterarm umklammerte.

Cora rieb sich die Stirn. »Das ist krass.«

»Das kann man wohl sagen, junge Dame«, sagte Matthew, der in diesem Moment mit einer Gießkanne in den Wintergarten trat. »Ich war schon immer mehr der Techniker und weniger der Botaniker. Als ich das erste Mal auf Steve und die anderen magischen Pflanzen gestoßen bin, habe ich meinen Augen nicht getraut. Hier muss man sich die Eigenheiten jeder einzelnen Pflanze merken, damit sie einen nicht überraschen und übergriffig werden.« Er lachte, tätschelte Steve und ließ seinen Arm bereitwillig umranken.

»Mittlerweile kennen und mögen meine Pflanzen dich«, sagte Mom zu ihm. Sie warf Matthew einen liebevollen Blick zu. »Ich erinnere mich gerne an den Moment zurück, als Matthew sich zwischen …«

»Sandra«, unterbrach er sie. »Du wirst diese Geschichte nicht erzählen.«

Mom kicherte und brachte Steve mit sanftem Pusten dazu, seine Ranken von Matthews und ihrem Arm zu lösen. »Nun gut, dann eben keine erheiternde Geschichte.«

Matthew nickte ihr dankend zu, wobei seine Augen genauso erheitert strahlten wie ihre. Was auch immer passiert war, es musste urkomisch gewesen sein.

»Ich habe Muffins gebacken«, informierte er uns. »Mit Schokoladenstreuseln, so, wie ihr sie mögt.«

Von allen Seiten war begeistertes Gemurmel zu hören, woraufhin er den Wintergarten verließ und hoffentlich schnell mit den Muffins zurückkehrte.

»Kannst du mir bitte bei Gelegenheit verraten, welche Eigenschaften die ganzen Pflanzen haben?«, bat Cora meine Mutter.

»Natürlich, jederzeit.«

Da ich den Rucksack auf dem Tisch auskippte, bekam ich sofort aller Aufmerksamkeit. Mom kannte die Gründe, weswegen ich den Schädel suchte, wollte allerdings nicht, dass ich ihn fand, weil er eine große Gefahr mit sich brachte. Trotzdem war sie stolz auf das, was ich tat, nur eben besorgt.

»So, jetzt zeigt noch mal her.« Oliver stemmte sich mit den Unterarmen auf den Tisch und machte einen langen Hals.

Jody griff nach den kleinen Glasfläschchen und stellte sie in einer geraden Reihe auf, damit sie nicht weiter herumrollten. »Ich habe schon oft von Moshs Fähigkeiten gehört«, sagte sie nebenbei und sah Cora an. »Wie fühlt es sich an?«

Cora blickte auf und zwang sich ein Lächeln auf die Lippen, das für keine Sekunde überzeugend wirkte. »Ich möchte am liebsten gar nicht daran denken«, erwiderte sie zögernd.

Ich hatte mich auch schon gefragt, was Mosh ihr wohl durch seine Fähigkeit gezeigt hatte. Die gequälten Laute, die sie dabei von sich gegeben hatte, hatten mein Herz zerfetzt. Nach seinem zweiten Angriff hatte Cora sogar noch schmerzerfüllter und verzweifelter gewirkt.

»Was für eine blöde Frage«, schalt Oliver seine Schwester, da ihm Coras Zerrissenheit offenbar auch nicht entging.

Cora neigte ihr Kinn, wandte den Blick ab und starrte an die Wand.

»Tut mir leid, ich wollte nicht …«, begann Jody, sich zu entschuldigen.

»Du musst nicht darüber sprechen«, mischte ich mich ein. »Aber du weißt, dass wir dir jederzeit zuhören, oder?« Ich legte meine Hand auf ihre Schulter und sah sie eindringlich an. »Immer wenn du Kummer hast oder über etwas reden möchtest.«

Sie nickte. »Das weiß ich zu schätzen.« Nach einem tiefen Atemzug wandte sie sich uns allen zu. »Mosh lässt dich deine schlimmsten Ängste durchleben, und dabei fühlt es sich nicht nur real an, sondern es ist real. Du bist in dieser Situation und spürst es sogar in der kleinsten Zelle deines Seins. Es war schrecklich.«

Alle schwiegen und starrten sie an. Als die Stille irgendwann unheimlich wurde, räusperte ich mich und schlug das Buch auf.

»Schauen wir mal, was wir hier finden.« Ich sah durch den Kristall und blätterte durch die Seiten. Es stand nur unnützes Zeug darin, das nichts mit dem Schädel zu tun hatte. Irgendwelche Zauber und Tränke. Es war eindeutig Evalines Schrift. Sie hatte die Tränke beschriftet.

Auf einer Seite, die vorrangig voller Zeichnungen war, stieß ich auf eine Notiz.

»*Wenn die Knospen erblühen, ist das Ziel markiert, welches das Gesuchte verbirgt. Dort, wo viele sind, aber niemand finden will, steht die Zeit still. Bis zum Blütenfall muss es geschehen sein, sonst versiegelt sich der Ort. Die Zeit des Wartens beträgt ein volles Jahr. Ohne die Blüten kann die Magie nicht entfließen, so wie sie einst war.*«

»So langsam habe ich die Schnauze voll von diesen ganzen Rätseln.« Reese blies die Backen auf und ließ geräuschvoll die Luft entweichen.

»Hoffentlich war das jetzt der letzte Hinweis«, stimmte Oliver ihm zu.

»Wo soll dieser Ort sein? Hier oder in Salem, oder ganz wo anders?«, fragte Jody und runzelte die Stirn.

Ich zuckte mit den Schultern. »Keine Ahnung, wir sollten …«

Ein Dröhnen ließ uns alle zusammenschrecken. Durch das Glasdach des Wintergartens erkannte ich zuckende Blitze, die entlang der unsichtbaren Kuppel, die das Haus samt Anwesen als Schutzschild umgab, tänzelten. Das Leck, das Reese, Oliver und Jody schon erfolglos zu kitten versucht hatten, riss in diesem Moment vollkommen auf. Die Schutzbarriere fiel als Funkenregen auf das Haus nieder.

»Bringt meine Mutter in den Keller«, schrie ich. »Sie werden uns jeden Moment angreifen.«

Im nächsten Moment sah ich durch die Fensterfront Adams Zirkel die Einfahrt heraufstürmen. Um mich herum herrschte Chaos. Reese schob Mom im Rollstuhl an mir vorbei, die ihre zitternden Hände in einer Schutzhaltung über dem Kopf hielt. Cora versteckte Zelda im dichten Blätterkleid einer Pflanze, wobei die kleine Schlange sich dagegen zu sträuben versuchte. Sie wollte bei ihr bleiben. Jody und Oliver suchten derweil nach einem Versteck für das Buch und den Kristall.

Als ich mich wieder gefasst hatte, verließ ich den Wintergarten, rannte durch das Wohnzimmer und holte im Flur Reese und Mom ein. Matthew kam mit einem Teller voller Muffins aus der Küche und wirkte benommen. Erst als ich ihn anschrie, realisierte er, was geschah, ließ den Teller fallen und schloss sich uns an. Wir mussten durch das Foyer, um zur Kellertür zu gelangen. Es gab einen Geheimgang, durch den wir das Grundstück hinter uns lassen konnten.

Doch wir kamen nicht weit. Ohrenbetäubend laut zerbarst die Eingangstür, wobei die Detonation das gesamte Haus erschütterte. Adam und sein Zirkel stürmten herein. Sie rannten auf uns zu, wobei Matthew der erste war, der sich ihnen im Foyer in den Weg stellte.

Adam stieß ihn zu Boden, ließ seine Hand gleißend hell aufleuchten und wollte sie auf Matthew niedersausen lassen. Doch ich riss ihn von ihm weg und stellte mich zwischen die beiden.

Meine Freunde traten ebenfalls in Aktion und stürmten auf Ernest, Mosh, Brianna und eine weitere Hexe zu, die ich bisher noch nicht kannte.

»Ich sagte dir, dass du büßen wirst«, rief Adam. Er schleuderte mir einen Zauber entgegen, den ich mit einem Schutzwall von mir abschirmte.

Mittlerweile hatte Matthew sich wieder aufgerappelt und lief zu Mom. Er war kein Hexer, aber der Wille, sie zu beschützen, war allgegenwärtig.

»Bring sie in Sicherheit!«, rief ich.

Die kurze Ablenkung nutzte Adam aus und rammte mir prompt die Faust ins Gesicht. Scheiße.

Ich taumelte nach hinten und stieß mit Ernest zusammen, dem ich einen magischen Schlag verpasste, für den Oliver mir dankbar zunickte.

Adam rannte in der Zwischenzeit an mir vorbei. Er hatte Matthew und Mom im Visier, die sich der Kellertür näherten.

Ich wollte ihm folgen, wurde aber von hinten gepackt. Mosh riss mich weg, während Cora sich gerade mit blutender Lippe vom Boden aufrappelte.

»Du kannst deine Magie gerne auf ihn abfeuern, Süße«, forderte er sie in einem gönnerischen Tonfall auf, und meinte mich.

Cora verdrehte ihre Hände, wobei Mosh nach Luft schnappte und zurückwich.

Ich spurtete wieder los, auf Adam zu, der Matthew gerade am Kragen packte und seinen Kopf gegen die Wand schlug.

»Matthew, nein!«, schrie Mom.

Ich bekam Adam zu fassen, doch er hob die Hand und nahm meinen Körper mit seiner Magie gefangen. Er presste mich gegen die Wand, und ich konnte mich nicht dagegen wehren.

Neben mir wurde Reese gegen die Kellertür geschmettert, bevor er einen funkenschlagenden Blitz erzeugte, den er Ernest entgegenschleuderte.

Jody und die Hexe mit den stechend blauen Augen und dem schwarzen Undercut versuchten sich gegenseitig an die Kehle zu gehen. Oliver und Cora kämpften gemeinsam gegen Mosh.

Ich stemmte mich gegen Adams Zauber und bemühte mich weiterhin, die unsichtbaren Ketten zu sprengen. Währenddessen drückte Adam Matthews Kopf auf den Boden und schlug ihm immer wieder ins Gesicht.

»Lass ihn in Ruhe!«, rief meine Mutter.

Er spuckte Blut und hörte auf, sich zu wehren. Langsam streckte er die Hand in Moms Richtung aus. Sein Blick haftete auf ihr.

Ich schrie und bäumte mich mit all meiner Kraft gegen den Zauber auf. Mom war verstummt, sie bekam vor Schock anscheinend kein Wort mehr heraus. Matthews Gurgeln klang dafür viel zu laut in meinen Ohren.

Adam wandte sich mir zu. »Jetzt sieh zu, was passiert, wenn man mir nicht gibt, was ich will!«

»Helft Matthew!«, schrie ich. Doch Reese, Oliver, Jody und Cora waren mit Adams Zirkel beschäftigt. Jeder einzelne von ihnen versuchte, zu dem Mann zu gelangen, der wie ein Vater für mich war. Sie wurden von Ernest, Mosh, Brianna und der anderen Hexe davon abgehalten.

»Adam … tu das nicht!«, stieß ich zwischen zusammengepressten Zähnen aus. »Lass ihn zufrieden! Er hat hiermit nichts zu tun!« Ich drückte mich von der Wand weg, nur um wieder zurückgepresst zu werden. Meine Magie stemmte sich gegen die von Adam, aber ich schaffte es nicht, mich zu befreien.

»Er gehört zu dir und deiner Familie. Du hast mir meinen Bruder genommen, es wird also Zeit für eine Revanche.« Er brachte seine Finger mit Magie zum Glühen und grinste mich diabolisch an.

Da er nun auch gegen Matthew Magie einsetzen wollte, lockerte sich allmählich die, mit der er mich an der Wand gefangen hielt. Doch es war zu spät …

Mein eigener Schrei drang mir bis ins Mark und vermischte sich mit dem meiner Mutter, als Adam seine gleißend helle Faust in Matthews Brust rammte. Ein ausgedehntes Keuchen entfuhr ihm. Dann hauchte er seinen letzten Atem aus, während sein Blick weiterhin auf Mom haftete, und schließlich trüb wurde.

»Nein, nein, nein!« Ich starrte auf Matthews leblose Gestalt, konnte und wollte nicht glauben, dass er in diesem Moment von uns gegangen war. Tränen füllten meine Augen und liefen unaufhaltsam meine

Wangen hinab. Ich konnte nicht mehr denken, meine Gefühle überrannten mich. Matthew, der, seit ich mich erinnern konnte, ein Teil meines Lebens gewesen war, der Mom und mich stets umsorgt und liebevoll unterstützt hatte. Er war die Seele dieses Hauses … gewesen.

Adam erhob sich, warf mir einen triumphierenden Blick zu und wandte sich ab. Durch meinen Tränenschleier sah ich Mom zusammengekrümmt und wimmernd in ihrem Rollstuhl sitzen. Unbändige Wut stieg in mir auf, brachte meinen Körper zum Beben, pflügte sich einen Weg durch Adams Zauber und sprengte die Magiefessel.

Ich krachte zu Boden und kroch auf Matthew zu. Sofort versuchte ich, ihn durch Magiestöße ins Leben zurückzuholen. Aber er war nur ein normaler Mensch, kein Hexer, den diese Maßnahme vielleicht noch retten konnte. Ich hielt seine schlaffe Hand und betrachtete sein blutüberströmtes Gesicht.

»Matthew«, wisperte ich. »Dad?« Trauer, Schmerz und Hoffnungslosigkeit fluteten alles in mir, während ich meine zitternden Finger über seine trüben Augen legte und sie für immer schloss.

Als ich den Blick hob, sah ich Cora. Sie kam mit schockgeweiteten Augen auf mich zu gerannt und rief meinen Namen. Doch Mosh stellte sich ihr in den Weg und sie war dazu gezwungen, ihn wieder abzuwehren. Auch die anderen versuchten, zu mir zu kommen, waren aber zu sehr in Kämpfe verwickelt. Ich musste mich zusammenreißen und ihnen beistehen, sobald ich Mom in Sicherheit gebracht hatte.

Ich drehte mich zu ihr um und erstarrte. Adam stand hinter ihrem Rollstuhl, streichelte ihr über die Haare und grinste mich auf eine widerwärtige Weise an. »Ich sagte doch, gib mir das, was ihr im Haus gefunden habt, Chamberlain.«

»Du mieses Arschloch!«, brüllte ich und stürmte auf ihn zu.

Bevor ich ihn erreichte, warf Ernest mir jedoch eine magische Granate vor die Füße, die schwarzen Rauch von sich gab, sobald sie auf dem Boden aufkam. Augenblicklich raubte mir der Rauch die Sicht. Der beißende Gestank drang mir in die Atemwege und ich rang nach Luft.

»Tick, tack, Grim.«

Ich hörte die anderen husten, schaffte es kaum noch, mich zu bewegen. Da der Rauch eine lähmende Wirkung hatte, musste er mit Hexenkraut vermischt sein. Meine Beine reagierten nicht mehr, ich fiel haltlos zu Boden. Die Welt um mich herum verschwamm, während ich nach Mom schrie. Wo waren Cora, Reese, Oliver und Jody?

Quälend langsam drehte ich meinen Kopf und versuchte, durch den dichten Rauch hindurchzusehen. Stattdessen verschwamm mein Sichtfeld und ich realisierte, dass ich das Husten meiner Freunde nicht mehr wahrnahm. Die beängstigende Stille lähmte mich zusätzlich. Ich driftete in eine alles verschlingende Schwärze.

»Grim!« Eine panische Stimme rüttelte mich wach, brachte mich dazu, wieder langsam zu denken, meinen Körper und vor allem den Schmerz in meinem Hals wahrzunehmen. Meine Hände ballte ich zu Fäusten, konnte meine Kraft aber nicht halten und ließ die Finger wieder locker.

»Du musst aufstehen. Wach auf!« Jemand berührte meine Wangen und beträufelte meine Lippen mit einer Flüssigkeit, deren bitterer Geschmack mich das Gesicht verziehen ließ.

»Grim, jetzt sofort!« Ich lag hart. Vielleicht auf dem Boden? Die Stimme klang dringend, fordernd, und war mir dennoch wohlig vertraut. War etwas Schlimmes passiert?

Ich zwang mich, die Augen zu öffnen, blinzelte, bis ich mich an das warme Licht, das durchs Fenster fiel, gewöhnt hatte, und setzte mich schwerfällig auf.

Cora hockte vor mir und betrachtete mich besorgt. Ihre Stirn lag in Falten und war von eingetrocknetem Blut behaftet. Sofort war ich hellwach und streckte meine Hand nach ihr aus. Zelda hing um ihrem Hals. Die kleine Schlange war nicht mehr giftgrün, sondern wieder rosa.

Meine Erinnerung kam schleichend zurück. »Was ist passiert? Geht es dir gut? Wo sind die anderen?« Ich sah mich hektisch im Foyer um. Die Eingangstür war zersprengt, die Fensterscheiben zerborsten. Überall lagen Glas- und Holzsplitter auf den Fliesen, die an einer Stelle besonders mit Blut besudelt waren.

Jetzt erinnerte ich mich vollkommen. Das Blut stammte von Matthew. Ich starrte auf die Blutlache, in der er gelegen hatte. Sein Verlust lag mir wie ein schwerer Klumpen im Magen. Wer hatte seinen Leichnam weggebracht?

»Ich dachte schon, ich bekomme dich nie wach«, sagte Cora. »Bevor ich selbst ohnmächtig wurde, habe ich gesehen, wie Adam und sein Zirkel dir noch eine zweite Rauchbombe spendiert haben. Sie trugen Atemmasken.«

Mir war schlecht, ich schmeckte Galle.

»Sag mir bitte, dass es meiner Mom gut geht«, forderte ich sie auf und betonte dabei jedes Wort.

Sie wischte sich fahrig die Tränen aus den Augen, ergriff meine Hand und drückte sie. »Sandra ist fort! Adam hat sie in seiner Gewalt.«

Nun war es nicht mehr nur eine Ahnung, sondern grausame Gewissheit. Ich biss mir innen so sehr auf die Wangen, bis ich Blut schmeckte. Als ich aufzustehen versuchte, wollte Cora mir helfen. Doch ich schob sie von mir und kämpfte mich allein auf die Beine.

»Wo sind die anderen?«

»Sie … Wir wussten nicht, wie … Um dir seinen Anblick zu ersparen …«

»Cora«, unterbrach ich sie. »Wenn du so herumstotterst, verstehe ich kein Wort.«

Sie atmete tief durch. »Sie heben im Garten ein Grab aus.«

Einen Moment lang starrte ich sie an und setzte mich dann langsam in Richtung der zerstörten Eingangstür in Bewegung. Da mein Handy zu klingeln begann, zog ich es apathisch aus meiner Hosentasche. Als ich den Namen las, blieb mein Herz für ein paar Sekunden stehen, bevor es weiterschlug.

»Mom?«, rief ich, sobald ich rangegangen war. Cora richtete sich kerzengerade auf und starrte mich abwartend an.

»Fast, sogar noch besser … hier ist Adam.«

Seine Stimme jagte mir einen kalten Schauer über den Rücken. Ich spannte meine Muskeln an und stieß unkontrolliert den Atem aus. Die Angst um meine Mutter hatte mich fest im Griff. Ich stellte den Anruf auf Lautsprecher, damit Cora mithören konnte.

»Wohin hast du meine Mutter gebracht?«, brach es aus mir heraus, und ich ärgerte mich, dass ich das Zittern in meiner Stimme nicht verbergen konnte.

»Tststs … Das wüsstest du wohl gerne.«

Cora verzog das Gesicht so sehr, dass ich es sogar aus dem Augenwinkel überdeutlich sah.

»Tue nicht, was er verlangt!«, hörte ich Mom im Hintergrund rufen.

»Mom? Geht es dir gut?«, stieß ich keuchend aus.

»Bringt sie zum Schweigen«, brüllte Adam, und mir gefror das Blut in den Adern. Die Verbindung raschelte und ich dachte kurz, er hätte aufgelegt. Doch dann hörte ich ihn wieder atmen. »Lass uns zum eigentlichen Thema kommen.« Er lachte höhnisch.

Ich biss die Zähne zusammen, um nicht vor lauter Frust loszuschreien.

»Was willst du?«

»Das, was ich bereits von Anfang an wollte – den Schädel. Und wenn du deine Mutter lebend wiedersehen willst, wirst du ihn mir besorgen. Ihr habt etwas in dem Haus in Salem gefunden, und selbst wenn nicht, wirst du nun alles daransetzen, um mit der Suche voranzukommen. Deine Mutter gegen den Schädel. Aber lass dir nicht zu viel Zeit, ich bin nicht gerade der Geduldigste.« Adam schnalzte mit der Zunge. »Ach, und mit Aufspürzaubern brauchst du es gar nicht erst versuchen. Moshs Spezialität sind Illusionen und Verschleierungen. Du wirst deine Mutter nicht finden.«

Er schwieg, wartete vermutlich darauf, dass ich etwas erwiderte. Doch ich hatte damit zu kämpfen, meine Wut zu unterdrücken und

Adam nicht unüberlegt anzubrüllen. Sicherlich würde Mom sonst seinen Unmut darüber nach dem Telefonat zu spüren bekommen.

»Melde dich, sobald du den Schädel hast. Wenn ich bis zum nächsten Vollmond nichts von dir höre, ist deine Mutter tot.« Ohne ein weiteres Wort legte er auf und ließ mich mit seiner Drohung zurück.

Cora legte eine Hand auf meinen Arm, lehnte sich an mich, und spendete mir allein durch ihre Berührung Trost.

Kapitel 25

CORA

Grims Blick ging ins Nichts. Seit wir Matthew, in ein Laken gehüllt, an seinem Lieblingsplatz im Garten beerdigt hatten, sprach er kein Wort. Jody schluchzte laut und Reeses und Olivers verquollene Augen verrieten, wie sehr auch sie trauerten.

Ich hatte Mr. Burton nur wenige Tage gekannt und dennoch bereits ins Herz geschlossen. Da ich durch Levi wusste, wie tief einen der Verlust eines geliebten Menschen in den Abgrund stürzte, konnte ich ihren Schmerz nachvollziehen.

Das Chamberlain-Anwesen lag außerhalb Portlands, es gab keine direkten Nachbarn. Und Reese glaubte zudem, dass Adam einen Zauber eingesetzt hatte, durch den die Detonationen im Umfeld nicht wahrgenommen werden konnten. Es lag schließlich auch in seinem Interesse, unsere Existenz zu verbergen. Sonst wäre hier schon längst eine Polizeistaffel aufgetaucht und wir hätten die Zerstörung und Mr. Burtons Tod nicht erklären können.

Eine einsame Träne lief meine Wange hinab. Ich hielt schweigend Grims Hand, bis er von der Couch aufstand und in den Wintergarten wankte. Wir alle waren noch geschwächt von dem Rauch.

Ich war sofort wieder an seiner Seite. »Soll ich dir helfen? Brauchst du was?«

»Adam hat meine Mutter und Matthew ist tot!«, fauchte er und funkelte mich über die Schulter hinweg an. Sein Zorn galt nicht mir, aber es tat trotzdem weh, wie derb er mit mir sprach. »Mir hilft gerade nichts!«

»Ich weiß«, erwiderte ich betont sanft.

Die Glasfront war durch die Detonation zersplittert, überall lagen Scherben. Der einzige Vorteil war, dass genügend Luft ins Haus drang, um den Hexenkraut-Rauch hinauszubefördern.

Als ich Grim dabei beobachtete, wie er die zum Teil zerstörten Pflanzen seiner Mutter betrachtete, wurde mein Herz schwer. Wut überlagerte sein Gesicht. Furcht flutete seine Augen. Ich wusste nicht, was ich sagen sollte. Nichts würde es besser oder gar ungeschehen machen.

Ich zog ihn an mich und schloss meine Arme um seine Mitte. Als er seinen Kopf gegen meinen lehnte, spürte ich seinen stockenden, heißen Atem an meiner Schulter.

»Ich bin hier, und ich verspreche dir, dass wir alles tun werden, um Sandra zurückzuholen.«

Er schluckte. »Ich darf sie nicht auch noch verlieren, Cora.«

Ich hielt seinem Blick stand. »Du weißt, was Adam will. Und das erhofft er sich nun von dir – von uns – zu bekommen, solange er sie in seiner Gewalt hat.«

Grim umarmte mich wieder. Ich fing seine zersplitterte Seele auf und er hielt auch meine zusammen. Sein Zittern ließ mich spüren, wie sehr er litt.

»Wir müssen sie nach Hause holen«, sagte er immerzu.

Ich nickte. »Das werden wir.«

Er drückte mir einen Kuss auf die Stirn, löste sich von mir und verschwand aus dem Wintergarten, wobei ich ihm nach kurzem Zögern folgte. Die anderen waren nicht mehr im Wohnzimmer; ihre Stimmen drangen uns aus der Küche entgegen.

Grim setzte sich zwischen Oliver und Jody an den Tisch. Ich nahm wortlos neben Reese Platz, woraufhin Zelda aus seiner Kapuze herausspähte und von ihm auf meine Schulter kroch. Sie hatte sich während des Kampfes, auf meine Anweisung hin, zwischen den Blättern einer Pflanze versteckt. Anhand ihrer momentan blassen Haut erkannte ich, dass sie das Ganze auch sehr mitnahm.

Alle waren niedergeschlagen. Durch die Nachwirkungen des Hexenkrauts konnten wir unsere Magie noch nicht wieder benutzen und ich hatte keinen blassen Schimmer, wie lange das andauern würde. Mal wieder. Ich hasste das Zeug langsam wirklich abgrundtief. Es wurde Zeit, dass ich weiter an einem Gegengift forschte und nicht in regelmäßigen Abständen vergiftet wurde.

»Spürt jemand von euch seine Magie?«, fragte Reese, hob die Hand, starrte darauf und bewegte seine Finger, als erwartete er, dass sich eine Flamme entzünden würde.

Ich schüttelte den Kopf, und zum ersten Mal seit Langem fühlte ich mich unwohl ohne meine Magie. In den letzten Tagen hatte ich sie häufiger genutzt und sie war wieder ein Teil von mir geworden. Das war schön und ich war dankbar dafür.

»Die betäubende Wirkung wird bestimmt in ein paar Stunden nachlassen«, erwiderte Jody und strich sich eine ihrer Locken aus der Stirn.

»Es tut mir leid, dass wir die Entführung deiner Mom nicht verhindern konnten«, sagte Oliver und legte Grim eine Hand auf die Schulter. »Und dass Matthew …« Er verstummte. Sein gequälter Gesichtsausdruck verriet, dass er sich auch Vorwürfe machte – wie wir alle. Wir hätten wachsamer sein müssen …

»Ihr braucht euch nicht zu entschuldigen. Es hätte jeden von uns treffen können.« Grim sah Oliver an und nickte ihm zu.

Reese rieb sich die Finger. »Sobald wir unsere Magie zurückhaben, suchen wir deine Mom. Aufspürzauber sind leicht.«

Jody runzelte die Stirn. »Zu leicht, das wird Adam einkalkuliert haben und Mosh mit seiner Fähigkeit zu verhindern wissen.« Sie wandte sich mir zu. »Kennst du eventuell einen Aufspürspruch oder irgendein passendes Gebräu? Die sind manchmal genauer als irgendwelche Zauber.«

»Ähm, ja, ich kann im Grimoire meiner Großmutter einen Aufspürtrank suchen.«

»Könnten wir den dann auch für die Suche nach dem Schädel verwenden?«, fragte Reese.

Ich schüttelte den Kopf. »Nein, Aufspürtränke funktionieren nur bei lebenden Personen.«

Grim richtete sich auf. »Gut, dann bereite bitte alles vor, damit du gleich loslegen kannst, sobald du deine Magie wieder spürst.«

Ich sah den Funken Hoffnung in seinen Augen und spürte ein hohles Gefühl im Magen. Das Letzte, was ich wollte, war, ihn zu enttäuschen. Der Druck, möglichst schnell und gut einen passenden Trank herzustellen, war von jetzt auf gleich immens. Ich hoffte, dass ich es nicht vergeigen würde.

»Dann mache ich mich am besten gleich an die Arbeit.« Ich stand auf.

»Und wir säubern inzwischen das Foyer und schauen, was sich reparieren lässt«, forderte Grim Reese und Oliver auf.

Die beiden nickten.

Wir verließen gemeinsam die Küche, doch Grim, Reese und Oliver bogen im Gang in die entgegengesetzte Richtung ab. Jody schloss sich mir an. Von ihrer anfänglichen Feindseligkeit war nichts mehr zu spüren. Sie lächelte bestärkend. Die gemeinsamen Sorgen und das Erlebte schweißten uns zusammen.

Zelda war auf meiner Schulter eingeschlafen. Im Wintergarten hob ich sie sanft herunter, wobei sie nur kurz blinzelte. Ganz behutsam legte ich sie in den Topf einer Pflanze. Die Geschehnisse hatten ihr zugesetzt.

Während Adams Angriff hatten wir das Buch, das Grim und ich im Neverlight-Anwesen fanden, in einem Pflanzentopf versteckt und Steve, Sandras Hängepflanze, den Kristall übergeben. Steve hatte eine Ranke um ihn geschlungen und ihn bei sich aufbewahrt. Jody und ich suchten alle Utensilien zusammen und ich war erleichtert, dass die Pflanzen, die ich zum Brauen benötigte, nicht gänzlich vernichtet oder allzu sehr beschädigt waren. Der Aufspürtrank musste funktionieren, aber bis jetzt spürte ich meine Magie nur ein wenig. Sie war noch nicht einsatzbereit.

Die Wut über Adam brodelte in meinem Bauch. Jetzt brauchte er sich nicht mehr selbst die Mühe zu machen, den Kristallschädel zu finden. Durch Sandras Entführung zwang er uns dazu, ihm den Schädel im Austausch zu liefern.

Zurück in der Küche schaffte ich es, die erste Pflanze schweben zu lassen. Meine Magie gewann zunehmend an Kraft, die Zutaten landeten in dem kleinen schwarzen Kessel, den ich über einer Gasflamme erwärmte. Hierbei musste ich mich außerordentlich konzentrieren und wurde das Gefühl nicht los, dass ich etwas falsch machte. Doch ich konnte nicht einordnen, was es war.

Vielleicht sollte ich doch ein wenig mehr von der Trauerknolle reinschmeißen? Ich betrachtete das Gewächs und schüttelte den Kopf. Nein, ich hatte jede Anweisung aus dem Grimoire meiner Großmutter befolgt. Die Formel zu ändern, würde ich nicht riskieren.

Als letzte Zutat fügte ich ein Haar von Sandra hinzu, das Jody mir aus deren Bürste besorgt hatte. Ich rührte das Ganze mit meiner Magie um. Ein Schimmern durchwob die Flüssigkeit und ließ sie wirken, als hätte ich die Sterne vom Himmel geholt, nur um sie in den Kessel zu geben. Das Prickeln in meinen Fingerspitzen ließ mich schmunzeln. Magie. Meine Magie. Und sie war nützlich. Ich war zu etwas nützlich.

Prüfend las ich im Grimoire den Zauber nochmals durch, bevor ich ihn aussprach. Die einzelnen Silben drangen über meine Lippen und formten sich zu einer schönen Melodie, die ich stetig wiederholte. Anschließend kippte ich die Flüssigkeit auf eine Karte von Portland, die ich auf dem Tisch ausgebreitet hatte. Die gelb glitzernde, wabbelige Substanz ähnelte eher einem Flummi als etwas Flüssigem. Kaum berührte sie das Papier, verteilte sie sich über die Linien der Karte. Der Zauber nahm stetig Form an und gewann an Genauigkeit. Die Substanz bewegte sich nun nur noch in eine Richtung und ich vergaß vor lauter Aufregung zu atmen. Abermals sprach ich die Worte. Das wabbelnde Sekret kroch über die Karte, als hätte es einen eigenen Willen. Schlangenmäßig bewegte es sich immer schneller fort, bog in Kurven und überquerte den Fluss auf der westlichen Seite der Karte. Kurz darauf zog es sich zu einem Kreis zusammen und wirbelte herum, als wäre es ein Hund, der versuchte, seinen eigenen Schwanz zu fangen.

»Soll das so sein?«, fragte Jody, beugte sich über die Karte und rieb sich die Stirn.

Ich hörte auf, den Zauber zu sprechen und schüttelte den Kopf. Hier stimmte etwas ganz und gar nicht.

Die bewegliche Substanz entzündete sich und eine Stichflamme stob in die Luft, vor der Jody und ich zurückwichen. Sie verpuffte in einer Explosion, und nun prangte ein Loch in der Karte und dem Tisch.

»Scheiße«, schimpfte ich und schlug mir die Hände vor die Augen. Mein Herz schien vor Enttäuschung zu zerspringen. Ich war so sauer auf mich selbst. Warum hatte es nicht funktioniert? Ich hatte alles nach Anweisung gemacht! Alles!

»Wir versuchen es einfach noch mal«, schlug Jody vor, als im selben Moment Grim, Reese und Oliver in die Küche zurückkehrten.

Reese blieb mit offenem Mund am Tisch stehen und starrte auf das Loch. »Oh, verdammt.«

»Das kannst du laut sagen«, murmelte ich.

»Es hat also nicht geklappt?« Grim sah mich an. Er bemühte sich um eine neutrale Miene, schaffte es aber nicht, seinen Frust zu verbergen.

»Nein, hat es nicht.« Ich räusperte mich.

Grim presste die Lippen aufeinander.

»Ich probiere es gleich noch mal«, sagte ich hastig, schob die verschmorte Karte beiseite und betrachtete das Loch eingehend.

»Lasst mich mal ran.« Oliver sah prüfend auf seine Hände, hielt sie über das Loch, und sprach einen fremden Zauber. Seine Augen leuchteten hell auf, und als er die Hände wieder beiseite nahm, war das Loch in der Karte und im Tisch verschwunden.

»Danke.«

»Immer gerne.«

Ich begann die ganze Prozedur von vorne, wobei mir dieses Mal alle zusahen. Meine Hände zitterten vor Aufregung, als ich ein weiteres Haar von Sandra in den Kessel warf. Prüfend las ich nochmals den Spruch, verinnerlichte ihn und sprach ihn mehrmals. Es geschah alles so, wie es sollte. Keine merkwürdigen Bläschen oder Funken, die nicht dazu gehörten, stiegen auf. Es musste einfach klappen!

Wieder kippte ich die wabbelige Substanz auf die Karte. Ich wischte mir den Schweiß von der Stirn und sah dabei zu, wie sich die Flüssigkeit darauf verteilte. Mit dem Fuß wippte ich auf und ab und spürte den Atem der anderen förmlich in meinem Nacken. Das machte meine Nervosität nicht besser.

Es kroch langsam nach links, dann weiter auf eine Ecke der Karte zu und … fing Feuer. Eine Stichflamme, eine kleine Explosion, ein weiteres Loch im Tisch. Verzweifelt stöhnte ich auf und ließ die Hände auf meine Oberschenkel klatschen. Das durfte bitte nicht wahr sein.

»Scheiße«, fluchte ich. Ich wollte mich nicht zu den anderen umdrehen, nicht sehen, wie enttäuscht sie von mir waren – ich war es am allermeisten.

»Vielleicht sollten wir noch einen anderen Zauber versuchen«, schlug Oliver vor.

Grim seufzte. »Oder wir suchen uns eine Brauerin, die das besser kann. Vielleicht eine, die ihre eigenen Mixturen beherrscht. Ihr wisst schon.«

Mein Herz gefror, ich konnte kaum atmen. Ich wandte mich Grim zu, der gerade erst zu realisieren schien, was er da gesagt hatte. Wenn ich das selbst über mich dachte, war das nicht schlimm, ich hatte noch nie hohe Erwartungen an mich selbst. Doch zu hören, dass Grim so etwas sagte, tat weh. Verdammt weh. Mir schossen augenblicklich Tränen in die Augen.

»Oh, Cora«, hörte ich ihn noch sagen, doch da stürmte ich bereits aus der Küche. Meinen Herzschlag fühlte ich in jeder Zelle meines Körpers. Alles pulsierte.

Eine richtige Brauerin.

Worauf hatte ich mich hier nur eingelassen? Warum tat es so weh? Warum war es mir so dermaßen wichtig, was Grim über mich dachte? Weil *er* mir wichtig war.

Menschen waren wie Gift. Menschen taten mir weh. Menschen zerstörten mein Herz und meine Seele. Alles, was mich ausmachte. Und gerade war es Grim, der mich zerstörte. Es war meine eigene Schuld, wieder jemanden so nah an mich herangelassen zu haben.

»Ich hab das nicht so gemeint«, rief Grim und holte zu mir auf. »Bitte, verzeih mir, das war echt taktlos.«

»Lass mich in Frieden«, zischte ich und schlug seine Hand weg, als er sie nach mir ausstreckte. Ich war mit meinen eigenen Gefühlen überfordert. Gerade musste ich mich um mich selbst kümmern. Darum, dass mir alles zu viel wurde. Grims Worte hatten all meine Selbstzweifel neu aufgeschichtet.

»Cora, bitte …«

»Ich kann dir nicht zuhören. Das schaffe ich jetzt nicht.« Ich sah ihn an, erkannte die Reue in seinen Augen. Aber was er gesagt hatte, war bereits in mein Herz eingeschlagen.

»Wirklich, ich habe nicht darüber nachgedacht. Gerade habe ich Matthews Blut vom Boden aufgewischt. Sein Tod und die Sorge um meine Mom fressen mich auf. Ich darf sie nicht auch noch verlieren, ich muss sie unbedingt finden!« Er griff erneut nach mir, und ich riss mich abermals los.

Grim hob nachgebend die Hände und ließ sie sinken. Sein Blick glitt zu Boden.

Ich rannte die Treppe hinauf. Sollte er sich doch eine andere Brauerin suchen. Es war schon immer so gewesen, dass ich nichts Hilfreiches hatte beitragen können. Meine Fähigkeiten waren gut für einen kleinen Trank, für Arzneien und Tinkturen, doch für mehr nicht. Ich hatte es nicht drauf. Nichts. Gar nichts.

In meinem Zimmer angekommen, sperrte ich die Tür ab. Was sollte ich jetzt bloß tun? Die Schatten anderer hatten mich schon immer überragt. Cat, die feurige Anführerin. Merope, die sarkastische

Kämpferin. Samuel, der mitfühlende Zuhörer. Levi, der hilfsbereite Held. Jody, die entschlossene Wächterin. Reese, der hilfsbereite Riese. Oliver, der herzliche Witzbold. Grim, der entschlossene Beschützer. Und dann war da ich, die erbärmliche Cora. Ich war Levis Freundin gewesen, das Anhängsel meines alten Zirkels. Allein den Zweck als fünftes Mitglied hatte ich erfüllt. Eine Hexe, die die Lücke füllte.

Ich widerte mich selbst an. Wieso besaß ich keine besondere Fähigkeit? Warum war ich nicht stark genug? Mächtig genug? Weise genug?

Meine Gedanken schnürten mich ein, ich erstickte an meinem eigenen Atem. In meinem Rucksack hatte ich immer etwas Vorrat dabei, wühlte darin und zog eine Spritze hervor. Die Nadel blitzte mir entgegen. Kein Ausweg lag vor mir, außer dieser. Ich griff nach dem Glasfläschchen mit dem giftgrünen Inhalt – Magyk.

Seit Grim in mein Leben getreten war, hatte ich meine negativen Gefühle weggeschlossen. Aber jetzt waren sie wieder frei. Sie jagten mich durch meine eigenen Erinnerungen und Ängste, hatten Freude daran, mich leiden zu sehen. Das hier war meine Erlösung, um nichts mehr davon mitzubekommen.

Ich zog die Spritze mit der grünen Flüssigkeit auf und ließ ein paar Tropfen entweichen. Kurz zögerte ich und realisierte, dass das nicht der richtige Weg war. Doch dann kam das zermürbende Gefühl in meiner Magengrube zurück und ich bereitete alles für den Schuss vor. Als ich die Nadel schließlich in meine Armvene stach und den Kolben der Spritze nach unten drückte, durchflutete mich das *Magyk* wie flüssiges Magma. Ich sackte in mich zusammen, zog die Beine an die Brust und löste den Gurt von meinem Arm. Mein Blickfeld verschwamm, dafür sah ich Levis Gesicht vor meinem inneren Auge. Ich hatte meine große Liebe nicht retten können.

Vorsichtig zog ich die Spritzennadel aus meinem Arm. Noch nicht einmal mich selbst konnte ich retten. Vielleicht waren es nicht die anderen, die mich vergifteten, sondern ich.

Mir war heiß und kalt, ich fühlte mich seltsam fiebrig. Meine Augen verdrehten sich von selbst und mein Atem rasselte. Die Panik kam nicht an der magischen Droge vorbei, die meinen Körper beherrschte und mir jegliche Energie absaugte. Wie ein Parasit, den ich selbst eingeladen hatte.

Kapitel 26

LEVI

Cora starb. Ich wusste es, auch wenn ich sie nicht berühren konnte. Ihre Haut war zu blass, zu viel Schweiß klebte auf ihrer Stirn. Grüne Flüssigkeit rann aus ihrem Mund, befleckte das Bett, auf dem sie sich die Spritze in den Arm gerammt hatte. Meine wunderschöne Cora. Meine Cora. Wie konnte sie sich das selbst antun? Mein Herz schmerzte so stark, obwohl es nicht mehr schlug. Doch auch wenn ich nicht mehr lebte, die Liebe in mir würde niemals vergehen.

Sie krampfte und verdrehte ihre Augen. Erst zuckten ihre Arme, dann der ganze Körper. Jemand musste ihr helfen! Jetzt!

Ich kniete mich neben sie, wollte sie schütteln, für das, was sie getan hatte, und sie halten, um das mit ihr durchzustehen. Meine Hand glitt durch ihren Körper hindurch, egal wie oft ich versuchte, sie zu berühren. Ich spürte sie nicht. Weder ihr Gesicht noch ihre Hand, oder ihr Herz, das in ihrer Brust schlug.

Verzweiflung wollte meinen Körper heimsuchen, ihm Schweißausbrüche, zittrige Hände und einen rasenden Herzschlag verpassen. Doch nichts davon war etwas, das ich haben konnte. Ich war ein Geist, kein Mensch.

Grim. Er konnte ihr helfen. Ich bewegte mich fort, weg aus Coras Zimmer, und tauchte direkt im Wohnzimmer vor Grims Nase wieder auf, ohne erklären zu können, wie ich das machte. Er saß in einem

Sessel, blätterte in einem Buch und war allein. Wenn ich ihn doch einfach packen, schütteln und zu Cora schleifen könnte. Doch er sah mich nicht, hörte mich nicht, spürte mich nicht. Ich brauchte einen anderen Weg, musste mich irgendwie bemerkbar machen. Ihn auf Cora hinweisen. Wie lange sie schon in diesem Zustand war, wusste ich nicht. Eigentlich war es ihr in den letzten Wochen besser gegangen, sie hatte … glücklich gewirkt und mir die Hoffnung gegeben, dass sie endlich anfing zu leben. Doch ich hatte mich geirrt.

»Okay, Grim. Wie gehen wir das an?«

Er zeigte keine Anzeichen, dass er mich gehört hatte, las weiterhin in dem Buch. Ich sah mich hektisch um, suchte nach irgendeiner Möglichkeit. Jede verstreichende Minute könnte Coras letzte sein.

Kapitel 27

GRIM

Ich suchte fieberhaft nach irgendeinem Aufspürzauber und blätterte durch einen Grimoire unserer Familie, als plötzlich die Schreibtischlampe auf mich zuflog. Ich duckte mich und riss erschrocken die Augen auf. War Adam hier?

Das Buch ließ ich fallen, sprang auf und hob kampfbereit die Hände. Doch ich sah nichts. Bis …

Ich legte den Kopf schräg und runzelte die Stirn. Hatte ich Wahnvorstellungen? Das Hexenkraut wirkte anscheinend immer noch.

Ein Bleistift schwebte über dem Schreibtisch und tat dies auch weiterhin, nachdem ich mehrmals geblinzelt hatte.

»Was ist das für ein kranker Scheiß?« Ich ging langsam auf den Tisch zu, während der Bleistift auf den Notizblock niedersank und mit der Mine langsam und zittrig über das Papier kratzte. Was zur Hölle …?

Ich zögerte, traute nach wie vor meinen Augen nicht. Immer mehr Buchstaben reihten sich auf dem Papier aneinander, bis sie vier Wörter ergaben, deren Botschaft mir eine Gänsehaut bescherte.

CORA BRAUCHT HILFE! SCHNELL!

Ich fragte mich, ob das eine Falle war. Wenn nicht, musste ich sofort zu ihr.

»Cora«, schrie ich und rannte aus dem Zimmer.

Auf dem Gang hielt ich inne und überlegte, wo ich sie zuletzt gesehen hatte. Meine Kehle schnürte sich zu. Es war etwa eine Stunde seit unserem Streit vergangen. Ich war so ein Idiot gewesen, hatte sie enttäuscht.

Mit wild klopfendem Herzen hastete ich die Treppe hinauf. Ihr Gästezimmer lag meinem gegenüber. Ich rüttelte am Knauf, doch die Tür ließ sich nicht öffnen. Daher faselte ich einen Entriegelungszauber.

»Cora!« Ich stürmte ins Zimmer und sah sie auf dem Bett liegen. Ihr Körper krampfte, grüne Flüssigkeit sickerte aus ihrem Mund und die Augen bewegten sich unruhig hinter ihren Lidern. Ich sackte neben ihr auf die Knie und strich über die kalkweiße Haut ihrer Wangen.

»Cora?« Ich rüttelte sie, doch nichts passierte.

Da entdeckte ich neben ihr eine leere Spritze und Angst umklammerte meinen Brustkorb wie ein Schraubstock. Wieso hatte sie das getan? War es meine Schuld?

Ich packte sie an den Schultern, drehte sie auf die Seite und überstreckte ihren Kopf, damit sie nicht an der grünen Flüssigkeit ersticken konnte. Anhand der Spritze wusste ich, dass sie sich die Droge direkt ins Blut verabreicht haben musste. Allerdings kannte ich mich mit Drogen nicht aus, schon gar nicht, wenn es sich vermutlich um Coras eigene Kreation handelte. Wie hatte sie es genannt? *Magyk*?

Ich hielt ihre zitternde Hand und dachte angestrengt nach. Da Magie in ihrer Droge verarbeitet war, konnte ich diese vielleicht mit etwas Fingerspitzengefühl in ihrem Körper lokalisieren und entfernen.

Kaum hatte ich den Gedanken zu Ende gebracht, beschwor ich meine Magie herauf. Mir trat der Schweiß auf die Stirn, als ich sie in den Fingerspitzen ansammelte. So ruhig wie möglich fuhr ich mit den Händen über Coras Körper und suchte nach diesem *Magyk*. Nicht nach ihrer pulsierenden, warmen Magie, sondern der aggressiven, die wie ein Pfeil durch ihre Gliedmaßen schoss und nicht zur Ruhe kam. So viel vergiftete Magie.

Ich schloss die Augen und rief sie zu mir.

Cora gab beängstigende Laute von sich, die mir einen kalten Schauer über den Rücken jagten. Sie würgte und atmete röchelnd. Die schlechte Magie wurde von meiner wie ein Magnet angezogen, und ich gab nicht auf, bis ich jedes noch so kleine Fünkchen lokalisiert hatte. Doch sie kam nicht heraus, blieb in ihrem Körper hängen. Das Gift drängte sich von innen gegen die Einstichstelle an ihrem Unterarm, sodass sich eine Beule formte. Cora hatte sich das Zeug in die Vene gespritzt, dann musste ich es dort auch wieder herausholen.

Meine Fingerspitze erglühte, als ich auf ihrem Unterarm die Haut mit Magie aufritzte. Blut floss aus dem Spalt, und mit ihm auch eine giftgrüne Flüssigkeit. Ich konnte das *Magyk* nun problemlos aus Cora herausbefördern. Dabei spürte ich immer wieder nach, ob ich noch etwas davon in ihr lokalisieren konnte.

Als ich nur noch ihre eigene Magie wahrnahm, atmete ich erleichtert auf. Was wäre gewesen, wenn ich nicht rechtzeitig gekommen wäre? Cora hätte wohl nicht überlebt.

Ich drückte Coras eiskalte Hand und strich ihr die Haare aus der verschwitzten Stirn. Den Schnitt, den ich ihr zugefügt hatte, behandelte ich mit einem Heilzauber und säuberte ihre Haut von dem Blut. Mit einem Tuch wischte ich Coras Mundwinkel sauber und legte eine Decke über ihren zitternden Körper. Sie krampfte nicht mehr, doch sie war weiterhin bewusstlos. Jetzt konnte ich nur noch abwarten.

»Es tut mir so leid, was ich gesagt habe«, flüsterte ich, obwohl sie mich nicht hören konnte. Ich hatte keine Ahnung, wer mir diese Nachricht überbracht hatte, aber eines war klar: Wenn ich sie nicht bekommen hätte, wäre Cora wahrscheinlich am Ende des Tages nicht mehr am Leben gewesen. Selbst jetzt konnte ich nicht sagen, ob sie das hier ohne bleibende Schäden überstehen würde. Auf jeden Fall brauchte sie verdammt viel Ruhe.

Ich betrachtete ihr Gesicht, das so ausgelaugt wirkte, als hätte sie seit Tagen nichts gegessen. Wie sehr musste sie von Schmerz erfüllt gewesen sein, dass sie sich das selbst angetan hatte?

Mit dem Daumen strich ich über ihren Handrücken und versuchte auf diese Weise, sie und mich selbst zu beruhigen. Ich durfte sie nie verlieren. Dafür mochte ich sie zu gern. So viel mehr, als ich es mir zuvor hatte eingestehen wollen. Cora in diesem Zustand zu sehen, öffnete mir die Augen – ließ mich spüren, wie wichtig mir diese Hexe geworden war. Ich brauchte sie mehr als nur für den Zirkel. Mein Herz war es, das sie brauchte.

Als es draußen dunkel wurde, schlief sie noch immer tief und fest. Ich hatte Oliver geschrieben, dass es Cora nicht gut ging und ich bei ihr im Zimmer war. Meine Freunde kamen, um nach ihr zu sehen. Zelda spähte aus Reeses Kapuze und zischte immerzu vor Sorge. Aber wir konnten sie letztendlich mit viel Geduld davon überzeugen, dass sie Cora gerade nicht helfen konnte und so lange bei Reese bleiben sollte, bis Cora erwachte. Ich versprach ihr, sofort Bescheid zu geben. In der Zwischenzeit wollten sie weiterhin nach einem anderen Weg suchen, meine Mutter zu finden.

Eines war klar: Ich würde Cora hier nicht allein zurücklassen. Wir mussten warten, bis sie zu sich kam und sicherstellen, dass sie wirklich über den Berg war.

Ich lag nun neben ihr und wachte über sie. Es fiel mir immer schwerer, meine Augen offen zu halten, und irgendwann schlummerte ich ein.

Ich bewegte mich, um eine bequemere Position zu finden und Cora grummelte unzufrieden. Als ich die Augen öffnete und ihr Gesicht betrachtete, verzog sie gequält ihre Lippen. Cora war wach. Und ich auch.

Erleichtert seufzte ich auf und ließ meine Hand über ihre Haare gleiten. Ein Blick zum Fenster verriet mir, dass die Sonne bereits aufgegangen war.

»Grim?«

»Mhh?« In der Nacht hatte ich geglaubt, Cora vielleicht nie wieder meinen Namen aussprechen zu hören. Meine intensiven Gefühle für sie brachten meine Adern zum Kribbeln, als hätte ich mir selbst Brausepulver injiziert. Ob sich das *Magyk* auch so anfühlte? »Wie geht es dir?«, fragte ich, stützte mich auf den Unterarm und sah sie an.

Sie öffnete die geschwollenen Augen. »Wie sehe ich denn aus?«

Erst jetzt realisierte ich, dass sie geweint hatte.

»Soll ich ehrlich sein oder lügen?«

Cora blinzelte und erwiderte meinen Blick dann wieder. »Ehrlich sein, bitte.«

Ich lächelte sanft. »Total fertig.«

»So fühle ich mich auch.«

»Was kann ich tun, damit es besser wird?«, fragte ich und stützte mit der Hand meinen Kopf.

»Keine Ahnung.« Cora rieb sich über die Augen, gähnte und hielt sich hastig die Hand vor den Mund. Sie unterdrückte ein Würgen und quälte sich mit meiner Unterstützung aus dem Bett. Ich begleitete sie über den Gang ins Badezimmer und hielt ihr die Haare aus dem Gesicht, als sie sich umgehend über die Toilette beugte und sich die Seele aus dem Leib kotzte. Nachdem sie fertig war, betätigte ich die Toilettenspülung, setzte mich neben sie auf den Boden und lehnte mich mit dem Rücken gegen die Wand.

»Danke«, schniefte Cora. Sie klang beschämt und schaffte es nicht, mich anzusehen.

»Weißt du, wie oft ich Oliver schon beim Kotzen beigestanden habe? Ich musste ihm nur nicht die Haare halten.«

Cora zog sich am Waschbecken hoch und wusch sich mit Wasser den Mund aus. »Nein, keine Ahnung.«

»So oft, dass ich jetzt nicht einmal mehr angeekelt bin. Oliver halte ich in solchen Momenten immer das Händchen.« Ich zwinkerte ihr zu.

Cora schmunzelte und nahm ihre Zahnbürste aus dem Holzschränkchen.

»Das klingt nach etwas, mit dem man ihn besser nicht aufziehen sollte.«

Ich lachte. »Ja, das solltest du möglichst vermeiden.«

Cora begann, sich die Zähne zu putzen, und ich ließ sie allein, um ihr Freiraum zu lassen. Ich brauchte ebenfalls dringend eine Dusche und suchte das Badezimmer im ersten Stock auf. Meine Gedanken kreisten um meine Mom, und ich grübelte zudem über den Bleistift nach, der einfach wie von Geisterhand geschrieben hatte. Eine innere Stimme sagte mir, dass es kein Zufall gewesen war, der mich zu ihr gelotst hatte.

Als ich zum Gästezimmer zurückkehrte, stand die Tür noch immer offen und Cora war noch im Badezimmer. Ich strich ihre Bettdecke glatt und schüttelte das Kissen auf. Mit einem einfachen Zauber entfernte ich die Blutflecken aus dem Laken, ebenso wie die grünen Rückstände vom Magyk. Die Spritze und das Glasfläschchen, in dem die Droge gewesen war, schmiss ich in den Mülleimer. Das beklommene Gefühl, das sich wie eine Zecke an mich haftete, ließ mich frösteln. Cora hatte sich selbst vergiftet.

Ich nahm aus dem Augenwinkel eine Bewegung wahr, wandte mich in die Richtung und sah Cora im Türrahmen stehen. Ihre Haare waren vom Duschen noch ganz feucht. Sie trug einen Bademantel und sah mich einfach nur schweigend an.

»Kannst du dich erinnern?« Ich erschrak selbst über die plötzliche Wut, die in meiner Stimme mitschwang.

Cora schüttelte den Kopf. »Kompletter Filmriss«, antwortete sie ehrlich.

»Gut, dann werde ich es dir zeigen.« Ich ging zu ihr, ergriff ihre Hand, kramte in meinen Erinnerungen und benutzte einen Übertragungszauber. »Es tut mir leid, aber das muss sein, Cora. Du musst sehen, was du dir antust!«

Ihre Hand verkrampfte sich in meiner, und das verdeutlichte mir, dass die Übertragung meiner Erinnerung funktionierte. Sie sah sich so, wie ich sie vorgefunden hatte. Krampfend, schwitzend, atemlos, komplett zugedröhnt auf dem Bett liegend. Um ihr Leben ringend. Ihr Blick war die ganze Zeit starr auf mich gerichtet. Sie durchlebte meine Verzweiflung, Wut, Trauer, Furcht und Sorge. Ich ließ sie meine Angst am eigenen Leib spüren. Vielleicht war das grausam, und ich tat es nicht gerne, aber sie musste endlich begreifen, wie die Droge sie fertig machte. Sie konnte froh sein, dass sie bisher keine bleibenden Schäden zurückbehalten hatte. Doch wenn sie so weitermachte, war das nur noch eine Frage der Zeit.

Ihr Puls am Handgelenk schlug schnell gegen meine Finger. Cora schwankte, weshalb ich sie in meine Arme zog. Ich spürte ihren rasenden Herzschlag nun gegen meine Brust donnern; ihr stoßweiser Atem war das einzige Geräusch, das den Raum erfüllte. In ihren Augen schimmerten Tränen, die schließlich über ihre Wangen rannen.

Die Erinnerung endete und ich ließ ihre Hand los. Sie fiel an Coras Körper hinab, als wäre sie eine Puppe, die keine Kraft hatte, ihre eigenen Gliedmaßen zu steuern.

Cora presste ihre Zähne aufeinander und schluckte angestrengt. Der Schock war deutlich auf ihrem Gesicht zu erkennen, und allein bei ihrem trostlosen Anblick kamen auch mir die Tränen.

»Ich dachte nicht, dass … es mich umbringen würde«, brachte sie stockend hervor. »Die Wirkung war stärker als sonst. Es ist eigentlich etwas zum Entspannen und keine … Droge.«

Ich schloss die Tür und atmete hörbar aus. »Doch, Cora, das ist es eben schon. Vor allem in der Dosis, die du genommen hast.«

Sie schüttelte den Kopf und klammerte sich gleichzeitig an meinem Arm fest.

Ich gab ihr diesen Halt liebend gerne. »Es tut mir kein bisschen leid, dass ich dir meine Erinnerung gezeigt habe. Du musst verstehen, was das Zeug mit dir anstellt.«

»Wenn kümmert's denn?« Cora lachte bitter auf.

»Mich kümmert es!« Ich packte sie an den Oberarmen und konnte mich gerade noch davon abhalten, sie zu rütteln.

»Du meintest, dass du dir lieber eine richtige Brauerin suchen willst. Wenn du mich noch nicht einmal für vollwertig ansiehst, weshalb sollte ich dir dann glauben?«

»Was ich gesagt habe, war absolut dumm und tut mir verdammt leid. Das war überhaupt nicht so gemeint, auch wenn ich es so ausgesprochen habe. Keinesfalls wollte ich dich verletzen, und der Gedanke daran, dass ich dafür verantwortlich sein könnte, dass du dich so abgeschossen hast, macht mich fertig.«

Dass sie schwieg, war mir Antwort genug. Meine Kehle schnürte sich zu.

»Du hast mir das *Magyk* nicht verabreicht, Grim.« Sie seufzte. »Das war ich selbst. Ich allein bin dafür verantwortlich, und ich schaffe es einfach nicht, davon loszukommen. Sobald ich mich überfordert fühle ...« Sie stockte.

»Du musst das nicht allein durchstehen, Cora.« Ich nahm ihr Gesicht zwischen meine Hände und sah ihr tief in die Augen. »Lass mich bitte für dich da sein.«

Sie blinzelte. »Ich habe versagt. Warum willst du mir noch helfen?«

Ich verstärkte meinen Griff. »Weil ich dich mag. Weil ich dich nicht allein lassen *kann*. Weil du mir wichtig bist. Weil du *du* bist. Weil mein Herz dir gehört. Weil ich mich ... in dich verliebt habe.«

Cora starrte mich an wie ein Reh im Scheinwerferlicht, und ich begann, mein Geständnis zu bereuen. Doch dann bemerkte ich ihr aufkeimendes Lächeln und der dumpfe Druck in meiner Brust ließ augenblicklich nach.

»Wirklich?«, flüsterte sie.

Ich nickte und schloss sie in meine Arme. Ohne dass ich sagen konnte, wie es passierte, fanden sich unsere Lippen. Wir küssten uns, taumelten zum Bett und ließen uns auf das Laken fallen, wobei Cora kichernd auf mir landete. Sie verschränkte ihre Hände in meinem Nacken, schmiegte ihren Kopf auf meine Brust und presste ihre Innenschenkel an meine Seiten, wobei ich mir sofort wünschte, dass sie den Bademantel nicht mehr trüge. Aber ich wollte nichts überstürzen, sie nicht drängen oder verunsichern. Ich hielt sie einfach nur in meinen Armen.

»Weißt du, wie froh ich bin, dass du mich gefunden hast?«, fragte sie, hob den Kopf und sah mich.

»Nein, ich habe keine Ahnung.«

»Dann lass mich dir zeigen wie sehr.« Sie presste ihre Lippen wieder auf meine und ich spürte ihr rasendes Herz gegen meine Brust schlagen. Sanft strich ich mit meiner Zunge über ihre Unterlippe, woraufhin sie den Mund leicht öffnete und sie willkommen hieß.

Mein Körper kribbelte. Ich umfasste Coras Hintern und drückte meine Finger in ihr Fleisch, was ihr ein wohliges Seufzen entlockte, bei dem ich an ihren Lippen zufrieden grinste. Dieser verdammte Bademantel war mir im Weg.

Sie presste sich enger an mich, und ihr war sicherlich klar, was das mit mir anstellte. Mit ihren Fingern strich sie durch meine Haare und biss leicht in meine Unterlippe.

Ich gab ein Geräusch von mir, das sich wie ein Knurren anhörte, fasste ihr Gesicht zwischen meinen Händen und hielt ihre Unterlippe nun meinerseits kurz zwischen meinen Zähnen gefangen. Viel zu lange hatte ich meine Lust schon unterdrückt und nun brach sie explosionsartig aus mir heraus.

Cora presste ihr Gesicht in meine Hände, als ich es betrachtete und mit meinen Daumen über ihre Wangen streichelte. Ihre grünen, großen Augen, die feine Nase und ihre vollen Lippen, die leicht geöffnet waren. Alles an ihr fand ich wunderschön. Ihr Gesicht, ihre Körperform, ihren Charakter, ihre Art zu reden und wie sie sich bewegte. Diese Frau machte mich völlig verrückt. »Wie schön du bist«, flüsterte ich an ihrem Mund.

Sie schüttelte leicht den Kopf. »Halt den Mund und küss mich.« Ich tat nichts lieber als das. Meine Hand legte ich in ihren Nacken, zog sie noch enger an mich und ließ eine Hand auf ihrem wohlgeformten Hintern ruhen.

Cora war währenddessen nicht untätig. Sie fuhr mit ihren Händen unter mein Shirt und ließ ihre Finger über meine Haut gleiten. Eine Gänsehaut überkam mich, als sie unterhalb meines Bauchnabels stoppte und zwei Finger in den Bund meiner Jeans schob. Sie musste meine Härte längst spüren. Mein Körper verlangte nach mehr. Ich wollte sie überall und mich in ihr spüren.

»Zieh dich aus«, flüsterte sie an meinem Ohr, wobei ihr heißer Atem mir einen wohligen Schauer über den Nacken jagte. Ich stieß die Luft aus, rollte Cora sachte von mir, sodass sie nun neben mir lag. Dann setzte ich mich auf, zog mir das Shirt über den Kopf und öffnete den Knopf meiner Hose.

Ich war mir unsicher, wie weit sie gehen wollte, und beugte mich über sie. Meine Knie presste ich neben ihrem Körper in die Matratze.

»Was jetzt?«, fragte ich.

Sie überlegte einen Moment lang, betrachtete mich eingehend und leckte sich über die Unterlippe. »Mach, was du willst.«

Ich rührte mich nicht, sah sie nur an und versuchte herauszufinden, ob sie das ernst meinte. »Sicher?«

»Ganz sicher«, flüsterte sie, packte mich an den Schultern und zog mich an sich. Ihre Hand glitt über meine Brust, meinen Bauch, die Rippen, bis hinab zur V-Linie, die in dem Bund der Hose verschwand.

Ich leckte mit der Zungenspitze über ihren Hals, was ihr ein leises Stöhnen entlockte. Mit einem Unterarm stützte ich mich ab und öffnete mit der freien Hand den Bindegürtel ihres Bademantels. Ganz langsam, sie konnte mich jederzeit noch aufhalten. Ich strich den Stoff vorerst nur leicht zur Seite und streichelte ihren Bauch, den sie augenblicklich anspannte. Ein zufriedenes Stöhnen drang aus Coras Mund, was mich dazu ermutigte, noch weiterzugehen. Nun öffnete ich den Bademantel ganz und nahm ihren nackten Anblick bewundernd in mich auf.

Cora stützte sich auf ihre Ellenbogen. Dass sie errötete, machte sie für mich nur noch attraktiver. Mein Blick glitt über ihre wohlgeformten Brüste, die weder zu klein noch zu groß waren, den Bauch, ihren Venushügel und die langen Beine mit den kräftigen Oberschenkeln. Ich wollte jeden Zentimeter ihrer Haut küssen. Allein bei dem Gedanken daran, was ich alles mit Cora anstellen wollte, beschleunigte sich mein Herzschlag noch mehr.

Ich ließ meine Finger ihre Beine entlanggleiten und verweilte schließlich auf den Oberschenkeln. Mein Blick traf auf ihren und ich konnte in ihren Augen lesen, dass sie mich in diesem Moment genauso sehr wollte wie ich sie. Ihre Lippen waren bereits von unseren Küssen geschwollen und glänzten feucht. Der Druck in meiner Hose schwoll ins Unermessliche.

»Spreiz deine Beine für mich«, sagte ich mit rauer Stimme und glitt mit meinen Fingern an die Innenseiten ihrer Schenkel. Ich drückte leicht dagegen, wartete jedoch, bis sie ihre Beine bewegte. Als sie es tat, rutschte ich nach unten, umfasste mit meinen Armen ihre Beine, senkte meinen Kopf in ihren Schoß, und ließ meine Zunge über ihre Mitte gleiten. Cora atmete scharf ein und drängte mir ihre Hüfte entgegen. Ich liebkoste sie mit meiner Zunge und saugte an ihrer Mitte, wobei sie ihre Finger in meinen Haaren vergrub. Die ekstatischen Laute, die Cora dabei von sich gab, klangen wie Musik in meinen Ohren.

»Hör nicht auf«, flehte sie mich an, als ich kurz zu ihr aufblickte. Ihre Beine begannen zu zittern, und ich wusste, dass sie gleich kommen würde. Mit dem größten Vergnügen trieb ich sie immer weiter auf den Höhepunkt zu, indem ich meinen Zeige- und Mittelfinger in sie einführte.

Cora schrie auf und zog an meinen Haaren, doch ich wollte es so gern noch ein wenig hinauszögern. Das Gefühl, ihr diese Lust zu bereiten, war unglaublich.

Ich wartete einen Moment lang, bis sie sich etwas entspannt hatte, und passte meine Finger dann wieder an den Rhythmus meiner Zunge an. Ihre Muskeln zitterten und ihr stoßweiser Atem verriet, dass sie erneut kurz davor stand, zu kommen. Doch dieses Mal machte ich weiter, leckte sie schneller und ließ meine Finger tiefer in sie hineingleiten.

Cora krümmte sich, als ich mit meinen Lippen ihren empfindlichsten Punkt umfasste und daran saugte. Ich wollte sie zum Schreien bringen, wollte, dass sie voll und ganz auf ihre Kosten kam und nicht bereute, sich mir hingegeben zu haben.

»Bitte, hör nicht auf«, flehte sie wieder, und ich spürte, wie sich ihr Körper anspannte.

Ich stieß meine Finger ein letztes Mal in ihre Tiefe und sah genüsslich dabei zu, wie Cora mit einem heftigen Stöhnen und Zittern zum Höhepunkt kam.

Während sie in die Realität zurückzufinden versuchte, küsste ich ihren Bauch und legte mich schließlich neben sie.

»Alles okay?«, fragte ich mit einem seligen Grinsen und strich ihr eine Haarsträhne aus dem Gesicht.

Sie biss sich auf die Unterlippe und machte ein zustimmendes Geräusch. Die Augen hielt sie weiterhin geschlossen, jedoch tastete sie nach mir und zog mich an sich.

»Danke«, flüsterte sie irgendwann. Mit einem Satz legte sie sich auf mich und lächelte mich an. »Jetzt bist du dran!« Sie setzte sich auf, zog mir gleichzeitig die Hose samt Boxershorts aus, und warf die Sachen achtlos beiseite.

Ich war sowas von bereit und hart. Es pulsierte in meiner gesamten Lendengegend.

»Fuck«, zischte ich, als Cora meine Erektion in die Hand nahm und leichte Bewegungen nach oben und unten ausführte. Ich sah ihr dabei zu, wie sie mich berührte und mein bestes Stück in den Mund nahm. Oh, scheiße. Mir war klar, dass ich das nicht lange aushalten würde. Am liebsten wollte ich sofort kommen, aber gleichzeitig unsere körperliche Nähe noch länger genießen. Ich griff in Coras Haare und dirigierte sie. Mein Herz schlug heftig gegen meine Rippen und ich hörte meinen rasenden Puls in meinen Ohren widerhallen. Als ich es kaum noch aushielt, umfasste ich ihr Gesicht, setzte mich auf und küsste sie. Ich fühlte, wie sie grinste.

»Du machst mich fertig«, flüsterte ich und schaffte es kaum, mich von ihr zu lösen. Ich beugte mich aus dem Bett, bekam meine Jeans zu fassen und nahm das Kondom aus der Arschtasche. Da ich geahnt, oder besser gesagt, gehofft hatte, dass Cora und ich in diese Lage kommen würden, hatte ich vorsorglich eins bei mir getragen.

Cora sah mir dabei zu, wie ich das Kondom über meinen Penis streifte und zog mich dann ungeduldig an sich. Ich küsste sie mit einer Leidenschaft, wie ich sie schon lange nicht mehr gespürt hatte, und hob sie auf meine Beine. Sanft massierte ich ihre Brüste, wobei sie den Kopf in den Nacken legte und mir ihren Oberkörper entgegen wölbte. Ich nahm ihre Brustwarze zwischen meine Lippen, lauschte Coras Fluchen und Flehen und stöhnte auf, als sie mit ihrer Hand meinen harten Penis umschloss. Keine Sekunde länger konnte ich es hinauszögern.

»Cora.« Ich hob sie ein wenig an und drang in sie ein, hörte und spürte, wie sie kurz die Luft anhielt und dann meinen Namen rief.

Sie vergrub ihre Hände in meinen Haaren, was mich dazu anspornte, noch tiefer und fester in sie hineinzugleiten. Ich liebte das Gefühl, in ihr zu sein, und genoss ihren Körper an meinem. Ihr Duft, ihre erregten Laute, ihre Reaktion auf meine Bewegungen – wie sollte ich jemals davon genug bekommen.

Cora lehnte ihre Schläfe an meine Stirn und stöhnte bei jedem Stoß. Es bereitete mir Genugtuung, wie sehr ich sie befriedigte, und ich war überrascht von meinem eigenen Verlangen.

Ich küsste ihr Gesicht und ihren Hals, strich ihr über die Wirbelsäule. Immer weiter erhöhte ich das Tempo und ließ sie spüren, wie sehr ich sie begehrte.

»Oh, fuck«, stieß ich aus. Mein Glied zuckte bereits in ihr.

Ich wollte, dass wir zusammen kamen, legte zwei Finger auf ihre feuchte Mitte und streichelte sie im selben Rhythmus, in dem ich in sie stieß.

»Ich komme gleich«, stöhnte sie, schlang ihre Arme um meinen Hals, presste ihre Brüste gegen meine Brust und lehnte ihren Kopf an meinen. Meine Hände waren zwischen ihren Beinen und an ihrem Hintern, während sie auf mir saß und ich sie zum nächsten Orgasmus trieb.

Sie krallte ihre Nägel in meinen Rücken und bäumte sich auf. Ihre Beine zitterten, sie konnte ihren Körper nicht mehr stillhalten. Und als sie schließlich unter meinen Stößen erbebte, erlaubte ich mir, selbst zu kommen und stieß ein letztes Mal mit einem animalischen Stöhnen in sie hinein.

Cora hing schlaff in meinen Armen und ich klammerte mich an ihr fest, um selbst Halt zu finden.

Kapitel 28

CORA

Du liebst mich …«, flüsterte ich und lächelte versonnen. Diese Worte hatte ich schon lange nicht mehr gehört, hatte weder die Bedeutung gespürt, noch das aufregende Hüpfen meines Herzens. Das Gefühl war so vertraut, aber doch so unbeschreiblich fremd. Meine Wange lag auf seiner Brust und er fuhr mit den Fingern durch meine Haare. Die Decke umhüllte unsere nackten Körper.

Er räusperte sich und rutschte ein wenig tiefer in die Kissen. »Ja, das tue ich.«

»Aber wieso? Ich bin doch so kaputt.«

Grim verschränkte unsere Finger ineinander. »Niemand von uns ist perfekt, Cora. Du musst damit aufhören, nur deine Schwächen zu sehen. Ich mag dich mit all deinen Ecken und Kanten, Problemen und Talenten, Meinungen und Ansichten.«

Seine Worte fühlten sich wie Balsam für meine Seele an. Für Grim musste ich nicht perfekt sein.

Er küsste mich auf den Scheitel. »Glaub mir, ich habe auch ein Päckchen zu tragen, das sicherlich nicht weniger wiegt als deins.«

Ich spürte Levis Verlust wieder bis ins Mark. Und ohne weiter darüber nachzudenken, begann ich Grim von meinem alten Leben zu erzählen, und wie Levi und ich Cataleyas Zirkel beigetreten waren. Ich berichtete ihm von meinen alten Freunden und wie es mir damit ergangen war, dass ich nie mit ihren Fähigkeiten hatte mithalten können. Nur Levi hatte mich dazu animiert, Tränke zu brauen. Ich beschrieb viele glückliche Momente, die ich mit Levi erlebt hatte, und endete mit seinem Tod.

»Ich hätte ihn retten müssen. Zumindest hätte ich es besser versuchen sollen«, flüsterte ich. »Er hat mich immer beschützt, doch ich war für ihn zu schwach. Ich war einfach nur Cora, und das hat noch nie gereicht.«

Grim hatte mir die ganze Zeit aufmerksam zugehört und schüttelte nun den Kopf. »Dein Verlust tut mir aufrichtig leid. Es ist nicht leicht, jemanden zu verlieren, und niemand verlangt, dass du nicht trauern darfst. Aber ich kann nicht länger mitansehen, wie du dich selbst verurteilst und glaubst, den seelischen Schmerz verdient zu haben. Du bist es verdammt noch mal wert, geliebt zu werden. Und das tue ich, Cora. Mit jedem Moment, jedem Gedanken, jedem Atemzug liebe ich dich mehr. Mit allem, was ich habe. Mit allem, was ich bin.«

Ich zitterte, da ich nicht wusste, wie ich mit meinen Gefühlen für Grim umgehen sollte. Ja, ich wollte sie spüren und sie gleichzeitig erwidern. Das konnte ich aber nur, wenn ich erst einmal damit anfing, mich selbst zu lieben. Es war okay, dass ich noch immer an Levi hing, das würde auch bis zum Ende meines Lebens so bleiben. Aber es war an der Zeit, ihn endlich loszulassen.

»Danke.« Mehr brachte ich in diesem Augenblick nicht heraus. Ich schlang meine Arme um Grim und schmiegte mich an ihn.

»Danke, dass du mir vertraust und dich mir gegenüber öffnest«, flüsterte er an meinem Ohr und verbarg sein Gesicht in meinem Haar. »Danke, dass du mir zuhörst«, erwiderte ich ebenfalls flüsternd. Ich spürte keinen Druck mehr auf meiner Brust und kein Brodeln im Bauch, sondern einzig und allein eine entspannte innere Ruhe. Ich lehnte mich ein wenig zurück, gerade ausreichend, damit ich ihm in die Augen schauen konnte. »Du sagtest vorhin, du hättest auch ein Päckchen zu tragen …?«

Grim atmete tief ein und schloss kurz die Augen. »Der Grund, weshalb es meiner Mom schlecht geht, bin ich«, gestand er stockend.

Ich runzelte die Stirn. »Wie meinst du das?«

Er löste sich von mir, stand auf, zog seine Boxershorts an und sah dann auf mich herab. »Ich bin dafür verantwortlich, dass sie an einen Rollstuhl gefesselt ist und sich an manchen Tagen vor Schmerzen kaum bewegen kann.« Grim fuhr sich mit beiden Händen ins Haar, als hätte er starke Kopfschmerzen. »Ich wollte einen neuen Zauber lernen, von dem Mom mir abgeraten hatte. Sie vermutete darin eine schwarze Magie, aber ich hörte ihr nicht zu und hatte keine Ahnung, was ich da eigentlich tat. Ich habe den Zauber geübt, war versessen darauf, ihn hinzubekommen. Mein damaliger Zirkel meinte, dass ich es nicht schaffen würde, und das hat mich umso mehr angestachelt. Ich habe beim Heraufbeschwören meiner Magie schlechte Gefühle genutzt, war voller Wut. Dabei konnte ich den Zauber nicht mehr unter Kontrolle halten und er brach aus meinen Händen.«

In seinem Blick las ich pure Verzweiflung. Ich schlang das Laken um mich, stand ebenfalls auf, nahm seine Hände in meine und drückte sie leicht, um ihn darin zu bestärken, weiterzusprechen.

»Mom kam ins Zimmer und wurde von dem Magiestrahl erfasst. Sie schrie vor Schmerzen und ich wusste nicht, was ich tun sollte.« Er hob unsere einander festhaltenden Hände an seine Brust und drückte sie gegen sein wild schlagendes Herz. »Es war so schrecklich. Ich war verantwortlich und konnte es nicht aufhalten. Als der Zauber schließlich von sich aus nachließ, hatten sich Teile der dunklen Magie in Moms Körper eingenistet und seitdem ziehen ihr diese Rückstände regelmäßig Lebensenergie ab.«

Ich schluckte und bemühte mich um eine sanfte Stimme. »Und du findest keinen Zauber, mit dem du es rückgängig machen kannst?«, mutmaßte ich.

Grim sah zu Boden und nickte. »Ich habe ihr geschworen, nicht aufzugeben. Bis ich einen Gegenzauber gefunden habe, gebe ich alles, um sie zu bestärken und zu unterstützen. Sie hat sich stets für

Gerechtigkeit und das Wohl anderer eingesetzt. Als wir von Adams Plänen erfuhren, war klar, dass es nun allein meine Pflicht war, ihn aufzuhalten. Meine Vorfahren haben einen Eid geschworen, der über Generationen hinweg Bestand hat. Es ist die Bestimmung meiner Familie, den Kristallschädel mit seiner geballten Magie für alle Zeit sicher zu verwahren oder endgültig zu vernichten.«

Ich schluckte.

»Als mein alter Zirkel erfahren hat, was passiert ist, wollten sie nichts mehr mit mir zu tun haben. Ich hatte noch versucht, ihnen zu erklären, dass ich nichts davon böswillig getan hatte. Aber die Nutzung von schwarzer Magie war unverzeihlich, und sie befürchteten, meinetwegen ihren guten Ruf zu verlieren.« Er atmete tief ein und wieder aus. »Ich hätte diesen dunklen Zauber abbekommen sollen. Nicht Mom. Und als ob das noch nicht reichen würde, hat Adam sie nun auch noch meinetwegen in seiner Gewalt. Das und Matthews Tod sind seine Rache, da ich seinen Bruder nicht retten konnte.«

Ich streichelte ihm über die Wange. »Wahrscheinlich bin ich die Letzte, die dir das sagen sollte … Aber du darfst dich nicht dafür verantwortlich machen. Das mit deiner Mom war ein Unfall, und Adams Bruder konntest du nicht helfen, wenn es für seine Heilung die vereinte Magie eines Zirkels gebraucht hätte, du aber keinem mehr angehörtest.« Ich sah ihm tief in die Augen. »Wir werden deine Mom befreien und den Kristallschädel zerstören. Du, Reese, Oliver, Jody, Zelda und ich. Du bist nicht allein. Gemeinsam können wir es schaffen!« Meine Stimme klang so entschlossen, wie schon lange nicht mehr.

Er legte den Kopf schräg und verengte die Augen. »Moment, heißt das, du bist im Team?«

Ich lächelte. »Du hast mich in diese Sache hineingezogen, doch inzwischen bin ich dankbar dafür. Mein Leben gestaltet sich in den letzten Tagen anders als in den vorherigen Monaten. Ja, es ist gefährlich, aber auch aufregend, und es bietet mir Vieles, was ich vom Leben erwarte. Wenn ich mich euch anschließe und wir uns zu einem Zirkel verbinden, haben wir eine größere Chance, Adam entgegenzuwirken.« Ich straffte die Schultern. »Also, ja. Ich möchte euer fünftes Mitglied werden und mit euch einen Zirkel gründen.«

Grim starrte mich an. Er bewegte die Lippen, als wollte er etwas sagen, blieb aber stumm.

»Außer du hast inzwischen schon jemand anderen im Visier«, sagte ich, da ich nicht einschätzen konnte, ob es ihm nur die Sprache verschlagen hatte, oder ob er nach einer Antwort rang, wie er schonend ablehnen konnte.

»Wie könnte ich jemals jemand Besseren als dich finden?«, brach es nun aus ihm heraus. Er zog mich in seine Arme und wir besiegelten unser Vorhaben mit einem innigen Kuss.

Reese rieb sich die Hände. »Ich habe noch nie an einem Zirkelzauber teilgenommen.«

Wir standen alle im Wohnzimmer in einem Kreis zusammen.

»Du hast bisher noch keinem Zirkel angehört?«, fragte ich.

Er schüttelte den Kopf. »Nein, es hat sich noch nicht ergeben und es hat auch nie wirklich gepasst.«

Zelda schlängelte sich an meinem Bein hinauf, bis auf meine Schulter. »Bin ich dann auch mit bei euch im Zirkel?«, zischte sie und kniff leicht die Augen zusammen.

»Ja, natürlich bist du das«, erwiderte ich.

Grim nickte uns auffordernd zu. »Na dann, seid ihr bereit?« Sein Blick traf meinen und ich lächelte ihn an. Mein Herz sah so viel klarer, und ich spürte alles, was ich zuvor verdrängt hatte.

»Yes, Sir.« Oliver wippte mit den Füßen und lockerte die Arme. Die Aufregung war ihm ins Gesicht geschrieben.

Keiner von ihnen hatte mich auf die vergangenen Stunden angesprochen und dafür war ich dankbar. Jetzt war es wichtig, die Zirkelmagie zu erhalten. Mit vereinten Kräften hatten wir gegen Adam eine bessere Chance und konnten mächtige Zauber bewältigen.

»Seid ihr euch sicher?«, fragte Jody, als wir uns die Hände reichten. Sie sah jeden Einzelnen von uns an.

»Natürlich sind wir das, sonst würden wir nicht hier stehen«, murrte Oliver und verdrehte die Augen.

»Hätte ja sein können, dass jemand von euch Bedenken hat.«

»Vielleicht bist du eher diejenige mit Bedenken«, warf Reese ein.

»So ein Quatsch. Lasst uns loslegen.« Jody sah abwartend zu Grim.

Ich stand zwischen ihm und Reese, Oliver und Jody gegenüber.

Zelda zischte aufgeregt. Sie würde die Zirkelmacht wahrscheinlich nicht spüren, aber sie wollte trotzdem bei uns sein.

»Sprecht mir nach«, forderte Grim uns auf und schloss die Augen. Wir starteten mit dem Verbindungszauber, den ich bereits schon einmal in meinem Leben gesprochen hatte. Durch Levis Tod war das Band, das zwischen meinen alten Zirkelmitgliedern und mir bestanden hatte, zerrissen und hatte dabei bei uns allen Narben auf unserer Magie hinterlassen. Doch jetzt, da ich mich einem neuen Zirkel anschloss, konnte ich die Furchen vielleicht wieder füllen.

Die Atmosphäre um uns herum veränderte sich, bekam etwas Mächtiges, Kraftvolles, Magisches, das sich um uns schmiegte, wie der erste warme Frühlingswind.

Reese drückte meine Hand fester und warf mir einen funkelnden Blick zu, der mir seine Freude verriet. Ich schmunzelte und stolperte dabei beinahe über die Worte des Zaubers. Schnell konzentrierte ich mich wieder darauf und spürte die Macht durch mich hindurchfließen. Ich fühlte den Puls der Magie, wie er von einem zum anderen transportiert wurde, bis ich langsam jedes einzelne Mitglied spüren konnte. Zuerst war es nur ein sanftes Gefühl, doch nach und nach verstärkte es sich, wurde stabiler, bis ich es präsent in mir fühlte. Die Magie, die Anwesenheit meines Zirkels. Immer lauter sprachen wir die mantraartige Beschwörung aus. Der Zauber verband uns mit jeder machtschwangeren Silbe.

Reese blinzelte ungläubig, als könnte er nicht fassen, dass wir das taten, während Jody und Oliver so bestärkt aussahen, als hätten sie die Regentschaft über Portland erhalten. Grims Gesichtsausdruck ließ seine Zufriedenheit erkennen. Und ich spürte tief in meinem Inneren, dass es auch für mich die richtige Entscheidung war. Es war wie ein Neubeginn. Nicht, um zu vergessen, was mich letztendlich hierher gebracht hatte, aber um weiterzumachen, über mich hinauszuwachsen und wieder zu leben. Ich nahm mir fest vor, mich neue Dinge zu trauen, für mich einzustehen, mich nützlich zu machen, meine Braukunst zu verbessern und eigene Tränke herzustellen. Nie wieder wollte ich hinterfragen, ob ich ausreichend war.

Der Zirkelzauber kam zu seinem Höhepunkt und eine elektrisierende Druckwelle ging durch uns hindurch, schlug sich von einem bis zum nächsten und versiegelte das Band, das wir geknüpft hatten. Wir lösten uns voneinander und schüttelten die Hände aus, die noch immer elektrisiert waren.

»Wohoo«, rief Oliver. »Das war der Wahnsinn. Spürt ihr diese Energie in euch? Wie krass sie uns durchfließt? Es kommt mir so vor, als hätte ich mich an einen Strommast gebunden. Geil.« Er schloss und öffnete seine Hände.

Ich lachte, da Reese seinen ganzen Körper durchschüttelte. »Ja, Mann! Das war wirklich der Wahnsinn. Ich spüre es überdeutlich … überall. Wirklich überall.« Dabei zog er eine Augenbraue nach oben und setzte ein verwegenes Grinsen auf.

»Ihr habt so einen Schaden«, sagte Jody, die allerdings ebenso belustigt wirkte.

»Kann sein. High on Magic.« Oliver grinste.

Hoffentlich nicht auf meinem *Magyk*.

Zelda schlang sich um meinen Hals. »Das war so aufregend. Ich habe die ganze Magie gespürt. Sie fließt durch dich, Cora.«

»Ich weiß«, flüsterte ich und bewegte meine Finger, um die neue Macht zu spüren.

Grim starrte auf den Parkettboden, auf dem sich unsere Zirkelvereinigung als Pentagramm verewigt hatte. Dann musterte er mich eingehend, als wollte er sichergehen, dass es mir gut ging.

Ich nickte ihm zu und spürte unsere neue Verbundenheit unter seinem Blick noch deutlicher. Mit mentaler Kraft zupfte ich sachte an dem Band zwischen uns beiden und brachte ihn dadurch zum Lächeln. Er spürte mich, genauso wie ich ihn.

Wir hatten Zugriff auf Zirkelmagie, was uns viel stärker machte als zuvor. Nun waren wir eine Einheit. Unsere Talente, Fähigkeiten und Kräfte bündelten sich. Von nun an konnten wir unsere Magie schneller aufbauen, auf die der anderen zugreifen und einander im Kampf unterstützen. Unser Zirkelband musste jedoch gestärkt werden. Wir mussten stets gut miteinander kommunizieren und unsere Sympathie füreinander pflegen.

Kapitel 29

GRIM

»Der Verwandlungszauber war die beste Idee, die du haben konntest«, sagte ich zu Cora, die mit den anderen am Küchentisch Platz genommen hatte. »Hätte Adam das Buch und den Kristall als ihresgleichen erkannt, hätte er sie mitgenommen.«

Ihr zaghaftes Lächeln erwärmte mein Herz. Sie schlug das Buch auf und reichte mir den Kristall über den Tisch. Jeder von uns war motiviert, endlich den Schädel zu finden und Mom nach Hause zu holen.

»Wir sind noch nicht weitergekommen«, ließ Reese uns wissen. »Durch den Kristall haben wir zwar in dem Buch lesen können, aber ich habe keine Ahnung, wie uns das, was da steht, weiterhelfen soll.«

Ich ging um den Tisch herum, setzte mich auf den freien Platz neben Cora und blickte durch den Kristall auf das Buch. Gemeinsam blätterten wir durch die Seiten und reichten uns den Kristall hin und her, bis die Abbildung einer Schlange unsere Aufmerksamkeit auf sich zog.

»Sie sieht aus wie Zelda«, kommentierte Cora, was auch ich bemerkte. Die Kopfform und die rosa Färbung glichen unserer kleinen Schlange.

Sie schlängelte sich um das Buch herum. »Wie ich? Wirklich? Zeigt mal her.«

Ich hielt ihr den Kristall vor den Kopf, sodass sie hindurchsehen konnte. Sie zischte, als sie das Bild sah.

»Tatsächlich. Das bin … ich!«

Als sie zu Cora kroch und sich um ihren Arm schlängelte, schaute ich erneut durch den Kristall und entdeckte eine Randnotiz. »Ich glaube, ich habe hier etwas gefunden«, sagte ich, und begann, laut vorzulesen. »*Mona und ihre Schlange Igrid haben zusammen ein neues Gift erschaffen, das helfen kann, gegen Hexenkraut vorzugehen. Einen Teil der Rezeptur hat die Schlange selbst produziert. Faszinierend. Es ist praktisch, eine begabte Mischerin als Freundin zu haben, die eine magische Schlange besitzt.*«

Ich runzelte die Stirn. Die Schlange hatte einen Teil des Giftes selbst hervorgebracht?

»Sag mal, Zelda, du warst doch grün, nachdem du von einer Pflanze gefressen hattest, richtig?«

Sie wiegte ihren kleinen Kopf auf und ab. »Ja, das ist korrekt.«

»Und du hast danach Gift gespuckt.«

Zelda wand sich von Coras Arm und ringelte sich auf dem Tisch zusammen. »Glaubst du, das klappt noch mal?«

»Lass es uns ausprobieren«, sagte Cora, stand auf, lehnte sich aus dem offenen Fenster und pflückte eine blaue Blüte von der Kletterpflanze, die an der Außenfassade rankte.

»Ist die Pflanze denn giftig?«, fragte Oliver und zog die Augenbrauen nach oben.

»Nein, das ist bloß ein Himmelsröschen.« Cora legte die Blüte vor Zelda ab.

Die Schlange züngelte an der Blüte und fraß sie schließlich.

Wir alle musterten sie gespannt, bis sich ihre rosafarbene Haut nach und nach veränderte und das gleiche Blau wie das Himmelsröschen annahm.

Während Reese sein Handy für ein Foto zückte, nickte Jody immerzu nachdenklich mit dem Kopf. Ihr Bruder grinste zufrieden und Cora lächelte so aufrichtig, dass ich mich gar nicht daran sattsehen konnte.

Zelda öffnete ihr Maul und wankte mit dem Kopf hin und her. Im nächsten Moment stellte Cora ein Shotglas vor ihr ab und sie spuckte eine bläulich schimmernde Substanz hinein.

»Himmelsröschengift«, zischte die kleine Schlange stolz.

»Das ist toll, Zelda«, lobte Cora sie und strich ihr über den blauen Körper.

»Was steht denn noch in diesem Buch?«, fragte Zelda und schob mir den Kristall zu.

Eine Seite weiter stand mehr geschrieben und ich las wieder laut vor.

»Einige Hexen haben das spezielle Talent, aus Pflanzen Tränke zu brauen. Es gibt allerdings nur wenige von ihnen, die zudem mit einer der seltenen magischen Mischschlangen verbunden sind, die mithilfe ihrer Hexe unterschiedliche Gifte und Heiltränke produzieren können. Sie sind dafür bekannt, gemeinsam revolutionäre Mixturen für Rituale und Kämpfe zu erschaffen. Hat eine Mischschlange ihre vorbestimmte Hexe gefunden, so hält sie ihr ein Leben lang die Treue. Sie stirbt mit ihr.«

Ich sah Cora an, die ihrerseits die kleine Schlange anstarrte.

»Klingt nach Zelda und dir«, flüsterte Jody.

»Absolut«, stimmte Reese ihr zu. Er hielt das Shotglas in die Höhe und begutachtete die himmelblaue Flüssigkeit.

»Ich verstehe jetzt, dass ich jede Pflanze, unabhängig davon, ob sie giftig ist oder nicht, giftig machen kann. Es kommt immer auf die Mischung an. Wenn ich von einer Pflanze gefressen habe, wandele ich ihre Zusammensetzung um und verändere dabei auch meine Farbe.«

»Als du grün warst, hat das keine Stunde angehalten, dann warst du wieder rosa«, sagte Reese.

»Erstaunlich«, murmelte ich, blätterte zur nächsten Seite und schaute wieder durch den Kristall, der mich ein Foto erkennen ließ. So langsam erinnerte mich die Gestaltung an ein Tagebuch. Auf dem Foto war Evaline neben einer weiteren Frau mit schulterlangen Haaren und hellen Augen abgebildet, um deren Hals eine Schlange hing. Die Beschriftung lautete: *Mona McCay und ihre magische Schlange Igrid.* Irgendwoher kannte ich diese Frau; sie kam mir vertraut vor.

Ich sah auf und starrte Cora an. Natürlich. Sie war dieser Frau wie aus dem Gesicht geschnitten.

»Sieh mal durch.« Ich reichte ihr den Kristall.

Sie tat es und sofort bildeten sich leichte Falten auf ihrer Stirn. »Diese Frau sieht beinahe aus wie ich«, murmelte sie.

Ich nickte. »Ja. Und sie trägt auch deinen Nachnamen.« Da ich ohne den Kristall nur eine leere Seite vor mir sah, tippte ich auf die Stelle, wo ich die Beschriftung vermutete.

»McCay«, las Cora. »Hast du noch das Bild, das wir in dem verborgenen Raum hinter dem Kamin im Neverlight-Anwesen gefunden haben?«, fragte sie mich.

»Ja, das ist hier.« Ich zog es aus dem Buch hervor.

»Ist dir auch aufgefallen, wie dieser Mann auf dem Foto den Arm hebt? Es wirkt, als hätte er ihn auf jemandes Schulter abgelegt, aber es ist niemand zu sehen.« Sie sah wieder durch den Kristall. »Wusste ich es doch. Hier ist meine Vorfahrin mit ihrer Schlange abgebildet, sie ist nur durch den Kristall sichtbar.« Cora reichte mir das Schwarz-Weiß-Foto zurück.

Ich nutzte den Kristall und betrachtete das Bild ebenfalls, bevor ich auch die Rückseite begutachtete. »*Jaro und Cirian Chamberlain, Evaline Bloet, Rufus Alexander Murrell, Mona McCay mit Igrid*«, las ich vor.

Cora runzelte die Stirn. »Rufus Alexander Murrell«, flüsterte sie nachdenklich. »In dem Pub in Salem hat mich ein Typ angesprochen, der genauso aussah wie der Mann auf dem Bild. Und er hat sich mir als Alexander vorgestellt.«

Verwirrt zog ich die Augenbrauen zusammen. »Das ist seltsam. Was wollte er von dir?«

Cora sah mich an. »Ich glaube, er wollte mir helfen und mich davon abhalten, eine große Dummheit zu begehen. Er wirkte auf mich irgendwie vertraut.« Sie biss sich auf die Lippe und erstarrte kurz. »In Ashland … Meine Freundin Cat hat einen sprechenden Kater namens Rufus und wir haben immer Witze darüber gemacht, dass er bestimmt ein verfluchter Hexer ist. Er hat es nie bestätigt, aber auch nie abgestritten. Was, wenn er es wirklich war? Immerhin ist er in dem Pub kurz nach Merope aufgetaucht und hatte unserem Gespräch zuvor gelauscht.« Sie schnappte nach Luft. »Und er hatte außerdem Katzenaugen mit einem Strich in der Mitte und spitze Eckzähne.« Sie sah mich an und legte sich eine Hand auf die Brust. »Ich glaube, er war es tatsächlich.«

»Es ist nichts unmöglich, wenn Magie im Spiel ist«, sagte Jody und zuckte mit den Schultern.

»Ein verfluchter Hexer, der zu einem Kater wurde und nach jahrelanger Gefangenschaft den Zauber brechen konnte«, meinte Reese. »Das ist echt cool.«

Zelda tippte Cora an. »Vielleicht bekommst du von deiner Freundin die Bestätigung, wenn du sie anrufst.«

Sie nickte. »Das werde ich machen.«

»Sag uns dann auf jeden Fall auch Bescheid, ob das wahr ist.« Olivers Augen funkelten.

»Na klar.« Cora streichelte der kleinen Schlange über die momentan blaue Haut. »Andere Leute haben eine Katze, einen Hund oder einen Goldfisch. Und ich? Eine magische Giftschlange.«

Oliver stand auf, verschränkte die Arme vor der Brust und nickte Cora und Zelda abwechselnd zu. »Ihr beide seid echt was Besonderes.«

»Gut, dass wir das jetzt geklärt haben«, meldete Jody sich wieder zu Wort. »Aber das liefert uns keinen neuen Hinweis, oder? Wie sollen wir den Schädel finden?«

Kurz setzte Stille ein. Dann wandte Cora sich mir zu.

»Zuerst müssen wir deine Mom suchen.«

Ich nickte, dann schüttelte ich den Kopf. »Sie würde nicht wollen, dass wir uns auf ihre Befreiung konzentrieren und dabei unser eigentliches Vorhaben, und somit die Sicherheit aller Hexen und Hexer aus den Augen verlieren. Selbst wenn ich Adam den Schädel bringen würde, glaube ich nicht daran, dass er Mom verschonen wird. Er hat noch eine Rechnung mit mir offen und weiß, dass er mich durch ihren Tod brechen kann. Er meinte, ich soll ihm den Schädel bis zum Vollmond bringen, ansonsten tötet er sie genauso wie … Matthew.«

Falls das überhaupt möglich war, wurde es noch stiller.

»Wir sollten uns aufteilen«, schlug Cora nach langem Zögern vor. »Vielleicht suchen Jody, Reese und Oliver nach einer Möglichkeit, Sandras Aufenthaltsort herauszufinden. Und wir zwei konzentrieren uns weiterhin auf den Schädel.«

Alle wechselten Blicke und stimmten Cora schließlich zu. Während Reese, Oliver und Jody die Küche verließen, um sich im Wohnzimmer dem Bücherregal zu widmen und nach einem Aufspürzauber zu suchen, wandten Cora, Zelda und ich uns wieder dem Tagebuch zu.

»Wie lautete noch mal der letzte Hinweis?«, fragte ich.

»*Wenn die Knospen erblühen, ist das Ziel markiert, welches das Gesuchte verbirgt. Dort, wo viele sind, aber niemand finden will, steht die Zeit still. Bis zum Blütenfall muss es geschehen sein, sonst versiegelt sich der Ort. Die Zeit des Wartens beträgt ein volles Jahr. Ohne die Blüten kann die Magie nicht entfließen, so wie sie einst war.*« Cora sagte die Zeilen auswendig auf, ohne noch mal nach der Seite zu suchen, wo die Botschaft im Buch geschrieben stand.

Zelda wiegte ihren Körper hin und her, als würde sie einen Schlangentanz vorführen. »So sprechet, falls ihr vermutet einen Verdacht«, zischte sie.

»Geht's dir gut, oder versuchst du, Meister Yoda nachzuahmen?«, fragte Cora schmunzelnd.

»Das war gehobene Sprache«, erklärte sie.

»Für dich vielleicht«, sagte ich und lächelte ebenfalls. »Konzentration, bitte. Ich denke, wir sollten zuallererst herausfinden, welche Pflanzen aktuell blühen.« Während ich das sagte, zog ich mein Handy aus der Hosentasche, gab die Frage in die Suchmaske ein und las die Antworten laut vor. »*Rosen, Kirschblüten, Apfelblüten, Tulpen, Wildblumen …*«

»Halt, noch mal zurück.« Cora nahm mir das Handy aus der Hand und wischte über das Display. »Kirschblüten.« Sie sah Zelda an.

»Kirschblüten … lecker«, zischte diese.

»Die mag Zelda am liebsten«, ließ Cora mich wissen.

Ich runzelte die Stirn. »Aber die sind sehr auffällig und bieten deshalb keine geeignete Markierung für ein gutes Versteck.«

Cora tippte sich nachdenklich gegen das Kinn. »Aber du meintest, Zelda würde bei der Suche nach dem Schädel irgendeine Rolle spielen. Womöglich ist es kein Zufall, dass sie Kirschblüten mag.«

Da könnte etwas dran sein. *»Dort, wo viele sind, aber niemand finden will, steht die Zeit still*«, flüsterte ich vor mich hin. »Es muss ein Ort sein, an dem viele Menschen anzutreffen sind. Eine Straße? Ein Park?«

»Ich kenne einen Park, vor dessen Eingang ein Kirschbaum steht«, rief Cora. »Zelda hat schon von seinen Blüten gefressen.« Ihre Augen erstrahlten förmlich. »Mein Bauchgefühl sagt mir, dass wir uns diesen Baum mal näher anschauen sollten.«

Kapitel 30

CORA

Durch ein heraufbeschworenes Portal waren Grim, Zelda und ich zu dem japanischen Garten gelangt, zu dem ich ihn gelotst hatte. Der besagte Kirschbaum wuchs direkt neben dem Eingang. Ich hatte Evalines Tagebuch fest unter den Arm geklemmt und umrundete den Baum zum gefühlt hundertsten Mal. Zelda war mittlerweile wieder rosa und wand sich wie eine Kette um meinen Hals. Wir hatten einen Unsichtbarkeitszauber über uns gelegt, damit wir vor neugierigen Blicken geschützt waren.

Es dämmerte bereits. Die Abende waren immer noch kalt. Ich trug definitiv eine zu dünne Jacke.

»Wie soll uns dieser Baum nun weiterhelfen?«, hakte Grim nach.

»Vielleicht brauchen wir einen Zauber«, zischte Zelda.

Ich legte den Kopf in den Nacken und betrachtete im kargen Abendlicht die rosafarbenen Blüten, ohne etwas Auffälliges entdecken zu können. Anschließend gesellte ich mich zu Grim, strich mit meinen Fingern über die raue Rinde, und versuchte zu spüren, ob sich in diesem Baum ein Zauber verbarg.

»Seht mal!«, rief ich.

»Das sieht ja toll aus«, zischte Zelda. Sie streckte ihr rosa Köpfchen weiter nach vorne, um die Baumrinde genauer betrachten zu können.

»Was habt ihr gefunden?« Grim ging neben uns ebenfalls in die Hocke.

»Hier in der Rinde …« Ich deutete auf die Stelle.

Grim verengte die Augen. »Ich sehe nichts.« Er rief auf seiner Handfläche ein magisches Licht hervor, um besser sehen zu können. »Was soll da sein?«

»Da ist eine Schlange eingeritzt«, erwiderte ich und runzelte die Stirn. Wieso sah er die Einkerbung nicht?

»Ja, ich kann sie genau sehen«, zischte Zelda.

Grim starrte auf die Rinde und schüttelte den Kopf. »Ich sehe keine Einkerbung.«

»Das kann man doch nicht übersehen.« Zelda schlängelte sich an mir hinab, richtete sich vor dem Baumstamm auf und begutachtete die Stelle.

»Du sagst, da ist eine eingravierte Schlange?«, hakte er noch mal nach und sah mich an.

Ich nickte.

»Sie ist genauso klein wie ich«, zischte Zelda und züngelte an der Rinde.

Jetzt starrten Grim und ich uns an.

»Denkst du, was ich denke?«, fragte ich.

»Es muss einen Grund geben, warum diese Markierung vor mir verborgen bleibt. Vermutlich kann nur Zelda sie wahrnehmen«, sagte er.

Ich verzog den Mund. »Und was ist mit mir?«

Er lächelte. »Zelda hat sich an dich gebunden, Cora.« Sein Blick glitt zu der kleinen Schlange. »Wir wissen aus den alten Aufzeichnungen, dass eine magische Schlange mit dem Schädel in Verbindung steht und er nur mit ihrer Hilfe gefunden werden kann.«

Während Grim es aussprach, begann mein Herz schneller zu schlagen. Wie es schien, standen wir kurz davor, den nächsten Hinweis, wenn nicht sogar den Schädel selbst zu finden.

»Zelda, kannst du mal bitte versuchen, ob du in diese Einkerbung hineinpasst?«, bat ich sie und strich nochmals über die schlangenförmige Vertiefung.

»Klar passe ich da rein«, erwiderte sie und glitt mit einer bemerkenswerten Eleganz in die Furche, die wie für sie gemacht schien.

Kaum füllte sie die Spalte aus, drang ein helles Licht hervor, das Zelda zum Funkeln brachte.

»Wow …« Ich wich einen Schritt zurück.

»Okay, jetzt sehe ich es auch«, rief Grim, hob die Hand und schirmte seine Augen vor dem grellen Licht ab.

Zelda schlängelte sich wieder aus der Furche heraus, glitt über den Boden zu mir und an meinem Bein und Arm hinauf, bis auf meine Schulter.

»Das kitzelt«, zischte sie und funkelte immer noch.

Die Eingravierung leuchtete ebenfalls nach wie vor, war aber zu einem warmen Glühen übergegangen, das unsere Gesichter in ein orangefarbenes Licht tauchte. Jetzt erkannte ich auf dem nachempfundenen Schlangenkörper Muster. Kleine Sterne und Blumen.

Im Bauminneren war ein Knacken zu vernehmen, Holz brach, und im nächsten Moment spaltete sich der Stamm in zwei Hälften.

Verwirrt zog ich die Augenbrauen zusammen.

»Was ist da drinnen?«, fragte Zelda, schlängelte sich wieder an mir hinunter und auf den Baum zu.

»Warte …!«, rief ich, doch da war sie auch schon in der Öffnung verschwunden.

Der Stamm war viel zu schmal. Grim und ich passten nicht durch den Spalt. Ich streckte meine Hand durch die Öffnung und rief nach Zelda, als mich das gleißende Licht plötzlich umhüllte. Grim fasste mich an der Schulter, wollte mich zurückreißen. Doch im Gegenzug riss uns ein Zauber in die eigentlich viel zu kleine Öffnung hinein. Ein magisches Rauschen umschlang unsere Körper. Ich schrie panisch auf, doch in der nächsten Sekunde erlosch das Licht und wir fanden uns unversehrt in einer Höhle wieder.

»Hexe?« Zelda kroch im Halbdunkel auf mich zu und ich schloss sie erleichtert in meine Hände.

»Welche Magie war das denn?« stieß ich aus.

»Ein Schrumpfportal«, erwiderte Grim, dessen Hand noch immer auf meiner Schulter lag. Mit der anderen erzeugte er ein magisches Licht.

Ich hob Zelda auf meine andere Schulter, beschwor meine Magie herauf, ließ meine Finger grün flimmern und war bereit zu zaubern, falls es nötig war.

Schlingpflanzen wanden sich einer Steinwand entlang, wobei es mich wunderte, wie sie in der Dunkelheit überhaupt gedeihen konnten. Sie selbst schienen ein sanftes phosphoreszierendes Licht zu erzeugen. Die Höhle war klein, es gab keinen ersichtlichen Ein- oder Ausgang.

»Oh nein!«, fauchte Zelda und ließ ihren kleinen Kopf auf meine Schulter fallen. »Dort drüben! Wir kommen hier nie wieder raus!«

Ich folgte ihrem Blick und entdeckte auf dem steinigen Boden, in einer Ecke liegend, ein Skelett.

»Niemand wird uns jemals finden!«, zischte sie. »Wir werden verwesen wie eine vergammelte Banane.«

Der Vergleich war etwas seltsam, aber das musste ich Zelda ja nicht unbedingt unter die Nase reiben.

»Eins nach dem anderen«, sagte Grim. »Lasst uns jetzt erst mal den Schädel suchen.«

Zelda züngelte aufgeregt. »Du meinst, erst suchen und danach verwesen?«

»Nein, ich meinte, erst suchen und dann dafür sorgen, dass wir hier wieder rauskommen.« Er ging voraus.

Ich hatte Zelda noch nie panischer erlebt. Während ich Grim folgte und meinen Blick umherschweifen ließ, streichelte ich die kleine Schlange und hoffte, sie damit etwas zu beruhigen.

»Uns Reptilien sagt man ja nach, dass wir nicht gut sehen können, aber davon abgesehen, dass ich eine magische Schlange bin, seid ihr Blindfische.«

Grim blieb stehen und drehte sich zu uns um.

»Ihr seid vorbeigelaufen.« Zelda wand sich um meinen Hals und richtete sich nach rechts aus. »Da geht's lang. Dort zu dem Felsen, an dem die Kletterpflanze rankt.«

»Ich ernenne dich ganz offiziell zur Superspürnase«, sagte ich, als ich beim Annähern eine Schlange erkannte, die in dem Felsen eingraviert war. Sie glich der, die wir im Baumstamm vorgefunden hatten.

»Ich bin doch kein Hund«, protestierte Zelda, schmiegte sich aber dennoch zufrieden an meinen Hals.

Grim strich die Pflanzentriebe behutsam zur Seite. »Was seht ihr, was ich nicht sehe?«

Ich beschrieb es ihm, zog Zelda währenddessen vorsichtig von meinem Hals und platzierte sie in der schlangenförmigen Felsspalte. Wie schon zuvor bei dem Baum erglühte die Markierung, und der Stein begann knackend auseinanderzubrechen.

Hastig streckte ich der funkelnden Zelda meine Hand entgegen und sie schlängelte sich um meinen Unterarm. Vor uns erbebte die Wand, wobei kleine Steinchen herabfielen und über den Boden purzelten. Der massive Felsen verschob sich schlurfend, rückte nach hinten und legte einen Gang frei.

»Dieses Mal geht ihr zuerst«, zischte Zelda. »Also, ich meine, Grim geht zuerst.« Sie zitterte und schlang sich noch fester um meinen Arm.

Er nickte uns zu und näherte sich vor uns der Öffnung, was er wohl auch ohne Zeldas Anweisung getan hätte. »Damit ich zuerst sterbe, meinst du?«, zog er sie auf.

Ich schlug nach seinem Arm. »Hör auf, Grim.« Das Lächeln auf meinen Lippen konnte ich dennoch nicht ganz verbergen.

Mit seiner Magie schickte Grim einen hellen Lichtstrahl voraus, um eventuelle Fallen frühzeitig erkennen zu können. Ich blieb dicht an ihm dran und hatte das Gefühl, Zelda würde mir jeden Moment vor Angst den Arm abquetschen.

Der Gang war etwa zehn Schritte lang und an seinem Ende erwartete uns eine Steinsäule, auf der eine kleine Glasschale stand, die mit einer pink schillernden Flüssigkeit gefüllt war.

Kaum waren wir vor der Säule stehen geblieben, krachte es hinter uns. Ich sprang vor Schreck in die Höhe und hörte Zelda fauchen. Sie kroch in Windeseile auf meine Schulter und richtete sich in einer

Drohgebärde auf. Grim drängte sich beschützend vor uns. Doch bis auf eine vorher nicht dagewesene Steinmauer, die uns nun von der restlichen Höhle abtrennte, war niemand zu sehen.

»Oh, nein, nein, nein!« Zelda wurde schon wieder panisch. »Jetzt sind wir eingesperrt.«

»Das waren wir vorher quasi auch schon«, entgegnete Grim trocken und wandte sich wieder der Glasschale zu.

»Wir kriegen das irgendwie hin, aber es wird weder dir noch uns helfen, wenn du total ausflippst.« Ich sah sie bestärkend an.

Zelda wirkte einen Moment lang wie erstarrt, bevor sie zustimmend nickte und sich in Richtung der kleinen Schale ausstreckte.

»Wir schaffen das zusammen.« Ich tätschelte ihr den Kopf.

In ihren Augen konnte ich jetzt den festen Entschluss erkennen, hier wieder herauszukommen. »Okay, was haben wir da?«

Grim zuckte mit den Schultern. »Ich habe keine Ahnung, aber wir werden es herausfinden.«

Mit den Fingern fuhr ich die Säule entlang, suchte nach einem Hinweis, der uns vielleicht verraten könnte, was es damit auf sich hatte.

Zelda züngelte über die Glasschale. »Ich nehme Gift wahr.«

»Ja, ich habe es auch schon gerochen«, stimmte ich ihr zu.

Grim runzelte die Stirn, trat einen Schritt zurück und beobachtete uns.

Ich betrachtete die Wände und hob schließlich meinen Blick, um auch die niedrige Höhlendecke auf Hinweise zu untersuchen. »Dort steht etwas geschrieben«, stieß ich aus und deutete auf die Stelle.

»*Leert das Gift in einem Zug, erst dann wird euch gezeigt, das gewollte Gut*«, las ich vor.

»Wir sollen uns vergiften?«, fauchte Zelda empört. »Ich bin gerade einmal wenige Tage alt und hänge an meinem Schlangenleben.«

»Kann man dich überhaupt vergiften?« Grim trat wieder näher zu uns. »Du erzeugst doch selbst Gift.«

Zelda hob den Kopf. »Einspruch: Um es hervorzubringen, habe ich von Pflanzen genascht und nicht eine ganze Schale voller Gift getrunken.« Sie blickte zu der pinken Flüssigkeit.

»Vielleicht können wir zuvor noch herausfinden, um welches Gift es sich handelt«, sagte ich, um das Unvermeidliche noch etwas hinauszuzögern. »Dann könnten wir beide vielleicht ein passendes Gegengift herstellen.« Mir war klar, dass wir dafür erst einmal wieder aus der Höhle herausfinden mussten. Aber das brauchte ich jetzt nicht unbedingt zu erwähnen. Zelda und Grim waren sich dessen ebenso bewusst.

Zelda nickte und züngelte wieder über das Glas. »Mhhh, ich kenne den Duft.«

Ich hielt meine Hand über die Flüssigkeit und fächerte mir die Luft zu. »Ja, ich auch, merk ihn dir.«

Wir diskutierten und glichen unsere Vermutungen miteinander ab. In Gedanken führte ich eine Liste mit den vermuteten Giften und möglichen Gegengiften, die ich mir sorgfältig einprägte.

»Na dann. Es war schön, euch kennengelernt zu haben.« Zelda schlängelte sich um die Schale und hielt sie somit fest.

»Soll ich es trinken?«, fragte ich, wobei Grim sofort seinen Arm um meine Schultern legte und mich an sich zog.

Ich schluckte.

Zelda gab ein Geräusch von sich, das sich beinahe wie ein Seufzen anhörte. »Ich mach das schon.«

»*Leert das Gift in einem Zug, erst dann wird euch gezeigt, das gewollte Gut*«, wiederholte Grim die Botschaft und lächelte Zelda aufmunternd an. »Du darfst nicht absetzen.«

»Es wird alles gut«, flüsterte ich. »Wir sind hier bei dir.«

Zelda zögerte, doch schließlich kroch sie vollständig in die Schale hinein.

»Sie soll doch nicht darin baden«, stieß Grim aus.

»Wie es scheint, nimmt sie das Gift nicht nur über das Maul, sondern auch über die Haut auf«, sagte ich, als ich bemerkte, wie sich der Flüssigkeitsspiegel senkte.

Ich schmeckte, was Zelda schmeckte. Meine Kehle brannte vor Schärfe und ein heißer Schauder jagte durch meinen Körper. Als die

Schale leer war und Zelda wieder herauskroch, lag der bittere Nachgeschmack wie ein totes Tier auf meiner Zunge.

»Alles okay?«, erkundigte ich mich und betrachtete ihre dunklen Augen, die leicht trüb wirkten.

»Es g-g-geht«, zischte sie stotternd und sah zum Boden der Schale.

»*Wer geheilt ist, dem wird gezeigt, der Weg hinaus*«, las ich, als ich ihrem Blick folgte.

Kaum hatte ich ausgesprochen, regte sich etwas an der gegenüberliegenden Wand. Kleine Säulen schoben sich aus dem Boden heraus, auf denen sich Bündel mit Kräutern und kleine Dosen befanden.

»Okay, also ein Gegengift muss her.« Grim klatschte in die Hände, als würde er die richtige Zusammensetzung kennen.

»Lass mal sehen, Hexe.« Zelda kroch an einer der Säulen hoch und züngelte an einem Bündel.

Wir gingen alles der Reihe nach durch, konnten uns allerdings nicht wirklich einigen, welche Kräuter wir für das Gegengift verwenden sollten.

Irgendwann begann Zelda in regelmäßigen Abständen ein pinkes Sekret auszuspucken, das dampfte, als wäre es kochend heiß. Das ständige Würgen schwächte sie zunehmend.

»Igitt, das ist so ekelig.« Sie schüttelte sich. »Dieses Kraut ist ein Sprössling der Eckenlaute und hat heilende Wirkungen, aber es kann in einer hohen Dosis auch als Gift verwendet werden.«

Ich nickte. »Ja, damit habe ich fast alle meine Tränke unterstrichen, wir müssen ja nicht super viel davon nehmen.«

Zelda hob und senkte ihren Kopf, was ich als Zustimmung auffasste. Ich warf ein Blatt der Eckenlaute in das Schälchen, in dem zuvor das Gift gewesen war. Rückstände davon befanden sich noch dort, aber das würde dem Gegenmittel nicht schaden, sondern eher helfen.

»Weiter, was als Nächstes?«, feuerte Grim uns an.

Ich schloss die Augen und versuchte, mich an den Duft des Gifts zu erinnern.

»Hexe, Augen auf!« Zelda würgte wieder. »Welche Wirkung hat dieses Kraut? *Du* musst mir jetzt ein Gegengift machen! Mir ist richtig übel.«

Ich konzentrierte mich und zerrieb Kräuter zwischen meinen Händen, wobei Grim mir half. Zelda fragte ich immerzu nach ihrer Meinung, bevor ich eine neue Zutat beimengte. Sie hielt mich von einem Fehler ab und beobachtete genau, was ich tat. Wir waren ein richtig gutes Team.

Grim entzündete mit seiner Magie auf einer der Säulen ein Feuer, damit ich den Trank aufkochen konnte. Die dampfende Mischung verbreitete im ganzen Raum ihren süßlichen Duft.

»Jetzt noch ein bisschen Magie, und dann sind wir fertig.« Ich ließ einen grünen Magiestrahl aus meinen Fingern fließen und rührte ihn in den Trank ein, der daraufhin erglühte. Ich lächelte zufrieden und sah zu Zelda. »Jetzt du! Das ist unser gemeinsamer Trank, also braucht es auch deine Magie.«

Sie richtete sich auf und schwankte, wobei ich nicht sagen konnte, ob sie sich freute und tanzte, oder ob es die Wirkung des Giftes war, das sie taumelig werden ließ.

Wie sollte es auch anders sein – ihre Magie war ein rosafarbener Nebel, der nun auf der Oberfläche unseres Gegengiftes waberte.

»Trink es, bevor es dir noch schlechter geht«, forderte ich sie auf, hielt meine Hand darüber und ließ die Flüssigkeit durch einen Zauber etwas abkühlen.

Zelda ließ sich nicht lange bitten. Sie kroch in die Schale, und Grim und ich konnten dabei zusehen, wie diese sich leerte. Hoffentlich wirkte es.

Wie zuvor bei dem Gift konnte ich durch meine Verbindung zu Zelda auch den Geschmack unseres Gegengiftes auf der Zunge schmecken, als würde ich selbst davon trinken. Der Trank war unbeschreiblich. So vielseitig, wie ich ihn allein nie hinbekommen hätte.

Zelda schüttelte sich und kroch aus der Schale heraus.

»Geht es dir besser?«

»Ja, danke.« Sie starrte auf das leere Gefäß und legte ihren kleinen rosa Kopf schief. »Wann passiert denn jetzt was? Ich will hier raus!«

Der Boden unter unseren Füßen begann zu beben; die Wände vibrierten, als hätten sie Zeldas Wunsch gehört. Es war so ohrenbetäubend laut, dass ich mir die Hände auf die Ohren presste und keuchend auf die Knie sank. Zelda kam zu mir gekrochen und schlängelte sich wieder um meinen Hals. Grim beugte sich über uns und zauberte einen schimmernden Schutzschild, um uns vor herabfallenden Steinen abzuschirmen.

Während die vorhandenen Säulen wieder im Boden verschwanden, tat sich direkt vor uns eine Treppe auf, die zu einem beleuchteten Raum hinabführte. Ich brauchte nicht einmal einen Fuß auf die erste Stufe zu setzen, um zu erkennen, was uns dort unten auf einem gläsernen Sockel erwartete …

Der Schädel. Der verdammte Schädel! Wir hatten so intensiv nach ihm gesucht, und jetzt trennten uns nur noch wenige Treppenstufen von ihm und all der Macht, die er in sich barg.

Grim und ich sahen uns an. Seine Lippen waren leicht geöffnet, die Augen hatte er aufgerissen. Er wirkte genauso fassungslos wie ich.

Hand in Hand gingen wir die Stufen hinab. Eine Weile standen wir einfach nur vor dem Sockel und betrachteten den Kristallschädel, in dessen Innerem die vielfältige Magie vieler Hexen und Hexer in den verschiedensten Farben funkelte.

»Was passiert jetzt, wenn wir ihn berühren?«, fragte ich.

»Vielleicht tut sich hier irgendwo wieder eine Falle auf, oder die Wände kommen auf uns zu und zerquetschen uns«, zischte Zelda. Sie fauchte und schüttelte ihren Körper, sodass er über meinen Nacken zuckte, als wäre sie ein Zitteraal. Sie verlor den Halt und landetet platschend auf dem Boden, woraufhin sie sich sofort wieder an mir hochschlängelte und sich in meinen Kragen verkroch. »Verwesen! Wir werden alle mit diesem doofen Schädel verwesen.«

»Keine Ahnung, was dann passiert«, erwiderte Grim, ohne auf Zeldas filmreifen Auftritt zu achten. »Diejenigen, die ihn finden, sind nicht zum Tode verurteilt, aber vorsichtshalber sollten wir ihn gleichzeitig berühren.«

Er sah mich an, senkte seinen Kopf und küsste mich auf die Stirn. »Bist du bereit?«

Ich nickte.

Wir hielten uns immer noch an den Händen und streckten die freien nach dem Kristallschädel aus. Kaum dass wir ihn berührten, wurden wir wie zuvor bei dem Baum von einem Magiestrudel ergriffen. Ich kniff die Augen zusammen, spürte Grims Hand in meiner, und Zelda, die mich am Hals beinahe erwürgte. Doch den Kontakt zu dem Schädel hatte ich verloren.

Mit einem dumpfen Geräusch landeten wir auf dem Gehweg, direkt neben dem Kirschbaum. Ich sah mit Erleichterung, dass Grim den Schädel sicher mit einem Arm umklammert hielt.

Der Baumstamm verschloss sich laut knarzend und sah jetzt wieder aus wie zuvor – als wäre er nie gespalten gewesen. Selbst die schlangenförmige Schnitzerei war verschwunden. Stattdessen entdeckte ich ein Schild, das neben dem Stamm im Boden steckte und mir vorher nicht aufgefallen war.

Die Kirschblüte steht für Schönheit und Reinheit. Doch wie alles Leben ist auch ihre Blütezeit vergänglich, stand darauf geschrieben.

Ich musste sofort an Levi denken und wie kurz seines gewesen war. Er hatte in der Blüte seines Lebens gestanden, als es ihm entrissen wurde. Doch diese Tatsache musste ich nun akzeptieren. Gerade jetzt, wo wir den Kristallschädel mit all seiner geballten Magie gefunden hatten, gingen mir Alexanders Worte wieder durch den Kopf. Die Verlockung war groß, Levi mithilfe des Schädels ins Leben zurückzuholen. Aber er würde Schmerzen haben und wäre wahrscheinlich auch nicht mehr derselbe Levi, wie ich ihn gekannt hatte. Auch ich hatte mich verändert. In der Zwischenzeit war so viel passiert. Ich vermisste Levi nach wie vor, doch mit Grim an meiner Seite wurde es leichter, und meine Einsamkeit war seit unserer Zirkelvereinigung wie weggefegt. Tief in meinem Herzen wusste ich, dass Levi sich genau das für mich gewünscht hatte. Er wollte, dass ich endlich wieder glücklich war und mein Leben weiterlebte, so lange ich noch blühen konnte.

Bei diesem Gedanken fuhr mir eine leichte Brise durchs Haar und ließ einige Kirschblüten auf mich herabrieseln, die mich wie sanfte Berührungen streichelten. Es kam mir vor, als würde Levi mir auf diese Weise antworten und mich darin bestärken, endlich nach vorne zu sehen.

Ich schluckte den Kloß in meinem Hals hinunter und pflückte eine Blüte von meiner Wange, die auf der feuchten Spur einer Träne kleben geblieben war. Ganz sanft umschloss ich sie mit meiner Hand. Ich würde sie bei mir behalten, um mich immer an diesen Moment zu erinnern.

»Cora, was hast du?« Grim half mir auf die Beine, legte seine freie Hand auf meine Wange und verwischte mit seinem Daumen meine Tränen. Sein Blick war sorgenvoll, doch er drängte mich nicht dazu, ihm zu antworten. Als er seine Stirn gegen meine lehnte, reckte ich mich ihm entgegen und küsste ihn. Und als ich seine warmen, weichen Lippen auf meinen spürte, setzte ich unter mein altes Leben einen Schlussstrich. Hier und jetzt begann ich von Neuem.

»Wir sollten jetzt schnellstmöglich von hier verschwinden«, sagte ich, nachdem wir uns wieder voneinander gelöst hatten. Der Unsichtbarkeitszauber verbarg uns zwar vor den Menschen, aber Hexer und Hexen könnten uns sehen. Sie könnten den Schädel sehen.

Grim lächelte mich an und nickte. Während er ein Portal heraufbeschwor, das uns direkt nach Hause schicken würde, warf ich dem Kirschbaum einen letzten Blick zu. Dann liefen wir Hand in Hand durch den funkensprühenden Kreis.

Kapitel 31

CORA

Das Portal hatte uns direkt in den Wintergarten katapultiert, und durch die herumliegenden Scherben hatten wir dabei so einen Lärm gemacht, dass die anderen sofort herbeigeeilt waren.

Reese, Oliver und Jody starrten mit offenen Mündern auf den Schädel, den Grim zwischen seinen Händen hielt. Ich stand neben ihm und strich über die kühle Oberfläche, wobei ich sofort die anziehende Macht spürte. Es war berauschend, die Kraft von Dutzenden Hexen und Hexern wahrzunehmen, und fühlte sich so an, als würde ich ein Stromkabel in der Hand halten, das permanent Funken schlug. Nur, dass diese Funken aus Magie bestanden und nicht weh taten. Die bunten Magieschwaden schwebten in dem Kristallschädel wie verirrte Glühwürmchen umher.

»Krass, ihr habt ihn wirklich gefunden«, brach es aus Oliver heraus.

Jody und Reese hatte es noch immer die Sprache verschlagen, sie nickten nur andächtig.

»Und wie geht es nun weiter?«, fragte ich.

»Wir müssen herausfinden, wie man den Schädel zerstören kann, ohne ungewollt irgendeinen Schaden dabei anzurichten«, erwiderte Grim und sah Reese, Oliver und Jody nacheinander an. »Habt ihr meine Mom inzwischen ausfindig machen können?«

Ihre frustrierten Mienen waren Antwort genug.

»Verdammt.« Grim fluchte, setzte den Schädel auf dem Tisch ab und wandte uns den Rücken zu.

»Ich könnte noch mal versuchen, einen Aufspürzauber zu brauen«, schlug ich vor.

Grim drehte sich wieder zu uns um und hatte plötzlich ein Grinsen aufgelegt. »Mir ist gerade etwas eingefallen …« Er deutete auf Reese. »Du begleitest mich zu meiner Ex und ihr anderen findet in der Zwischenzeit heraus, wie der Schädel vernichtet werden kann.« Er kam auf mich zu und küsste mich vor den Augen der anderen auf den Mund.

»Deine Ex?«, fragte ich mit hochgezogenen Augenbrauen, als er meine Lippen wieder freigab. Die verdatterten Blicke der anderen ignorierte ich und hielt mich mit großer Mühe zurück, Grim nicht noch ein weiteres Mal an mich zu ziehen. Er stand direkt vor mir und war mir dennoch nicht nah genug. Ich vermisste seine Berührungen und errötete allein bei dem Gedanken an unsere leidenschaftlichen Stunden.

»Wir haben uns getrennt, weil es nicht gepasst hat. Kein böses Blut, kein Hass. Es funktionierte einfach nicht«, erklärte er. »Warum hab ich Idiot nicht gleich an Ash gedacht? Sie kann Personen, die sie auf einem Bild sieht, auf der ganzen Welt aufspüren.« Er küsste mich noch schnell auf die Stirn, nickte Reese zu und eilte schließlich in dessen Begleitung davon.

Oliver und Jody sahen mich breit lächelnd an.

»Kein Kommentar«, sagte ich und lächelte ebenfalls. »Kommt schon, wir haben zu tun.«

Ich trug Jody auf, das Buch und den Kristall zu holen, räumte inzwischen den Tisch frei und verstaute den Schädel in einer Kiste darunter. Als sie zurückkam, blätterte ich durch die Seiten.

»Vielleicht kann ich etwas Brauen, das für die Vernichtung des Schädels nützlich ist«, flüsterte ich gedankenverloren. »Wo ist diese Stelle, die Grim uns vorgelesen hat?«

»Oliver und ich wälzen indessen ein paar andere Bücher«, sagte Jody, fasste ihn am Arm und zog ihn Richtung Wohnzimmer. »Irgendwo muss doch noch etwas über den Schädel stehen.«

»Versucht es bei Jake Chamberlains Tagebüchern«, rief ich ihnen nach, und widmete mich dann wieder dem von Evaline, bis ich die Stelle fand.

Einige Hexen haben das spezielle Talent, aus Pflanzen Tränke zu brauen. Es gibt allerdings nur wenige von ihnen, die zudem mit einer der seltenen magischen Mischschlangen verbunden sind, die mithilfe ihrer Hexe unterschiedliche Gifte und Heiltränke produzieren können. Sie sind dafür bekannt, gemeinsam revolutionäre Mixturen für Rituale und Kämpfe zu erschaffen. Hat eine Mischschlange ihre vorbestimmte Hexe gefunden, so hält sie ihr ein Leben lang die Treue. Sie stirbt mit ihr.

Mir kam das Gespräch mit Grim in den Sinn, bei dem er mir berichtet hatte, dass Evalines Freundin und deren Schlange sie damals bei dem Magieraub unterstützt hatten, und wie Jake und die Zirkelanwärter dabei ihr Leben lassen mussten. Ich wusste nun, dass sie eine Vorfahrin von mir gewesen war. Zelda und ich waren auf die gleiche Weise verbunden wie damals Mona und Igrid. Eine Mischerin mit einer magischen Schlange.

»*Je nachdem, was die Schlange zu sich nimmt, können unterschiedliche Gifte produziert werden*«, las ich laut vor, und sah Zelda an, die es sich mittlerweile auf dem Tisch neben dem Buch bequem gemacht hatte. Das hatten wir bereits ausprobiert.

»Sag mir jetzt nicht, dass ich mich *wieder* vergiften soll«, zischte sie.

Ich schmunzelte. »Inzwischen wissen wir, dass du dich gar nicht vergiften kannst, sondern ein eigenes Gift produzierst, je nachdem von welcher Pflanze du naschst.«

Sie richtete sich auf. »Ist das gut?«

»Das ist sehr besonders«, erwiderte ich und tätschelte ihr den Kopf.

Es wirkte fast, als würde sie lächeln. »Okaaay, von welcher soll ich probieren?« Sie schlängelte sich an mir vorbei und kroch entlang der Pflanzen, bis sie bei einer lilaschimmernden innehielt. »Die hier sieht lecker aus.«

Ich ging zu ihr und las das Schildchen, das in dem Topf steckte. *Schimmerwurz.*

»Was denkst du, was man damit machen könnte?«, fragte ich Zelda.

»Eine Salbe mit Rosenblüten und …«

»Zwiebelschalen«, ergänzte ich.

»Nicht zu vergessen, Salbei«, zischte sie.

Ich nickte. »Und Pfefferminze.«

»Dazu mein Gift, wenn ich vom *Schimmerwurz* gefressen habe …«

»… und unsere Magie«, schloss ich das Rezept ab. Wir sahen uns einen Moment lang stumm an.

»Das hilft beispielsweise bei tiefen Wunden«, sagten wir synchron, während wir einander nicht aus den Augen ließen.

Ich schnappte nach Luft. »Woher weißt du das?«

»Woher wusstest *du* das?«, stellte sie die Gegenfrage.

»Einfach so«, sagten wir wieder synchron.

Ich realisierte, verarbeitete, schenkte den Worten im Buch Glauben und schüttelte fassungslos den Kopf.

»Das heißt, Hexe, du bist eine der besonderen Mischerinnen. Dein Talent sind Tränke, Tinkturen und alles, was dazugehört.«

»Du meinst, *das* ist meine spezielle Fähigkeit?«

Zelda zischte aufgeregt. »Aber natürlich! Das habe ich schon gespürt, als ich mich an dich gebunden habe. Ich wusste einfach, dass ich zu dir gehöre. Ohne dich hätte ich gar nicht aus meinem Ei schlüpfen können. Gemeinsam sind wir unschlagbar!«

Ich runzelte die Stirn. Meine Gedanken kreiselten unermüdlich. »Vielleicht können wir gemeinsam etwas brauen, das den Schädel zerstören kann …«

Sie hob und senkte ihr Köpfchen. »Lass es uns versuchen.«

»Und etwas, das wir gegen unsere Feinde einsetzen können«, rief ich euphorisch. Ich spürte plötzlich eine Energie in mir, die mich völlig berauschte.

»Ja, klingt böse! Lass uns böse sein«, zischte sie und schwenkte ihren Oberkörper von links nach rechts wie eine Bauchtänzerin.

»Okay, lass uns eine Liste machen, welche Pflanzen wir vielleicht brauchen.«

Wir sahen uns alle Pflanzen an, die wir im Haus und Garten finden konnten, und sammelten Blätter, Blüten und Wurzeln, die uns brauchbar erschienen. Ich spürte meine Magie aktiver als jemals zuvor; als würde meine Freude und Euphorie sie stärken. Es war, als hätte ich den Vorhang der Unsicherheit von mir gerissen, der mich ein Leben lang umgeben hatte. Nun war er fort, ich spürte seine Last nicht mehr, nur die Gier nach einem Neuanfang.

»Oh, Hexe, ich platze gleich vor Aufregung«, zischte Zelda, als wir wieder im Wintergarten ankamen und ich alle Utensilien auf dem Tisch bereitstellte.

»Glaub mir, Zelda, ich auch«, bestätigte ich ihr.

Zelda umwickelte mit ihrem Schwanz eines der Glasfläschchen. »Lass uns anfangen.«

Zustimmend nickend rieb ich mir die Hände. Ich schaltete das Radio ein und war sowas von bereit.

Bombs Away von *Neoni* ertönte aus den Boxen, während ich getrocknete Salbeiblätter zerkleinerte und den ersten kleinen Kessel mit magischem Feuer erhitzte. Ich hielt Zelda ein Stück der *Klagemöhre* hin und sah gespannt dabei zu, wie sie orange anlief. Ihr Schlangenkörper veränderte sich wie der eines Chamäleons. Sie spuckte etwas Gift in den schwarzen Kessel, wonach ich die anderen Zutaten hineingab. Es knallte bei jedem Blatt und kleine Rauchwolken stiegen nach oben. Als das erste Gebräu vor sich hin köchelte, gab ich in weitere kleine Kessel noch mehr Kräuter und tröpfelte Essenzen hinein. Nach jedem Mal knallte es wieder und Zelda spuckte ein anderes Gift.

Jody und Oliver sahen immer mal wieder bei uns vorbei. Wir arbeiteten stundenlang, probierten aus, wie sich Zeldas Farbe und ihre eigene Gifterzeugung veränderte, wenn sie von unterschiedlichen Pflanzen naschte. Nachdem sie vom *Schimmerwurz* probiert hatte, war sie lila, und im Gegensatz zu den vorher einverleibten Pflanzen hielt Zeldas Färbung über eine Stunde lang davon an. Ich konnte riechen, wie sich der Geschmack dieser Mixtur durch ihr momentan lilafarbenes Gift veränderte.

Wir waren inzwischen richtig gut aufeinander eingespielt. Zelda verteilte immer wieder Zutaten, die ich vor ihr ablegte, in die verschiedenen Kessel, bis wir nichts mehr zum Beimengen übrig hatten.

»Was sagst du, es ist perfekt, oder?«, fragte ich sie.

»Ja, riecht nach einer guten Komposition. Haben wir super hinbekommen. Jetzt können wir abfüllen.« Zelda schubste mir eine leere Flasche nach der anderen entgegen, in die ich die verschiedenen Mixturen füllte und schließlich mit passenden Korken versiegelte. Als alle Fläschchen verschlossen waren, klopfte ich mir die Hände an meiner Jeanshose ab. Ich konnte noch immer nicht fassen, dass Zelda und ich es wirklich geschafft hatten, sie alle herzustellen. Unsere Fähigkeiten und unsere Geduld steckten in jedem Tropfen.

Der Tisch stand nun voll mit fertig abgefüllten Tränken, die ich ordentlich beschriftete.

Zelda schlängelte sich über eine Seite von Evalines Tagebuch und schob den Kristall darauf umher. »Uh, hast du das gelesen? Hier steht: *Der Schädel kann erst benutzt werden, wenn er durch den Trank der Vergänglichkeit, bestehend aus der Blüte, dem Gift und der Magie, aktiviert wird.*«

Ich zog die Augenbrauen nach oben. »Du kannst lesen?«

»Echt jetzt, Hexe? Ich bin eine magische Mischschlange, natürlich kann ich lesen.«

Ich sah durch den Kristall. »Wo steht das denn?«

»Na da …« Sie deutete mit ihrer Schwanzspitze mitten auf die Buchseite.

Ich verengte die Augen und sah noch mal hindurch. Hätte Zelda mich nicht darauf aufmerksam gemacht, hätte ich diese Zeilen wahrscheinlich überlesen. Die Worte zeigten sich nicht wie der übrige Text in blauer Tinte, sie hoben sich farblich kaum vom Papier ab. Eins musste ich Evaline lassen: Sie hatte sich große Mühe gegeben, dass diese alles entscheidende Botschaft nur schwer zu finden war. Womöglich war es wieder nur Zelda und mir möglich, sie überhaupt zu lesen, da meine kleine Schlange mit dem Schädel in einer Verbindung stand.

»Das hört sich so an, als würde Adam den Schädel nicht benutzen können, bis er dieses Gebräu hat«, rief ich und lächelte Zelda an. »Ist dir klar, was das bedeutet?«

»Oh ja, er kann rein gar nichts mit dem Schädel anfangen, bevor wir ihm nicht diese Mixtur der Vergänglichkeit brauen«, zischte Zelda.

Ich legte den Kopf schief und strich über die kaum wahrnehmbaren Buchstaben. »Und Adam hat davon keine Ahnung.«

Zelda kroch über den Tisch und züngelte an den Pflanzen. »Vergänglichkeit … mhhh … das Gift könnte von mir kommen, die Magie von dir und die Blüte …«

»Von einem Kirschbaum«, flüsterte ich und sah das Schild, das neben dem Baumstamm im Boden gesteckt hatte, in Gedanken vor mir. »*Die Kirschblüte steht für Schönheit und Reinheit. Doch wie alles Leben ist auch ihre Blütezeit vergänglich.*« Ich atmete tief ein und ließ die Luft dann langsam entweichen. »Sie ist *vergänglich* … Das ist die Lösung, Zelda. Nur mit diesem Trank der Vergänglichkeit kann der Schädel aktiviert oder zerstört werden.«

»Ach du meine Güte, ist das aufregend.« Sie schlängelte sich im Kreis. »Also brauchen wir eine Kirschblüte.«

Ich lächelte und zog die Kirschblüte aus meiner Hosentasche. Eigentlich hatte ich sie eingesteckt, da ich sie als Erinnerung an Levi behalten wollte. Doch nun war sie für Höheres bestimmt. Levi würde ich auch ohne die Blüte niemals vergessen.

Kapitel 32

GRIM

Ich hatte für Reese und mich ein Portal erschaffen und uns direkt in Portlands Wald befördert. Es roch nach feuchtem Moos, klaren Wasserquellen und frischem Wind. Da es hier abseits der Stadt stockdunkel war, nutzten wir Magie als Lichtquelle, damit wir uns nicht gegenseitig auf die Füße traten.

»Deine Ex wohnt ihm Wald?« Reese sah sich kritisch um.

»Nein, aber ihre beste Freundin, bei der sie aktuell zu Besuch ist. Ich hab ihr vorhin geschrieben.«

»Okaaay.«

Wir gingen den kleinen Trampelpfad entlang, der uns direkt zu einem Holzhäuschen führte. In Beeten blühten Blumen und es standen mehrere Pflanzentöpfe vor der Tür.

Ich klopfte an die Tür und wippte ungeduldig mit den Füßen, bis Ash endlich öffnete. Der Anblick ihrer schulterlangen roten Haare und der Sommersprossen, die sich über ihr Gesicht und den Hals verteilten, war mir sofort wieder vertraut. Sie lächelte.

»Hey, kommt rein.« Sie wartete, bis Reese und ich eingetreten waren, und schloss dann die Tür. »Du weißt, dass ich mir nur ungern Ärger mit Adam einhandeln will?«, fragte sie. »Ich mag deine Mom und tue das hauptsächlich für sie. Adam darf niemals erfahren, dass du hier warst.«

So kannte ich sie. Ash kam gleich zur Sache.

»Geht klar. Ich bin dir für deine Hilfe wirklich sehr dankbar.«

Sie nickte und wandte sich Reese zu. »Hi, ich bin Ash.«

Ganz der Charmeur legte er ein verwegenes Lächeln auf und reichte ihr die Hand. »Reese, freut mich.«

Wir folgten ihr in ein kleines Wohnzimmer, das mit vielen Zimmerpflanzen dekoriert war. Reese und ich quetschen uns auf die winzige Couch und Ash nahm uns gegenüber im Schneidersitz auf dem bunt gemusterten Teppich Platz.

»Wollt ihr was trinken?«, fragte eine Stimme hinter uns.

Wir wandten uns zu Ashs Freundin um und ich merkte, wie Reese sich augenblicklich neben mir anspannte. Ja, Geschmack hatte er.

Sie trug ein einfaches Shirt mit einer Cargohose und hob zum Gruß ihren tätowierten Arm. Wir erwiderten die Geste.

»Nein, danke, wir haben es eilig«, antwortete ich.

Reese fehlten ganz offensichtlich die Worte und seine Augen schienen aus dem Kopf fallen zu wollen.

»Das ist Vlawia«, stellte Ash sie uns vor und erwähnte auch unsere Namen.

Vlawia strich sich mit den langen schwarzen Nägeln eine Strähne ihrer schwarzen, stufig geschnittenen Haare hinters Ohr und taxierte Reese mit ihren hellblauen Augen.

»Hast du irgendwas auszusetzen?«, erkundigte sie sich bei ihm, da er sie von Kopf bis Fuß musterte.

»Nein, ganz und gar nicht.«

»Gut, das wäre dann dein Problem gewesen.« Ein zuckersüßes Grinsen umspielte ihre Lippen, während sie sich neben Ash auf den Boden setzte. Sie und Reese starrten sich weiterhin an, als wären sie noch nie zuvor einem anderen Menschen begegnet.

Ash stieß ihrer Freundin mit dem Ellenbogen sanft in die Seite und schmunzelte. Dann sah sie zu mir. »Okay, zeig mir ein Bild von deiner Mom oder Adam, damit wir es hinter uns bringen können.«

Sie rutschte ein wenig nach vorne und streckte mir ihre Hand entgegen. Ich öffnete die Bildergalerie meines Handys, rief ein Foto von meiner Mutter auf und legte es ihr in die Hand.

»Wirklich? Du hast dir noch nicht einmal die Mühe gemacht, es auszudrucken.« Ash hob eine Augenbraue.

»Wir hatten keine Zeit mehr, und außerdem wusste ich nicht, ob du mir helfen würdest.«

»Na, dann muss es eben so gehen.« Sie zog einen Stadtplan vom unteren Ablagefach des Couchtisches hervor und breitete ihn darauf aus. In einer Hand hielt sie mein Handy, mit der anderen berührte sie die grafische Darstellung Portlands. Ihre Augen begannen in einem flammenden Rot zu leuchten, ebenso wie ihre Finger, mit denen sie die Karte abtastete. Das Licht verteilte sich auf dem gesamten Plan, doch nach und nach zog es sich zu einem winzigen Punkt zusammen. Ihre Augen erloschen und sie deutete auf die leuchtende Markierung, die allmählich verblasste.

»Deine Mom ist hier.«

Ihre Freundin Vlawia nahm einen Stift zur Hand und markierte den Ort mit einem Kreis.

»Danke, das hilft uns sehr«, sagte Reese und nahm den Stadtplan an sich, wobei er ihre Hand wie zufällig berührte.

»Passt bloß auf, Adam ist gefährlich.« Vlawia zog die Augenbrauen zusammen, als würde sie sich an etwas Schmerzvolles erinnern.

»Ja, das haben wir bereits zu spüren bekommen«, erwiderte Reese.

»Hast du schon eigene Erfahrungen mit ihm gemacht?«, hakte ich nach.

Sie nickte. »Er war es gewesen, der damals die Zirkelkriege ausgelöst hat. Er hat provoziert, wo er nur konnte, und dann haben sein und ein anderer Zirkel sich gegenseitig angegriffen, um ihre eigenen Reviere zu vergrößern. Bei einem Kampf war Riley, Adams Bruder, mit dabei. Er wollte Adam nur besuchen und ist ungewollt in den Konflikt hineingeraten. Letztendlich war er zur falschen Zeit am falschen Ort und musste für den Größenwahn anderer sterben. Und als hätte Adam daran keine Schuld, hat er den verfeindeten Zirkel danach abgeschlachtet. Einen nach dem anderen.«

»Woher weißt du das?«, fragte ich und schluckte.

Vlawias Blick traf meinen. »Riley und seine Freundin Tris waren meine Freunde. Ich kannte sie seit Kindertagen und kann es noch immer nicht fassen, dass sie weg sind.«

»Rileys Freundin war bei dem Kampf also auch dabei?«, fragte Reese sichtlich schockiert.

»Nein, aber Tris ist nach dem Tod von Riley fortgegangen. Sie hat es in Portland nicht mehr ausgehalten.«

»Das wusste ich noch gar nicht«, sagte ich und presste die Lippen aufeinander. Ich träumte noch oft davon, wie Adam mich anschrie, während sein Bruder neben uns starb.

Reese stand auf und trat auf Vlawia zu. »Es tut mir leid um deine Freunde. Adam will die Zirkel zerreißen und die gesamte Magie für sich beanspruchen, damit wir keine andere Wahl haben und uns alle an ihn binden müssen.«

Vlawia ging ebenfalls auf ihn zu, sodass sie nun ganz nah beieinanderstanden. »Haltet dieses Arschloch auf!«

Kapitel 33

CORA

Zelda und ich waren bei Jody und Oliver im Wohnzimmer und hatten den beiden gerade von unserer neusten Erkenntnis berichtet, als sich plötzlich neben uns ein funkensprühender Kreis auftat und Grim samt Reese durch das Portal trat. Ich war erleichtert, dass sie wieder bei uns waren, und konnte es nicht erwarten, auch ihnen von der alles entscheidenden Neuigkeit zu erzählen.

Grim kam auf mich zu und ich schmolz allein bei seinem Lächeln dahin.

»Hi«, sagte er und zog mich in seine Arme.

Ich sog seinen Duft ein, spürte seinen Körper an meinem und musste unweigerlich an unsere leidenschaftlichen Stunden denken, die mir nie wieder aus dem Kopf gehen würden.

»Hi«, erwiderte ich, lehnte mich ein wenig zurück und sah zu ihm auf. »Wie war es bei deiner Ex?«

»Wir wissen jetzt, wo Adam meine Mom gefangen hält«, erwiderte er und küsste mich auf die Stirn.

Jody ging zu Reese, nahm ihm eine zusammengefaltete Landkarte aus der Hand und schlug sie auf. »Wo?«

Die Kiste, in der ich den Schädel unter dem Tisch im Wintergarten aufbewahrt hatte, stand nun auf dem Couchtisch. Ich bewachte ihn und verließ nie ohne ihn ein Zimmer.

»Wir haben auch Neuigkeiten«, sagte ich und strahlte Grim an. »Du kannst Adam den Schädel im Austausch für deine Mom bedenkenlos übergeben.« Ich streckte den Rücken durch. »Er hat nämlich keine Ahnung, dass er ihn gar nicht so ohne Weiteres aktivieren kann.«

»Das können nur Cora und ich«, ergänzte Zelda und vollführte auf dem Couchtisch ihre Art von Bauchtanz.

»Ist das euer Ernst?« Grim schaute uns abwechselnd mit großen Augen an.

»Ja, ist es.« Ich schilderte ihm, dass Zelda den kaum sichtbaren Hinweis in Evalines Tagebuch entdeckt hatte und nur wir ihn überhaupt lesen konnten. Oliver und Jody hatten die Zeilen nicht sehen können.

Grim verengte die Augen. »So war es auch bei dem Schlangensymbol auf der Baumrinde.«

»Und wir haben spezielle Mixturen angefertigt, die uns im Kampf unterstützen und die wir zur Verteidigung nutzen können«, zischte Zelda aufgeregt und schlängelte sich entlang der abgefüllten Glasphiolen, die wir sortiert und an einem Waffengürtel befestigt hatten.

»Jedes Gebräu wirkt auf seine eigene Weise und ist darauf abgestimmt, die besonderen Fähigkeiten von Adams Zirkelmitgliedern abzuschwächen oder gar eine Zeit lang auszuschalten«, erklärte ich. »Es muss aber immer die passende Mixtur für die jeweiligen Hexen und Hexer sein. Sonst funktioniert der Zauber nicht.«

»Klingt spannend«, sagte Oliver.

»Wohl eher nach einer eigenen Wissenschaft«, murmelte Jody, hielt eines der Glasröhrchen gegen das Licht und betrachtete die funkelnde Magie darin.

»Das überlassen wir am besten euch, bevor wir da versehentlich etwas vertauschen und der Zauber nach hinten losgeht«, warf Reese ein.

Ich nickte. Wir mussten wirklich vorsichtig damit umgehen. Jede gefüllte Glasphiole war auf eine bestimmte Hexe oder einen Hexer angepasst. Ich kannte Ernests, Moshs und Briannas besondere Gaben, und Oliver hatte mir auch die der dunkelhaarigen Hexe mit den strahlend blauen Augen verraten. Sie konnte Gefühle anderer stark wahrnehmen, jedoch nicht so beeinflussen wie Samuel aus meinem alten Zirkel.

Grim legte mir eine Hand auf den Rücken und strich Zelda über den Kopf. »Das ist bemerkenswert. Es freut mich, dass ihr so produktiv gewesen seid.« Er führte seine Lippen an mein Ohr und bereitete mir mit der federleichten Berührung eine wohlige Gänsehaut. »Nicht jeder ist für das Brauen geschaffen, es ist deine spezielle Fähigkeit, Cora«, flüsterte er, und mein Herz quoll vor Stolz über.

»Okay«, sagte Reese und verschränkte die Arme vor der Brust. »Also wie genau gehen wir jetzt vor?«

»Adam ahnt nicht, dass wir Moms Aufenthaltsort herausgefunden haben. Allein schon, um ihm zu zeigen, dass er trotz Moshs Fähigkeiten nicht so unantastbar ist, wie er glaubt, würde ich dort gerne mit euch unangekündigt auftauchen.«

»Aber sowas von.« Oliver klatschte in die Hände und rieb sie aneinander. »Ich freue mich jetzt schon auf Adams Gesicht. Das Überraschungsmoment nutzen wir aus.«

»Oh Gott, können wir ihn vorsichtshalber zu Hause lassen?«, fragte Reese. »Oliver macht bestimmt wieder etwas Dummes.«

»Was soll das denn heißen?«, stieß Oliver empört aus.

»Du meinst, er könnte wieder mit Brianna schlafen oder sich während des Kampfes in sie verlieben?« Jody schmunzelte Reese an und zwinkerte ihrem Bruder dann zu.

»Ja, genau so einen Scheiß meine ich«, erwiderte Reese. »Und er könnte sich auch gleich noch mal von ihr vergiften lassen.«

»Ihr könnt mich mal«, fuhr Oliver die beiden an. »Mir ist klar, dass Brianna anwesend sein wird. Aber ich begehe einen Fehler nicht zweimal.«

Reese legte die Handflächen aneinander, als würde er beten. »Möge er sich an das, was er sagt, auch bitte halten.«

Grim lachte. »Es reicht jetzt. Bevor wir Adams Zirkel gegenübertreten, müssen wir bei besten Kräften sein. Wir sollten uns daher noch etwas stärken und zumindest versuchen, ein wenig zu schlafen.«

Ich nickte zustimmend und konnte mein Gähnen nicht unterdrücken. Der Morgen war längst angebrochen. Wir hatten die gesamte Nacht durchgearbeitet.

»Wo er recht hat, hat er recht«, sagte Oliver. »Immer mir nach, ich habe Lasagne vorbereitet.« Er steuerte vor uns die Küche an.

Zelda war von den vielen Blüten und Blättern, die sie während unserer Brausession gefressen hatte, noch satt. Außer, dass Reese und Oliver sich bezüglich ihrer Kochkünste wieder gegenseitig aufzogen, verlief das gemeinsame Essen vorrangig schweigend. Unsere Blicke fielen immer wieder zu der Kiste mit dem Kristallschädel, die nun auf der Anrichte stand. In Gedanken waren wir wohl alle bei Sandras bevorstehender Befreiung und der Gegenüberstellung mit Adam, die womöglich Leben kosten würde.

»Kommende Nacht ist Vollmond, dann läuft Adams Ultimatum ab. Er hat keine Ahnung, dass wir Moms Aufenthaltsort kennen. Wir müssen also dort aufschlagen, bevor er mich wieder kontaktiert.«

Alle nickten Grim zu.

Ich betrachtete meine Freunde und hoffte, dass ich in den nächsten Stunden keinen von ihnen verlieren würde. Sie waren mir allesamt ans Herz gewachsen, allen voran Grim.

Unsere Blicke trafen sich, und ich konnte seiner ernsten Miene ansehen, dass er offenbar gerade ähnliche Überlegungen anstellte. Er nahm meine Hand in seine, führte sie an seine Lippen und küsste sie.

»Denkt nicht mal dran«, sagte Oliver und grinste uns an. »Ihr braucht Schlaf und wir auch. Die Wände dieses Hauses sind nicht annähernd so dick, wie ihr vielleicht glaubt.«

Reese prustete los, Jody kicherte, Grim unterdrückte sich mit zusammengepressten Lippen ein Schmunzeln, und ich spürte, wie mir Hitze in die Wangen schoss.

»Wer nimmt den Schädel mit auf sein Zimmer?«, fragte Grim.

Alle wichen seinem Blick aus.

Er seufzte, stand auf und nahm die Kiste an sich. »Dann bin ich das wohl.«

Wir räumten den Tisch ab und verzogen uns anschließend alle auf unsere Zimmer. Grim und ich blieben noch auf dem Gang vor unseren gegenüberliegenden Zimmertüren stehen. Die Kiste mit dem Schädel stellte er ab und wandte sich mir zu.

»Es wird mir richtig schwerfallen, gleich in mein Zimmer zu gehen und dich einfach in deins verschwinden zu lassen.« Er strich mir die Haare aus dem Gesicht und zog mich an sich, sodass sich unsere Oberkörper berührten.

Ich schluckte angestrengt, erinnerte mich daran, was wir in meinem Zimmer getan hatten. »Mir auch.«

»Wir brauchen dringend noch etwas Schlaf, doch wenn ich mich neben dich lege, werden wir nicht dazu kommen.«

»Klingt leider verlockend.« Ein Seufzen kam mir über die Lippen.

Er schmunzelte. »Wir werden später alles nachholen, das verspreche ich dir.«

Mir wurde ganz heiß bei dem Gedanken. Ich schmiegte mich noch enger an ihn, spürte seinen Atem auf meiner Wange und blickte zu ihm auf.

»Glaub ja nicht, dass ich dein Versprechen vergesse.«

»Das würde mir nicht einmal im Traum einfallen«, murmelte er und überbrückte mit der letzten Silbe den Abstand zwischen unseren Mündern. Er umschlang meine Taille, während seine Lippen sich auf meinen so samtig anfühlten, dass meine Knie ganz weich wurden.

»Ihhhh, auseinander!«, schrie eine quietschende Stimme direkt neben meinem Ohr.

Wir fuhren auseinander. Die kleine Schlange hatte ich völlig vergessen. Da sie so leicht war, nahm ich sie manchmal gar nicht mehr wahr, wenn sie auf meiner Schulter schlief und sich eine Weile nicht bewegte.

»Ich wollte euch ja kurz euren Spaß lassen, aber wenn ich mich kaum noch auf deiner Schulter halten kann, geht es zu weit«, zischte sie. »Da verhält man sich einmal still und zack, schon saugen sie sich die Lippen vom Gesicht … bäh.« Zelda schüttelte sich. »Hexe, wir gehen jetzt ins Bett, und du auch, Grim!«

Er hob abwehrend die Hände und trat einen Schritt zurück. »Okay, kleine Giftnatter«, murmelte er mit einem Grinsen auf den Lippen und warf mir noch einen letzten Blick zu, bevor er mit dem Schädel in seinem Zimmer verschwand.

»Giftnatter?«, zischte Zelda entrüstet und schlängelte sich blitzschnell von mir herunter, nur um an Grims Tür zu poltern. »Ich bin eine *magische Mischerschlange*, du haariger Hexer!«

Kopfschüttelnd hob ich die tollwütige rosa Nudel vom Boden auf, die sich wie ein Fisch auf dem Trockenen wand. In meinem Zimmer legte ich sie auf dem Bett ab und begann, mich auszuziehen.

»Ist das dieses Strippen, von dem Reese mir noch mehr erzählt hat?«

Ich hielt in der Bewegung inne und sah sie an. »Reese hat sich mit dir nochmal übers Strippen unterhalten?«

Sie hob und senkte ihren kleinen Kopf. »Ja, wenn du nicht da bist und er auf mich aufpasst, unterrichtet er mich in vielen Dingen, die ich noch nicht weiß.«

»Aha, dafür wählt er ja interessante Themen. Mal wieder.« Ich schmunzelte. Das war typisch für Reese.

»Also machst du das jetzt gerade? Dieses Strippen?«, hakte sie nochmals nach.

Ich trug nur noch meinen weißen Spitzenstring und sah an mir hinab. »So ungefähr, aber das ist …«

»Cora strippt für mich«, zischte Zelda freudig und schlängelte sich im Kreis.

»Schhtt, Zelda! Das … ist so nicht richtig.«

Sie hörte auf, sich im Kreis zu drehen. »Wieso?«

»Weil ich mich nur umziehe und nicht wirklich strippe.«

»Aber warum hast du dann gesagt, dass du es machst?« »Weil eine der Komponenten beim Strippen ist, sich auszuziehen.«

»Und die anderen?«

»Sich … elegant zu bewegen.«

»Ah, okay, ja, ne. Du bewegst dich absolut nicht elegant, eher wie ein torkelndes Faultier.«

Ich betrachtete sie mit hochgezogenen Augenbrauen, nahm Zelda schließlich auf die Hand und schubste sie aus dem Schlafzimmer in den Gang. Sie rutschte über den Holzboden und machte einen fassungslosen Zischlaut. Dessen ungeachtet schloss ich die Tür.

»Hexe! Das ist nicht fair!« Ihr empörtes Fauchen hörte man vermutlich im ganzen Haus. »Mach die Tür wieder auf.«

»Mach es dir auf der Couch bequem«, rief ich. »Du solltest auch noch etwas schlafen.«

Es fiel mir mittlerweile schwer, meine Augen offen zu halten. Gähnend sank ich aufs Bett und schlief trotz Zeldas gelegentlichem Klopfen und der Aufregung vor unserer bevorstehenden Auseinandersetzung mit Adam zügig ein.

Als ich am späten Nachmittag die Treppe ins Foyer hinunterlief, standen meine Freunde schon bereit und lächelten mir entgegen.

»Hab ich was verpasst?« Ich lächelte zurück und sah Zelda aus Reeses Kapuze hervorspähen.

»Du hast für Zelda gestrippt?«, fragte Grim leise und zog mich in seine Arme. »Machst du das auch mal für mich?« Sein warmer Atem kitzelte an meinem Ohr.

Jetzt war mir klar, warum sich alle so amüsierten. »Ach, hat sie euch davon erzählt?«, erwiderte ich und warf der kleinen Schlange einen tadelnden Blick zu. »Dann wisst ihr jetzt wohl auch, wie ungelenkig und torklig ich mich dabei anstelle.«

Sie lachten wieder, wurden dann aber mit einem Mal ernst. Grim ließ mich los, nahm von Reese den Waffengürtel entgegen, in dessen Lederschlaufen die schimmernden Glasphiolen steckten, und reichte ihn mir.

»Seid ihr bereit?«, fragte Oliver uns der Reihe nach und wir nickten ihm zu, während ich den Gürtel mit meinen Mixturen anlegte. Zwischen seinen Händen formte er ein Portal, das uns direkt zu dem

Ort bringen würde, an dem Adam Sandra versteckt hielt. In einem Rucksack trug Grim den Schädel seines Vorfahren bei sich. Es war ungewiss, wie alles ausgehen würde.

»Ich knöpfe mir liebend gerne Mosh vor«, murmelte Jody angriffslustig. »Er war bei unserem letzten Zusammentreffen so selbstsicher und arrogant, dass ich ihm am liebsten vor die Füße gekotzt hätte.«

»Pass nur auf, dass er dich nicht berührt«, warnte ich sie.

Jody nickte mir zu, griff nach meinem Arm und drückte ihn sanft. »Werde ich.«

»Denkt daran: Sobald meine Mutter in Sicherheit ist, müssen wir den Schädel von Adam zurückerobern«, sagte Grim. »Wenn er es nicht schafft, den Schädel zu aktivieren, wird er unermüdlich nach einer Lösung suchen und sich denken können, dass wir Bescheid wissen. Cora und Zelda würden nie vor ihm sicher sein. Wir müssen den Schädel zerstören.« Er ergriff meine Hand und nickte uns allen bestärkend zu, wobei wir die Geste erwiderten.

Das Portal wurde immer größer und schlug Funken. Auf der anderen Seite erkannte ich einen Schrottplatz. Grim und ich machten den Anfang, gefolgt von Jody, Reese mit Zelda und Oliver, der sein Portal mit einer Handbewegung wieder schloss.

Wir befanden uns zwischen zum Teil übereinandergestapelten Schrottwagen, die demnächst mit einer Metallpresse Bekanntschaft machen würden. Es roch nach altem Motoröl.

Grim atmete tief durch. »Also aufgepasst! Wir alle bleiben cool und übergeben Adam im Austausch für meine Mom den Schädel. Sobald sie …«

»Hört, hört, Grim spielt den großen Anführer und hat doch eigentlich schon einmal bewiesen, dass er keinen Zirkel leiten kann.« Adam kam hinter einem der Metallberge hervor und setzte ein schiefes Grinsen auf.

Verdammt, er hatte unsere Ankunft bemerkt. Vielleicht hatte uns der Funkenschlag des Portals verraten? Von wegen Überraschungsmoment. Und dass wir uns nun zu einem Zirkel vereint hatten, konnte er sicherlich spüren.

»Wie schön, dass du meiner Einladung gefolgt bis, Chamberlain. Dabei habe ich dich noch gar nicht erwartet und hatte mir vorgenommen, dich in der nächsten Stunde anzurufen.«

Er fragte sich sicherlich, wie wir seinen Aufenthaltsort ausfindig machen konnten. Aber er ließ sich keinerlei Verunsicherung anmerken.

»Es ist echt ein Wunder, dass deine liebreizende Mutter so einen schrecklichen Menschen wie dich hervorbringen konnte.« Er schnalzte mit der Zunge und betrachtete uns der Reihe nach, bis er schließlich mit seinem Blick an mir hängenblieb. »Euer Zirkel ist ein Witz. Ich freue mich schon darauf, dabei zuzusehen, wie ihr scheitert.«

»Halt die Luft an, Adam.« Reese trat einen Schritt nach vorne und verschränkte seine Arme, wobei er breiter als ein Schrank wirkte. Ich wollte ihm nicht unbedingt gegenüberstehen, wenn er sich so aufplusterte. »Wir haben, was du willst.«

»Tatsächlich?« Ungläubigkeit schwang in Adams Stimme mit. »Zeigt her«, wies er uns mit einem gierigen Leuchten in den Augen an.

Grim schnaubte. »Vorher muss ich wissen, ob es meiner Mutter gut geht.«

»Das tut es«, sagte Adam vage.

»Ich will sie sehen.«

Adam verdrehte die Augen. »Wieso kannst du nicht einfach darauf vertrauen, dass ich die Wahrheit sage?«

»Das ist ein Scherz, oder?«, fragte Grim belustigt. »Nachdem du uns verfolgt, angegriffen, verletzt, Matthew ermordet und meine Mutter enführt hast?«

Adam zuckte mit den Schultern. »Gegen deine Mutter habe ich nichts. Sie war lediglich ein Mittel zum Zweck. Euer Haushälter hingegen … das war reiner Spaß.« Er pfiff durch die Zähne, woraufhin drei seiner Zirkelmitglieder hinter weiteren Schrottautos und Metallbergen hervorkamen.

Ernesto Pesto, dessen Blick sich hasserfüllt auf uns richtete; Mosh, der eine eiskalte Miene aufsetzte, und die blonde Frau namens Brianna, die Oliver mit Distelbeeren vergiftet hatte.

Ich warf Oliver einen kurzen Blick zu. Er presste die Lippen fest aufeinander und betrachtete Brianna eingehend, ebenso wie sie ihn.

»Salva«, rief Adam, womit er eigentlich nur noch die Dunkelhaarige mit dem Undercut und den stechend blauen Augen meinen konnte, die ich zum ersten Mal bei der Erstürmung von Grims Haus gesehen hatte. Sie erschien in der offenen Tür eines verrosteten LKW-Containers und schob Sandra in ihrem Rollstuhl eine Rampe herunter.

»Hey, Mom. Geht es dir gut?«, fragte Grim augenblicklich, streifte sich den Rucksack von den Schultern und trat einen Schritt nach vorne.

»Ja«, erwiderte sie mit zittriger Stimme. Sie war in ihrem Rollstuhl zusammengesunken und wirkte schwächer denn je.

Ihr bemitleidenswerter Anblick brach mir das Herz. Am liebsten wäre ich zu ihr gegangen und hätte sie in meine Arme geschlossen. Ich konnte mir vorstellen, wie schwer es Grim gerade fallen musste, sich zurückzuhalten.

»Lass uns das Tauschgeschäft hinter uns bringen.« Grim nahm den Kristallschädel aus dem Rucksack und umklammerte ihn so fest, dass seine Fingerknöchel weiß hervortraten.

Als Adam den Schädel und die schimmernde Magie in seinem Inneren erblickte, sog er scharf die Luft ein. Er ging Salva entgegen, griff nach dem Rollstuhl und schob Sandra auf Grim zu. Nur zwei Schritte von ihm entfernt stoppte er, und streckte fordernd die Hände nach dem Schädel aus.

Grim sah zu mir, und ich versuchte ihm mit meinem Blick zu versichern, dass keine Gefahr bestand. Adam würde den Schädel nicht aktivieren können.

Adam entging unser stummes Zwiegespräch nicht und er sah stirnrunzelnd zwischen uns hin und her. Doch Grim zögerte nicht länger. Er schmiss ihm den Schädel entgegen und zog seine Mom zu sich, während Adam ihn auffing. Unverzüglich fuhr er sie zu Oliver, der bereits ein Portal formte. »Wir bringen dich nach Hause«, versicherte er ihr, als Jody an seine Seite trat, den Rollstuhl übernahm und Sandra durch den funkensprühenden Kreis schob, an dessen Ende ich das Wohnzimmer mit dem Steinkamin erkannte.

Oliver schloss das Portal umgehend, als Jody und Sandra verschwunden waren.

»Ey, Chamberlain.«

»Was?«, stieß Grim zwischen zusammengepressten Zähnen aus und drehte sich zu Adam um.

»Komm uns nicht in die Quere, hast du verstanden? Ihr werdet sowieso bald die Konsequenzen unseres Zaubers spüren.«

»Des Entbindungszaubers?«, fragte ich und betrachtete Adam eingehend. Wenn er alle Zirkelverbindungen kappte, würde es keine Zirkel mehr geben. Oder eben nur einen. Seinen.

Adam grinste mich an und nickte. »Du bist ja schlauer, als ich dachte.«

Reese stand neben mir. Zelda kroch aus seiner Kapuze und schlängelte sich über seinen Arm hinweg auf meinen, um sich schließlich auf meiner Schulter in einer Drohgebärde aufzurichten.

Mit meinen Fingern glitt ich über die Glasröhrchen, die in den Lederschlaufen meines Waffengürtels steckten. Die Gier in Adams Blick bereitete mir eine Gänsehaut. Er streichelte über den Schädel und lächelte dabei selig. Seine Machtgier hatte bereits einen Zirkel ausgelöscht und seinem eigenen Bruder das Leben gekostet, als er ungewollt zwischen die Fronten geraten war. Wir durften nicht zulassen, dass Adam alle Zirkel auslöschte und sich über uns alle stellte. Ich hatte mich gerade erst wieder an einen Zirkel gebunden und wollte diese besondere Zusammengehörigkeit nicht noch einmal verlieren. Wir waren wie eine Familie und konnten nun unsere Kräfte gemeinsam nutzen und uns gegenseitig stärken. Außerdem würde Adam niemals aufhören, nach einer Möglichkeit zu suchen, den Schädel zu aktivieren und sich die Macht einzuverleiben. Noch wusste er nicht, dass er Zelda und mich dafür benötigte, doch irgendwann würde er es vielleicht herausfinden und dann wären wir immer in Gefahr. Wir mussten Adam besiegen und den Schädel ein für alle Mal zerstören.

»Bleibt bitte am Leben und ruft, falls ihr Hilfe braucht«, flüsterte Grim.

Wir warfen uns gehetzte Blicke zu. Mein Herzschlag dröhnte in meinen Ohren und plötzliche Panik durchflutete mich. Ich durfte nicht die Nerven verlieren, musste mich konzentrieren. Jetzt und hier kam es auf jeden Einzelnen von uns an.

Grim bestärkte uns durch ein leichtes Ziehen an unserem Zirkelband.

Der Kampf begann genau hier und jetzt. Hier würde es enden.

Es war Grims Bestimmung, dafür zu sorgen, dass der Schädel nie wieder Unheil anrichten würde, und da wir zu ihm gehörten, war es nun auch unsere.

Inzwischen brach die Abenddämmerung an. Die Sonne verschwand hinter den Schrottbergen und tünchte die Wolken in ein purpurnes Rot. Spätestens, wenn der Vollmond am Himmel auftauchte und Adam das Ritual vollzog, würde er wissen, dass er den Schädel nicht für sich nutzen konnte – dass ihm noch etwas fehlte.

»Halte dich gut an mir fest«, flüsterte ich Zelda zu. »Es geht los.«

»Was wollt ihr noch hier?«, fragte Adam, als Oliver im selben Moment ein Portal erschuf und Jody herausgesprungen kam.

Sofort riss sie die Hände in die Höhe und spielte mit ihrer Magie. Ihre Augen leuchteten grell auf, wie bei einem Tier, das man in der Nacht mit den Scheinwerfern eines Autos blendete.

Ich sah gebannt dabei zu, wie ein weißlich schimmernder Wirbel auf Adams Zirkel zuraste. Er wurde immer größer, mächtiger, und baute sich vor unseren Feinden wie eine Mauer aus Magie und Verderben auf.

Sie rissen die Augen auf und ahnten wohl, was das bedeutete.

Oliver hatte das Portal hinter seiner Schwester längst wieder geschlossen. Seine Hände und Augen leuchteten ebenfalls hell auf.

Dreck und Schrottteile flogen Adam, Brianna, Mosh, Ernest und Salva um die Ohren. Durch Jodys Windmagie wurden sie von den Beinen gerissen und im Sturm umhergeschleudert, wobei mir allein bei dem Anblick schlecht wurde. Die Körnchen des Sandbodens spürte ich selbst in der Entfernung. Sie peitschten mir ins Gesicht und stachen wie Nadeln auf der Haut.

Mit einem harten Aufprall, der mir allein beim Zusehen bis in die Knochen drang, landeten sie schließlich wieder auf dem Boden. Adam hatte den Schädel in dem Wirbel verloren; er kugelte über den aufgewühlten Sandboden und kam schließlich unter einem verrosteten Fahrgestell zum Liegen.

Nachdem Jody ihre Windmagie eingestellt hatte, stürmten wir auf unsere Gegner zu. Sie rappelten sich schwerfällig auf, kamen uns dann aber umgehend entgegen. Außer Adam, der rannte in Richtung des Schädels.

Grim und ich wechselten einen kurzen Blick und folgten ihm.

Reese und Oliver knöpften sich Seite an Seite Ernest, Brianna und Salva vor, indem sie Magiestöße mit ihnen austauschten. Jody setzte sich mit Mosh auseinander. Mit neuem Wind hielt sie ihn auf Abstand. Ich hatte ihr geraten, sich nicht von Mosh berühren zu lassen; anscheinend befolgte sie meinen Rat.

Grim holte Adam ein, riss ihn an der Schulter zurück und schlug ihm die Faust ins Gesicht. »Bring den Schädel in Sicherheit!«, rief er mir zu. Sein Schrei hallte über den Schrottplatz.

Das Adrenalin flutete meine Adern mit jedem Schritt, dem ich dem Schädel näher kam. Zelda schnürte mir an meinem Hals fast die Luft ab, so fest wie sie mich vor Aufregung umschlang. Die bunt schimmernde Magie im Inneren des Schädels leuchtete in der zunehmenden Dunkelheit umso heller. Ich hatte ihn fast erreicht, musste mich nur noch bücken, um ihn unter dem Fahrgestell hervorzuholen. Doch ich wurde von jemandem zur Seite gerissen.

Salva hatte sich auf mich gestürzt und wir wälzten uns gemeinsam über den Boden. Zelda fiel dabei von meiner Schulter und schlängelte sich augenblicklich hinter uns her. Zum Glück hatte ich die Glasphiolen an meinem Gürtel mit einem Zauber versehen, der sie einerseits davor schützte, zu zerbrechen, und es mir andererseits ermöglichte, sie mit einem einzigen Gedanken zum Platzen zu bringen.

Salva kam breitbeinig auf mir zum Sitzen und starrte mich aus ihren blauen Augen an, während ich die Hexe an den Schultern packte und von mir wegdrückte.

»Es ist eine dumme Idee, sich mit uns anzulegen«, rief sie, holte aus und schlug mir ins Gesicht.

Der Schmerz explodierte in meiner Wange und ich schmeckte sofort Blut im Mund. Scheiße.

»Bitch«, zischte Zelda, die uns im selben Moment erreichte. Sie schlängelte sich wie ein geölter Blitz Salvas Rücken hinauf, legte sich um ihren Hals und würgte die Hexe.

Salva röchelte und versuchte, die kleine Schlange loszuwerden.

Obwohl ich keine Ahnung hatte, wie man es richtig machte, griff ich nach Salvas Arm und verdrehte ihn, woraufhin sie mit einem Schmerzenslaut zur Seite kippte. Zelda zog sich noch fester um ihren Hals, bis Salva die Augen verdrehte und ohnmächtig wurde.

»Danke.« Ich nickte Zelda anerkennend zu, rappelte mich auf und rannte wieder zu dem Schädel. Um mich herum formte ich eine Schutzbarriere, die mich vor magischen Angriffen schützen sollte. Da spürte ich bereits den ersten Einschlag.

Links von mir tauchte Ernest auf, der seine Elektrizität zwischen den Fingern hin und her jonglierte, bevor er sie wieder auf mich donnerte. Doch er hatte die Rechnung ohne Reese gemacht, der Ernests Gabe auf sich projizierte und ebenfalls damit herumschleuderte. Er traf Ernest, wobei dieser zu Boden ging.

Oliver und Brianna standen sich beinahe regungslos gegenüber, während Mosh und Jody sich noch immer wie Tiere umkreisten.

Adam und Grim kämpfen mittlerweile auf einem der Schrotthaufen, wie auch immer sie dorthin gekommen waren.

Mein Blick glitt zu Reese. Wir nickten uns kurz zu, und ich konzentrierte mich wieder auf den Schädel. Ich ging neben dem verrosteten Fahrgestell in die Hocke, streckte meine Hand nach ihm aus und zögerte. Er war schön, und durch sein regelmäßiges Pulsieren wirkte es so, als würde er spüren, dass um ihn herum gerade viel Magie im Einsatz war. Was, wenn ich einen Magieschlag abbekam?

Zelda kroch an mir vorbei und schob den Schädel unter dem Fahrgestell hervor. Ich zögerte nicht länger und berührte ihn. Seine innere Kraft war durch den kühlen Kristall hindurch spürbar und kitzelte an meinen Fingerspitzen.

»Cora!«, fauchte Zelda warnend und schlängelte sich um den Schädel.

Ich hob den Blick und sah Mosh auf mich zukommen. Jody lag hinter ihm auf dem Boden, Blut lief aus ihrer Nase. Hatte er sie mit einer seiner Visionen erwischt? Sie wirkte benommen. Niemals hatte ich bedacht, dass ich mich wie beim Football fühlen würde. Jeder wollte mich umrennen, mir den Schädel entreißen und mich töten. Okay, zugegeben, Letzteres gehörte nicht zu Football, sah aber meistens so ähnlich aus.

Bevor Mosh mich erreichte, griff ich an meinen Gürtel, zog aus einer der Lederschlaufen ein Fläschchen und warf es auf ihn. Es explodierte vor seinen Füßen und orangefarbener Rauch umhüllte ihn. Er hustete und würgte, um den Zauber wieder loszuwerden, der sich immer weiter in ihm einnistete. Panisch presste er sich die Hände an den Kopf und sackte auf die Knie. Sein Brüllen hallte über den Schrottplatz, und ich war stolz darauf, wie gut die Mixtur wirkte.

»Was ist das?«, schrie Mosh unter Schmerzen und wand sich auf dem Boden hin und her.

»Ein Spiegeltrank«, flüsterte ich und sah auf ihn hinab. »Er lässt dich deine eigene Magie spüren. Dein eigenes Talent. Deine Ängste. Alles, was du anderen zeigst, geschieht nun dir.« Das diabolische Lächeln auf meinen Lippen konnte ich nicht unterbinden.

»Mach, dass es aufhört«, wimmerte er und schlug sich selbst gegen den Kopf. Immer und immer wieder.

Ich wusste nicht genau, wie lange der Zauber wirken würde, und durfte deshalb keine Zeit verlieren. Während ich mich von ihm abwandte, tastete ich an meinem Gürtel nach einem weiteren Fläschchen und hielt das lilaschimmernde nach oben, auf dessen Schildchen *Ernesto Pesto* stand.

»Reese, zur Seite«, rief ich und warf es vor Ernests Füße. Dieser reagierte zu langsam und die Glasphiole explodierte. Rauch stieg nach oben, umhüllte ihn. Er schrie nicht, aber er würde weinen. »Wie süß, aber das hat wohl nicht funktioniert«, stieß er aus und lachte. Ernest hob die Hand, um mir seine Blitze auf den Hals zu hetzen, und erstarrte nun. Erst jetzt realisierte er, dass gar keine Blitze in seinen Händen knisterten. Ich hatte einen Aufsaugungstrank für ihn zubereitet und genoss den Anblick seiner wutverzerrten Miene. Er konnte seine besondere Fähigkeit, und auch seine normale Magie nicht mehr nutzen. Sie waren blockiert. Der Trank hatte sie aufgesaugt wie ein Schwamm das Wasser.

»Wo sind meine Kräfte?!«

»Wenn ihr Hexenkraut gegen uns verwendet, machen wir etwas Besseres«, erwiderte ich. Ich würde ihnen die Mixturen um die Ohren werfen, damit sie verstanden, was es hieß, Todesangst zu haben. Meine Stimme war kalt und überlegen.

Ernest blickte verunsichert auf seine Hände und ballte sie zu Fäusten, um nochmals zu prüfen, ob er die Magie in seinen Adern wiederfinden konnte.

»Gib mir sofort meine Magie zurück!« Das Zittern in seiner Stimme verriet mir seine Angst, und brachte mich zum Lächeln. Eine ähnliche Angst hatte ich empfunden, als er mich in der Gasse verfolgt hatte, und als er und Adam mich in der Kirche niedergeschlagen hatten.

»Sie ist weg«, sagte ich, ohne dabei zu erwähnen, dass das leider nicht von Dauer war.

Er schrie auf und stürmte auf mich zu. Die Funken in seinen Augen waren erloschen. Reese stellte sich ihm in den Weg und rang Ernest mit Leichtigkeit zu Boden. Es war nobel von ihm, dass er seine Magie nicht nutzte und ihm nur ins Gesicht schlug.

Ich wandte mich wieder dem Schädel zu, hob ihn auf und betrachtete ihn in meinen Händen. Zelda kroch an meinem Bein und Arm hinauf, und ich rannte los.

Oliver kämpfte gegen Brianna, während Grim und Adam gerade einen Bauzaun durchbrachen, hinter dem das Gelände an einem steilen Abgrund endete. Ich war hin- und hergerissen, was ich nun tun sollte. Wohin sollte ich den Schädel in Sicherheit bringen? Ein Portal konnte ich nicht selbst erschaffen und die beiden, die es konnten, hatten gerade noch alle Hände voll zu tun.

»Gib mir den Schädel zurück!«, brüllte Adam so animalisch, dass mir das Blut in den Adern gefror. Ich drehte mich zu ihm um und zuckte zusammen. Er presste eine magische Klinge, leuchtend und gefährlich, an Grims Kehle, wobei er ihn zusätzlich mit seiner Magie fesselte. Nein, nein, nein …

Meine Kehle wurde trocken und mein Atem brach keuchend aus mir heraus. In dieser Situation war ich machtlos. Was sollte ich bloß tun?

Die anderen ließen voneinander ab und sahen zu uns. Sogar Mosh schrie nicht mehr, wimmerte nur noch. Alle hatten Blessuren davongetragen und bluteten. Oliver tauschte mit Reese und Jody Blicke, die ich nicht deuten konnte.

»Lass Grim los!«, schrie ich und bemühte mich dabei um eine feste Stimme. Als Grims Blick mich traf, spürte ich einen Stich in der Brust. Verdammte Scheiße, wie konnte das passieren? Ich hatte den Schädel. Doch Adam hatte Grim.

»Erst übergibst du mir den Schädel, ansonsten schlitze ich ihm die Kehle auf.«

»Du bist komplett irre«, erwiderte ich, was ihm ein Lachen entlockte.

Grim blähte die Nasenflügel auf. Er umklammerte Adams Arm, damit das Messer nicht in seine Haut schnitt. Ich sah reale, tiefgehende Angst in seinen Augen.

Reese, Oliver und Jody waren bis aufs Äußerste angespannt und Zelda schien auf meiner Schulter erstarrt zu sein. Wenn ich Grim wieder lebend zurückhaben wollte, gab es keine andere Möglichkeit, als Adam den Schädel zu überlassen.

Die Erinnerung an Levi brach über mich herein, da ich ihn bei genau einer solchen Mission verloren hatte. Ich schmeckte Galle in meinem Mund und schluckte sie angestrengt wieder hinunter. Tränen sammelten sich in meinen Augen. Ich durfte nicht auch noch Grim verlieren.

»Wenn ich dir den Schädel überlasse, wirst du Grim nichts antun und uns gehen lassen?«, fragte ich.

Adam sah mich grinsend an. »Aber natürlich.«

»Schwöre es auf Riley«, murmelte ich.

Seine aufgesetzte Maske fiel in sich zusammen. »Ich sollte dich für diese Worte töten. Dich und all deine Freunde.«

Kapitel 34

GRIM

Adam rüttelte an mir, um seine Worte zu unterstreichen. Ich sog scharf die Luft ein, als die scharfe Magieklinge brennend heiß in meine Haut schnitt und warmes Blut aus der Wunde rann.

In Coras Augen schimmerten Tränen. Ich wusste von Levi, wusste, wie er gestorben war und was sie seinetwegen durchgemacht hatte. Sie hatte sich mir anvertraut und mich in ihr Herz gelassen. Und nun stand ich hier, mit einem Messer an der Kehle. Wenn ich starb, würde sie erneut jemanden verlieren, der ihr etwas bedeutete. Ich wagte nicht, daran zu denken, dass sie mich sogar lieben könnte, obwohl ich es mir so sehr wünschte.

Adam griff in meine Haare und zog meinen Kopf weiter zurück, sodass mein Hals nun noch mehr angespannt war. Ein Stöhnen drang über meine Lippen, bevor ich es unterdrücken konnte.

Wut blitzte in Coras grünen Augen auf, ebenso Furcht und Entschlossenheit. Sie hielt Adam den Schädel entgegen. »Lass Grim los«, forderte sie mit fester Stimme und deutete auf mich.

Adam ließ die Klinge ein wenig sinken und ich bekam augenblicklich wieder besser Luft. »Zuerst den Schädel«, sagte er bestimmt und nickte Ernest zu, der daraufhin auf Cora zuging.

Sie zögerte, blickte mich erneut an und übergab den Kristallschädel schließlich mit einem tiefen Atemzug.

Ernest trug ihn zu Adam.

»Wie wird er aktiviert?«, fragte dieser und presste das Messer tiefer an meinen Hals. Ich konnte mein Stöhnen nicht unterdrücken, obwohl ich wusste, dass Cora bei dem Klang noch panischer werden würde.

»Das weiß ich nicht«, sagte Cora so ruhig wie möglich. Ihr Zittern erkannte ich dennoch deutlich.

»Sag es mir!«, schrie Adam und zog meinen Kopf weiter zurück.

Cora presste die Lippen fest zusammen und ballte die Hände zu Fäusten. »Ich sagte es schon: Wir haben keine Ahnung, darüber haben wir nichts gefunden.«

»Weißt du was? Du wirst es mir nicht nur sagen, du wirst den Zauber auch ausführen. Falls dabei etwas schiefgeht, bist du die Erste, die draufgehen wird.«

»Ich kenne ihn nicht, wie soll …«

»Meine Geduld ist am Ende«, stieß Adam aus. »Ich zähle jetzt bis zehn, dann ist seine Kehle durchtrennt. Also fang besser an! Jetzt!«

Ich keuchte auf, da Adam seinen Fesselzauber nochmals verstärkte.

»Eins …«

Ernest brachte den Schädel zu Cora zurück. Sie nahm ihn entgegen und kniete sich auf den Boden.

»Okay, Zelda. Ich brauche deine Hilfe. Weißt du, was wir genau tun müssen?«

»Bist du sicher, dass wir das wirklich tun sollten?«, zischte diese.

»Tut es nicht«, rief ich, und Adam presste die Klinge wieder fester gegen meine Kehle. Warmes Blut lief meinen Hals hinab.

»Wenn wir es nicht tun, wird Grim sterben«, hörte ich Cora sagen, konnte aber nichts mehr dagegen einwenden, da Adam mir mit seinem erneuten Fesselzauber auch die Stimme nahm.

Zelda schlang sich um den Schädel und zischte Silben, die ich nicht verstand. Dabei formte sich auf der Schädeldecke eine kleine Kuhle, auf die sie mit der Schwanzspitze deutete.

Cora nickte ihr zu, nahm ein Glasröhrchen von ihrem Gürtel, dessen Inhalt rosa schimmerte, und tröpfelte die Flüssigkeit auf diese

Stelle. Sie hielt ihren leuchtenden Finger darüber, bis ein rosafarbener Nebel aufstieg. Die Atmosphäre war angespannt; das Einzige, was ich hörte, war Adams heftiger Atem in meinem Nacken, der mir mit jeder Sekunde meinen Tod versprach.

»Und jetzt?«, fragte Mosh mit krächzender Stimme. Ich hatte gesehen, wie Cora ihm ihren Trank um die Ohren gepfeffert hatte. Es war ein Schauspiel gewesen. »Bist du fertig?«

»Sieht es so aus, als würde es schon funktionieren?«, blaffte sie ihn an.

»Zwei …«, brummte Adam an meinem Ohr.

Salva kam wieder zu sich, richtete sich auf und gesellte sich zu Adam und mir. Sie übernahm seinen Fesselzauber.

Cora biss sich auf die Unterlippe und betrachtete den Nebel. Zelda schlängelte sich mehrfach um den Kristallschädel.

»Mach einfach, dass es funktioniert«, forderte Brianna sie auf und strich sich eine blonde Haarsträhne aus dem Gesicht. Sie kniff die Augenbrauen zusammen und sah kurz zu Oliver, bevor sie sich wieder dem Schädel zuwandte.

Cora warf ihr einen bitteren Blick zu. »Was glaubst du, was ich hier versuche?«

»Drei …« Das Messer drang wieder tiefer in meine Haut.

Reese, Oliver und Jody näherten sich Cora. Sie sahen zwischen ihr und mir hin und her.

»Können wir dir irgendwie helfen?«, fragte Oliver.

Cora schüttelte nur den Kopf und startete einen zweiten Versuch, indem sie ihre vorherigen Schritte wiederholte. Ich sah, wie ihre Kiefermuskeln vor konzentrierter Anspannung zuckten.

»Ich weiß nicht, warum es nicht funktioniert«, stieß sie aus.

»Vier … fünf …«

»Ich versuche es doch schon!«, schrie sie Adam an.

»Wahrscheinlich bemühst du dich nicht genug«, erwiderte er ungehalten. »Ein bisschen mehr Motivation schadet vielleicht nicht. Sechs … sieben …«

Cora sprang auf. »Lass Grim frei, dann versuche ich es weiter.«

»Unsere Abmachung galt deiner Leistung, nicht deiner Niederlage!«, brüllte er sie an. »Ich lasse mich von euch nicht zum Narren halten!«

»Was kann ich noch tun, Zelda?«, rief sie ihrer kleinen Schlange zu. »Was?«

»Acht …« Adam stieß ein boshaftes Lachen aus, das sich in meinen Gehörgang fraß wie eine hungrige Made.

»Lass Grim los«, wies nun auch Reese Adam an. Er und Oliver pirschten sich wie zwei Raubtiere heran.

»Neun …« Adam zerrte mich mit sich zurück und schrie seinen Leuten zu: »Macht sie ein für alle Mal fertig!«

Durch Salvas Fesselzauber konnte ich mich nicht wehren. Was hatte dieser Bastard vor?

»Das hätte ich schon an dem Tag tun sollen, an dem du meinen Bruder hast sterben lassen«, presste Adam zwischen zusammengepressten Zähnen hervor. Er riss mich herum und ich erkannte den Abgrund, vor dem wir standen. Die Schlucht hinter dem Bauzaun. »Leb wohl, Grim.« Adam sah mir direkt in die Augen und lächelte überlegen. »Zehn …«

Er stieß mich über die Klippe, und während ich voller Panik und Trauer meinen bevorstehenden Tod realisierte, traf mich Coras markerschütternder Schrei mitten ins Herz.

Kapitel 35

CORA

Meine Beine gaben unter mir nach. Ich sackte auf die Knie und starrte zu der Stelle, an der Grim noch vor wenigen Sekunden bei Adam gestanden hatte. Mein eigener Schrei hallte noch immer in meinen Ohren wider. Jetzt stand Adam dort allein und blickte in die Tiefe der Schlucht. Obwohl ich nicht sehen konnte, was er sah, hatte ich Grims Sturz dennoch vor Augen. In Gedanken sah ich ihn fallen, seine Arme und Beine wild bewegend, nach Halt suchend, den ich ihm nicht hatte geben können. Mein Herz zerfetzte in diesem Moment. Ich hatte auch Grim nicht retten können. Wie zuvor bei Levi konnte ich mich auch von ihm nicht verabschieden. Ich erlebte den Verlust erneut, und ging daran zugrunde.

»Grim!«, schrie ich immer und immer wieder. Tränen verschleierten mir die Sicht, doch auch wenn ich Reese, Oliver und Jody nur verschwommen sah, ich hörte sie ebenfalls seinen Namen rufen.

»So, kommen wir jetzt zu dir.« Adam kam auf mich zu und wischte sich währenddessen seine Hände an der Hose ab, die noch mit Grims Blut besprenkelt waren.

Die Wut in mir flutete meinen Körper, meinen Verstand, und vermischte sich mit meiner Magie, die mit aller Macht aus mir herausbrechen wollte.

Zelda schlängelte auf mich zu, sah mich entschlossen an und spuckte mir in die Hände. Ihr Gift verbrannte mich nicht. Ich war ihre Hexe, sie war meine Schlange. Wir *waren* das Gift.

Ich rappelte mich vom Boden auf, wischte mir an meinen Ärmeln die Tränen aus dem Gesicht und rannte auf Adam zu. Mit meiner vollen Armlänge holte ich aus und schlug so fest zu, wie ich konnte.

Adams Kopf neigte sich zur Seite und er blinzelte verwundert. Doch er kam nicht dazu, mich anzusehen, da ich ihm erneut meine Faust ins Gesicht rammte. Schon früh hatte ich gelernt, dass Gewalt keine Lösung war, und bis jetzt hatte ich diesen Ratschlag immer befolgt. Aber nicht heute. Gegen Adam konnte ich nicht anders ankommen.

Meine Magie knisterte zwischen meinen Fingern, als ich sein Gesicht zwischen meine Handflächen nahm und es wie in einem Schraubstock immer weiter zusammenpresste. Ich spürte jede Erhebung und jedes Härchen, hörte seinen Schrei, als ihn Zeldas Gift verätzte. Er sackte zusammen, während ich ihm meine Daumen in die Augen drückte, die wie seine Haut regelrecht unter meiner Berührung wegschmolzen.

Jemand riss mich weg von Adam und ich kam schweratmend wieder auf die Beine. Mosh baute sich vor mir auf; das Funkeln seiner Magie war bisher nur schwach in seine eisblauen Augen zurückgekehrt.

Ich griff nach meinem Gürtel und verpasste ihm noch ein Glasröhrchen der auf seine Fähigkeit abgestimmten Mixtur. Er ging erneut in die Knie und brüllte gequält.

Brianna hatte sich in der Zwischenzeit über Adam gebeugt.

»Geh weg von ihm, sonst ist dein Gesicht als Nächstes dran.«

Sie starrte mich an und schluckte sichtlich. Als ich auf sie zuging, wich sie mit erhobenen Händen zurück.

»Was tust du?!«, schrie Salva sie an.

»Adam hat jemanden getötet«, erwiderte Brianna. »Das war nicht abgesprochen.«

Er hatte nicht irgendjemanden getötet. Er hatte Grim getötet! Mein Herz wurde mit dem Schlag der Erkenntnis immer schwerer. Ich presste mir den Unterarm gegen den Mund und schluchzte auf.

»Das gehört halt dazu«, zischte Salva.

»Nein, das hat mir niemand gesagt.« Briannas Stimme brach. »Ich wollte nie, dass jemand schwer verletzt oder sogar getötet wird!«

Salva stampfte mit ihren schweren Boots auf uns zu. Blitzschnell griff ich nach dem passenden Trank und warf ihr das Glasröhrchen vor die Füße, wo es zerbrach und der Inhalt in Rauchschwaden aufging. Salva blieb stocksteif stehen, riss ihre Augen und den Mund auf.

»Was?«, wisperte sie. »Was tust du?«

»Deine Fähigkeit verstärken. Ich habe gehört, du kannst Gefühle wahrnehmen und beeinflussen, also sollst du kurzzeitig dazu verdammt sein, unsere alle auf einmal und zehnfach stärker zu fühlen.«

Salvas verzweifelter Blick richtete sich auf mich, ihre Lippen zitterten.

»Ich halte den Schmerz nicht aus. In dir ist zu viel davon.«

»Er zerfrisst mich«, stieß ich aus und blähte meine Nasenflügel auf. »Er tötet mein Herz, und er wird nicht aufhören, bis nichts mehr davon übrig ist.«

Salva erwiderte nichts mehr. Sie sank zu Boden, zog die Knie an ihren zitternden Körper und versuchte, sich irgendwie zusammenzuhalten, während mein Schmerz sie flutete und auseinanderriss.

»Soll ich dir deinen Trank zeigen?«, fragte ich an Brianna gewandt.

»Nein, bitte. Das ist nicht nötig. Ich wollte nie, dass jemand ums Leben kommt, und auch die Sache mit Oliver tut mir leid. Adam hat mir nicht gesagt, dass es Gift war. Ich dachte, die Droge würde nur seine Magie blockieren. Niemals wollte ich Oliver ernsthaft schaden. Ich wollte das alles nicht, aber ich wusste nicht, wie ich aus diesem Zirkel fliehen sollte.« Tränen liefen ihr über die Wangen. »Es tut mir leid.«

Ich glaubte ihr, ließ meine Hand vom Gürtel sinken und ballte sie stattdessen zur Faust. Als ich meinen Blick auf Ernest richtete, hob dieser abwehrend die Hände. Oliver behielt ihn im Auge.

Der Schädel lag nach wie vor dort, wo ich ihn mit Zelda zu aktivieren versucht hatte. Mein Herz zersprang immer wieder aufs Neue. Zu diesem Zeitpunkt war Grim noch bei uns gewesen.

Langsam ging ich auf den Schädel zu.

Adam stöhnte, versuchte sich über den Asphalt zu ziehen, um an den Schädel zu gelangen.

Bevor seine Hand ihn berühren konnte, trat ich darauf. Fest. Seine Finger brachen mit einem lauten Knacken.

Er schrie auf, jaulte wie ein verwundeter Wolf.

»Vergiss es.« Ich bückte mich nach dem Schädel und als ich ihn aufnahm, kam mir Alexander in den Sinn. Der Hexer, den ich einst als Kater kennengelernt hatte, sprach mich im Pub an und gab mir zu verstehen, dass ich erst gar keinen Gedanken daran verschwenden brauchte, Levi ins Leben zurückzuholen. Dabei hatte er jedoch auch erwähnt, dass es bei einer Person, die erst wenige Stunden tot war, noch gute Chancen gab. Hoffnung schimmerte in mir auf. Konnte ich Grim vielleicht noch retten?

Meine Magie, die Kirschblüte und Zeldas Gift. Ich brauchte den Trank der Vergänglichkeit, doch als ich ihn vorhin zur Aktivierung des Schädels nutzen wollte, hatte es nicht funktioniert.

Ich sah mich um, suchte nach einer Antwort. Reese hielt Adam davon ab, aufzustehen, doch so, wie sich dessen gequältes Stöhnen anhörte, war er auch eher damit beschäftigt, seinem Schmerz zu erliegen. Mir war durchaus bewusst, dass er durch Zeldas Gift erblindet war. Salva stand weiterhin unter emotionalem Schock und rührte sich kein Stück. Ernest und Mosh hatten ihre Magie und ihre besonderen Fähigkeiten noch nicht zurückerlangt und wurden von Olivers Magie in Schach gehalten. Von Brianna hatten wir nichts mehr zu befürchten.

»Zelda, du musst mir helfen!« Die kleine Schlange schlängelte sich um meinen Unterarm und sah mich an. »Wenn wir es schaffen, den Schädel zu aktivieren, können wir Grim vielleicht ins Leben zurückholen.«

»Aber es hat doch nicht funktioniert«, zischte sie. »Der Schädel reagiert nicht auf unseren Trank der Vergänglichkeit.«

Ich betrachtete abwechselnd den Schädel und das Glasröhrchen. Bei den zwei gescheiterten Versuchen hatten wir die Mixtur schon fast aufgebraucht. Uns waren nur wenige Tropfen geblieben.

»Was haben wir bloß übersehen?«, flüsterte ich gedankenverloren und erinnerte mich daran, wie Adam Grim mit der magischen Klinge in den Hals geschnitten hatte und sein Blut …

Ich erstarrte. »Das könnte die Lösung sein.«

Zelda richtete sich auf. »Was denn?«

Ich löste mich aus meiner Starre und rannte zu Adam, den Reese nach wie vor am Boden hielt.

»Was tust du da?«, fragte er, als ich Adams Hosenbein zerriss und mit einem Fetzen wieder zu dem Schädel eilte.

»Es ist Jake Chamberlains Schädel«, sagte ich. »Er war es, dem Evaline Unrecht getan hat, und er war Grims Vorfahre.«

»Und das heißt?«, hakte Oliver nach, ohne Mosh und Ernest dabei aus den Augen zu lassen.

»Wenn wir Glück haben, ist Grims Blut der Schlüssel«, flüsterte ich und betrachtete die Blutsprenkel auf dem Stoff. Es war Grims Blut, das Adam sich an seiner Hose von den Händen gewischt hatte.

»Oh ja«, zischte Zelda und ringelte sich im Kreis. »Das könnte klappen.«

Ich nahm einen tiefen Atemzug, legte den blutbefleckten Fetzen auf die Schädeldecke und tröpfelte die Reste des Vergänglichkeitstranks darauf. Zelda und ich sahen dabei zu, wie die Flüssigkeit in den Stoff eindrang und sich mit Grims Blut vermischte. Es zischte und rosafarbener Rauch stieg auf. Anders als bei unseren vorherigen Versuchen. Dieser hier glitzerte und erstrahlte vor aufflammender Magie. Der Stofffetzen verschmolz mit dem Schädel und seine Oberfläche wirkte jetzt nicht mehr hart, sondern weich und durchlässig. Die Magie darin rührte sich und wirbelte schneller umher. Der Schädel saugte den Trank auf und nahm dessen rosa Schimmer an; er war nicht mehr kristallklar. Seine gebündelte Macht pulsierte spürbar in Wellen über den Schrottplatz, und ich lachte euphorisch auf. Wir hatten es geschafft.

»Hexe! Sieh nur!« Zelda vollführte ihren Schlangentanz.

Ich konnte es nicht fassen. Jetzt hatten wir wirklich eine Chance, Grims Leben zu retten. Aber dafür mussten wir erst einmal seinen Körper finden.

Mein Blick glitt zu dem Abhang und ich sah Grims leblosen, zerschmetterten Körper vor meinem inneren Auge. Ich hatte mich nicht wirklich mit einem Wiederbelebungszauber auseinandergesetzt. Mir graute es davor. Eine eisige Kälte kletterte meine Wirbelsäule nach oben und ließ mich frösteln. Ich bildete mir ein, Grim meinen Namen rufen zu hören. Es klang so echt, dass mein Herz schneller schlug. Wie sehr ich ihn jetzt schon vermisste …

»Cora!«, hörte ich ihn wieder, nun klang er ganz nah. Irritiert sah ich auf. Meine Wahrnehmung nannte mich eine Närrin. Anders konnte es nicht sein. Grim kam über den Schrottplatz auf uns zugelaufen. Seine Haare zerzaust, der Blick wirkte abgehetzt. »Geh von dem Schädel weg!«

Das war unmöglich. Ich verengte die Augen, um besser sehen zu können. War er wirklich hier?

Nein, das musste eine Täuschung sein. Diesen tiefen Sturz hatte er unmöglich überleben können. Der Schädel erstrahlte mittlerweile gleißend hell. Grim kam näher, stand nicht still, bis er mich erreichte. Er zog mich von dem Schädel weg, schirmte mich von dem magischen Licht ab und schloss mich in seine Arme.

Ich roch ihn, spürte seinen Körper und hörte sein Herz in seiner Brust schlagen. Er war real? Er war real!

»Grim?«

»Ja, ich bin hier.« Er küsste mich auf die Stirn und hielt mich noch fester.

Ich löste mich ein wenig von ihm. »Aber … wie?« Als wäre er zerbrechlich, tastete ich ganz behutsam über seine Brust.

Aus den Augenwinkeln nahm ich eine Bewegung wahr und sah zu Oliver, der die Arme in die Höhe riss und jubelte. »Verdammt, ja, es hat funktioniert«, rief er.

Grim nickte ihm zu. »Oliver hat ein Portal geformt, in das ich gefallen bin«, erklärte er.

»Schneller als jemals zuvor«, ergänzte Oliver und strahlte übers ganze Gesicht.

Brianna stand neben ihm und lächelte ihn an.

»Wo bist du gelandet?« Reese betrachtete Oliver und Grim ungläubig.

»Das Erste, an das ich gedacht habe, war das Sushi Restaurant deiner Tante«, sagte Oliver zu Reese und zuckte mit den Schultern. »Daher führte das Portal dorthin«.

»Dein Freund stürzt in den Tod, und du denkst an das Sushi meiner Tante?«, fragte Reese ungläubig und schüttelte den Kopf. Er stand noch immer bei Adam. Dieser wimmerte leise und hielt die Hände auf seine verätzten Augen gepresst.

»Ich hatte Hunger«, erwiderte Oliver und zwinkerte ihm zu. »Hab ich übrigens immer noch.«

»Es tut gut, dich zu sehen« sagte Reese zu Grim. »Als du gefallen bist, dachte ich …« Er presste die Lippen aufeinander.

Ich gab mir erst gar keine Mühe, meine Tränen zurückzuhalten. Sie spiegelten meine Erschöpfung und gleichzeitig meine Erleichterung wider. Ich brauchte mich ihrer nicht zu schämen.

Grim strich mir eine Haarsträhne hinters Ohr und streichelte meine Wange. »Ich bin hier, Cora. Du hast mich nicht verloren, und das wirst du auch nicht.« Er zog mich an seine Brust und hielt uns beide zusammen. Mein Herz hatte sich längst an seines gebunden.

»Ich möchte euch und euren kitschigen Filmmoment wirklich nicht stören«, zischte Zelda. »Aber was machen wir jetzt mit dem Schädel und diesen Hexen und Hexern?«

Grim sah Adam, Ernest, Mosh, Salva und Brianna nacheinander an. Bis auf Letztere waren alle erst einmal ruhiggestellt.

»Von ihr geht keine Gefahr aus«, versicherte Oliver ihm und sah Brianna mitfühlend an. Sie tauschten ein zaghaftes Lächeln.

»Was genau ist hier passiert, während ich weg war?«

»Cora und Zelda sind passiert«, sagte Reese und ein breites Grinsen trat auf seine Lippen. »Diese Mixturen sind echt krass, aber die Einzelheiten erzählen wir dir später in Ruhe.«

Grim sah mich ungläubig an. »Und der Schädel?«

Ich sah zu Boden. »Wir dachten, du bist tot. Ich wollte versuchen, dich wieder zum Leben zu erwecken. Und der Schädel …«

Er seufzte, lächelte dann aber sanft. »Ich werfe dir nichts vor. Wie habt ihr ihn jetzt doch aktivieren können?«

»Mit deinem Blut«, antwortete ich. »Es ist der Schädel deines Vorfahren und du solltest nun auch entscheiden, was mit ihm geschehen soll.«

»Was auch immer du vorhast, könnte ich mir mit der Macht des Schädels vorher noch reichlich Geld und ein Opossum als Haustier herzaubern?«, fragte Reese und wackelte übertrieben mit den Augenbrauen.

Grim lachte. »Das versuchen wir besser nicht. Am Ende kommt noch ein Einhorn raus.«

»Das würde ich dann nehmen«, sagte Oliver und nickte Reese zu.

»Nennen wir es dann *Honeypuh*?« fragte ich schmunzelnd.

»Reiche ich euch als Haustier nicht?«, zischte Zelda.

Grim ging in die Hocke und streichelte über ihr Köpfchen. »Hilfst du uns dabei, den Schädel zu zerstören, damit die Magie wieder zu ihren rechtmäßigen Besitzern zurückkehren kann?«

Adam gab ein frustriertes Keuchen von sich und wollte sich erheben, doch Reese kickte ihn mit einem Fußtritt wieder zu Boden.

»Und hat jemand eine Idee, wie wir das anstellen?«, hakte Oliver nach.

»Dafür kommt eigentlich nur ein Entbindungszauber infrage«, zischte Zelda.

Ich nickte nachdenklich. »Das stimmt. Auf diese Weise wird die gebündelte Magie voneinander getrennt.«

»Weise uns bitte an«, bat er Zelda, die sich an mir hinaufschlängelte und sich um meinen Hals wand.

»Es braucht Cora und mich, da wir den Trank gemeinsam gebraut haben. Doch auch dein Blut war nötig, um den Schädel zu aktivieren. Du musst den Zauber mit uns sprechen.«

Ich hob den leuchtenden Schädel auf und streckte ihn Grim entgegen. »Berühre ihn bitte mit mir«, forderte ich ihn auf.

Grim zögerte kurz, kam meiner Bitte aber schließlich nach.

Zelda kroch über meinen Arm und ließ sich auf dem Schädel nieder. Ihre Haut erglühte regelrecht, veränderte sich von dem zarten Rosa zu einem knalligen Pink.

Als wäre Zelda mit dem Wissen auf die Welt gekommen, begann sie den Zauber frei heraus vor sich hin zu zischen. Grim und ich hörten ihr aufmerksam zu und sprachen die Worte dann synchron mit. Dadurch erwachte unsere Magie und brachte unsere Augen zum Glühen. Bisher schwebten die bunten Magiefarben in dem Schädel wie schwerelose Quallen im Wasser, doch nun wirbelten sie rasend schnell umher. Wir erhoben unsere Stimmen immer lauter, bis die Magie den Schädel spaltete und in gebündelten Lichtstrahlen aus ihm herausbrach. Das Funkeln des Schädels erlosch und das Kristall wandelte sich wieder zu einem knochigen Haupt. Die befreite Magie schwebte über uns und trieb immer weiter auseinander. In Regenbogenfarben erhellte sie den aufkommenden Nachthimmel. Ihre Macht pulsierte durch unsere Körper, so stark, dass es beinahe schmerzte.

Ich hielt die Luft an und blickte nacheinander zu Adam, Mosh, Salva, Ernest und Brianna. Im ersten Moment glaubte ich, dass einer von ihnen seine Magie zurückerlangt hatte und unseren Zauber heimlich beeinflusste. Doch die bunte Magie, die sich auf die fünf legte, schien sie nicht zu stärken. Im Gegenteil: Ihre Körper erbebten und die funkelnden Verzweigungen ihres Zirkelbandes wurden sichtbar, bevor diese funkenschlagend zerrissen. Sie wurden getrennt.

Jody wich einen Schritt zurück, während Oliver einen auf Brianna zumachte. Sorge lag auf seinem Gesicht.

Ich hob die Augenbrauen und sah zu Zelda, die wie in Trance schien und ihren Körper wellenförmig bewegte. Sie war das. Bevor wir die Magie der verstorbenen Hexen und Hexer freigaben, nutzte sie diese, um Adams Zirkel aufzulösen und ihn somit auch dieser Macht zu berauben.

Ich grinste. Das war immerhin besser, als sie für Geld und ein Opossum zu verwenden.

Mein Blick fiel auf Adam, dessen Gesichtshaut und Augen verätzt waren. Mit milchig trübem Blick starrte er ins Nichts. Er war eindeutig erblindet. Doch war das Garantie genug, dass er daraus lernen würde?

Nach wie vor sprachen wir die Worte und ich lenkte die bunten Magieschwaden zu ihm. Gerade so viel, wie ich für den Zauber benötigte, ließ ich davon in seinen Körper fließen. Adam zuckte, als würde er ein ungeschütztes Stromkabel in den Händen halten, das Funken schlug. Er hatte so viele tote Hexen und Hexer auf dem Gewissen. Ich vertraute auf meine Fähigkeiten, wusste endlich, wer ich war und was ich konnte. Der Zauber würde ihn für alle Zeit von seiner Magie entbinden. Nie wieder würde er für andere eine Gefahr darstellen können.

Mit einem zufriedenen Gefühl gab ich meinen Einfluss auf die fremde Magie auf. Sie sammelte sich wieder über uns und driftete immer weiter auseinander. Den Himmel färbte sie in den buntesten Farben, und wir gaben sie endlich frei, indem wir verstummten und den Bann des Zaubers brachen. In einem alles erhellenden Funkenregen zerbarsten die Magiestränge und verglühten in der Nacht. Wir übergaben sie somit ihren toten Hexen und Hexern und schenkten ihnen endlich ihren Frieden. Als ich meinen Blick hob, sah ich durch die verglühenden Funken eine einzelne Kirschblüte schweben. Ich lächelte und wusste, dass alles nun so war, wie es sein sollte. Trotz dieser Gewissheit löste sich eine stumme Träne aus meinem Auge. Ich lehnte mich an Grim und spürte endlich wieder das Gefühl, bei jemandem zu Hause zu sein.

Kapitel 36

LEVI

Ich betrachtete Cora. Sie lag sicher in Grims Armen und er blickte sie so liebevoll an, wie ich es ihr wünschte. Sie hatte das Beste verdient, was man im Leben bekommen konnte. Sie hatte Grim verdient, und er sie. Ich wusste, dass sie mich liebte – so sehr, dass sie sich in ihrer Trauer beinahe selbst getötet hatte. Doch nun hatte sie zu sich zurück gefunden. Cora umgab sich wieder mit Leuten, die ihr wichtig waren und öffnete für sie ihr Herz. Ich war so stolz auf sie.

Sie blickte zum Himmel hinauf und ich las in ihren Augen, dass sie gerade an mich dachte. In diesen Momenten wirkte sie immer traurig, doch jetzt umspielte ein sanftes Lächeln ihren Mund.

»Ich vermisse dich«, formten ihre Lippen.

Obwohl ich sie nicht wirklich berühren konnte, trat ich neben sie und Grim und legte meine Hand auf ihre tränenbenetzte Wange.

»Ich vermisse dich auch … meine starke, wundervolle Cora.« Es war an der Zeit, sie loszulassen, ebenso wie sie mich gehen lassen musste. Sie war nun sicher, eine schier tonnenschwere Last fiel von meinem verstummten Herz. Dieser Augenblick war der Abschluss unserer tragischen und fantastischen Geschichte, die viel zu kurz gewesen war. Aber ich hatte jeden Moment mit Cora genossen und keinen einzigen bereut. Das Leben war unfair, und der Tod noch mehr.

»Irgendwann treffen wir uns wieder«, flüsterte ich ihr zu und drückte ihr einen Kuss auf die Wange.

Cora blinzelte und führte ihre Finger an die Stelle, an der ich sie berührt hatte. Sie atmete tief ein und aus, bevor sie wieder lächelte.

»Du hättest Levi gemocht«, sagte sie zu Grim.

Er sah nicht auf, hielt Cora nur weiterhin im Arm und streichelte über ihr Haar. »Ganz bestimmt«, erwiderte er.

Ich wich langsam vor ihnen zurück. »Und ich mag ihn. Er wird gut auf dich aufpassen.«

Das erleichternde Gefühl von Frieden machte sich in meiner Brust breit. Ein helles, strahlendes Licht leuchtete neben mir auf. Es war wie ein Segen, zu wissen, dass es Cora gut ging und sie wieder auf die richtige Spur kam. Jetzt konnte ich meinen Frieden finden.

Ein letztes Mal sah ich zu den beiden zurück. Ich würde Cora niemals vergessen, selbst nicht dort, wo ich nun sein würde.

Das Licht zog mich an, nahm mich in sich auf und umhüllte mich immer mehr. Coras Umrisse verschwammen, oder war ich es, der schwand? Nach und nach löste ich mich auf …

Meine letzten Gedanken waren bei Cora.

Nur Cora …

Für immer Cora …

Cora …

Epilog

CORA

Als ich den kleinen dampfenden Kessel auf den Tisch des neu hergerichteten Wintergartens stellte, lächelte Grim mich an.

»Was ist das?«, fragte Sandra und musterte den bläulichen Inhalt kritisch.

»Etwas, das Zelda und ich für dich gebraut haben. Wir denken, es könnte dir helfen.«

Sandra wirkte nicht wirklich überzeugt. Sie kräuselte die Nase.

Ich füllte den Trank in ein kleines Shotglas und sog den typischen Geruch ein, der eindeutig vom Hexenkraut stammte. Nachdem Sandra mir erzählt hatte, dass sie nach ihrer Betäubung durch das Hexenkraut eine Zeit lang keine Schmerzen gehabt hatte, war mir die Idee für den Zauber gekommen.

Sie nahm das Glas von mir entgegen, setzte es an ihre Lippen, kippte das scharfe Zeug hinunter, verzog das Gesicht und schüttelte sich.

»Und?«, fragte ich.

»Es schmeckt abscheulich und jetzt kribbelt es mich überall.«

»Wie fühlen sich deine Schmerzen an?«, fragte Grim und hockte sich neben ihren Rollstuhl.

Sandra rieb sich über die Beine und runzelte die Stirn. »Sie … sind nicht da.« Sie tastete sich weiter ab und sah mich dann mit großen Augen an.

Ich streckte ihr meine Hände entgegen. »Komm, versuche, aufzustehen.«

Eine Hand legte sie in meine, mit der anderen stemmte sie sich an der Armlehne hoch. Wackelig stand sie in einer gekrümmten Haltung auf den Beinen und drückte allmählich den Rücken durch. Dann setzte sie ganz behutsam einen Fuß vor den anderen, während Grim sie auf der einen und ich sie auf der anderen Seite stützte.

Sandra begann zu lachen. Hell und klar. Hoffnungsvoll und losgelöst. Wir stimmten in ihr Lachen ein. In Grims Augen schimmerten Freudentränen.

»Mom. Du gehst …« Seine Stimme brach. Er sah sie mit offenem Mund an und schien von ihrem Anblick völlig überwältigt.

»Ja, jaaa!«, rief sie, ließ uns los und ging ohne unsere Hilfe weiter. »Ich kann stehen und gehen … ohne Schmerzen. Kannst du dir das vorstellen? Grim? Siehst du mich?«

»Ja, Mom, ich sehe dich.« Sie fielen sich in die Arme, und ich musste schlucken, um nicht laut aufzuschluchzen.

Zelda zischte begeistert auf meiner Schulter und schmiegte sich an meinen Hals. Wir hatten es geschafft! Unser Trank wirkte! Sandra konnte wieder ohne Schmerzen leben und sich uneingeschränkt bewegen. Gemeinsam waren Zelda und ich unschlagbar. »Danke, Cora. Vielen, vielen Dank.« Sandra umarmte mich und strich der kleinen rosa Schlange anschließend über den Kopf. »Und Zelda natürlich. Ich kann es noch gar nicht richtig glauben.«

»Gerne«, sagten wir im Einklang.

»Was zum Henker …?« Oliver blieb im Türrahmen stehen und runzelte die Stirn. »Du … stehst.«

Reese und Jody drängten sich an ihm vorbei und starrten Sandra an, die ruhig auf sie zulief. Sie jubelten und überhäuften sie mit Fragen.

Zelda schlängelte sich an mir hinab und kroch zu Reese, um es sich in seiner Kapuze bequem zu machen. Ihn mochte sie besonders.

Grim zog mich in seine Arme. »Jetzt erklär mir bitte mal, wieso ausgerechnet Hexenkraut bei meiner Mom wirkt?«

»Ihre Schmerzen werden durch magische Ursachen ausgelöst, also muss man einfach ihre magische Seite – die Hexenseite – unterbinden. Dann ist sie nur noch ein … Mensch. In kleinen Portionen kann sie das Hexenkraut vertragen, es blockiert ihre Magie und somit auch die Schmerzen.«

»Und wie oft muss sie das Zeug nehmen?«

»Einmal am Tag und sie wird keine Schmerzen haben.«

Grim schüttelte ungläubig den Kopf. »Du bist ein wahres Genie.«

»Nein, Grim. Ich bin eine Mischerin.«

»Und darauf kannst du auch verdammt stolz sein.«

Ich nickte. Endlich hatte ich das Gefühl, nützlich zu sein und gebraucht zu werden. All das gehörte zu mir, es war meine besondere Fähigkeit.

Wir sahen seiner Mom nach, wie sie aus der Küchentür hinaus in den Garten lief. Sie tat ihre Schritte langsam und mit Bedacht. Doch ihre noch anhaltende Unsicherheit hielt sie nicht davon ab, Matthews Grab zum ersten Mal allein zu besuchen. Wir beobachteten sie dabei, wie sie im Beet Blumen pflückte und diese auf seinem Grabstein ablegte. Zärtlich strich sie über die Namensgravierung auf dem schwarzen Marmor und sprach zu ihm.

Ich rieb mir eine Träne aus dem Auge und schluckte. Grim räusperte sich, er war ebenfalls sehr ergriffen.

»Komm, ich habe etwas für dich«, sagte er, führte mich ins Wohnzimmer und trat zum Bücherregal. »Das möchte ich dir gerne schenken.« Er reichte mir ein Buch, auf dessen Einband verschnörkelte Pflanzen abgebildet waren, die sich um eine Schlange wanden. »Das kannst du zu deinem eigenen Grimoire machen.« Er lächelte und betrachtete mich eingehend.

»Das ist …« Andächtig strich ich über das Buch, blätterte durch die leeren Seiten und dachte darüber nach, was ich als erstes hineinschreiben würde. »Danke, Grim. Es ist einfach wundervoll.«

Ich klappte es wieder zu und sah ihm tief in die Augen. Mein Herz schlug kräftig gegen meine Brust, als ich den Spiegelzauber anwandte, den er mir beigebracht hatte. Ich zeigte ihm in meiner Erinnerung, wie wir uns gefunden hatten und zu Grim und Cora geworden waren. Von dem Moment an, als wir uns zum ersten Mal begegnet waren; über Zelda diskutiert hatten; verfolgt wurden; vergiftet wurden; uns geküsst und geliebt hatten; bis dahin, als ich geglaubt hatte, auch ihn für immer verloren zu haben. All diese Erlebnisse, und so viele mehr. Unsere Geschichte, die so unperfekt und seltsam war, dass sie für mich jeden neuen Tag umso wertvoller wurde. Wir trieben unsere Geschichte weiter voran. Seine und meine. Unsere gemeinsame.

Grim blickte mich lächelnd an, hielt meine Hand und sah dabei unverschämt gut aus. »Weißt du, was für ein Glück ich hatte, dich gefunden zu haben?«

»Großes«, erwiderte ich schmunzelnd.

»Ganz genau.«

Ich würde nicht sagen, dass er meine alten Wunden geheilt hatte, aber er hatte mir dabei geholfen, neu zu erkennen, wofür man lebte. Ich konnte selbst entscheiden, wie ich mein Leben gestaltete, und vor allem mit wem. Grim zeigte mir, dass mein Leben schön sein konnte, trotz der schrecklichen Momente, die wir durchgestanden hatten. Mit ihm hatte ich erfahren, wie es sich anfühlte, nicht alleingelassen zu werden.

Ich betrachtete Grim – den Mann, an den ich mein Herz verloren hatte, auch wenn ein Stück davon noch immer Levi gehörte. Er liebte mich, wie ich war. Ich konnte heute mit meinen Gefühlen umgehen und war froh darüber, sie durchlebt zu haben, auch wenn es schmerzte. Es waren meine Erinnerungen. Gute und schlechte. Sie alle gehörten zu mir.

»Danke, dass du mich nicht aufgegeben hast«, flüsterte ich.

»Wie hätte ich dich allein lassen können? Du bist wundervoll, Cora.« Er strich mit seinen Fingern über meine Wange.

Ich war eine neue Cora, aber dennoch auch genau dieselbe. Es war in Ordnung, mit den Erinnerungen an eine vergangene Zeit zu leben, sich aber weiter fortzubewegen, neue Erfahrungen zu machen und zu wachsen. An allem, was das Leben zu bieten hatte. Ich war stolz auf mich und das, was ich geleistet hatte. Stolz, da ich aufgestanden war und kämpfte. Für meinen Zirkel, meine Liebe, meine Freunde, meine Gefährten, meine Überzeugungen. Aber an erster Stelle für die wichtigste Person in meinem Leben.

Für Cora. Mich selbst.

Ohne mich gab es kein Leben, das ich leben konnte.

Jetzt gab es eines.

ENDE

Danksagung

Herzlich willkommen zur dritten hextastischen Danksagung! Wenn mich jemand zum Erscheinen von *Witches & Hunters* gefragt hätte, ob ich daran glaube, dass ich noch mehr Geschichten aus der *Witches*-Welt schreiben darf, hätte ich wahrscheinlich mit *nein* geantwortet.
Oder vielleicht doch eher mit: *Ich hoffe es!*
Und jetzt sind wir hier angelangt, beim dritten *Witches*-Abenteuer. Ich hoffe, ihr habt euer Herz an Cora und Grim verloren. Ich auf jeden Fall. Doch wie immer haben mir einige Leute auf unterschiedliche Art und Weise geholfen, es bis zum fertigen Buch zu schaffen.

Astrid, dein Vertrauen in meine Projekte ist verdammt groß und ich hoffe, dass du Spaß mit ihnen hast! Danke für dein Entgegenkommen … für einfach alles! <3

Nica, du bist eine richtige Spürnase! ;)
Deine Kommentare haben mich an der ein oder anderen Stelle zum Verzweifeln, aber auch zum Schmunzeln gebracht. Durch dich ist Coras Geschichte nun auf einem ganz anderen Level und wird hoffentlich vielen Leuten eine schöne Zeit bescheren. Ich danke dir herzlich für dein Engagement, deine Tipps und deine unermüdliche Unterstützung. Ich musste mit deinen vielen »wo ist Zelda?«-Kommentaren oft lachen. Ich bin sehr glücklich mit dir dieses Lektorat gemeistert zu haben! Danke, dass du mir mit all deinen Mitteln zur Seite gestanden bist.

Isabel, danke für das Korrektorat, deine Mühe und deinen Einsatz! Deine lieben Worte haben mich sehr gefreut!

An die Verlagsmitarbeiter*innen, die nicht immer zu sehen, aber trotzdem da sind! Egal in welchem Bereich sie tätig sind, sie rocken es!

Corinna, Moni, Tina, Ute, Christian und Norbert. Wenn ihr nicht da wärt, würde die Drachenfamilie nicht so schön sein wie sie ist.

Ach, Norbert? Jetzt hast du schon drei *Witches*-Farben, die du auf den Buchmessen anreichen musst, und ich bin mir sicher, *Witches 3* in rosa gefällt dir am besten, oder? :D

Corinna, Danke, dass du Witches 3 geholfen hast, das Licht der Welt zu erblicken! Ohne dich wäre ich aufgeschmissen gewesen!

Marie, unser Regenbogen wächst! Ich muss gestehen, dass dieses Cover mein liebstes ist, einfach der Vibe, die Farben und die Schlange Zelda sind der Burner! Danke dir dafür! Für welche Farbe wärst du denn als nächstes? Blau, Lila, Gelb, Rot? Oder für alle? Ich auf jeden Fall! :D

Chiara, ich hoffe, die Widmung hat dir gefallen und du hast vielleicht sogar geweint … ich habe mir Mühe gegeben!
Du und ich verbringen wirklich unheimlich viel Zeit zusammen, sodass ich es mir manchmal schon gar nicht mehr ohne dich vorstellen kann. Ich liebe alles daran! Das gemeinsame Schreiben, während wir hässliche Screenshots von uns machen, gemeinsame Plotsessions, bei denen meistens ich mehr Hilfe benötige als du, und die Gespräche über … Dinge. Eigentlich alles, was das Leben so zu bieten hat. Ich kann dir alles erzählen und du hörst mir zu, bist für mich da und hilfst mir, wo es nur geht. Nächstes Jahr sitzen wir gemeinsam hinterm Signiertisch auf der Messe!
Du begleitest mich seit *Witches 1*, hast meine gesamte bisherige Karriere miterlebt und mir während schönen, wie auch schwierigen Zeiten beigestanden. 4 Bücher, 3 Jahre. Danke, dass du da bist.
Und weißt du, Cora erinnert mich manchmal an dich oder du mich an Cora. Ihre Zweifel und ihr Selbstbild, aber auch die Art, wie sich davon befreit, wie sie wächst und sich weiterentwickelt. Du nennst es deinen Gottkomplex, ich nenne es deine Stärke, dich zu finden und

zu lieben. Du kämpfst jeden Tag für deinen Traum und dich, und ich weiß, dass das Kämpfen eines Tages nicht mehr nötig sein wird. Oder nur noch ein kleines Übel in deinem Leben ist. Bis dahin, sei dir sicher, dass ich bei dir sein werde, wann immer du mich brauchst. Egal ob zum Kämpfen, Reden oder Zuhören. Oder auch zum Träumen, ich bin zu allem bereit, aber ich denke, das weißt du.
Danke, dass es dich gibt! Du bist eine wahrlich gute Freundin, wenn nicht sogar eine meiner Besten! Ich hab dich ganz dolle lieb. Du bist wichtig, wertvoll und unersetzbar. <3

Carolin Herrmann, meine tapfere Testleserin, die sich durch meine Erstversion von *Witches & Potions* schlagen musste. Deine Anmerkungen und Kommentare bedeuten mir ganz viel und ich freue mich, dass du Cora und Grim bereits in der vorherigen Version ins Herz geschlossen hast. Hoffentlich gefallen sie dir auch in dieser! Ich gelobe, dass ich ab jetzt deinen Nachnamen korrekt in jeder Danksagung erwähnen werde. Shame on me! <3

Ney Sceatcher, meine unnachgiebige Motivatorin, die mich auch noch um 23 Uhr dazu bringt meinen Popo ans Lektorat zu schwingen. Ich bin so dankbar, dich kennengelernt zu haben! Danke für all deine aufmunternden Worte. Du hilfst, wo du kannst, bist immer bereit, anderen gut zuzureden und eins muss man dir lassen – das kannst du wunderbar! Ich bin froh, dich fast jeden Abend zu sehen, auch wenn es manchmal nur die Decke oder die Lampe ist. Auf deine nächsten Projekte bin ich schon sooo gespannt! <3

Becci, mein Vanilla Lachs, was würde ich nur ohne dich tun? Dein Glaube in mich ist so stark, dass meine Wiederworte an dir abprallen, wie ein Ball an einer Wand …

Danke, dass du immer für mich da bist, mir zuhörst und dich mit mir aufregen und freuen kannst. Verzweifeln ist auch manchmal dabei. Ich bin froh, dich zu kennen. Du bist nur einen Anruf entfernt oder ein paar Stunden Fahrt. Das gemeinsame Kerzen machen mit dir, ist etwas, das ich bei jedem neuen Buch herbeisehne. Es macht so viel Spaß, zwischen all dem Wachs, der Farbe und dem Glitzer zu verschwinden, während wir uns an dem Duft sattriechen.

Ich fiebere schon dem Moment entgegen, wenn ich dein Buch in den Händen halten kann. Und wenn es dazu auch eine Kerze gibt, komme ich zu dir und helfe dir! Alter Lachs … das wird genial!

Danke, dass du meine Freundin bist, ohne dich würden manche Abende viel zu leer sein. <3

Guu Lagüüün Girls aka bester Messesquad, den es gibt! Wie froh ich bin, euch gefunden zu haben, ihr glaubt es mir nicht! Maja, Lisa, Ney, Chiara, Caro. Meine Girls, die ich für nichts in der Welt eintauschen würde! Ohne euch wäre jede Messe nur halb so schön!

Meine Patreons, ihr seid wirklich toll! Danke, dass ihr mich unterstützt und immer gebannt auf einen neuen Post wartet. Diese Art von Unterstützung hätte ich mir nicht erträumen können! Danke an Nancy, Käthi, Rose, Julia, Van, Melina, J. C., Anna und Nina. Ihr seid toll! <3

Danke wie immer an meine Freunde und Familie, ihr haltet mir immer den Rücken frei und unterstützt mich, wie es nur geht.

Im Speziellen an Mama und Papa, weil ihr immer an mich geglaubt habt und mir bei jedem Schritt dieser Reise beiseite steht. Danke, ich bin froh, euch in meiner Nähe zu wissen.

Und Mama, du weißt, dass ich in jeder Danksagung Seiten über dich füllen könnte, weil du der beste Mensch auf der ganzen Welt bist, oder? Wenn nicht, dann weißt du es jetzt! Über niemanden könnte ich mehr als zu dir schreiben. Vor allem gibt es niemanden, der dich in irgendeiner Art und Weise schlagen oder überbieten könnte. Weil Mama weiß alles, kann alles und ist alles für mich! Danke, dass du meine Mama bist!

Danke an Papyrus, das Schreibprogramm, mit dem ich meine Rohfassungen schreibe. Ich könnte nicht ohne dich!

Ohne meine Tastatur geht natürlich nichts. Danke, dass du noch nicht in Flammen aufgegangen bist, bei all den Wörtern, die ich auf dir niederschreibe.

Der größte und wohl wichtigste Dank geht an meine Leser*innen. Ihr habt mein Leben verändert, tut es tagtäglich, auch wenn ihr das gar nicht wisst. Mit jeder Seite, die ihr lest, jedem Bild, das ihr postet, jedem Buch, das ihr bestellt, lasst ihr meinen Traum leben. Ihn wachsen und fliegen. Immer weiter, immer höher hinaus. Ich glaube, ihr könnt euch gar nicht vorstellen, wie es ist zu hören, dass die Worte, die ich schreibe, euch mitten ins Herz treffen oder unter eure Haut gehen. Das ist vollkommener … Wahnsinn! Und ich liebe es. Danke, dass ihr Teil dieser Reise seid und meinen Büchern einen Platz in eurem Regal gebt. Ohne euch wäre das nicht möglich! <3

Und zum Schluss derselbe Satz wie vor zwei Jahren: Vielleicht sehen wir uns in der Welt der Hexen und Jäger wieder? Was sagt ihr dazu?

xoxo und hextastische Grüße
Janina

September 2023

P.S.: Ich freue mich über jede Rezension und Bewertung, egal auf welchem Portal! Danke euch!

P.P.S: Bestellt gerne mein neues Buch vor, wenn es angekündigt wird. Hehehehe, danke! #voreigenwerbungwirdnichtmalinderdanksagunggescheut

Janina Schneider-Tidigk

Witches & Hunters – Verbranntes Vertrauen

ISBN: 978-3-95991-824-4, Klappenbroschur

Wenn der Mensch, den du liebst, dir den Tod bringen kann …

Ein neues Leben und eine neue Identität. Das ist es, was Cataleya braucht, um ihre magischen Fähigkeiten zu verstecken, nachdem ihre Familie einem Verrat zum Opfer fiel.

Was sie ganz und gar nicht gebrauchen kann, ist Alistair. Der junge Mann mit dem einnehmenden Lächeln und den grellgrünen Augen, hinter denen sich ebenfalls ein dunkles Geheimnis verbirgt. Denn Alistair ist ein Hexenjäger. Dazu geboren, um Wesen wie Cataleya zu töten. Sie wäre die perfekte Beute – wenn da nur nicht dieses verfluchte Gefühlschaos wäre.

Keiner von ihnen ahnt jedoch, dass er nicht der Einzige ist, der die junge Frau jagt …

Janina Schneider-Tidigk

Witches & Souls – Tödliche Treue

ISBN: 978-3-95991-826-8, Klappenbroschur

Eine Hexe und ein ehemaliger Hexenjäger. Ob das gut geht?

Merope hat die Gabe, mit verstorbenen Seelen zu kommunizieren. Kaum ist sie zu Besuch in Ashland, läuft alles aus dem Ruder. Schlag auf Schlag tauchen neue Probleme auf, die die Hexen vor schwierige Entscheidungen stellen. Ein Riss zwischen den Welten bietet ein Portal für die Seelen Ashlands, die in die Kleinstadt zurückkehren und für Chaos sorgen. Cataleyas Seele wird von Geistern entführt, und die Einzige, die bei diesem Schlamassel helfen kann, ist Merope. Zu allem Übel will sich Aiden Archer ihrer Mission anschließen, um einen Weg zu finden, alles wieder geradezubiegen. Inmitten von Geistern, einem mürrischen Kater und einem unvollständigen Zirkel fliegen die Funken zwischen Merope und Aiden. Sie beide spüren, dass da mehr ist als nur die aufbrausende Wut aufeinander. Sind sie vielleicht doch mehr als Feinde?

Janina Schneider-Tidigk

Lotusschwur & Fuchsmagie

ISBN: 978-3-95991-821-3, exklusive Verlagsausgabe
ISBN: 978-3-95991-822-0, Klappenbroschur

Als May merkwürdige Fähigkeiten an sich entdeckt, wird sie in eine versteckte Realität voller Legenden, dämonischen Feinden und magischen Verstrickungen gezogen. An ihrer Seite ist der junge Krieger Damien, der sie nicht nur beschützen, sondern auch unterrichten soll. Dabei kribbelt es zwischen den beiden mehr, als es sollte, doch May weiß nicht, ob sie ihm wirklich vertrauen kann. Ablenkungen kann sie nicht gebrauchen, denn May muss eine uralte Kreatur aufhalten, die ihr nach dem Leben trachtet.

Roukeiya Peters

Seelenverrat

ISBN: 978-3-95991-791-9, Softcover mit Farbschnitt

Hexenseelen sterben nicht

Die junge Hexe Felicity tritt als Seelentransporteurin in die Fußstapfen ihrer Mutter. Neben der Herstellung von Elixieren, die in ihrem Café verkauft werden, kümmert sie sich darum, dass die verstorbenen Hexen und Hexer ihren Platz im Jenseits einnehmen. Dies ermöglichen besondere Bücher, die Felicity herstellt, um die Seelen der Verstorbenen zum Wunschort zu transportieren.

Als der Hexer Niclas auftaucht und Felicity beschuldigt, die Seele seines Onkels ohne seine Zustimmung in den Tod befördert zu haben, kann die Hexe dies nicht auf sich sitzen lassen. Doch das Buch von Kaspar Eisenmann ist unauffindbar und Felicity ahnt, dass sie in ein böses Spiel verwickelt wurde …

Stefanie Hasse

Der dunkelste Fluch

ISBN: 978-3-95991-167-2, Klappenbroschur

»Maître, Ihr seid der Mächtigste hier,
aber Sebastien wird noch tausendmal mächtiger als Ihr.«

Nach dem Tod seiner Mutter litt Sebastien de Beauvais unter seinem Stiefvater und entkam nur knapp dem Tod. Heute sollte er einer der mächtigsten Hexer der Welt sein, doch seine Kräfte schwinden und er ist auf einen Trank angewiesen, der seine Magie auflädt – oder auf Alex, deren Gegenwart dasselbe bewirkt. Ausgerechnet die Frau, die Gefühle liest, anstatt sie zu fühlen, lockt in ihm Emotionen hervor, die bei seiner Berufung ausgelöscht wurden.

Alexandra Foster stieß durch eine Verkettung von Zufällen zu der Gruppe junger Hexen. Zum ersten Mal in ihrem Leben hat sie Freunde, gehört dazu. Doch als die Bedrohung durch die Dunkelmagier ansteigt, erkennt sie, dass ihre besondere Art, die Welt zu sehen, der Schlüssel zu etwas ist, was die Hexenwelt lange nicht mehr gesehen hat …

Helena Gäßler

Die Seele eines Spukhauses

ISBN: 978-3-95991-773-5, Klappenbroschur

Der Schlüssel zu einem Spukhaus ist zu begreifen, dass es eine Seele besitzt.
Und lange genug zu überleben, um sie zu heilen.

In einer Welt voller Luftschiffe und Dampfmaschinen wirken Geister wie ein lästiges Überbleibsel der Vergangenheit. Als Exorzistin liegt es an Magnolia Feyler, Gebäude von ihrem Spuk zu befreien. Sie versteht die Häuser wie keine andere, erkundet ihre Geschichte und heilt ihre Wunden. Doch alles ändert sich, als sie den größten Auftrag ihrer Karriere annimmt: Shaw Manor, ein Schloss, in dem es seit Jahrzehnten spukt.

Magnolia steigt tief hinab in die verwinkelten Gemäuer und die Vergangenheit des Anwesens. Hinab in ein Netz aus Familiengeheimnissen, vergessenem Leid und Maschinen, die ein bedrohliches Eigenleben entwickelt haben. Wird sie den Spuk lüften oder am Ende selbst von den Mauern verschlungen werden?

DRACHENMOND VERLAG